Edda Minck

ausgeträllert

Maggie Abendroth und
die letzte Fahrt der Nachtigall

KBV

Originalausgabe

www.kbv-verlag.de
E-Mail: info@kbv-verlag.de
Telefon: 0 65 93 - 99 86 68
Fax: 0 65 93 - 99 87 01
Umschlagillustration: www.helgejepsen.de
Redaktion: Dr. Meike Fritz, Berlin
Druck: Aalexx Buchproduktion GmbH, Großburgwedel
Printed in Germany
ISBN 978-3-940077-89-9

Für meine schrecklich nette
Familie

Ensemble

Maggie Abendroth	hat von nix eine Ahnung, vor allem nicht vom Kochen. Dafür ist sie in der Lage, in null Komma nix das schönste Chaos anzurühren, das die Welt nicht braucht
Raoul, Koch	hat die schärfsten Messer im Universum und den richtigen Riecher für Verdorbenes
Kai-Uwe Hasselbrink	hat nicht mit Raouls Temperament gerechnet und sehr schnell eine leere Kneipe
Wilma	hat kein Problem damit, ihre Freundin Maggie vor die Tür zu setzen
Günni Heibuch	hat ein Cateringunternehmen und glaubt, von allem eine Ahnung zu haben
Wolfi Heibuch	hat, neben einem Sprung in der Schüssel, einen ausgesprochen enervierenden Ordnungssinn
Dennis Heibuch	hat keine Chance nix zu wissen – dafür hat er zu viel gesehen
Petra Heibuch	hat ihre liebe Not, ihre Familie auf Kurs zu halten.

Die Nachtigall	hat sich viel zu lange durchgeschnulzt
Dimi & Stojko	haben definitiv zu viel weißes Pulver im Hirn
Elli Ruschkowsky	hat ein Herz für Pudel und obdachlose Ex-Drehbuchautorinnen
Oma Berti	hat ein Archiv im Keller, dagegen kommt das Internet nicht an
Herr Matti	hat neuerdings Sinn für das gesprochene Wort
Rudi Rolinski	hat großes Glück in der Liebe und Pech mit seiner Vergangenheit
Winnie Blaschke	hat keine Chance, seinen neuen Anzug in angemessener Umgebung vorzuführen, und auch sonst jeden Grund, auf Maggie sauer zu sein
Doktor Thoma	hat einen echten Punch auf der Kralle und gewinnt jeden Infight
Der Knipser	hat nicht damit gerechnet, wie nachtragend Frauen sein können.
Bochum	der Pott kocht über

Kapitel 1

Oh, nein ... Chef! Cheeef ...! Wolfi, lass das! Verflucht noch mal, Herr Heibuch!«, rief ich, denn ich hatte die Katastrophe kommen sehen. Trotz Hechtsprung kam ich zwei Nanosekunden zu spät, hing mit einem Ellenbogen in einer Ladung Krabbenhäppchen und musste mit ansehen, wie heiße Zartbitterschokolade über den Rand des Schokoladenbrunnens hinwegschwappte und sich über das blütenweiße Tischtuch und die daneben stehende Platte mit den Lachskanapees ergoss. Ich schubste Wolfi beiseite, der mit einem Dessertlöffelchen versuchte, die Schokoladen-Lava aufzuhalten. Hoch konzentriert biss er sich dabei auf die Zunge, schob seinen Unterkiefer nach vorne und knurrte den Schokoladenbrunnen an, als der kleine Löffel von der heißen, braunen Masse begraben wurde. Jetzt kam es für mich nur noch darauf an, Wolfi daran zu hindern, mit beiden Händen in der Schokolade nach dem Löffel zu fischen - was nicht so einfach war, denn der junge Mann war grundsätzlich nicht so leicht zu überzeugen.

Nicht dass Wolfi irgendeine wichtige Aufgabe bei diesem Job zu erledigen hätte – er hatte gar keine Aufgabe zu erledigen, und ich wusste auch nicht so genau, wo er plötzlich hergekommen war und warum, außer dass er immer aus dem Nichts auftauchte, um Unsinn anzustellen. Wolfi war der geistig etwas zurückgebliebene achtundzwandzigjährige Sohn meines Chefs. Allmorgendlich wurde er mit frisch gestärkter weißer Schürze und weißem T-Shirt wahlweise in die Cateringküche, die Metzgerei oder die Pommesbude der Heibuchs geschoben, und dann durfte er alles machen, was er wollte. Das Schlimme an der Sache war, Wolfi machte auch alles – was zu Verwirrung an den einzelnen Arbeitsplätzen in Günter Heibuchs vielfältigem Wattenscheider Familienunternehmen führte.

Das Gute daran war, ich konnte es nicht leugnen, dass ich ihm alle Katastrophen in die Schuhe schieben konnte, die eigentlich auf mein Konto gingen, denn von Pommesbude, Metzgerei und Catering hatte ich genauso wenig Ahnung wie eine Kuh vom Eistanzen. Wie alle Welt wusste, endete meine Küchenkompetenz bei Espresso, Schinkenröllchen und Spaghetti Carbonara. Für alles, was darüber hinausging, fehlte mir die Sachkenntnis und die Geduld, es herzustellen.

Wenn Wolfi einen guten Tag hatte, sagte er mir wenigstens, wo sich diverse Gerätschaften wie Messer, Schöpflöffel oder Kochtöpfe verbargen, die er täglich mit Akribie spülte und in der großen Cateringküche der Heibuchs neu sortierte. Dabei ging Wolfi durchaus systematisch vor; nur, welches Motto er an jedem Tag verfolgte, das war immer wieder eine Überraschung für diejenigen, die versuchen mussten dahinterzukommen, wenn sie arbeiten wollten – also wir. Es konnte passieren, dass seine Devise an einem Tag ›klein‹ *und* ›groß‹ war, was dazu führte, dass alle großen Sachen zusammengestapelt waren und alle kleinen. Also kleine Löffel, kleine Teller, kleine Tassen usw. Die größte Verwirrung hatte er angestellt, als er sich eines Tages vorgenommen hatte, die gesamte Küche nach dem Alphabet zu ordnen: Abtropfsiebe über Auflaufformen, Brotschalen neben Buttermessern, Chilipulver in der Chinapfanne, obwohl er da ins Schleudern geraten war, weil er durchaus wusste, dass das Ding auch Wok genannt wird. Also hatte er in seiner Not beschlossen, einen Wok auf die Waage zu stellen und einen über die Tüte mit Chilipulver zu stülpen. Wolfis Ordnungswut kannte keine

Grenzen, und sämtliche Mitarbeiter bei Heibuch waren sich darüber einig, dass sein Hirn explodieren würde, sollten ihm eines Tages die Ordnungssysteme ausgehen.

Mittlerweile hatte Wolfi den Dessertlöffel wiedergefunden und hielt ihn mir lachend entgegen. Die Schokolade tropfte über seine Schürze, floss über sein Handgelenk und versickerte im Ärmel seiner weißen Kochjacke. Ich zog den Stecker des Schokoladenbrunnens aus der Steckdose. Dann versuchte ich, Wolfi den Löffel aus der Hand zu winden und ihn sanft aber bestimmt ins Hinterzimmer der *Roten Laterne* zu schieben, wo der Nachschub fürs Buffet lagerte. Aber Wolfi, über eins neunzig groß und breit, ließ sich nicht gerne schieben. Während ich also an seiner über und über mit Schokolade beschmierten Schürze zog und zerrte, versuchte er, mich mit dem heißen Brei zu füttern.

»Wolfi, lass das. Gib mir den Löffel.« Ich grabschte nach seiner linken Hand, der Löffel flog in hohem Bogen durch die Luft und landete klatschend im Dekolleté von Elli, die zwischen den Gästen der größten Trauergemeinde stand, die ein Ruhrgebietskiez seit der Beerdigung eines Hells-Angels-Anführers anno 1978 je gesehen hatte. Starr vor Schreck beobachtete ich, wie sich die Schokolade über Ellis schwarzlilafarbenes, mit Silberfäden durchzogenes, Chiffonensemble verteilte. Ich betete darum, dass Elli, die ich vor knapp einem Jahr kennengelernt hatte, als ich noch als Taxifahrerin in der Nachtschicht unterwegs gewesen war, ihren Humor nicht verloren hatte. Ich gebe es zu, es war etwas viel verlangt, denn ich wusste durchaus, dass heiße Schokolade auf nackter Haut neben Erotik auch jede Menge Schmerz verursachen konnte.

Die Granddame des Bochumer Puffs kreischte kurz auf,

und plötzlich war es totenstill in der *Roten Laterne*, und alle starrten Wolfi und mich an. Und was da starrte, war die, für wenige Stunden gezähmte, in schwarze Maßanzüge und knappste Mini-Ensembles gewandete Crème de la crème des Bochumer Erotikgewerbes und seiner Außenstellen von Gelsenkirchen-Buer bis Lünen-Brambauer. Schließlich war das hier nicht irgendein Leichenschmaus. Das horizontale Gewerbe trug seinen König zu Grabe – und das mit allem Pomp, Duck und Cicumstances, die zu kriegen waren – jedenfalls bei *Heibuch&Söhne Cateringservice.*

Der Schokoladenbrunnen am ansonsten eher konventionell geratenen Buffet war die Attraktion auf der Trauerfeier für Ladislaus, genannt ›Laddy der Große‹. Oberlude, Besitzer von mehreren Bordellhäusern auf dem Eierberg, wie die Bochumer ihren Puff liebevoll nannten. Dazu hatte Ladislaus im Großraum Ruhrpott noch diverse Spielhallen und Table-Dance-Schuppen kontrolliert. Wenn man auch nur die Hälfte von dem glauben wollte, was man sich über ihn erzählte, dann könnte sich Rupert Murdoch ein Beispiel an ihm nehmen.

Elli fand den Löffel zwischen ihren Doppel-Ds, klaubte die Schokolade von ihrem Busen und leckte sich genüsslich die Finger ab. Dabei ließ sie mehrere Meter zartrosafarbener Zunge sehen und sagte: »Liebesgrüße aussem Jenseits – der Laddy wusste immer, wie er mich rumkriegt.« Und bevor Winnie Blaschke, bestangezogendster Kriminalkommissar von Bochum, sich wehren konnte, hatte Elli ihm den Löffel in die Hand gedrückt. Winnie ließ sich nicht lumpen und nahm eine Kostprobe der Schokolade von Ellis Busen und sagte: »Extra-Sahne-Schmackofatz.«

Alle fingen an zu lachen. Und das war auch gut so. Schließlich war Winnie aus Gründen der Deeskalation eingeladen worden. Er wohnte der Feier bei – sozusagen als lebender Beweis dafür, dass Laddy ohne Fremdeinwirkung aus dem Leben geschieden war - wenn man eine deutsche Eiche denn als Fremdeinwirkung ausschließen wollte. Die amtliche Version der Geschichte ging so: Ein Baum hatte sich Ladislaus auf einer Spritztour durch die Elfringhauser Schweiz dummerweise in den Weg gestellt – und noch dümmer war, dass Laddy und sein Porsche Cabrio ungefähr hundertachtzig Sachen drauf gehabt hatten, als die unfreiwillige Begegnung stattfand. Auf Ellis Wunsch hin hatte Winnie die Ermittlungen seiner Kollegen, sagen wir mal, beobachtend begleitet. Erst als er ihr versichert hatte, dass an Ladislaus' Wagen nicht herummanipuliert worden war und auch der Eiche keine Schuld zukam, stand sie doch seit über hundert Jahren am selben Platz, konnte der Frieden auf dem Kiez erhalten bleiben. Bis dahin hatte die Gerüchteküche getobt – von fremden Zuhältern aus Gottweißwoher, die die Macht übernehmen wollten, war die Rede gewesen, und es hätte nicht viel gefehlt, und das Pulverfass wäre explodiert.

Herr Matti, der schweigsame Finne, der seit drei Jahren in meinem Universum äußerst präsent seine Bahnen zog, hatte in seiner Funktion als Bestattungsunternehmer von Elli den Auftrag bekommen, diese Beerdigung zu managen. Da der ganze Kiez zusammengelegt hatte, lautete das Motto: Geld spielt keine Rolle, Hauptsache der Ladislaus sieht in seinem Sarg besser aus als in seinem Auto. Und bis jetzt war ja auch alles gelungen und zur vollsten Zufriedenheit aller Beteiligten vonstatten gegangen. Mattis Kunstfertigkeit in der Thanatopraxie hatte es möglich gemacht, dass Ladislaus nach dem Crash offen aufgebahrt werden konnte und sein Anblick niemanden gegraust hatte. Elli war besonders beeindruckt, wie Matti es geschafft hatte, das Porschelenkrad so in Laddys Hände zu legen, dass er aussah, als würde er im nächsten Moment den nächsten Gang einlegen und mitsamt seinem Sarg davonbrausen. Alle Abschiednehmenden, die an seinen sterblichen Überresten vorbeidefiliert waren, hatten ihrem Freund und Geschäftspartner noch einige lebenswichtige Dinge in den Sarg gelegt, sodass er jetzt mit einem neuen Vergaser, Stoßdämpfern und Gaspedal ausgerüstet war. Nur mit Mühe hatte Matti einen Zuhälter aus Gelsenkirchen davon abhalten können, einen vollen Benzinkanister dazuzugeben. Die Damen, die für Ladislaus gearbeitet hatten, waren etwas zartfühlender gewesen. Sie hatten ein Gruppenfoto machen lassen, auf dem alle ihre heißesten Dessous trugen, und es als Grabbeilage unter sein Kopfkissen geschoben. Das alles mutete wie die Bestattung eines großen Pharao an, der mit dem Notwendigsten ins Jenseits verabschiedet wurde. Wie mir von Winnie berichtet worden war, hatte sich sogar ein Fotograf der BILD-Zeitung auf dem Friedhof blicken lassen und ein paar Aufnahmen von dem Großereignis gemacht.

Nur das Catering, das dank meiner Bekanntschaft mit Elli und Matti an *Heibuch Catering* gegangen war, war soeben in die Kritik geraten, was bei den Auftraggebern zu einem deutlichen Stirnrunzeln führte. Ich sah Mattis Adlatus, Rudi Rolinski, mit einer Rolle Haushaltspapier unterm Arm auf Elli zustolpern. Die nahm Rudis kahle Murmel in ihre Hände, hob den kaum eins fünfundsechzig großen kleinen Kerl etwas in die Höhe, versenkte sein Gesicht zwischen ihre enormen Brüste und quiekte: »Mal nicht so schüchtern ... Die guten Sachen im Leben muss man teilen.«

Die Trauergesellschaft applaudierte, Rudi zappelte, Wolfi machte sich von mir los und tapste wie Frankenstein Junior mit ausgestreckten Pranken auf Elli zu. »Wolfi will auch teilen«, verkündete er. Prompt bauten sich ein paar sehr große und sehr breite Männer vor Elli und dem Rest der Damen auf.

Aus dem Hinterzimmer, wo der Nachschub für das Buffet lagerte, kam Dennis Heibuch, der Juniorchef, herausgeschossen und blaffte mich an: »Was hast du gemacht?«

Als sei es das Selbstverständlichste von der Welt, dass jede Panne, die hier passieren konnte, einzig mir zuzuschreiben war.

»Guck mich nicht so an, Dennis. Dein Bruder sprengt grad die Trauerfeier, weil er seine ungraden Griffel nicht aus dem Schokobrunnen halten konnte.«

»Ja, und was machst du? Herrgott! Kannst du nicht mal fünf Minuten auf Wolfi aufpassen?«

»Ich bin hier fürs Grobe zuständig, Kinderbetreuung steht nicht in meinem Arbeitsvertrag, Dennis. Dein Bruder gehört nicht nach vorne ans Buffet. Ich weiß überhaupt nicht, was dein Vater sich dabei gedacht hat. Ausgerechnet heute schmeißt der Dimi und Stojko raus, und Jorgo muss deswegen die Pommesbude übernehmen ... Herrgott, hätte Günni mit dem Großreinemachen nicht bis morgen warten können ...?«, fluchte ich.

Normalerweise arbeiteten Dimi und Stojko in der Pommesbude von Heibuch, dem *Pommes King*. Und Jorgo, der eigentlich mit mir hinterm Buffet hätte stehen sollen, war deswegen spontan in die Pommesbude abkommandiert worden. Er war immerhin ein richtiger Koch – und er konnte arbeiten bis zum Umfallen. Was man von Dimi und Stojko, den beiden anderen unserer Yugo-Mafia eben nicht sagen konnte. Ihr Rausschmiss war schon längst überfällig gewesen – da wäre es auf einen Tag mehr oder weniger auch nicht angekommen.

Dennis hörte mir schon nicht mehr zu, sondern angelte sich

eine Banane aus dem Obstkorb, ging auf seinen Bruder zu und hielt sie ihm vor die Nase. Wolfi war sofort fasziniert von dem neuen Spielzeug, und Elli war vergessen. »Wolfi taucht Banane in Schokolade. Das ist lecker«, rief er und ließ sich von seinem Bruder ins Hinterzimmer bugsieren.

Ich atmete auf. Nach ein paar Minuten kam Dennis mit einem Tablett frisch gegrillter Bratwürstchen heraus und zischte mich an: »Bring endlich das verschmierte Schokoladendings nach hinten ...«

»Der ist noch zu heiß! Guckt sowieso keiner mehr hin.«

Dennis lächelte in die Runde und präsentierte das Tablett. Elli warf einen strengen Blick auf die Würstchen.

»Wo ist dein Vater eigentlich hinverschwunden?«, fauchte ich und schnitt die Brötchen auf.

»Jetzt reg dich mal ab. Ist ja nix passiert. Und Elli kriegt die ersten drei Würstchen serviert und alles ist tutti.«

»Wie gut, dass du alles im Griff hast. Wo hat dein Vater das Schmalz für die Stullen hingepackt?«

»Weiß ich nicht. Ruf ihn doch an, der ist in der Ochsenbraterei auf dem Mittelaltermarkt, alles fertig machen für morgen. Der Ochse wird geliefert und muss angegrillt werden. Ich muss da nachher auch noch mal hin.«

»Na, super! Nimm bitte deinen Bruder mit. Ich hab genug damit zu tun, die hungrige Bagage hier zu bändigen.«

»Du wirst es überleben. So schlimm sind die doch gar nicht.«

»Noch nicht. Warte mal ab, wenn hier erst die Magnumflaschen kreisen. Und sei bitte zum Abbau wieder da. Ich kann den ganzen Kram nicht alleine ins Auto schleppen.«

»Ja, ja ... bleib mal locker, Maggie«, feixte Dennis und verschwand im Hinterzimmer. Als ich aufblickte, stand Rudi Rolinski mit schokoladenverschmiertem Gesicht vor mir und grinste breit.

»Was ist, Rudi, willst du auch eine Banane?«

»Boah ey, die Elli, also ... die Frau ist ass-tschokke ...«

»Das sieht man, Rudi, das sieht man«, sagte ich und starrte demonstrativ auf die Ausbeulung in seiner Hose. »Oder freust du dich etwa, mich zu sehen?«

Sein Gesicht lief rot an, und er hielt schützend die Hände vor den nicht zu übersehenden Zuwachs zwischen seinen Beinen. »Was soll ich denn jetzt machen?«

»Wenn du dreihundert Cash hinlegen kannst, dann hilft dir Elli in der nächsten halben Stunde bestimmt gerne weiter. Aber ich glaube, du nimmst die billige Lösung und suchst die Herrentoilette auf. Und wisch dir die Schokolade aus dem Gesicht. Matti guckt schon komisch.«

Rudi drehte sich auf dem Absatz um und verschwand in Richtung Toiletten.

Ich legte drei Würstchen auf einen Teller, gab Senf dazu und brachte alles zu Elli. Sie nahm einen ersten Bissen und nuschelte: »Sind dat die Echten?« Sie meinte damit Bratwurst von Dönninghaus – ohne die sie nicht leben konnte, und Günter Heibuch hatte zähneknirschend einwilligen müssen, seine eigenen zu Hause zu lassen und diesen Teil des Buffets bei seinem Konkurrenten zu kaufen.

»Aber sicher«, flüsterte ich. Und selbst wenn es nicht die Echten gewesen wären – es war nicht der Zeitpunkt für Diskussionen. Elli rollte den Bissen im Mund hin und her, wie ein Connaisseur seinen Wein, und erst als sie zufrieden nickte, war das Buffet eröffnet. Alle Gäste strebten zu den kalten und warmen Platten. Ich sah Elli dabei zu, wie sie genüsslich eine Bratwurst nach der anderen in ihrem Mund verschwinden ließ. Als sie alles verputzt hatte, reichte sie mir den Teller, rülpste wenig damenhaft und sagte: »So, dann kann die Party ja beginnen ... und wo ist der süße kleine Kerl mit dem großen Gemächt ... ich glaub, ich bin dem was schuldig.« Sie wedelte dem Barkeeper an der Theke mit ihrem Chiffonschal zu und rief: »Schampus für alle. Auf Ladislaus!«

»Auf Ladislaus!«, echote die Trauergemeinde.

Ich beeilte mich, wieder hinter das Buffet zu kommen, um Schnittchen, Bratwurst und Kartoffelsalat auf die Teller zu verteilen. Nach dem ersten Ansturm schaffte ich es endlich, den ausgekühlten Schokoladenbrunnen vom Tisch zu hebeln und samt verschmierter Tischdecke im Hinterzimmer verschwinden zu lassen. Dennis und sein Bruder Wolfi waren nirgends zu sehen. Dafür saß Rudi Rolinski auf einem wackeligen, ausrangierten Hocker und hatte den Kopf in den Händen vergraben.

»Hey, was machst du hier? Queen Elli verlangt nach dir.«

»Du verarscht mich doch.«

»Warum sollte ich? Du scheinst mächtig Eindruck auf sie gemacht zu haben.«

»Quark doch nicht rum. Die hat mich doch gar nicht nötig.«

»Rudi, Elli besteht nicht nur aus Titten und dem nachweislich besten Gebläse auf dem ganzen Kiez. Die ist eine sehr nette Person. Was hält dich also davon ab, dich wenigstens für die Sonderbehandlung bei ihr zu bedanken, anstatt hier vor dich hin zu brüten?«

»Erstens bin ich viel kleiner als wie die und auch viel zu jung und dann hab ich nicht die Kohle, um Elli zu bezahlen.«

»Wer redet denn hier von bezahlen? Die steht auf dich. Sei einfach nur du selbst ...«

Rudis Schultern strafften sich, und er guckte mich mit großen Augen an. »Echt?«

»Ja, echt. Sie hat mir eben gesagt, sie wäre dir noch was schuldig. Also, ab marsch mit dir. Auf so ein Angebot von Elli warten andere ihr Leben lang.«

Rudi sortierte sein Hemd und seine Anzugjacke und fuhr

sich mit beiden Händen über seinen glattrasierten Schädel. »Wenn du mich verarscht, Maggie, dann ...«

»Würde ich nie im Leben tun, Rudi. Wie wir beide wissen, bin ich *dir* auch noch was schuldig. Ich weiß, dass du dem Knipser die Reifen geklaut hast.«

Er grinste und sagte: »Und ich dachte schon, du hättest das gar nicht mitgekriegt.«

»Ich bin ja nicht blind, Rudi.«

Ich war einfach noch nicht dazu gekommen, ihm für das kleine Husarenstückchen zu danken. Rudi hatte vor ein paar Monaten im Parkhaus des Düsseldorfer Flughafens alle vier Reifen samt Luxusfelgen vom Angebervolvo meines Ex-Lebensabschnittsgefährten, genannt ›der Knipser‹, abmontiert und an Mattis Leichenwagen wieder angeschraubt. Ich hatte die Sache jetzt zum ersten Mal überhaupt erwähnt, und Rudi wusste zu schätzen, dass ich seinen kleinen Racheakt sehr wohl verstanden hatte. Als er die Türklinke schon in der Hand hatte, drehte er sich noch einmal um: »Weiß die Elli, dat ich ... ich meine im Knast und so ... die Vorstrafe ... das mit meiner Mutter?«

»Geh. Elli hat in ihrem Leben mehr als einen Muttermörder vor der Linse gehabt, glaub mir. Die kann nix erschüttern.«

Als die Tür hinter ihm zufiel, hörte ich Elli vor Freude quieken: »Komm zu Elli, du kleine tätowierte Wuchtbrumme.«

Mit einem Tablett frischer Bratwürstchen ging ich hinaus. Elli hatte ihre Beute in Form von Rudi mit der Linken untergehakt und fütterte ihn bereits mit Krabbenhäppchen. Winnie wurde von Ellis Kolleginnen in Beschlag genommen und ließ sich für seinen Anzug aus leichtem Sommer-Kashmir von Brioni abfeiern. Herr Matti hatte sich in der hintersten Ecke des Lokals unsichtbar gemacht und beobachtete das Treiben. Will heißen, seine Augen waren geöffnet und sein

Gesicht zeigte den Ausdruck tiefer Kontemplation.

»Auf die Liebe und den Tod! Auf Ladislaus!«, rief Elli und der Barkeeper beeilte sich, die Gläser wieder aufzufüllen.

Kapitel 2

Gegen 22 Uhr hatte sich die Trauergesellschaft auf die andere Straßenseite ins *Dollarhaus* verzogen, wo vermutlich der Champagner in Strömen floss und die Damen halbnackt an Metallstangen hingen.

Als ich bei meiner ersten Zigarette des Abends den Blick über das hinterlassene Chaos schweifen ließ, hätte ich am liebsten alles stehen und liegen gelassen. Ich inhalierte tief und verfluchte den Tag, an dem mir Oma Berti, Winnie Blaschkes Großmutter, Kioskbesitzerin und der Mittelpunkt des Bochum-Universums, die Anzeige aus der Zeitung unter die Nase gehalten hatte: »*Wir brauchen Verstärkung – flexible Küchenhilfe für Cateringunternehmen Günther Heibuch gesucht. Vorkenntnisse nicht erforderlich.*« Eigentlich hatte ich mir in Bertis Kiosk nur ein paar Zeitungen aus der Vorwoche ausleihen wollen, stattdessen bekam ich von ihr eine Berufsberatung.

»Hört sich genauso an wie die Aufnahmebedingungen für's Dschungel-Camp«, hatte ich geantwortet. »Da braucht man auch keine Vorkenntnisse, außer wie man Känguru-Augen und zehn Zentimeter lange Tausendfüssler roh isst.«

»Du wirss doch wohl noch'n paar Schnitzel inne Pfanne kriegen, gezz sei ma nich so. Wie willze sonz deine Wohnung bezahlen?«

»Welche Wohnung denn? Ich hab doch gar keine.«

»Ja eben. Glaubse, deine Freundin Wilma macht dat ewig mit, dat du dat Gästezimmer mit Beschlach beleechs?«

Na ja, da ist was dran, sagte meine innere Stimme. Den gesamten Januar über hatte ich so was Ähnliches wie Nachsichtigkeit genossen – nach dem schweren Unfall mit dem Taxi, das ich seinerzeit bei einer Verfolgungsjagd zu Schrott gefahren hatte, war ich frisch entlassen aus der Klinik von Wilma zumindest in den ersten zwei Wochen mit Samthandschuhen angefasst worden. Aber es war nicht zu übersehen, dass ich ihr nach drei Monaten allmählich auf die Nerven ging. Woran ich das merkte? Wenn sie in ihren Friseursalon ging, schloss sie ihren Kleiderschrank ab und nahm den Schlüssel mit, und die Haare hatte sie mir auch noch nicht wieder geschnitten.

»Dann gib mir den Job in deinem Kiosk wieder. Ich kann doch wieder aushelfen.«

»Nee, der Richie macht den Job. Der Junge braucht'ne Changze nach den ganzen Kokolores mit seinem Onkel, sonz is der verlorn.«

»Ach? Richie ist verloren, wenn du ihn nicht resozialisierst? Und ich? Was ist mit mir? Ich hab den ganzen Kokolores, den sein Onkel und er verzapft haben, schließlich aufgeklärt! Schon vergessen?«

Oma Berti hatte mir die *Elle* aus der Hand genommen, die ich vom Remittendenstapel genommen hatte, und sich vor mir aufgebaut. »Pass ma schön auf, Maggie Abendroth: Du has' Abitur. Du kannz allet Mögliche. Du kannz jederzeit bei Herrn Matti im Bestattungsinstitut anfangen, zum Beispiel. Die Mia macht ja nur halbtachs, und irgendwann wird et ihr bestimmt zu viel, wenn der Laden erssma richtich brummt. Abber der Richie, der kann gaar nix, noch nich ma' unfallfrei seine Turnschuhe zubinden. Und schon gar nich' kann er wat dafür, dat sein Onkel so'n Blödmann is. Wer is denn hier wohl klar im Vorteil? Du doch! Und wenne nich' bei Matti arbeiten willz, dann such dir wat anderet! Oder schreib ma wieder'n Drehbuch. Genuch erlebt hasse ja wohl.«

Bevor ich auch nur irgendetwas zu meiner Verteidigung entgegnen konnte, zum Beispiel: »Ich bin doch grad erst ein paar Wochen aus dem Krankenhaus entlassen, und der Arzt sagt, ich brauche nach meiner Tauchfahrt mit dem Taxi in der Ruhr dringend Erholung – und überhaupt, richtet sich eine Schreibblockade nicht nach der Erlebniswelt eines Autors«, hatte sie mir den Telefonhörer in die Hand gedrückt und für mich gewählt.

Eine Viertelstunde später saß ich schon in der Straßenbahn auf dem Weg nach Wattenscheid, um mich kurz darauf zwischen Fritteusen, Bratwürsten und den unablässigen Erklärungen des Günther Heibuch über die ideale Temperatur von Frittenfett und seine vielfältigen Geschäftsinteressen wiederzufinden. Wie ein stolzer Reiseleiter zeigte er mir seine Sehenswürdigkeiten: die Metzgerei, die Pommesbude und die Cateringküche.

Das Heibuch-Imperum lag in der Wattenscheider City strategisch günstig an einer Straßenecke. Über den großen Hinterhof konnte man die Lieferanteneingänge der Geschäfte erreichen und den kleinen Anbau, in dem sich das Büro befand.

Ich wurde seiner Gattin, die er liebvoll »meine Else« nannte, vorgestellt. Sie war für die Metzgerei zuständig und hatte sogar einen Meisterbrief. Ein paar gerahmte Urkunden, die dort hingen, wiesen zudem darauf hin, dass sie die beste Räuchermettwurst in Nordrheinwestfalen machte. Dabei halfen ihr zwei Damen mittleren Alters, die mir freudig ihre Hände reichten und sich als Doris und Fanny vorstellten. In der Pommesbude, dem *Pommes King*, wie über der Eingangstür zu lesen war, lernte ich die Yugo-Mafia bestehend Jorgo, Dimi und Stojko kennen. Günter Heibuch bedauerte es sehr, dass Gustav und Trudi grad nicht da waren, die zweite Schicht aus der Pommesbude. Jorgo begleitete uns in die Cateringküche, wo er eben dabei war, mit Dennis, dem Juniorchef, die kalten Platten für eine Konfirmation aufzurüschen. Heibuch nötigte mich, von den Kanapees zu kosten. Ich sah Jorgos gerunzelte

Stirn und lehnte dankend ab. Die beiden jungen Männer waren im Stress, das konnte ein Blinder mit Krückstock sehen, nur Günter Heibuch nicht. Er nahm sich von den fertigen Platten ein paar Kostproben und schob sie sich lachend in den Mund. Dann klopfte er seinem Sohn Dennis auf die Schulter. »Superlecker. Hasse gut gemacht.«

Dennis verdrehte die Augen. Selbst ich begriff, dass die beiden schleunigst die Schnittchen ersetzen mussten. Jorgo war schon auf dem Weg ins angrenzende Lager. Man hörte sein leises Fluchen: »Scheiße, wir haben keine Sardellenpaste mehr ...«

»Dann nimm doch Mayonnaise«, sagte Günter Heibuch lässig.

»Die wollen aber keine Mayonnaise. Steht extra im Auftrag, Papa«, sagte Dennis.

»Ph ... als ob dat irgendjemanden interessieren würde ...«, gab Günter Heibuch zurück. Dennis warf einen hilfesuchenden Blick an die Decke. Jorgo kam mit einer Dose Thunfisch zurück und knallte sie auf die metallene Anrichte. »Misch ich im Mixer und hau Sojasoße rein. Merkt kein Mensch.«

»Siehsse«, sagte Günter Heibuch zu Dennis, »wat nich passt, wird passend gemacht ...«

Dennis warf sein Messer auf das Schneidebrett und verließ die Küche. Jorgo grinste mich an und zuckte die Schultern. Günter Heibuch, weit davon entfernt, irgendeine Irritation wahrzunehmen, schob mich zur Tür hinaus und kündigte die Besichtigung der Kellergewölbe an, in der sich das Allerheiligste seiner Else befand: die Fleischküche und die Tiefkühlräume für die Metzgerei.

Als wir wieder auf dem Hof standen, stellte er mir endlich die Frage aller Fragen: »Schomma inne Küche oder im Service gearbeitet?«

Ich schöpfte Hoffnung und sagte: »Nein.«

Aber anstatt mich auf der Stelle wegzuschicken, hatte Günter Heibuch gelacht und gesagt: »Dat lernt man schnell. Kein Thema.«

»Wenn Sie es sagen, Herr Heibuch.« Ich war mir da nicht so sicher – schon allein die Ausrüstung, die da in der Küche herumstand, erinnerte mich an hochkomplizierte Versuchsaufbauten in einem Atomlabor. Riesige Kochtöpfe mit Deckeln so groß wie Sonnenschirme. Hochleistungswurstschneidemaschinen und Pfannen so schwer wie Kanaldeckel und Fritteusen, so groß, dass man den Tagesbedarf an Pommes für Brüssel darin fertig machen konnte.

»Hand drauf«, sagte Heibuch und streckte mir seine Pranke entgegen. »Ich bin der Günni. Sechsfuffzich die Stunde plus Trinkgelder. Du kannz Montag anfangen.«

»Ja, dann ... Danke, Herr Heibuch. Ich heiße Maggie.«

»Auf gut Deutsch also Maggi«, sagte er, »Wie dat Gewürz. Wenn dat ma kein gutes Zeichen is.«

Wolfi hatte er mir wohlweislich an dem Tag verschwiegen. Dafür bekam ich einen umso intensiveren Eindruck von ihm, als ich zwei Tage später um sechs Uhr morgens neben Günter Heibuch und seinem Erstgeborenen auf dem Weg zum Schlachthof im Transporter saß. Wolfi, so wurde ich instruiert, war Günters Augenstern, sein Liebling, sein Ein und Alles. Was er auch sofort unter Beweis stellte, als er ihn den großen Transporter lenken ließ, während er sich eine Zigarette drehte.

»Der kann dat super, der Wolfi. Ne?! Wolfi? Autofahren is toll.«

Wolfi hielt mit starrem Blick auf die Straße das Lenkrad mit der linken Hand fest und lachte, während der Bordstein immer schneller auf uns zurauschte.

Ich weiß bis heute nicht, was mich davon abgehalten hat, an der nächsten Ampel auszusteigen.

Die Wochen waren ins Land gegangen, ich hatte mich mit Wolfis irritierenden Verhaltensweisen arrangiert, mit Dennis dem ständig unter Strom stehenden Junior, und ich hatte mich sogar an die Else und ihr überbordendes Gluckengehabe gewöhnt und mittlerweile erfahren, dass sie eigentlich Petra hieß. Petra machte alles und konnte alles. Und jedes Mal, wenn Wolfi auftauchte, spreizte die Glucke ihr Gefieder und gackerte, was das Zeug hielt. Wolfi dies, Wolfi das. War Wolfi nervös, dann sang sie für ihn Kinderlieder und alte Discohits aus den Achtzigern, so lange, bis er sich wieder beruhigt hatte und mitsang. Waren alle drei Heibuch-Männer im Betrieb, schien sie sich zu verdoppeln und plötzlich zusätzliche Arme und Beine zu generieren, wie eine indische Göttin – hätte nur noch gefehlt, dass sie auch noch mit sich selbst im Chor sang. Wenn man sie so sah, hatte man den Eindruck, das Wort ›Multitasking‹ sei für sie erfunden worden. Ich dagegen hatte ja schon Schwierigkeiten, eine Ladung Pommes nicht anbrennen zu lassen, wenn ich gleichzeitig noch drei Bratwürste wenden musste. Und singen konnte ich schon gar nicht.

Petra umsorgte, fragte, gab Ratschläge, und dass sie ihrem Gatten nicht auch noch die Schnürsenkel mit der Linken zuband, während er die Zeitung las und sie mit der Rechten die Hausmachersülze machte, war fast schon überraschend. Petra war die Anlaufstelle für alle: für ihre Kunden in der Metzgerei, für ihre Familie und für ihre Angestellten. Mir schien es, als würde sie nie schlafen gehen und als würde ihre Energie aus einer geheimen Quelle gespeist. In mir keimte der Verdacht, dass sie nur alle paar Stunden ihre Finger in eine Steckdose hielt, um ihre Akkus aufzuladen. In den drei

Monaten, die ich bereits für die Heibuchs arbeitete, hatte ich von ihr nie auch nur ein böses Wort gehört – egal, ob ich den hausgemachten Fleischsalat versalzen hatte oder für eine Party ohne Brot losgefahren war und den ganzen Zeitplan ins Schleudern gebracht hatte. Petra meckerte nicht, sondern wusste sofort, was zu tun war. Zur Not schickte sie mir ein Taxi mit dreißig Stangen Baguette hinterher, um die Situation zu retten, mit einem Zettel, auf dem lediglich stand, ich möge beim nächsten Mal bitte besser aufpassen.

Die drei Heibuchmänner führten dank ihrer ›Else‹ ein königliches Leben, und wir Angestellten eben auch. Dafür, dass man relativ wenig Stundenlohn bekam, hatte man den kompletten Familienanschluss, ob man wollte oder nicht. Eines war jedenfalls klar: Solange ich bei den Heibuchs arbeitete, würde ich nie verhungern – und deswegen machte ich meinen Job so gut ich konnte und schleppte Tonnen um Tonnen von kalten und warmen Platten mal zu Familienfesten, bei denen Onkel Otto so lange Reden hielt, dass ich mittels Blumenspritze den Salat frisch halten musste, mal zu Trauerfeiern oder zu Taufen. An manchen Tagen machte mir der Job sogar Spaß, vor allem, wenn ich irgendwas dekorieren oder arrangieren durfte, weil Dennis keine Zeit dafür hatte. Wenn ich auch nicht den leisesten Hauch einer Ahnung vom Kochen hatte – wie etwas auf dem Teller gut aussieht, damit kannte ich mich sehr wohl aus. Schließlich war ich vor der großen Katastrophe in meinem Leben in vielen Fresstempeln der gehobenen Preisklasse gewesen.

Manchmal haperte es bei mir noch an der Fingerfertigkeit, aber dann musste ich nur Wolfi erklären, was ich haben wollte. Kleine Schwäne aus geeister Butter, die später auf einem Eissee schwimmen sollten? Für Wolfi kein Problem. Aber für Dennis. Der war völlig ausgeflippt, als er den Schwanensee auf dem Buffet sah. »Ihr seid ja beide bekloppt. Das bezahlt uns doch keiner.«

»Reg dich ab – die Leute werden es mögen, und wer was mag, der sagt es weiter.«

»Sagt es weiter«, hatte Wolfi geechot. Und zu unserer Ehrenrettung war unsere Kundin im richtigen Augenblick herbeigeschwebt und hatte die Butterschwäne in den höchsten Tönen gelobt.

Zwei Tage nach der Party hatten schon vier Freundinnen aus ihrem Damenkränzchen angerufen und Aufträge erteilt, was seltsamerweise Dennis Heibuchs Laune nicht verbessern konnte. Vielleicht lag es auch daran, dass Wolfi, jedes Mal, wenn er seinen Bruder sah, zur Melodie von *Cheri, Cheri Lady* sang: »Sagt es, sagt es weiter ... sagt es, sagt es weiter ...«

»Willste noch'ne Cola?«, fragte mich der Barkeeper und riss mich aus meinem Tagtraum. »Ich will nämlich jetzt mal rüber, mitfeiern. Du kannst die Tür einfach hinter dir zumachen, wenn du fertig bist.«

»Ja, danke«, antwortete ich, trat meine Zigarette auf dem Fußboden aus und machte mich an die Arbeit. Wenn ich die letzte Bahn von Wattenscheid zurück in die Bochumer Innenstadt noch kriegen wollte, musste ich mich mit dem Einpacken ranhalten. Ich wollte unbedingt noch die Spätwiederholung von *Ally McBeal* sehen, bevor ich meinen verkürzten Schönheitsschlaf bekam, denn am nächsten Tag hatte ich pünktlich um 7 Uhr am Heibuchschen Zelt, das für den Mittelaltermarkt am Dr.-Ruer-Platz aufgebaut war, anzutreten. Günni hatte mich schon vorgewarnt, der erste Tag sei immer der Schlimmste. »Bis dat ma allet so läuft wie geschmiert ... meistens ist der Gasbrenner am Schlappmachen, weisse. Aber dat kriegen wir beide schon hin ...«

»Ich dachte, alle modernen Sachen sind verboten?«, wagte ich einzuwenden, denn in den Richtlinien hatte gestanden, dass die Verkäufer noch nicht einmal Armbanduhren tragen durften und der Gebrauch von Mobiltelefonen in den Buden und Zelten ausdrücklich untersagt sei.

»Lass dat ma meine Sorge sein. Der gefüllte Ochse grillt sich nich' von alleine. Vorne is' eben Holz und Holzkohle und hinten dran is' Gas. Wat ja keiner merkt. Irgendwoher muss die Hitze ja kommen. Der wird sonz nich gar.«

»Wie haben die das denn im Mittelalter hingekriegt?«

»Da war das Fleisch schlecht, bevor et gar war. Und geschmeckt hat dat au'nicht, nach allem, wat man so liest ... Außerdem: Ich stell vorne den Wolfi an den Blasebalg für dat Feuer. Sieht total echt aus, und der Junge is' beschäftigt.«

Vor meinem geistigen Auge sah ich schon, wie wir mitsamt dem Zelt und dem gefüllten Ochsen explodieren würden, weil Wolfi vom Blasebalg ziemlich schnell gelangweilt sein und unverzüglich Ordnungstätigkeiten übernehmen würde. Außerdem liebte er Dinge, an denen er herumschrauben und drehen konnte. Da kämen ihm die Ventile der Gasflaschen bestimmt gerade recht.

Als ich den verkleisterten Schokoladenbrunnen in den Transporter hievte, stand plötzlich Matti neben mir, in der Hand einen Briefumschlag.

»Frau Margret, hier ist das Geld für das Catering«, sagte er. »Frau Elli hat mich gebeten, Ihnen das zu geben.«

»Danke«, sagte ich, nahm den Umschlag und warf ihn in die Kiste mit dem schmutzigen Geschirr.

»Wollen Sie nicht nachzählen?«

»Wird schon stimmen.«

Matti zupfte an seinen tadellosen Manschetten herum und

fragte: »Kann ich Ihnen noch irgendwie behilflich sein?«

»Nein, danke. Ich hab alles drin. Danke für den Auftrag. Und noch mal liebe Grüße an Elli und die anderen.«

»Gern geschehen. Ich werde es ausrichten.«

»Ich hoffe, alle waren zufrieden? Trotz Wolfis Sabotage am Schokoladen-Ätna?«

»Ja. Frau Elli bat mich, Ihnen noch zu sagen, dass Ihr Trinkgeld in dem Umschlag ist. Mit einer Büroklammer markiert.«

»Ich werde es schon finden. Ich muss jetzt los.« Mir wurde es allmählich ungemütlich. Seit Matti mich im Winter unter Einsatz seines Lebens aus den eiskalten Fluten der Ruhr gefischt und mir danach eine unmissverständliche Nachricht auf dem Handy hinterlassen hatte, die ausdrücklich von seiner Zuneigung zu mir sprach, hatte ich nichts Besseres zu tun gehabt, als in Panik zu verfallen. Seitdem waren unsere Begegnungen immer etwas irritierend und steif. Er war zuvorkommend und herzlich und ich immer auf der Flucht vor ihm und seinen klaren blauen Augen.

»Jetzt machen Sie doch nicht so ein Gesicht, Herr Matti«, sagte ich, stieg in den Transporter und knallte die Fahrertür zu.

»Frau Margret«, sagte er und klopfte an die Scheibe.

Ich ließ das Fenster herunter. »Ja?«

»Ich wollte nur ... wollte Sie fragen, ob Sie mit mir ...«

»Hey, Maggie«, hörte ich Winnie rufen und war erleichtert, dass er die kleine Balkonszene störte. Ich hätte nicht gewusst, wie ich eine Esseneinladung von Matti ausschlagen sollte, ohne ihm das Herz zu brechen. Ich hatte schon zweimal abgesagt, immer unter den fadenscheinigsten Ausreden, was er natürlich gemerkt hatte, was mir wiederum total peinlich war. Nicht, dass ich Matti unsympathisch gefunden hätte. Er war eine Seele von Mensch und ... nicht zuletzt mein Held und Lebensretter. Er war einfach alles, was ich nicht war. Wie sollte bei mir da *nicht* die Panik ausbrechen?

Winnie kam mit einer Magnum-Champagnerflasche unterm Arm zur rechten Zeit. Er schwenkte in der anderen Hand drei Gläser und tänzelte über das Kopfsteinpflaster der Gußstahlstraße.

»Hallo Matti«, sagte er. »Ich hatte Sorge, ihr wärt schon weg.« Aus seinen sommersprossigen Wangen waren bereits rote Apfelbäckchen geworden, ein Zeichen dafür, dass er schon mehr als ein Glas genossen hatte. »Ich wollte fragen, ob wir uns gleich noch im Café Madrid treffen? Ich glaube, einen gemütlichen Absacker ohne die wild gewordene Bagage können wir alle gebrauchen. Elli will auch weg.«

»Warum ins Madrid? Im Dollarhaus ist doch für alles gesorgt«, antwortete ich und lehnte dankend ab, als er mir ein Glas Champagner hinhielt.

»Da drin haben die grad die Schallgrenze für sittliches Benehmen überschritten. Wenn ich noch fünf Minuten bleibe, müsste ich die ersten Leute festnehmen oder die Kollegen von der Sitte anrufen. Das will ich aber nicht.«

»Na, toll. Ich bin müde, Winnie. Ein andermal. Ich muss morgen ganz früh schon wieder antanzen. Spießbratenbude, Ochsenorgel, Mittelaltermarkt, du verstehst.«

»Und was ist mit Ihnen, Mat ... ti?«

Winnie schaute sich um, aber Matti war schon verschwunden.

»Was hat er denn?«, fragte Winnie.

»Finnischen Blues, fürchte ich«, gab ich zur Antwort und startete den Diesel.

»Woran du nicht ganz unschuldig bist, Gnädigste«, sagte Winnie und grinste von einem Ohr zum anderen. »Wo der schweigsame Finne grad die Haare lang trägt, sieht er richtig verwegen aus ...«

»Winnie, ich muss los«, fuhr ich ihm dazwischen. Aber der Herr Kommissar war mit seiner Paartherapie noch nicht fertig. »... und ich glaube, er mag dich ... na ja, vermutlich ist das das Problem ...« Er seufzte.

»Winnie ... Tschüss!« Ich legte den ersten Gang ein.

»Du hörst mir ja gar nicht zu, Maggie.«

»Genau, und du mir auch nicht. Kannst ja morgen mal am Zelt vorbeischauen. Ich geb' dir ein Mittagessen aus.«

»Geht nicht«, sagte er und klopfte mit der flachen Hand auf seinen nicht vorhandenen Bauch. »Ich hab morgen frei.«

»Ist Nikolaj mal wieder im Anflug, und der Herr Kommissar will sein Sixpack nicht demolieren? Dreht er keine Pirouetten für dich, wenn es irgendwo wabbelt?«

»Nein, diesmal achte ich auf mein Gewicht, weil ich das meinem neuen Anzug schuldig bin. Man trägt in einem Anzug von Hedi Slimane keine Speckröllchen herum. Das gehört sich nicht. Sagt Oma Berti, und Karl Lagerfeld. Und bevor du vor Neugier platzt: Ich habe mir den Anzug geleistet, weil ich ihn morgen bei einer Matinee und einem anschließenden Empfang in der Frankfurter Oper tragen will. Und ja, Nikolaj wird da sein – die ganze Tanz-Compagnie reist aus Amsterdam an. Die bekommen nämlich einen europäischen Kulturpreis verliehen.«

»Na dann, viel Spaß«, sagte ich und gab Gas. Der Transporter holperte über das Kopfsteinpflaster, im Laderaum schepperte das dreckige Geschirr in seinen Kisten, und ich verfluchte meine verspannten Nackenmuskeln und die Kopfschmerzen, die sich bei Winnies freudig vorgetragenen Plänen eingestellt hatten. Die Ampel an der Alleestraße war grün, und ich nahm die Rechtskurve etwas zu schnell. Im

Laderaum fiel polternd der Schokoladenbrunnen um.

Maggie Abendroth! Wie viel Punkte gibst du diesem Abend auf deiner nach oben offenen Aschenputtel-Skala?, feixte meine innere Stimme. Drei für Wolfis Totalausfall, fünf für Winnies neuen Anzug und weitere sechs für die tadellose Figur, die er in dem Meisterwerk der Schneiderkunst machen wird. Und zwanzig dafür, dass du in der Frankfurter Oper nicht dabei sein wirst! Weil du, Maggie Abendroth, nicht dazu auserkoren bist, am Arm eines gut aussehenden Mannes, und sei er auch noch so schwul, im Glanz von Kristallleuchtern von allen anderen Frauen beneidet zu werden.

Eine Viertelstunde später rangierte ich den Transporter durch die Hofeinfahrt und hätte beinahe Dimi und Stojko über den Haufen gefahren, die eben aus dem Büro gestürmt kamen. Ich parkte den Wagen vor der Anlieferung der Cateringküche. Als ich ausstieg, waren die beiden verschwunden. Ich öffnete die Seitentür, holte den Briefumschlag mit dem Geld aus dem Geschirrkorb und steckte die fünfzig Euro Trinkgeld ein. Als ich den Umschlag in den Briefkasten des Büros einwerfen wollte, ging die Tür auf und Dennis stand kreidebleich und zitternd vor mir.

»Hallo«, sagte ich. »Waren das eben Dimi und Stojko?«

Dennis zuckte zusammen, er hatte mich gar nicht gesehen, obwohl ich direkt vor ihm stand. »Was?«

»Das waren doch unsere beiden Yugos. Was wollten die hier? Ich dachte, Günni hätte die rausgeworfen?«

»Die mussten noch ihre Papiere abholen«, murmelte er und ging an mir vorbei.

»Ah ja ... und ich muss die letzte Bahn kriegen, Dennis. Warte mal.« Ich gab ihm das Geld. Er steckte es ein, ohne nachzuzählen, und sagte: »Ja, ja, fahr. Ich lade den Wagen morgen früh aus.«

»Und was war denn jetzt mit der Ochsenlieferung?«, rief ich ihm hinterher, aber Dennis antwortete nicht, sprang auf die Laderampe der Cateringküche und verschwand im Haus.

Ich erhöhte die Gesamtpunktzahl auf der Aschenputtel-Skala eigenmächtig auf einhundert glatt, schob die Seitentür des Transporters wieder auf, klaubte ein paar übrig gebliebene Lachskanapees von den Servierplatten und wickelte sie in eine Serviette ein. In der Heibuchschen Wohnung, in der Etage über der Cateringküche, brannte noch Licht und ich hörte die Else singen. Einen Discofox-Schlager aus den 80ern, der grad wieder auf den Markt gekommen war und bei Radio Bochum in Heavy-Rotation lief: »*Tausend goldne Sterne, alle warten nur auf Dich ... tausend bange Stunden, doch die zählen nicht für mich ...*« Ich knallte die Autotür zu und rannte zur Straßenbahnhaltestelle.

Kapitel 3

Die Stille, die mich in Wilmas Wohnung empfing, trog, denn in der Küche erwartete mich ein kleines Empfangskomitee, bestehend aus meiner besten Freundin Wilma und ihrer schlechten Laune.

Madame Friseurmeisterin saß vor einem Glas Rotwein und rümpfte die Nase, als ich die leicht zerquetschten Kanapees aus der durchgefeuchteten, roten Serviette auspackte. »Du kommst ja reichlich spät.«

»Tja, wenn die andern feiern, gell ... Dennis hat mich mit dem ganzen Summs alleine gelassen. Haut mit seinem Bruder ab und kommt einfach nicht wieder. Handy hat er mir auch nicht dagelassen. Ich kann kaum noch gehen. Was weiß ich, wie viel Kilo kalte Platten, warme Platten und dreckiges Geschirr ich heute geschleppt habe.«

»Man sieht es ... Was ist das da, auf deinem Hemd, Maggie? Hoffentlich nicht das, wonach es aussieht.«

Ich stopfte mir ein zerfleddertes Kanapee mit Schokoladenglasur in den Mund und betrachtete den großen braunen Fleck auf meinem T-Shirt.

Wilma verzog das Gesicht.

»Was ist, Wilma? Das auf dem Hemd ist Schokolade, und guck nicht so pikiert auf die Schnittchen. Ich hab Angst, die werden sauer, bevor ich sie verdaut habe. Du musst die Dinger nicht essen.«

»Das sollte niemand essen müssen.«

»Dann mach du mir doch schnell was Leckeres«, sagte ich und kippte den Espresso, der seit den frühen Morgenstunden in meiner kleinen Bialetti vor sich hin weste, in meine Prince-Charles-Tasse.

»Maggie, was macht eigentlich deine Wohnungssuche?«, sagte Wilma ohne Vorwarnung.

»Darf ich erst mal meinen Kaffee trinken, bevor ich so existentielle Fragen beantworte?«

»Du kannst mir antworten, während du diese ekelhafte kalte Plörre trinkst.«

»Warum die Eile? Was ist denn bloß los?«

Wilma goss Rotwein in ihr Glas und trommelte mit ihren hochglanzlackierten Fingernägeln auf der Tischplatte herum.

»Also gut – irgendwas sagt mir, dass du es eilig hast. Aber, woher Wohnung nehmen, wenn nicht stehlen?«, sagte ich. »Wie du vielleicht bemerkt haben dürftest, Wilma, schufte ich mir zwischen Frittenfett und Wiener Schnitzel für sechs fünfzig die Stunde den Rücken krumm, da bleibt nicht viel Zeit für die Wohnungssuche.«

»Ich leih dir einen Zwanni und du gibst eine Suchanzeige im Stadtanzeiger auf«, erklärte Wilma, ohne Anstalten zu machen, mir auch ein Glas Rotwein anzubieten.

»Ja, super. Was soll ich da reinschreiben? Frau ohne Geld sucht Wohnung mit Möbeln, die nix kostet? Beheizte Besenkammer mit Klo auf dem Flur auch angenehm – mein zweiter Name ist Harry Potter?!« Ich ließ mich auf einen Stuhl fallen.

»Wenn du so an die Sache rangehst, wird das nie was. Frag doch Matti. Wo alte Leute sterben, werden Wohnungen frei.«

»Das ist ja wohl das Allerletzte! Frag du ihn doch, wenn du mich so dringend loswerden willst.«

»Von nix kommt nix, Maggie. Und ja, ich werde dich bald loswerden müssen.«

»Warum? Geh ich dir so auf den Keks? Ich spüle jeden Tag und das Bad mach ich auch sauber. Ich bemühe mich, wie du siehst. Und ich bin noch weit unter Durchschnitt, was das Verfärben von Klamotten in der Waschmaschine angeht.

Was ist an mir als Mitbewohner auszusetzen?«

»Erstens, du müffelst nach altem Bratfett und Brühwürfeln, und zweitens, was noch wesentlich schwerer wiegt: Du heißt nicht Acki«, sagte Wilma.

»Ach ... Und wenn ich mich jeden Tag mit Fahrradschmieröl parfümiere, darf ich dann ein paar Tage länger bleiben?«, fauchte ich zurück.

»Acki und ich wollen zusammenziehen und gucken, wie es klappt. Und zwar nur zwischen uns beiden und nicht zwischen uns Dreien. Eine Dreier-WG ist nicht vorgesehen.«

»Das sind ja ganz neue Töne. Vor sechs Monaten hast du ihn noch rausgeworfen, weil er dir einen Heiratsantrag gemacht hat, und jetzt das? Seit wann willst du mit einem Mann zusammenwohnen?«

»Cherchez la femme. Ich finde, er hat's verdient.«

»Na, super. Hätt' ich mir ja denken können. Du und deine spontanen Entscheidungen. Wie groß ist mein Zeitfenster, bevor du mir den Koffer vor die Tür stellst?«

»Meine Güte, Maggie. Der Wohnungsmarkt ist total entspannt, in null Komma nix, wirst du was gefunden haben«, sagte sie und schob mir den Wohnungsteil des Bochumer Stadtspiegels über den Tisch, der, wie ich leider zugeben musste, vier volle Seiten umfasste.

»So! Wenn du schon die Zeitung für mich wälzt, schätze ich mal, dass ich weniger als drei Tage habe. Danke, Wilma. Dann nehme ich doch am besten gleich Ackis Wohnung.«

»Das glaub ich nicht. Die kannst du nicht bezahlen. Sorry.« Wilma tippte mit ihrem Zeigefinger auf die Zeitung. »Du hast ja noch gar nicht richtig gesucht. Fang damit an.«

»Na gut, dann gib mir den Zwanni. Ich hab schon verstanden.«

Vor meinem geistigen Auge sah ich mich bereits durch klamme Hausflure tapern, übergriffige Vermieter-Fragen zu meinem Gehalt, polizeilichem Führungszeugnis und meinem Job beantworten. Und wo ich schon mal dabei war, konnte ich mir auch gleich Sorgen darüber machen, wie ich eine Kaution bezahlen sollte. Kaum eine Wohnung würde nicht renovierungsbedürftig sein. Und wenn sie renoviert war, konnte ich sicher sein, dass die Miete mein Budget übersteigen würde. Schließlich war ich gezwungen, monatlich zweihundertfünfzig Euro Kreditrate abzubezahlen – für eine Reise in die Karibik, deren Sonnenbräune schneller erloschen war als die Liebe zwischen Dieter Bohlen und seinem Teppichluder. Und am Ende des Tages – ich schob mir eben das letzte Kanapee zwischen die Zähne – drängte sich mir die Frage auf: Was soll ich mit einem, zwei oder drei leeren Räumen? Ich hatte ja noch nicht mal das Geld, mir einen gebrauchten Hocker zu kaufen.

Ich trank den kalten Kaffee aus und stellte Prince Charles unsanft auf dem Küchentisch ab. Ergebnis des heutigen Tages: Glatte 150 Punkte. Dabei hatte es so ausgesehen, als käme ich diesmal unter 100 weg. Man wird ja noch träumen dürfen.

»Jetzt sei doch nicht gleich beleidigt. Dass du hier wohnst, war nie als Dauerzustand geplant«, sagte Wilma. Sie musste meinen 150-Punkte-Gesichtsausdruck bemerkt haben. »Du wirst schon irgendwas finden, das du bezahlen kannst.«

»Ich bin nicht beleidigt, Wilma. Ich bin todmüde und ich hab Aschenputtel ... massives Aschenputtel!«

»Ja, sag ich doch ... Was machst du da?«

»Mit Verlaub, ich genehmige mir ein Glas Rotwein. Außerdem habe ich eine Verabredung mit meiner Freundin Ally McBeal. Du wirst ja wohl nicht von mir verlangen, um diese Uhrzeit irgendeinen Vermieter anzurufen.«

Ich ging ins Wohnzimmer und schaltete den Fernseher ein.

Vom Vorspann bekam ich so gut wie gar nichts mit, weil Wilma sich neben mich aufs Sofa pflanzte, die Zeitung auf den Knien. »1,5 Zi, KDB, Nichtr., KM 275 Euro, 3MMKaut, 3Zi,Gleisdr., 400EuroWM, MumiKi bev.k.Haust.«, las sie laut vor.

Ich machte den Ton lauter, Wilma hob ihre Stimme und las unverdrossen weiter. Allys nervige Assistentin Elaine trug einen Gesichts-BH, und ich würde nie erfahren, was es damit auf sich hatte. Ich stellte den Ton noch lauter, und Wilma hob endlich mal ihren Blick von den Inseraten. Sie runzelte die Stirn und sagte: »Warum hat sie denn dieses Ding im Gesicht?«

»Das wüsste ich auch gern, aber du hast ja in alles reingequatscht«, sagte ich und zündete mir eine Zigarette an.

»Na, dann is' ja auch egal«, murmelte Wilma und nahm ihren Vortrag wieder auf.

»Wenn du bitte die Güte hättest, wenigstens die Nichtraucherwohnungen wegzulassen!«

»In deiner Situation auch noch Ansprüche stellen. Das ist mal wieder typisch für dich.«

Ich versuchte Wilma die Zeitung aus der Hand zu reißen, dabei stieß ich mein Rotweinglas um. Ein Viertelliter Dornfelder wurde von Wilmas neuem, blütenweißem Flokati aufgesogen, der vor ein paar Wochen den Weg in ihre Wohnung gefunden hatte, ebenso wie ein elektrischer Kamin. Das legte die Vermutung nahe, dass die Anschaffungen dazu dienen sollten, eine romantische Atmosphäre zu zaubern, damit Wilma mit Acki zukünftig eng umschlungen durch die Flusen pflügen konnte.

Wilma ließ die Zeitung fallen und kreischte: »Da hast du den Salat«, raffte die sechs Quadratmeter Wollteppich zusammen und stolperte damit ins Bad. Ich hörte, wie sie

Wasser in die Wanne einließ, um das Fusselmonster einzuweichen.

Ich hob das Glas vom Fußboden auf und stellte es auf die Fensterbank. »Warum ziehst du nicht in Ackis Wohnung und ich bleibe hier, ungefähr so lange, bis ihr beiden festgestellt habt, dass es nicht funktioniert? Dann hab ich noch eine gute Woche mehr ...«, rief ich.

Wilmas hochroter Kopf erschien im Türrahmen. Ich sah viel zu spät, dass sie einen nassen Waschlappen in der Hand hatte, der mich in der nächsten Sekunde mitten ins Gesicht traf.

»Ich wollte sowieso grad gehen. Danke für die Erfrischung.«

Wilma knallte die Badezimmertür hinter sich zu, und ich machte mich exakt zwei Minuten nach Rechtzeitig auf den Weg ins Café Madrid.

Den häuslichen Kampfhandlungen knapp entronnen, geriet ich gleich in das nächste Szenario zerrütteter Verhältnisse.

Zwischen Kai-Uwe Hasselbrink, dem Besitzer des Café Madrid, und Raoul, seinem katalanischen Chefkoch, flogen in Ermangelung nasser Waschlappen die Messer tief, während vom Stammtisch der Fußballfreunde Anfeuerungsrufe zu vernehmen waren.

Winnie, Elli und Rudi, die sich von Ladislaus' Trauerfeier abgeseilt hatten, gaben die Schiedsrichter und amüsierten sich bei Tapas und Rioja. Ich fühlte mich sofort besser und nahm neben Winnie Platz.

»Solltest du nicht längst im Bett sein? Ich dachte, du willst morgen früh nach Frankfurt?«, sagte ich.

Winnie rümpfte die Nase und sagte: »Solltest du nicht längst geduscht sein?«

»Lange Geschichte. Wilma hat ...«

»Scht! Es wird grad richtig spannend. Tolle Absacker-Show«, wurde ich von ihm unterbrochen.

»Worum geht's diesmal?«, wollte ich wissen und zeigte auf die Tür, die vom Tresen in die Küche führte. Wenn mich nicht alles täuschte, hörte ich durch den Lärm der Musik und das Gejohle am Nachbartisch, das Geräusch einer elektrischen Stichsäge. Mein Kater, Doktor Thoma, der unter dem persönlichen Schutz von Raoul so lange in der Kneipe wohnen durfte, bis ich eine neue Wohnung gefunden hatte, kommentierte das Geschehen vom alten Buffet aus, das neben der Feuerschutztür stand. Er balancierte fauchend und mit gesträubtem Fell auf einem Stapel LPs.

Kai-Uwe hämmerte derweil mit den Fäusten gegen die Küchentür und gab im Sozialarbeiterton seinem Chefkoch zu verstehen, dass er unverzüglich die Tür aufmachen solle, dass er es nicht so gemeint habe und dass das seine Kneipe sei und er Sachbeschädigung nicht dulde, und zu guter Letzt wimmerte er: »Wir können doch über alles reden, Raoul ... hör auf zu sägen, und mach die Tür wieder auf ...«

... Grrrrrrrrrrk ...

»Ich werde doch wohl noch in meine eigene Küche dürfen, du katalanischer Springteufel!«, wechselte Kai-Uwe urplötzlich die Taktik.

... Grrrrrrrrrrrrrrrrk ...

»Raoul, lass das ... du machst alles kaputt.«

Die Fußballfreunde stimmten Fangesänge an: »Ricke, racke, voller Tücke in die Türe eine Lücke ...«

»Ist das jetzt Sachbeschädigung, Winnie?«, fragte Rudi, von dem ich nur die zappelnden Beine sehen konnte, weil er von Ellis Körperfülle verdeckt an der Wand lehnte und mit seinem Stuhl hin und her kippelte.

»Is doch egal«, meinte Elli. »Raoul macht grad den wilden

Stier und Kai-Uwe den Torero. Nicht sehr überzeugend, wenn'ze mich fragst. Ich diagnostizier' Hormonstau auf beiden Seiten. Da wüsst' ich was dagegen ... gib mir mal die gegrillte Chorizo ...«

Winnie schob Elli den Teller mit den Tapas rüber, auf dem alle Köstlichkeiten aus Raouls Küche gestapelt waren, und sagte: »Wie gut, dass wir bestellt hatten, bevor der Küchenkrieg ausbrach.«

Da der Herr des Hauses vollauf damit beschäftigt war, seine Kneipe vor dem wild gewordenen Küchenstier zu beschützen, ging ich zur Theke, langte über den Tresen, stellte eine Tasse in die Kaffeemaschine und drückte auf den Knopf für Espresso. Raoul hatte bereits ein Viereck von der Größe eines Fernsehers aus der Tür gesägt, und ich konnte seinen hochroten Kopf dahinter ausmachen. Seine Kochmütze hing schief auf seinen schwarzen Locken. Im nächsten Moment heulte die Stichsäge wieder kurz auf. Raouls Gesicht erschien hinter der Luke, diesmal steckten lange Nägel in seinem Mund, wodurch er Freddy Krueger sehr ähnlich sah. Er rammte ein circa vierzig Zentimeter langes Brett waagerecht in die Luke und hämmerte die Nägel hinein, sodass eine kleine Abstellfläche entstand. Als alle Nägel versenkt waren, sagte er: »Das iss mache für meine Nerve, Hasselbinke ... Komm'sse nie wieder in meine Kuche ... Du bisse aussgesperrt. Basta!«

»Raoul ... bitte ...«, wimmerte Kai-Uwe den Tränen nah.

»Geh doch einfach durch die Tür«, schlug ich Hasselbrink vor. Er fuhr herum und rief mit schriller Stimme: »Das geht nicht ... dieser Hirntote hat die von innen verbarrikadiert und zugenagelt!«

»Und was hast du getan, dass es dazu kommt?«, ließ ich nicht locker und kippte meinen Espresso auf ex.

Kai-Uwe drehte sich um und trat vor Wut gegen das Buffet. Doktor Thoma suchte spuckend und fauchend das Weite, landete mit ausgefahrenen Krallen auf dem neuen Poolbillardtisch, der erst kürzlich angeschafft worden war, und hinterließ dabei mächtige Bremsspuren im Filz. Die Fußballfreunde applaudierten.

Kai-Uwe fuhr sich mit den Händen durch seine graue Hippiemähne und murmelte: »Wenn ich mit diesem Irren fertig bin, mach ich aus deinem Scheißkater Frikassee!«

Die Feuerschutztür flog krachend auf. Raoul stand mit einem blitzenden langen Fleischmesser in der Kneipe und spuckte Gift und Galle: »Du rührsse nichte an El Doctor, sonst iss mache Frikassee aus deine Collons. Versprosse. Und heute bleibte die Kuche zu. Kalt. Arschekalt! Verstande!?«

Die Fußballfreunde ließen ein lang gezogenes *Uhhhhhhhh* hören.

Winnie hatte seine zwei Meter beinahe unbemerkt neben Raoul aufgebaut und ihm das Messer aus der Hand genommen, bevor der Koch protestieren konnte.

»Nur so zur Sicherheit«, sagte Winnie. »Wir wollen doch nicht, dass dich dein Temperament in den Knast bringt. Das wäre fatal für alle, die gerne gut essen.«

Er legte Raoul, der kaum größer war als ich, die Hand um die Schulter und schob ihn an unseren Tisch. »Kai-Uwe, wir hätten gerne alle einen Wodka und einen Espresso, bitte«, befahl Winnie und drückte Raoul auf einen Stuhl. »So – was ist los mit dir, bester Koch aller Zeiten, der je einen Fuß in diese ungastliche Stadt gesetzt hat?«

Elli tätschelte Raoul die Hand und sagte: »Du kannst uns alles erzählen ...«

Rudi verschränkte beleidigt die Arme vor der Brust, weil Elli sich einem anderen kleinen Mann zugewandt hatte.

Der Koch sank auf seinem Stuhl zusammen. Nach ein paar

Sekunden ballte er die Fäuste und hob sie drohend in Richtung Hasselbrink. »Dasse hirnlose Hippie hatte verhindert meine große Auftritt in die Stadte bei de Mittelaltermarkte!«

»Ja, gib mir ruhig die Schuld an allem«, meckerte Kai-Uwe aus sicherer Entfernung. »Mein Koch hat Starallüren und ist nicht mal in der Lage, seine Anmeldung für den Tingeltangel-Quark abzugeben.«

»Dasse war deine Aufgabe – iss habe dir gebeten ssu mache das Anmeldung, verfluchte, weil isse niss kann schreibe sso gut in dasse Deutss.« Raoul riss sich die Kochmütze vom Kopf und warf sie quer durch die Kneipe. Kai-Uwe duckte sich hinter die Theke.

Mit großer Geste fuhr sich Raoul mit beiden Händen durch die schwarzen Locken, warf den Kopf zurück und hob beide Hände gen Himmel. Das Zeichen dafür, dass jetzt die ganze Geschichte in epischer Breite vorgetragen würde. Die Fußballfreunde hoben die Biergläser und riefen im Chor: »Wir hören!«

Und dann erfuhren wir die ganze Wahrheit über Kai-Uwe Hasselbrink und den verpassten Mittelaltermarkt, der in diesem Jahr der Höhepunkt in Raouls Karriere hätte werden sollen, hätte Kai-Uwe nicht vergessen, für das Café Madrid die Anmeldung für einen Verkaufsstand abzugeben. Raoul hatte seinem Chef die Anmeldeformulare, inklusive Konzept, das vorsah, dass Kai-Uwe Hasselbrink als Don Quichote und Raoul als Sancho Panza den Bochumern die mittelalterliche spanische Küche nahe zu bringen gedachten, auf den Tresen gelegt, und dort hatte Kai-Uwe Hasselbrink die Zettel einfach liegengelassen, bis sie durchweicht und unleserlich von Bier und Kaffeeresten von der Putzfrau gefunden, als Müll deklariert und dementsprechend entsorgt worden waren.

Nachdem Raoul klar geworden war (ungefähr vor 48 Stunden), dass sein Chef die ausgefuchste PR-Aktion durch seine schiere Baseligkeit vereitelt hatte, konnte man durchaus von einer deutsch-spanischen Krise sprechen, die am heutigen Abend auf ihrem Höhepunkt angekommen war: Raoul hatte seine Küche zum Sperrgebiet und Kai-Uwe zur Persona non grata erklärt. Und damit Kai-Uwe sein Hausverbot für die Küche auch wirklich einhalten musste, hatte Raoul die Tür zwischen Kneipe und Küche von innen vernagelt, ein Loch hineingesägt, um die Teller Richtung Tresen schieben zu können, um dann die Klappe sofort wieder zu verschließen, weil er Kai-Uwes Anblick nicht mehr ertragen konnte, wie er mehrmals versicherte – ohne das Hassobjekt auch nur einen Moment aus den Augen zu lassen, versteht sich.

Wenn Kai-Uwe also zukünftig die Küche betreten wollte, müsste er jedes Mal einen Umweg durch die Feuerschutztür und durch den Hausflur nehmen. Und bis er dort angekommen wäre, hätte Raoul längst den Schlüssel umgedreht.

»Das Kuche gehörte mir!«, beendete er sein Klagelied und guckte dabei herausfordernd Kai-Uwe an, der hinter der Theke stand und die ganze Tirade über sich hatte ergehen lassen.

»Bist du endlich fertig, Raoul?«, fragte er. »Hast du dich mal gefragt, wie ich mich dabei fühle?«

»Du redesse von nixe andere als deine Gefuhle ... stehte mir dass bis ober die Ohre ...«

»So ist das also. Dann is' ja gut«, sagte Kai-Uwe beleidigt. »Dann kann ich ja gehen, aber der Schlüssel, Raoul ..., gehört mir. Weil mir die Kneipe gehört.«

Raoul sprang vom Stuhl hoch und raste auf Hasselbrink zu, der durch die Feuerschutztür in den Hausflur flüchtete. Bevor Raoul die Tür erreicht hatte, hörten wir, wie der Schlüssel im Schloss umgedreht wurde. Raoul fackelte nicht lange. Breit grinsend drehte er sich um und rief: »Carte blanche! Dasse Gefuhledusel Hippie isse ausse Hause. Freiesse Trinke für alle ... wir musse dasse feiern. In fünf Minute, esse gibte Sangria für alle ...« Seine schwarzen Augen sprühten Funken, als er unter der Theke fünf Sektkübel hervorholte und auf den Tresen stellte. Er griff sich diverse Rotweinflaschen, die er, eine nach der anderen, mit einem gezielten Hieb auf die Theke vom Hals befreite und dann in hohem Bogen in die Kübel entleerte. Ein paar Fußballfreunde kamen ihm zur Hilfe: Einer schnibbelte Orangen und ein anderer verteilte lange Strohhalme an die Gäste, und so nahm der Küchen-Conquistador das Ruder in die Hand und das Unglück seinen Lauf.

»Meinst du, wir sollten die Polizei rufen?«, fragte ich Winnie.

»Nö, wieso denn? Is ja noch nix passiert.«

»Seh ich genauso«, bestätigte Elli. Rudi nickte und fragte: »Wer sollte an dem Stand denn Rosinante sein? Hat Raoul etwa ein Pferd gemietet?«

»Dem ist alles zuzutrauen. Obwohl ... Kai-Uwe als Don Quichotte, das hat was«, sagte ich, nahm einen Strohhalm entgegen und erinnerte mich mit Schrecken daran, dass Günni Heibuch auch für mich ein selten dämliches Kostüm für den Mittelaltermarkt besorgt hatte, Typ: Marketenderin. Ich hatte bislang noch niemandem davon erzählt, geschweige denn es herumgezeigt. Meine Freunde würden noch früh genug spitz kriegen, dass ich in den nächsten drei Tagen acht Lagen Baumwollröcke in Schlammbraun und dazu eine Filzhaube tragen musste, die mich aussehen ließ, wie eine Schildkröte mit Bauchschmerzen. Günni hatte für sich natürlich ein Ritterkostüm ausgesucht – Lederhose, Stulpenstiefel und darüber ein Kettenhemd.

»Ich dachte, ich bin ein Burgfräulein«, hatte ich protestiert, »Mit Spitzhaube und Schleier ...«

Aber Heibuch war hart geblieben und hatte gesagt: »Burgfräuleins haben inne Küche nix zu suchen.«

Im selben Augenblick war Wolfi in die Cateringküche gestolpert, angetan mit einem perfekten Till Eulenspiegelkostüm in Grün und Rot, eine Holzklapper in der rechten Hand, die er wild drehte.

»Na, Hauptsache, der Hofnarr ist glücklich«, hatte ich gemurmelt und mich wieder ans Akkordpanieren von Mini-Schnitzeln begeben.

»Ich find dat genau richtig, mit der Party hier ... Ich hab nämlich auch wat zu begießen. Dat wollt ich euch nur nich bei der Totenfeier von Ladislaus sagen«, sagte Elli plötzlich und riss mich damit aus meinen Gedanken.

»Mach's doch nicht so spannend«, sagte Rudi.

»Ich fang'n neuet Leben an«, verkündete Elli. »Gleich morgen. Ich hab auffen Kiez nix mehr verloren. Fümmendreissich Jahre Schwänze lutschen – dat reicht. Ab heute bin ich wieder Elisabeth Ruschkowsky. Ich werd' solide.«

Raoul kam mit der Sangria herbeigeschaukelt und stellte den Kübel auf den Tisch. »Salut!«, schrie er.

»Salut«, antworteten alle im Chor und stippten ihre Strohhalme in die Kübel.

»Was willst du denn machen, Elli?«, fragte ich.

»Ich mach'n Pudelsalon auf. *Schickobello* soll der heißen.«

Rudi klatschte in die Hände und trompetete: »Elli, ich helf dir. Pudel find ich super ...«

»Frag erst mal Matti, wie viel Nebenbeschäftigung er dir erlaubt«, gab ich zu bedenken. Rudis Enthusiasmus war auf der Stelle ein bisschen gebremst, aber nach kaum drei Sekunden riss er die Augen weit auf und sagte: »Kein Problem. Ich werde mich um die Hundebestattungen kümmern. Wenn mal einer von deinen Kunden ... also ich meine ... Elli. Weisste, ich red da gleich morgen mit dem Matti drüber. Ich kann super so kleine Särge machen und so Urnen, die aussehen wie Futternäpfe oder nee ... wie Knochen! Und wenn ich die airbrushe, dann sehen die voll echt aus.«

»Rudi, ich glaube, Elli meinte eher, dass sie die Pudel schön macht, und nicht tot«, wagte ich einzuwenden.

Winnie schob sich, toller Anzug und Matinee in Frankfurt hin oder her, noch ein mit Krabben und Paprika gefülltes Käseröllchen in den Mund.

»Das ist mal wieder typisch, Maggie Abendroth. Kein Plan von nix. Full Service, ne Elli? Schön machen im Salon, und wenn die Töle ausgeröchelt hat, dann schön machen für inn' Hundehimmel. Was sagst du dazu, Herr Kommissar?«

Winnie kaute intensiv, zuckte die Schultern, nickte und machte: »Hm, hm.«

»Da siehste mal, der Winnie is' mit mir einer Meinung. Dir fehlt doch der Überblick, du siehst einfach nie das Ganze.«

»Sagt wer, Rudi?«

»Matti sagt das.«

Ich bekam einen Hustenanfall, weil ich mich an der Sangria verschluckt hatte, und Winnie musste mir auf den Rücken klopfen. Elli johlte vor Vergnügen und drückte Rudi an ihren Busen. »Du biss' mir'n Richtigen, Rudi. Genau so machen wir das. Du hast recht. Alles inklusive. Bei mir kriegste für den vierbeinigen Freund alles: die erste und auch die letzte Frisur. So!« Sie stippte ihren Strohhalm in den Eimer wie ein Elefant seinen Rüssel in ein Wasserloch. Als sie ihn wieder herauszog, war der Eimer so gut wie leer. Elli strahlte über das ganze Gesicht und sagte: »Apropos, all inclusive: Kann der Matti eigentlich Tiere ausstopfen?«

Rudi runzelte die Stirn. »Nee, glaub ich nich ... das machen

Präparatoren. Aber der kann, wenn der Bello, also mal als Beispiel ... auf der Straße platt gefahren wurde, wieder alles so machen, das der aussieht wie neu ... für die offene Aufbahrung im Sarg, verstehste? Damit sich Herrchen und Frauchen ordentlich verabschieden können. Wie beim Ladislaus. Der Matti hat da echt so Tricks drauf ... das glaubst du nicht. Dem Laddy sein Brustkorb war ja total platt ... wegen dem Aufprall, also da hat der aus Holz und mit Sägespäne und so'...«

Winnie stieß Rudi mit dem Ellenbogen in die Seite, um ihn vor der Preisgabe weiterer Bestattergruseltricks zu bewahren.

»Äh ... ja, also«, fuhr Rudi fort. »Ich wollte sagen, wenn es zu schlimm wird, dann musste halt einäschern, ne? Dann kommt die Asche in eine Knochenurne und ich mal dann das Portrait von dem Hund da drauf. Also, in dem Zustand, wie der noch heile war, versteht sich. Macht man ja bei Menschen auch so, wenn die zum Beispiel von'ner Dampfwalze überfahren wurden.«

Ich zog instinktiv den Kopf ein. Genau so war Ellis Pudel Schätzken vor einem halben Jahr zu Tode gekommen, nicht durch eine Dampfwalze, sondern von todschicken Weißwandreifen an einem Cadillac El Dorado. Ich trat Rudi unterm Tisch vor's Schienbein, weil ich befürchtete, dass Elli ihm gleich den Hahn zudrehen würde, wenn die Erinnerung an ihr geliebtes Schätzken sie übermannte. Ellis Augen wurden etwas feucht, aber sie seufzte nur auf und sagte: »Hätte ich das gewusst. Da hätte ich das Schätzken wieder schön machen lassen für seine Reise in den Hundehimmel. Na ja ... hab'se im Garten begraben wie'se war ... Platt wie'n Pfannekuchen ...«

Raoul kam mit dem nächsten Eimer Sangria an unseren Tisch. Die Jungs vom Fußballstammtisch grölten: »Die Sonne scheint bei Tag und Nacht ... e viva España ...«

»Und wo bitte, Elli, wirst du das machen? Du brauchst ein Ladenlokal oder so was«, versuchte ich sie von ihrem herben Verlust abzulenken.

»Hab ich schon. Wozu bin ich Hausbesitzerin?«

»Wo denn?«

»Na, in der Johanniterstraße. Du weißt doch, wo ich wohn, has' mich mit dem Taxi doch jede Nacht da abgeliefert. Das Haus gehört mir, und das daneben mit dem Ladenlokal auch.«

»Chapeau!«, sagte ich.

»Haste nicht mit gerechnet, Prinzesschen, ne? Im Gegensatz zu den meisten anderen Weibern auffem Kiez hab ich investiert für's Alter. Und die Jaqueline habe ich auch schon gefragt – die macht mit, die is nämlich Hundefriseurin. Ich hab zu der gesagt: Lass dat Poledänzing mal schön sein und mach was Reelles. Und das macht die jetzt auch. Und Berti hat schon Pläne für das Marketing gemacht, und die Mia, die kann ja Computer, die is' für die Website zuständig. Und ich hab jede Menge Ideen für Körbchen und Leinen und so weiter. Schickobello! Alles für den feinen Hund. Designed by Elisabeth Ruschkowsky. Noch fragen, Prinzesschen?«

»Bei dir ist nicht zufällig eine Wohnung frei? Wilma will mich rausschmeißen. Am liebsten übermorgen.«

Winnie zog eine Augenbraue hoch. »Sag bloß, die hat was mit Acki vor ...?«

Ich nickte. »Ja, Herr Kommissar. Wundert mich, dass du es noch nicht weißt, aber der Drahteselmann darf jetzt bei Wilma die Ritzel bedienen, oder wie das heißt. Jedenfalls schalten die beiden einen Gang höher, was ihre Beziehung angeht. Da bin ich unerwünscht wie weiland Camilla Parker Bowles bei den Windsors. Es techtelt und mechtelt sich so schlecht auf dem Flokati, wenn die zweibeinige Fritteuse jederzeit nach Hause kommen kann.«

»So hat Wilma das bestimmt nicht gesagt«, versuchte Winnie mich zu beschwichtigen.

»Nein, Herr Kommissar – das war die gesellschaftsfähige Version der Diskussion. Ich würde hier nicht mit fetttriefenden Haaren sitzen, wenn der Abend mit Wilma harmonischer verlaufen wäre.«

»Also, du könntest jederzeit wieder bei Matti ...«, setzte Rudi an, aber ich fuhr ihm dazwischen. »Nein, danke! Ihr beiden wart schon dran.«

Elli guckte von einem zum anderen und runzelte die Stirn. »Also, bevor dat hier in Handgreiflichkeiten ausartet ... Ich werd' ma' sehen, was sich machen lässt. Muss es mit Zentralheizung sein?«

Bevor ich Elli eine patzige Antwort geben konnte, sagte Winnie: »Ich glaube, Camilla-Parker-Abendroth ist alles recht, Hauptsache es hat Wände, nicht wahr? Es muss ja nicht gleich Highgrove sein.« Er schob mir ein Käseröllchen in den Mund und sagte: »Das tut mir ehrlich leid für euch beide. Iss erst mal was.«

»Du stopfst mir nur das Maul, damit ich dich nicht fragen kann, ob ich bei dir wohnen kann«, nuschelte ich mit vollem Mund. »Keine Sorge, Sherlock Holmes, ich frag dich nie wieder, wo deine Bakersreet 221 B ist.«

»Gut so«, sagte Winnie. »Der Meisterdetektiv braucht seine Ruhe. Bist du jetzt wieder beleidigt?«

»Ja, bin ich. Du und deine Geheimniskrämerei.«

»Das hatten wir alles doch schon«, sagte Winnie zu mir.

»Du kapierst auch wieder gar nichts, Maggie«, warf Rudi ein. »Was meinst du, wenn alle wüssten, wo der Winnie wohnt? Die Knackis, die der eingebuchtet hat, würden dem doch sofort ein Rollkommando nach dem andern schicken.«

»Ich bin aber kein Knacki. Schon gemerkt?«

Winnie guckte amüsiert und sagte: »Ach? Wenn du meinst, dir würde diese Erfahrung noch fehlen – ruf mich ruhig an.«

Mir blieb eine Antwort im Halse stecken. Vor allem, weil meine Aufmerksamkeit von Raoul in Anspruch genommen wurde, der kopfüber in der Luke der Küchentür hing und versuchte, sich durch das Loch hindurchzuzwängen. Er brüllte ein paar katalanische Flüche in die Küche hinein, die offensichtlich von Kai-Uwe Hasselbrink zurückerobert worden war. Als das nichts half, versuchte er es auf Deutsch: »Weg mit deine Fingers von meine Topfe ... Hassebinke, isse bringe diss um ...!«

Winnie zückte sein Handy und machte ein Foto. »Für alle Fälle«, sagte er. »Wer weiß, wozu man es noch gebrauchen kann.«

»Bestenfalls als Vorherfoto von einem Tatort«, gab ich zu bedenken, und nahm noch einen Strohhalm voll Sangria.

Kapitel 4

In meinem Kopf dröhnte es. Ich stellte den Wecker aus und setzte mich im Bett auf. Draußen goss es in Strömen, und ich hatte nur zwei Stunden Schlaf gehabt – wie sagt man da? Good morning Vietnam!

War nur zu hoffen, dass das Zelt, in dem Günni Heibuch seine original Ritter-Ochsenbraterei untergebracht hatte, auch dicht war. Schlimm könnte auch die Nachbarschaft zur Gauklertruppe werden, deren Zelt ich auf dem Lageplan direkt neben unserem lokalisiert hatte. Täglich sollten dort drei Hinrichtungen gezeigt werden, und dann rollte auch noch stündlich der Musikantenzug mit Dudelsack, Leier und Schalmeien durch die Gassen, und allabendlich waren Mittelalterbands angekündigt, die auf der Hauptbühne gegenüber vom Ochsenzelt spielen sollten. Den Anfang würde die Band *Cocolorus Tivoli* machen. Ich stellte mir wild gewordene, ungewaschene Kerle mit fusseligen Haaren vor, die in löchrigen Strumpfhosen mit Schellenkranzbehang über die Bühne humpelten und in gefaktem Mittelhochdeutsch herumgrölen würden. Eigentlich eine wunderbare Freizeitbeschäftigung für Kai-Uwe Hasselbrink – dem auf der Gitarre zuzuhören, erinnerte auch an finsterstes Mittelalter. Insofern hätte er als Ritter von der traurigen Gestalt bestens in die Szenerie gepasst.

»Du bisse trube Tasse und kannze nich kussen«, hatte Raoul ihm erst letzte Woche an den Kopf geworfen. »In meine Heimat, die Leute habe' Lebenss*sfreude* ... du hasse Depression, dass kommt aus dir gedampft ... Mache Geschäfte kaputt. Geh ssuch eine Frau, wenn du bisse Mann mit Collons in die Hose. Oder soll ich dir sseige, wie man kusst richtig?«

Ich warf einen Blick ins Badezimmer. Der Flokati dümpelte immer noch in der Wanne. Ich erledigte meine Katzenwäsche am Waschbecken und schlich zurück ins Gästezimmer, um das Kostüm anzuziehen. Wie gut, dass Wilma noch im Tiefschlaf war. Ihren giftigen Kommentaren um diese Uhrzeit ausgesetzt zu sein, hätte mich sofort zurück aufs Lager geworfen. Ich band die Enden der Filzkappe unterm Kinn fest und guckte in den Spiegel. Mit einem schwarzen Kajal malte ich mir eine dicke Warze auf die rechte Wange und hatte plötzlich einen alten Kinderreim im Kopf: Hexe Kau Kau Kau, hat die Nase blau ... Genau, ich verschmierte noch ein bisschen Kajal auf meinem Gesicht und tupfte Wilmas blauen Chanel-Lidschatten auf die Nasenspitze – so viel hatten die im Mittelalter ja nicht gebadet, da konnte ein bisschen Dreck nicht schaden. Als ich mit meiner Maske fertig war, hätte ich in *Jabberwocky* mitspielen können, ohne aufzufallen. Fragte sich nur, wer sich beim Anblick dieser mit Pestbeulen verseuchten Alten noch ein Stück gegrillter Ochsenbrust schmecken lassen konnte. Günni, dachte ich, du hast es so gewollt. Jetzt kriegst du die volle Packung Authentizität. Außerdem war es jetzt zu spät für Korrekturen – ich musste mich beeilen, wenn ich vor meinem Rücksturz ins Mittelalter noch einen Espresso trinken wollte.

Als ich in die Küche kam, saß Acki am Küchentisch und inspizierte die Wohnungsanzeigen. Ein paar hatte Wilma mit rotem Stift dick umrandet.

»Morgen, Acki. Wo kommst du jetzt her?«

Acki brach bei meinem Anblick in schallendes Gelächter aus. »Dasselbe könnte ich dich fragen.«

»Ich komme aus dem Bett und ich gehe jetzt ins Mittelalter. Schon vergessen, ich brate einen ganzen Ochsen am Spieß.«

»Ach, ja stimmt. Ich komme von der Fahrradmesse ... ist

spät geworden, und ich dachte, ich schau mal rein und frühstücke mit Wilma, bevor ich ins Koma falle.«

Er schob die Zeitung beiseite und hielt mir ein Brötchen hin. »Willste?«

Ich nahm das Brötchen, ohne mich zu bedanken, und wartete darauf, dass der Kaffee gurgelte. Dabei las ich demonstrativ die Informationen auf der Espresso-Dose.

»Schlechte Laune, Maggie?«

»Könnte man so sagen. Und zusätzlich hab ich einen Kater.«

»Suchst du'ne Wohnung?«, fragte er und wies auf die Zeitungsanzeigen.

»Muss ich wohl.«

»Hat es mit dem Flokati im Badezimmer zu tun? Ich wollte nämlich gern noch duschen, und finde dieses Ding da in der Wanne.«

»Dann hol ihn doch raus.«

»Der wiegt nass eine Tonne, und außerdem weiß ich nicht, wohin damit.«

»Wilma vermutlich auch nicht. Die war in Panik um ihren kostbaren Teppich ...«

»Was ist denn passiert?«

»Ein Viertelliter Rotwein. Ich war im Schock – statt meiner ist mein Rotweinglas umgefallen.«

»Ich kapier nix, aber red' nur weiter«, sagte Acki. »Vielleicht hab ich eine Chance.«

»Wilma hat mir die Zeitung vorgelesen: *1,5 Zi, KDB, Nichtr., KM 275 Euro, 3MMKaut, gefolgt von 3Zi,Gleisdr., 400EuroWM, MumiKi bev.k.Haust. Keine Raucher. Bankausk. Schufa. Geh.Nachw. erf., 1Zi, DB, Westr. 200Euro kalt ohne Balk...* Noch Fragen?«

»Ist doch nett, dass sie dir hilft.«

»Acki! Nett?! Wilma hätte mir ruhig früher sagen können, dass du hier einziehst«, platzte es aus mir heraus.

Er schüttelte den Kopf. »Ich? Hier einziehen? Seit wann? Ich bin ja schon froh, dass Wilmas Freigeist mir ab und an eine Audienz über zwei Stunden gewährt.«

Im selben Moment flog die Tür von Wilmas Schlafzimmer auf und sie stürmte mit wirren blonden Haaren, wie die wahnsinnig gewordene Lady Guinevere, in die Küche und keifte: »Maggie! Jetzt hast du mir die ganze Überraschung verdorben.« Dann fiel sie Acki um den Hals und schnurrte: »Willkommen zu Hause, Acki. Freust du dich?«

Acki guckte verwirrt von Wilma zu mir und wieder zurück.

»Sag jetzt bloß nichts Falsches, mein Lieber, sonst macht sie dir eine neue Frisur.« In der Diele warf ich mir den grauen Filzumhang über und schulterte meine fleckige Jutetasche, die Günni mir zum Kostüm verordnet hatte. Dann fiel mir ein, dass ich das Brötchen und den Kaffee vergessen hatte, ging zurück in die Küche, wo Acki bereits dabei war, Wilma aus dem Nachthemd zu pellen. Überflüssiger war ich mir in meinem ganzen Leben noch nicht vorgekommen. Bevor mein Aschenputtelkonto auf 2000 Punkte anwachsen konnte, schob ich mir das Brötchen in den Mund, nahm meine Prince-Charles-Tasse und suchte schleunigst das Weite.

Mit gerafften Röcken galoppierte ich durch den Regen in Richtung Dr.-Ruer-Platz. Vor *Fagheras Eiscafé* kamen mir die ersten verschlafenen Mittelalterfreaks entgegen. Manche grüßten mich in salbungsvollem Ton. »Ah, wehrte Jungfer, wohin des Wegs zu früher Morgenstund?«

Das war ein kleiner Vorgeschmack darauf, was ich in den nächsten Tagen an Konversation zu erwarten hatte. Als ich an der SEB-Bank vorbeilief, konnte ich schon die ersten Zelte und Verkaufsbuden ausmachen, deren bunte Wimpel und Wappen im Regen schlapp herunterhingen, und als ich beim Blumenladen links abbog, der, gänzlich unmittelalterlich aus Glas und Stahl wie ein reiner Anachronismus in der Dekoration herumstand, sah ich die Ochsenbraterei in der Mitte des Platzes. Nicht zu übersehen, weil eine große bemalte Holztafel vor dem Zelt aufgestellt war, auf der *Ochsenschmaus bei Gandalf – Hier grillt der Chef. Tretet ein und schmauset*, geschrieben stand.

Aus dem Rauchabzug an der Spitze des Zeltes drang der Qualm des Holzfeuers. Auf dem ganzen Platz hatte sich bereits der Duft von gegrilltem Fleisch breitgemacht. Vermutlich werkelte Günni schon die ganze Nacht herum, um den Ochsen gar zu kriegen, dachte ich.

Neben mir quietschte der erste Dudelsack auf und die Luke des Met-Ausschanks, eine windschiefe Bretterbude, vor der zwei grobe Holzstämme als Sitzbänke dienten, wurde aufgestoßen. Der ungewaschene Besitzer sah aus, als habe er den ganzen Abend über reichlich von seinem eigenen Gebräu gekostet. Breit grinsend hielt er mir einen gefüllten Holzbecher entgegen. Ich warf einen Blick auf seine krallenartigen, vergilbten Fingernägel und sagte: »Nee, danke. Nicht vorm Frühstück.«

»Du wagst es also, das göttliche Getränk eines Gero von Briesenhein abzulehnen, Jungfer?«

»Spar dir das Mittelhochdeutschgefasel für die Besucher. Davon kriegt man ja Ohrenkrebs.«

Der Bierpanscher kippte den Becher auf ex und hub schmatzend an:

»Herzeliebez frouwelin,
got gebe dir hiute und iemer guot!«

»Sag ich doch, Ohrenkrebs ...«, fluchte ich.

»Kund ich baz gedenken din,
des hete ich williclichen muot ...«, trompetete Gero von Brie-

senheim und mittelhochdeutschte sich regelrecht in Ekstase. Am liebsten wäre ich umgekehrt und hätte ihn mit meinem Kaffee getauft. Aber der mit Stroh bedeckte Hauptplatz hatte sich durch den Regen in eine Rutschbahn verwandelt, und ich musste aufpassen, nicht lang hinzuschlagen. Ich schlidderte auf die Ochsenbraterei zu und hatte liebe Mühe, den Kaffee in meiner Tasse zu behalten. Ein Henkersgeselle, der mehr danach aussah, als sei er aus einer Bondage-Show entlaufen, rief mir zu, dass die Tasse aber nicht stilecht sei ... ich solle mir einen Holzbecher besorgen, sonst würde er es dem Marktleiter melden.

»Dann geh doch petzen«, rief ich. »Bin gespannt, welches Wort du im Mittelhochdeutschen für Tasse Komma Porzellan verwenden willst. Und auch noch eine Vokabel für Espresso!«

Der Henker spuckte vor mir aus, schulterte seine riesige Axt und trollte sich.

Im selben Moment kam eine Gruppe Burgfräulein vorbei, begleitet von vier Pagen, die ein aufgespanntes Fell an langen Stöcken über die Köpfe der Damen hielten, damit ihre Spitzhüte nicht nass würden. Huldvoll nickten sie Gero von Briesenheim zu, der es sich nicht nehmen ließ, die zweite Strophe zu Walther von der Vogelweides Fräulein-Anbetung zu einer beinahe atonal anmutenden Melodie zu singen:

»Sie verwizent mir daz ich
ze nidere wende minen sanc.
Daz si niht versinnent sich ...«

Die holden Damen klatschten in die Hände und beeilten sich, ins Musikantenzelt zu flüchten. Ein Herold, der vor dem Zelt stand, verkündete die Bereitstellung diverser warmer Getränke sowie Brot und Schinken für alle, während ein Bettler herbeihumpelte und mit krächzender Stimme verkündete, seine nässenden, schwärenden Furunkeln jedem zu zeigen, der bereit sei, ein Scherflein zu zahlen. Gero von Briesenheim schubste den Bettler zur Seite, was dieser mit einem: »Möge dir dein Skrotum bei lebendigem Leibe verfaulen«, quittierte. Dann lachten beide und torkelten Arm in Arm ins Zelt. Der Bettler stopfte schnell noch die Kopfhörer seines i-Pod unter die Lumpen. Die müffelnde Präsenz dieser beiden schlechten Schauspieler hielt mich prompt davon ab, dem Angebot auf ein Schinkenbrot zu folgen. Zuerst wollte ich einen Blick auf Ritter Gandalf und unseren Ochsen werfen, bevor ich mich komplett in die Twilight-Zone, genannt ›finsterstes Mittelalter‹, begeben würde.

Ich rief nach meinem Chef, aber niemand antwortete. Aus dem Musikantenzelt hörte man jemanden unverdrossen auf einer Leier brumfideln. Ein paar Neuzeitmenschen, die mit ihren Aktentaschen unter dem Arm in die umliegenden Büros und Geschäfte eilten, blieben kurz stehen und schüttelten die Köpfe.

Ich ging um das Zelt herum und rief wieder nach Günni. Endlich fand ich die Verschnürung für den Eingang. Der Knoten hing draußen. Ich fragte mich, ob die drei Heibuchs etwa gestern den Ochsen angesetzt hatten und dann fröhlich nach Hause gefahren waren? Mich hatten sie in der *Roten Laterne* ja auch vergessen. Die werden doch wohl nicht den Frevel begangen haben, einen elektrischen Motor zu benutzen, der den Ochsen am Spieß über dem Feuer drehte, dachte ich, und im selben Moment fiel mir eine noch schrecklichere Möglichkeit ein: Wolfi allein zu Haus und Günni in irgendeinem Zelt, um ein Schwätzchen zu halten. Nach welchem Prinzip Wolfi wohl die Inneneinrichtung mittlerweile sortiert hatte?

»Bei meiner Seel', riecht das gar köstlich«, sagte plötzlich eine tiefe Stimme neben mir und verfiel dann sofort wieder in

Normalsprache. »Ich meld mich gleich mal zum Probeessen an.«

Ich drehte mich um und blickte in die dunkelbraunen Augen eines Ritters von außerordentlich wohlproportionierter Gestalt. Am Zügel hielt er ein auf Hochglanz poliertes, riesiges schwarzes Pferd, das in der kompletten Kampfmontur eines mittelalterlichen Kriegszossen steckte.

»Hallo«, sagte ich. »Erst mal muss ich meinen Chef finden, bevor es was zu essen geben kann. Und wer sind Sie?«

»Der schwarze Ritter. Ich dachte, das könnte man erkennen«, sagte er und hob ein schwarzes Schild hoch, auf dem ein dunkelroter Phoenix prangte. Er deutete eine Verbeugung an und seine langen, schwarzen Haare fielen ihm dabei auf recht attraktive Art und Weise ins Gesicht.

»Aha. Jetzt, wo Sie es sagen. Ich bin die Pesthexe.«

»Auch das unschwer zu erkennen. Tja, war nett, dich kennengelernt zu haben. Die Inzucht auf diesen Mittelaltermärkten macht einem auf die Dauer zu schaffen, und da ist man immer froh über ein neues Gesicht.«

»Aha?« Der muss ja schwer ausgehungert sein, dachte ich, dass ihm der Anblick meines pestverseuchten Gesichts eine positive Überraschung bereitet.

»Ja ... sind halt immer dieselben Leute ... äh ... Ich hab schon nachgeguckt, aber vom Ochsenbrater ist weit und breit nichts zu sehen ...«, sagte er und strich sich die Haare aus dem Gesicht. »Ich kann die ewigen Schinkenbrote nicht mehr sehen. Da muss ich wohl warten.«

»Ja, dann ...« Ich bückte mich und widmete mich wieder der Verschnürung aus Hanfseil, das im Regen aufgequollen war. Das Pferd schnaubte und klopfte mit einem Huf aufs Pflaster. Ich drehte mich um und erwischte den schwarzen Ritter dabei, wie er mir aufs Hinterteil glotzte.

»Ist noch was?«

Das Pferd schüttelte den Kopf.

»Ich hab nicht Mister Ed gefragt.«

»Auch mein edles Kampfross weiß den Anblick einer wohlgestalten Jungfer sehr zu schätzen ...«

»Tja, wie der Herr so's Gscherr. Wenn ich dann hier mal weiterarbeiten darf.«

»Ähm ... was ich eigentlich sagen wollte ... Das Ritterlager ist auf dem Boulevard aufgebaut. Da wohne ich. Im schwarzen Zelt, versteht sich. Turnier ist heute Nachmittag. Wenn Ihr Lust habt, Jungfer ... Visitez ma tente ...« Er zückte sein Schwert und schlug auf das Schild. Dann verneigte er sich tief. Das Pferd streckte einen Huf vor und neigte sein Haupt ebenfalls. Ich musste über die beiden lachen und sagte: »Gibt es eine Chance, dass der weiße Ritter richtig was auf die Birne kriegt?«

Der Rittersmann verbeugte sich noch mal, steckte sein Schwert zurück in die Scheide, schwang seinen schwarzen Umhang und sagte: »Meine Verehrung, wehrte Pesthexe. Roland vom roten Phoenix erwartet Sie zur fünften Stunde. Ich kann Ihnen versichern, dass diesmal der bessere Mann gewinnen wird.« Der Rappe wieherte und nickte mit dem großen Kopf.

Tolle Anmache, dachte ich und sagte: »Na, dann, bis später vielleicht.«

Mittlerweile hatte sich der Geruch von verbranntem Fleisch in die Grilldüfte gemischt. Ich musste mich beeilen, um die Katastrophe, die sich da anbahnte, zu verhindern. Der Ochse musste für die drei Tage reichen – einen zweiten gab es nicht.

»Wolfi? Bist du da drin? Chef!«, rief ich, bekam aber keine Antwort.

Ich riss die letzten Schlaufen von der Verschnürung auf und schlug den Stoff zurück. Dicker schwarzer Rauch quoll mir entgegen. Ich musste sofort husten und hielt mir einen regennassen Rockzipfel vor Mund und Nase. »Günni?! Ist jemand da?!«

Hinter mir rief jemand, der wissen wollte, was da los sei. Eine meterhohe Stichflamme schoss plötzlich vom großen Feuerbecken in den Zelthimmel. Auf der Stelle mischte sich der Geruch von verbranntem Stoff hinzu. Ich taumelte rückwärts aus dem Zelt.

»Wasser ... Löschen, wir müssen löschen«, rief ich und rieb mir die tränenden Augen. »Der Ochse verbrennt.«

Zwei Zwerge in roter Lederkluft, jeder zwei hölzerne Wassereimer schleppend, rannte an mir vorbei ins Zelt, und ich hörte das Wasser im Feuerbecken zischen. Die beiden kamen sofort wieder heraus und liefen in Richtung Hydrant. Günni bringt mich um, dachte ich noch, als ich das Zelt betrat, den Qualm beiseite wedelte und einen Blick nach oben warf. Der Zelthimmel war angesengt und schwarz vom Rauch.

Die beiden Wasserträger rannten wieder an mir vorbei, entleerten ihre Eimer ins Feuerbecken und kehrten sofort wieder um. Ich rief ihnen hinterher: »Kann mal jemand ins Musikantenzelt gehen und nach Günter Heibuch ... rufen ...« Meine Stimme war plötzlich nur noch ein Krächzen. Ich hörte den Regen auf die Zeltplane prasseln und konnte mich nicht mehr bewegen. Meine Hände zitterten, Prince Charles fiel mir aus der Hand und zerschellte am Boden. Ich schlug die Hände vors Gesicht. Das Wasser verzischte im Feuerbecken; die Stimmen der Leute vor dem Zelt waren zu hören, und ich dachte ... weiteratmen ... einatmen, ausatmen ... weiteratmen ... du hast einen Hangover von der Mördersangria ... das hier ist nicht real!

Nach ein paar Sekunden spreizte ich die Finger und linste

hindurch. Aber das, was ich vor zwei Minuten schon gesehen, aber nicht hatte wahrhaben wollen, war immer noch da. Das, was sich vor mir über dem sterbenden Feuer drehte, war viel zu klein für einen Ochsen. Und es sah auch gar nicht aus wie ein Ochse und auch nicht wie ein Schwein oder ein Lamm ... oder ein Huhn ...

Ich ging auf den Grill zu, stolperte über eine heiße Gasflasche und verbrannte mir die Schienbeine. Ich guckte mich um. Im Zelt herrschte das reinste Chaos – alle Hocker und Tische lagen in einem wilden Durcheinander. Sämtliche Holzlöffel, Holzteller, Messer und anderes Kochgerät waren zerschlagen worden. Ochsen haben keine Hände – und keine Füße mit Fingern und Zehen dran, dachte ich. Mein Gehirn konnte die Informationen drehen und wenden, es funkte permanent, dass das, was auf dem Grill hing, eine menschliche Gestalt hatte. Das Einzige, was fehlte, war der Kopf. Er war nicht dort, wo er meiner Meinung nach hätte sein sollen. Ich ging noch einen Schritt auf das Feuerbecken zu und guckte über dessen Rand. Und da war er: Der halb zerschmolzene Ritterhelm saß schief auf dem Kopf, weil die Hirnschale aufgebrochen war, wie bei einem geplatzten Frühstücksei. Das Wort ›keck‹ flog in meinen Gedanken vorbei, die nur noch ein heilloses Durcheinander von Worten waren, die sich zu keinem sinnvollen Ganzen zusammenfügen lassen wollten.

Die ersten Worte, die ich nach einer halben Ewigkeit herausbrachte, waren: »Herr Heibuch, sind Sie das?«

Als wolle der verschmorte Kopf mich grüßen, fiel im selben Augenblick der Helm vom Kopf und landete scheppernd auf dem Boden. Funken stoben aus dem Feuerbecken, und ein paar kleine Flammen schossen hoch. Ich rannte schreiend aus dem Zelt, rempelte einen der Löschzwerge um, die mir mit ihren Wassereimern entgegenkamen, prallte draußen gegen das Schild des schwarzen Ritters, rutschte aus und landete zwischen den tänzelnden Hufen seines Rappen.

»Ruhig, ho, ho ...«, sagte Roland vom roten Phönix.

Ich krabbelte auf allen vieren unter dem Pferd hervor und schrie: »Gib mir dein Handy, sofort!«

Er zog seine Lederhandschuhe aus, reichte mir eine Hand und grinste breit. »Ich habe gar ...«

»Gib mir dein Handy, natürlich hast du eins!«

»Was ist denn?«, sagte er und nestelte unter seinem Lederhemd herum.

Hinter mir hörte ich, wie einer der Zwerge rief: »Du liebe Scheiße, was ist das denn?!«

Endlich hatte Roland sein Telefon gefunden. Ich riss es ihm aus der Hand und wählte Winnies Nummer. Die Mailbox sprang an. Ich schrie in den Hörer: »Egal, wo du bist! Komm sofort auf den Mittelaltermarkt. Da hängt eine Leiche auf dem Ochsengrill. Vielleicht ist das mein Chef ... Winnie! Du musst sofort kommen!« Dann drehte ich mich um und übergab mich auf die Lederstiefel des edlen Roland vom roten Phönix.

Plötzlich kam Bewegung in die Umstehenden. Aus dem Musikantenzelt strömten die Burgfräulein herbei. Ein Mann in einer dunkelbraunen Mönchskutte stellte sich mir als Klaus Grimberg, stellvertretender Marktleiter, vor und fragte nach dem Grund der Aufregung. Roland vom roten Phönix erklärte: »Die Pesthexe sagt, dass da drin ein Toter auf dem Ochsengrill ist.«

Ich nickte zur Bestätigung. Im selben Augenblick kamen die beiden roten Zwerge aus dem Zelt und sagten unisono: »Sie hat recht, Klaus.«

Grimberg zog die Augenbrauen hoch und schnaubte, als er das kleine Telefon in meiner Hand sah. Dann drehte er sich um und packte die Zeltplane.

»Das würden wir an deiner Stelle lieber nicht machen«, sagte der eine Zwerg.

»Pah«, sagte Grimberg, schlug die Plane zurück und ging ein paar Schritte hinein. Es vergingen ein paar Sekunden, bis er würgend und mit flackerndem Blick wieder hinauskam. »Die Polizei, wir müssen sofort die Polizei rufen«, keuchte er.

Einer der roten Löschzwerge reichte mir wortlos ein sauberes Tuch und stellte den Wassereimer vor mich. Ich tauchte es ein und wischte mir damit übers Gesicht. Es half ein bisschen, zumindest konnte ich einen halben Gedanken zu fassen kriegen und rief: »Stopp! Ich, ich mach das schon mit der Polizei. Ich mach das sofort!« Ich wischte Rolands Handy an meinen Röcken ab und wählte die Nummer von Karin und Peter, Winnies Kollegen vom Polizeirevier. Karin meldete sich und ich stammelte: »Kommt sofort her ... Mittelaltermarkt ... das große Zelt in der Mitte vom ... Wir haben eine Leiche ... Was?«

Karin fragte irgendwas, aber ich konnte es nicht verstehen, weil eins der Burgfräuleins zu kreischen anfing. Der Löschzwerg fackelte nicht lange und schüttete ihr eine Ladung Wasser ins Gesicht. Die Edeldame sank zu Boden. Sofort war es wieder ruhig. Der Wasserwerfer verschränkte zufrieden die Arme vor der Brust und nickte mir zu.

»Karin, ich hab Winnie schon auf die Mailbox gesprochen. Er ist doch auf dem Weg nach Frankfurt. Er muss sofort zurückkommen. Sofort, verstehst du? Und ihr müsst herkommen! Sofort! Was? ... Karin! Hör mir doch mal zu! Ein Mann steckt auf einem Grillspieß, an dem eigentlich ein Ochse hängen sollte, und ist gar ... Wie? Wer das ist? Vielleicht mein Chef? ... Identifizieren? ... Karin, der ist kross wie ... wie ... ja, verflixt nochmal! Was würdest du sagen, wonach das aussieht?!«

Ich klappte das Handy zusammen und gab es dem schwarzen Ritter zurück, dessen Stiefel eben von einem Zwerg in gelben Strumpfhosen geputzt wurden. Grimberg raufte sich die Haare und guckte sich Hilfe suchend um. Aus dem Zelt wehte eine Barbeque-Brise heraus. Meine Beine gaben nach und ich knallte unsanft auf mein Steißbein, das nur heil blieb, weil acht Lagen Baumwollröcke den Aufprall dämpften. Roland verlor das Gleichgewicht und purzelte beinahe hinterher, weil er versucht hatte, mich auf den Beinen zu halten, während der gelbe Zwerg noch an seinen Stiefeln wienerte.

Das Marktvolk stand schweigend um mich herum, bis nach ein paar Minuten eine Sirene zu hören war.

»Sie kommen«, sagte einer aus der Menge. Ich guckte in die Richtung, aus der die Stimme gekommen war, und entdeckte das blonde Gegenstück zum schwarzen Ritter. Ein drittklassiger Legolas kam mit seinem weißen Pferd heran. »Ich hab sie schon gesehen – mehrere Mannschaftswagen. Was ist denn passiert?«

Gero von Briesenheim trat vor, holte tief Luft und singsangte:

»Es hat dahingerafft
den edlen Ochsenbrater Gandalf von der Heilenbuche.
Gevatter Tod ihn hat geholt.
Zu welcher Stund, wir wissen's nicht.
Dass gar er ist, tat uns die Jungfer kund
Ach, sprich mein Kind ...
ein Apfel sich in seinem Mund' befind?«

»Und dich holt gleich der Teufel«, blaffte ich den Bierpanscher an und schlug mit dem nassen Tuch nach seinen Beinen. Legolas kniete sich vor mich hin und ließ seine himmelblauen Augen blitzen. »Das muss ja furchtbar für Sie gewesen sein«, sagte er. »Kann ich irgendwas für Sie tun?« Er nestelte ein blütenweißes Taschentuch aus einem Lederbeutel, der an seinem Gürtel hing. »Gewähren Sie mir doch bitte heute Nachmittag die Gunst, beim Turnier das Fräulein meines Herzens ...«

»Hör auf rumzusülzen«, sagte Roland vom roten Phoenix. »Das hier ist kein Joke von der Festspielleitung.« Er beugte sich ruckartig zum gelben Zwerg hinunter und zischte: »Oder etwa doch?«

Der gelbe Zwerg schüttelte den Kopf und guckte demonstrativ auf seine Schnabelschuhe.

Der weiße Ritter reichte mir seine Hand und zog mich auf die Füße.

»Genau«, hustete ich. »Ich glaube nicht, dass heute noch ein Turnier stattfindet.« Ich ordnete meine Röcke und hätte jetzt nichts lieber gehabt als eine Zigarette. Mein Kostüm war völlig durchnässt, und der Tabak und die Blättchen, die ich in einer Tasche im dritten Unterrock vergraben hatte, auch. Der schwarze Ritter griff in sein Wams und zauberte eine Schachtel *Gauloises* hervor, die er mir in die Hand drückte. Der gelbe Zwerg drängelte sich an ihm vorbei und gab mir Feuer. »Danke«, schniefte ich und nahm einen tiefen Zug.

Ich warf einen Blick in die Runde und dachte beim Anblick der Szenerie, die sich mir bot, spontan: Fellini, das hättest du auch nicht besser hingekriegt. Legolas und Ivanhoe, Mr. Ed und ein ganzer Käfig voller Narren obendrauf.

Der Regen ließ allmählich nach, und die ersten Sonnenstrahlen kamen hervor. Die Pagen schleppten eilig ein paar Holzstämme und Strohballen aus dem Musikantenzelt heran. Endlich konnte ich mich auf etwas Trockenes setzen.

»Machen wir den Markt überhaupt auf?«, fragte einer aus der Truppe.

Grimberg schaute Hilfe suchend den gelben Zwerg an, der die Schultern zuckte.

»Wir werden sehen«, sagte der Marktleiter und seufzte. »Ist das Feuer wirklich aus?«

»Es kommt kaum noch Qualm aus dem Abzug«, sagte Roland. Damit schien die Frage beantwortet zu sein.

Ich zündete hastig noch eine Zigarette an und versuchte zu verdrängen, was nur ein paar Meter hinter mir über einem fast erloschenen Feuer rotierte: eine gegrillte Menschenleiche. Jemand hatte einen Toten aufgespießt und den Grill angemacht. War er überhaupt tot gewesen, als er aufgespießt wurde? Mein Magen rumorte, jemand drückte mir einen Becher in die Hand und ich erstickte die innere Revolte mit einem großen Schluck Kaffee, der so heiß war, dass er im Hals wehtat.

Sollte ich Petra Heibuch anrufen und fragen, ob ihre drei Männer zu Hause waren ...?, schoss es mir durch den Kopf. Aber was sollte ich sagen, wenn nicht? Was, wenn einer fehlte? Sie würde doch sofort wissen wollen, warum ich anrief. Was sollte ich ihr dann sagen? Noch war ja nicht klar, ob der Mann auf dem Spieß Heibuch senior war ... War es überhaupt ein Mann? Aber der Helm auf dem Schädel hatte so ausgesehen wie der Helm, der zu Günnis Kostüm gehörte.

Kapitel 5

Ich kann meine Erleichterung gar nicht beschreiben, als die Gesichter von Karin und Peter endlich am Rande der Menschengruppe auftauchten. Sie bahnten sich einen Weg durch die Menge, die bereitwillig Platz machte. Peter kam auf mich zu und sagte: »Winnie ist auf dem Weg.«

»Gott sei Dank«, gab ich zurück.

»Hast du den Toten gefunden?«

»Ja«, sagte ich mit größter Mühe, denn meine Stimme wollte mir kaum gehorchen. »Vielleicht ... vielleicht sollte mal jemand den Motor vom Grill ...«, abstellen, hatte ich sagen wollen, aber über den Platz her hörte man plötzlich die Stimme von Wolfi. »Gegrillte Ochsenbrust ess ich so gerne ... gut gebraten und ganz kross ... das mag der Ritter und die Deerne ... denen im Mund das Wasser zusammenfloss ...«, sang er aus Leibeskräften, klapperte mit seiner Holzrassel, und die Glöckchen an seinen Schuhen bimmelten dazu.

Karin schaute sich um. »Wer ist das?«, fragte sie.

»Der Sohn vom Chef«, sagte ich und schöpfte Hoffnung. »Wo Wolfi ist, kann Günni nicht weit sein.« Ich stand auf und lief Wolfi entgegen. Als er mich sah, winkte er mir zu und klapperte noch heftiger mit seiner Holzrassel.

»Wolfi kommt helfen«, rief er mir zu.

»Das ist toll«, sagte ich. »Wo ist denn Günni?«

»Schon da, schon da, schon da ...«

Ich hielt seine Hand fest, und das Klappern hörte auf. Peter und Karin waren hinter mir hergekommen und stellten sich neben Wolfi, der beim Anblick der Uniformen sofort die Schultern hochzog und sich auf die Unterlippe biss.

»Wolfi, wie bist du hergekommen?«, fragte ich ihn und

versuchte, dabei so normal wie möglich zu klingen.

»Allein«, sagte er voller Stolz. »Mit der Straßenbahn. Allein.« Er hielt mir seine Fahrkarte entgegen. »Allein. Gekauft. Allein. Gefahren. Allein ...«

»Schon gut, schon gut. Machst du einen Spaß mit mir?«

»Nein«, sagte er und hielt mir das Ticket vor die Nase. Ich nickte Karin und Peter zu, die sich diskret im Hintergrund hielten, und inspizierte das Ticket. Es war tatsächlich vor einer halben Stunde abgestempelt. Was sollte ich denn jetzt machen? Wolfi musste schleunigst zurück nach Hause – mit möglichst wenig Aufregung.

»Ähm ... Wolfi. Wir haben was vergessen. In der Cateringküche. Und ... und ... weißt du was? Der Peter, das ist ein Freund von uns, der fährt dich jetzt mit seinem echten Polizeiauto da hin. Und dann, dann ... kommst du ganz schnell wieder mit dem ... Dings ... zurück ...«

»Was für ein Dings?«, fragte er.

»Blasebalg, Wolfi. Der Blasebalg ... für den Grill.«

»Ja«, sagte er und drehte sich ruckartig zu Peter um. »Du bist Peter und du hast einen Peterwagen. Wir fahren. Ich sage dir, wo ich wohne. Papa braucht den Blasebalg. Und die Maggie vergisst immer alles.«

»Ja, genau«, sagte ich. »Der Peter fährt dich jetzt schnell nach Hause. Ganz schnell.«

Peter ließ sich von Wolfi an die Hand nehmen und über den Platz führen.

»Machst du das Blaulicht an?«, hörte ich Wolfi im Weggehen fragen. Peter nahm seine Dienstmütze ab und nickte. Dann waren sie in der Menge verschwunden.

»Oh je«, sagte Karin. »Was ist mit dem jungen Mann?«

»Irgendwie ein bisschen zurückgeblieben ... ich weiß es nicht genau«, antwortete ich.

»Gefährlich?«

»Nicht die Bohne.«

»Ich dachte nur, vielleicht hätte noch jemand mitfahren sollen.«

»Solange Peter ihn nicht fahren lässt, ist alles okay.«

»Davon gehe ich mal nicht aus«, sagte Karin und drehte sich zu den Wartenden um. Sie hob beide Arme und rief: »Ich bitte um Ihre Aufmerksamkeit! Bitte gehen Sie alle ins Musikantenzelt. Meine Herrschaften, bitte. Machen Sie den Platz frei. Keiner entfernt sich, bitte alle ins Musikantenzelt. Und Sie ...«, damit zeigte sie auf die beiden Ritter mit ihren Zossen, »binden die Pferde an und kommen auch mit. Maggie, komm. Winnie wird gleich da sein, er war erst kurz hinter Witten und wird die nächste Ausfahrt nehmen. Wird nicht lange dauern.«

Mehrere Polizisten in Uniform kamen auf den Platz gelaufen und umstellten die Ochsenbraterei. Als sich die Marktleute im Musikantenzelt versammelt hatten, war plötzlich ein hoher Pfeifton zu hören, der ebenso plötzlich wieder erstarb.

»Gasflasche«, schrie ich. »Die Gasflasche! Die Polizisten ...« Ich rannte zum Ausgang. Im selben Augenblick knallte es infernalisch laut. Ich sah, wie das Ochsenzelt sich aufblähte. Ein paar Sekunden lang sah es so aus, als wollte es abheben, bevor es, wie in Zeitlupe, in sich zusammenfiel. Holzstangen brachen mit lautem Krachen entzwei. Die beiden Pferde der Ritter wieherten, rissen sich in Panik los und schleiften im gestreckten Galopp die halbe Met-Brauerei hinter sich her. Ein Polizist hielt sich die Ohren zu und starrte das zusammengefallene Zelt an; einen anderen hatte die Druckwelle neben den Galgen der Gauklertruppe geschleudert. Der Uniformierte rappelte sich wieder auf und krächzte in sein Funkgerät: »Gasexplosion auf dem Doktor-Ruer-Platz. An alle Einheiten ...«

Der stellvertretende Marktleiter, gefolgt vom gelben Zwerg, rannte an mir vorbei und schrie: »Die Feuerleute an die Wassereimer! Alle anderen begeben sich aus der Gefahrenzone, sofort!«

Dann brüllte er mich an: »Wie viel Gasflaschen sind in dem Ochsenzelt?!«

»Weiß ich doch nicht ...«

»Gas und Strom haben hier nichts zu suchen! Genauso wenig wie ein Motor für den Grill! Wie kam die Gasflasche in Ihr Zelt?!«

»Das ist verdammt noch mal nicht mein Zelt!«, schrie ich. Grimberg wich zwei Schritte vor mir zurück und prallte mit zwei Löschzwergen zusammen, die eben die Plane anhoben und in den Trümmern des Ochsenzeltes verschwanden, bevor jemand sie aufhalten konnte.

»Seid ihr irre?«, rief Grimberg.

»Keine Gefahr, hier sind keine Gasflaschen mehr«, rief einer aus dem Zelt. »Hier hinten auch nicht, aber es kokelt irgendwas ...«

»Hier brennt noch irgendwas ... Scheiße, die Möbel ... Das Feuerbecken ist umgefallen«, schrie plötzlich der andere. »Raus hier! Holt Wasser!«

Grimberg zückte sein Handy und rief die Feuerwehr. Die beiden roten Zwerge kamen unter der Plane hervorgekrabbelt. Drei weitere aus der Truppe halfen ihnen, sich in Sicherheit zu bringen. Karin zerrte mich am Kragen meiner Filzjacke vom Ochsenzelt weg. Ich zählte fünf rote Zwerge und einen gelben, die mit einem sehr modernen Wasserschlauch angerannt kamen. Das Einzige, worüber ich noch nachdenken konnte, war, dass es doch eigentlich sieben Zwerge sein müssten.

Eine Dreiviertelstunde später half die markteigene Löschtruppe der Polizei, die Schaulustigen davon abzuhalten, den Platz zu betreten. Die Feuerwehr hatte die Lage unter Kontrolle, das Zelt war gelöscht, und sie waren schon dabei, die Wasserschläuche wieder einzurollen.

Die Leitung der Sparkasse Bochum hatte auf Geheiß der Polizei die Tore der Hauptstelle geöffnet, und die meisten Marktleute waren dem Aufruf der Beamten gefolgt und hatten sich ins Gebäude begeben, wo Rettungssanitäter dabei waren, sich um die kleineren und größeren Blessuren zu kümmern. Nur die beiden Ritter waren, trotz des Verbotes der Polizei, losgerannt und hatten sich auf die Suche nach ihren Pferden begeben.

Die Feuerwehrleute waren sich darüber einig, dass man von Glück sagen konnte, dass die Gasflasche schon so gut wie leer gewesen war, sonst hätte die Explosion erheblich größeren Schaden angerichtet. Ich saß nass und zitternd vor dem Musikantenzelt auf einem Schemel und klammerte mich an die Packung *Gauloises*, die der schwarze Ritter mir netterweise überlassen hatte, und starrte auf die Reste der Ochsenbraterei. Karin stand neben mir, als hielte sie Wache.

Ein immer lauter werdendes Martinshorn riss mich aus meinen Weltuntergangsgedanken. Ich sprang auf. Im nächsten Augenblick sah ich Winnie Blaschkes alten braunen Saab über den Bürgersteig am Living-Room brettern und auf den Platz rauschen. Die Bremsen quietschten, und er brachte seinen Wagen knapp vor der Mittelalter-Töpferwerkstatt zum Stehen.

Hätte ich nicht gewusst, dass es sich um Winnies Wagen handelte, ich hätte den Mann, der da ausstieg, nicht auf Anhieb erkannt – vermutlich wäre ich hoch erfreut gewesen, Karl Lagerfeldts Topmodel persönlich begrüßen zu dürfen.

Karin seufzte, als Winnie näher kam. Der weiße Stehkragen seines Tux-Straight-Hemdes saß perfekt unter der ebenso perfekt sitzenden, eng anliegenden schwarzen Anzugjacke. Winnies Aufzug erregte die Aufmerksamkeit aller, die rund um die Absperrung verharrten. Vereinzelt wurden anerkennende Pfiffe laut.

Einzig Winnies angespannte Miene verriet mir, dass er nicht erfreut war, mit seinem Auftritt am falschen Ort gelandet zu sein. Seine Sommersprossen waren blass und sein blonder Haarschopf in Unordnung geraten. Er baute sich vor mir auf, runzelte die Stirn und sagte: »Kleiner ging wohl nicht, Frau Abendroth.«

Ich fing wie irre an zu lachen und gluckste: »Mit irgendwas musste ich doch Frankfurt toppen.«

Einer der roten Zwerge hob einen halbvollen Wassereimer an – vermutlich, um meinen herannahenden hysterischen Anfall im Keim zu ersticken. Winnie nahm ihm den Eimer aus der Hand, schüttelte den Kopf und sagte: »Nicht nötig. Außerdem ist die Dame schon nass genug. Danke für Ihre Hilfe, aber es ist besser, Sie gehen jetzt in die Sparkasse und trinken einen Kaffee. Bitte.«

Murrend zog sich die Löschtruppe zurück.

Winnie guckte den Zwergen hinterher und schüttelte den Kopf. »Sollten das nicht eigentlich sieben sein?«, sagte er.

Karin hatte eine Tasse Kaffee für Winnie herbeigezaubert und ihm einen dreibeinigen Schemel neben meinen gestellt. Er ließ sich darauf nieder. Mein Lachen war nahtlos in ein heftiges Schluchzen übergegangen, und der Kaffee schwappte aus meinem Becher. Winnie klopfte mir auf die Schulter und drückte mich an sich.

»Hey, dein Anzug«, krächzte ich.

»Geht's wieder?«

»Ja«, schniefte ich wenig überzeugend und wischte mir die Nase mit dem Ärmel meiner Filzjacke ab.

»Okay. Ich schlage vor, Karin bringt dich zu Wilma. Du duscht erst mal, ziehst dir trockene Sachen an und beruhigst dich. Ich arbeite hier den Rest ab, und dann komm ich vorbei und wir reden.«

»Ich will nicht zu Wilma, die hat grad Herrenbesuch, und in der Badewanne schwimmt der Flokati. Ich bleib hier.«

»Bist du sicher?«

»Besorg mir irgendwo noch eine Schachtel Zigaretten, dann ist alles okay.«

»Na gut. Nikolaj wird dich dann später umbringen – und liebe Grüße soll ich ausrichten.«

»Is mir recht. Is mir alles recht«, murmelte ich und kramte in meiner nassen Tasche nach einem Feuerzeug.

»Also, was hast du gesehen?«, fragte Winnie.

»Genug, um für den Rest meines Lebens Vegetarier zu sein.«

»Aha. Und weiter?«

»Mir is schlecht, Winnie.«

»Weiter«, befahl er gnadenlos.

»Da steckt eine Leiche auf einem Grillspieß und ist gar und stellenweise angekokelt. Im ganzen Zelt ist alles kurz und klein geschlagen geworden, vor der Explosion! Und der Kopf von der Leiche liegt in dem Feuerbecken und ist aufgeplatzt wie ein kaputtes Frühstücksei. Ich glaube, der Tote ist mein Chef, Günni Heibuch. Reicht das?«

»Und warum glaubst du das?«

»Weil der Helm so aussieht wie der, den er mir gezeigt hat, als er die Kostüme für uns besorgt hatte. Und vorhin war Wolfi hier, du weißt schon, der Sohn von Günni, der ein bisschen gaga ist. Er ist allein mit der Straßenbahn gekommen ...«

»Okay. Da, wo der Ochse hängen sollte, ist jetzt also eine menschliche Leiche, von der du glaubst, dass es dein Chef ist ... Wo ist der Ochse?«

»Woher soll ich das denn wissen?«, gab ich patzig zur Antwort. Aber im nächsten Augenblick war mir klar, wie berechtigt seine Frage war. So ein großer Kadaver konnte sich doch nicht in Luft auflösen.

»Stimmt«, sagte ich in wesentlich versöhnlicherem Ton. »Wo ist der Ochse?«

Winnie streckte den Arm aus und zeigte in Richtung Luisenstraße. »Wer ist das?«

Ich schaute auf und sah die beiden Ritter auf ihren Pferden herantraben. Den Zossen schien nichts passiert zu sein.

»Der im schwarzen Dress ist Roland vom roten Phoenix und wie der weiße Elbenkönig heißt, weiß ich nicht. Die gehören zur Rittertruppe, die auf dem Boulevard kampiert. Da wäre heute Nachmittag Turnier gewesen. Der schwarze Ritter war praktisch dabei, als ich den Toten gefunden habe.«

»Aha. Und wer noch?«

»Na, irgendwann standen alle vorm Zelt. Alle, die hier rumrennen und Maulaffen feilhalten. Die Zwerge waren die Einzigen, die gelöscht haben.«

Lautes Hupen zerriss die Stille über dem Platz. Die Pferde scheuten, und die beiden Ritter hatten ihre liebe Not. Den weißen hätte es beinahe aus dem Sattel gehoben. Sein Pferd bäumte sich auf, stieg vorne hoch und keilte gleichzeitig hinten aus. Die Hufe trafen den weißen Transporter mit der Aufschrift *Heibuchs Catering&Partyservice* in die Seite. Der Wagen schlingerte und kam endlich zum Stehen. Petra sprang auf der Beifahrerseite aus dem Auto, stolperte und schlug lang auf dem nassen Stroh hin. Dennis stieg auf der Fahrerseite heraus, rannte um den Wagen herum und half seiner Mutter wieder auf.

»Das ist Petra Heibuch und der andere Sohn, Dennis«, sagte ich und hätte alles darum gegeben, Petra jetzt nicht gegenübertreten zu müssen.

»Ich übernehme das«, sagte Winnie zu Karin.

Die beiden Ritter waren abgestiegen, hatten ihre Pferde beruhigt und betrachteten schweigend das Schauspiel. Karin zückte ein Feuerzeug und zündete mir die nächste Zigarette an.

Petra Heibuch stürzte auf die Zeltruine zu. Dennis versuchte, seine Mutter zurückzuhalten.

»Ist er da drin? Ist Günter etwa da drin?!«, schluchzte sie. Dann hatte sie mich entdeckt und ging auf mich los. »Warum hast du nicht aufgepasst, dass die scheiß Gasflasche nicht explodiert?! Kannst du nicht *einmal* die Pafferei sein lassen?!«

Bevor sie handgreiflich werden konnte, hatten Winnie und Karin sie am Arm gepackt, und zusammen mit Dennis schoben sie sie zurück zum Lieferwagen. Winnie sagte zu Dennis: »Herr Heibuch. Bitte bringen Sie Ihre Mutter zurück nach Hause. Wir kommen später zu Ihnen und werden berichten, was wir herausgefunden haben. Noch ist nicht sicher, ob es sich bei dem Toten um Ihren Vater handelt. Bitte. Vielleicht wäre es ratsam, einen Arzt für Ihre Mutter zu rufen.«

Dennis nickte knapp: »Ihr Kollege hat meinen Bruder nach Hause gebracht und etwas von einem Feuer und einer Explosion erzählt.«

»Das klären wir alles noch ab. Kümmern Sie sich um Ihre Mutter und Ihren Bruder. Ich melde mich. Versprochen. Wann haben Sie Ihren Vater das letzte Mal gesehen?«

Dennis Heibuch startete den Lieferwagen, half seiner Mutter beim Anschnallen, maß Winnie mit einem abschätzigen Blick und sagte: »Gestern Abend. Wir sind von der Totenfeier für Ladislaus hierher gefahren und haben mit meinem Vater auf die Lieferung des Ochsen gewartet. Der kam aber nicht. Irgendwann hatte ich die Faxen dicke. Ich bin mit Wolfi nach Hause. Mein Vater sollte mich anrufen, sobald der Lieferant endlich angekommen wäre. Mein Vater hat aber nicht angerufen. Ich bin ins Bett, weil ich dachte, dass der das auch ohne uns geregelt gekriegt hat.«

»Danke«, sagte Winnie. »Wir sprechen uns später. Sollte sich Ihr Vater zwischenzeitlich melden oder auftauchen, rufen Sie mich bitte an.« Winnie reichte Dennis eine Visitenkarte. Er steckte die Karte ein, schlug plötzlich die Hände vors Gesicht und schluchzte: »Wenn das mein Vater ist ...«

»Herr Heibuch ...« Winnie winkte einem uniformierten Beamten zu, der sich sofort in Bewegung setzte. »Der Kollege wird Sie nach Hause fahren.«

Dennis schüttelte den Kopf. »Nein, ich fahre.«

Das Letzte, was ich sah, als Dennis den Wagen wendete und an uns vorbeifuhr, war Petra, die auf dem Beifahrersitz kauerte. Ihr Blick war leer; die Augen weit aufgerissen, starrte sie in die Gesichter der Menschen auf dem Platz.

Winnie fragte Karin: »Wo ist eigentlich die Presse? Müssten die nicht schon längst hier sein?«

»Wundert mich auch«, sagte Karin. »Vielleicht haben wir Glück und irgendwo ist ein Atomkraftwerk in die Luft geflogen und wir sind hier ganz uninteressant.«

»Wenn ich mal was sagen darf«, mischte ich mich ein.

Beide schauten mich auffordernd an.

»Wie spät is?«

»Gleich elf Uhr«, sagte Karin.

»Dann läuft die Pressekonferenz von dieser Schlagertusse, dieser *Nachtigall* aus Bochum. Müsste aber jeden Augenblick vorbei sein. Ich weiß das, weil wir das Catering für ihr Comeback-Konzert in der Kongresshalle machen und für die After-Show-Party auf dem Stausee auch. Machen sollten, muss ich wohl sagen. Ich glaube nicht, das Heibuchs in der nächsten Zeit irgendwas machen werden – jetzt, wo der Chef, also ich meine ...«

»Danke für den Hinweis, Maggie. Also wird es nicht lange so ruhig bleiben ...«, sagte Winnie

»Du hast recht«, sagte Karin und wies mit der Hand in Richtung Luisenhof. »Wenn man vom Teufel spricht. Möchtest du deinen Anzug noch mal richten?«

Winnie ging auf Karins Frotzelei nicht ein und sagte: »Und da sind die Kollegen von der Spurensicherung. Habt ihr den Brandsachverständigen informiert?«

»Haben wir«, sagte Karin. »Der Rechtsmediziner müsste auch gleich da sein. Ach, da kommt er schon.« Sie zeigte auf eine weitere Gruppe Männer, die sich dem Zelt näherte.

»Okay«, sagte Winnie »Jetzt werden wir von drei Seiten eingenommen. Bevor die Presse das Rennen macht, verschwinde ich lieber und guck mir den Toten an.« Er drehte sich zu mir um. »Karin nimmt deine Aussage auf. Wir sehen uns später.«

Karin reichte ihm ein paar Latexhandschuhe und Überzieher für seine Schuhe, und nach einer kurzen Begrüßung ging er gemeinsam mit dem Team der Spurensicherung zum Zelt. Die Reporter waren von den uniformierten Beamten aufgehalten worden. Blitzlichter flammten auf. Teleobjektive wurden aufgeschraubt. Ich vergrub meinen Kopf in den Händen und drehte mich von der Meute weg.

»Also, können wir endlich?«, sagte ich zu Karin.

»Ja, sicher«, sagte sie und setzte sich neben mich auf den freien Schemel.

»Kannst du mich gleich zu Oma Berti fahren? Ich meine, wenn wir fertig sind.«

»Klar. Natürlich. So, jetzt erzähl mal, wann bist du hier angekommen?«

Bevor ich ihr antworten konnte, hörte ich das Klicken einer Kamera direkt vor mir und schaute auf. Mir wurde frontal ins Gesicht geblitzt. Karin drehte sich um und forderte den Fotografen, der sich bis zur halb abgerissenen Met-Brauerei geschlichen hatte, auf, sofort hinter die Absperrung zu verschwinden. Er grinste mich breit an und sagte: »Tolles Motiv, Maggie. Ich schick dir Abzüge.«

Ich sprang auf und schlug nach seiner Kamera. »Lass das sein! Und was machst du überhaupt hier?«

»Was für eine Begrüßung, gnädige Frau. Deine Laune ist nicht besser geworden, seit wir uns das letzte Mal gesprochen haben.«

»Warum sollte sie auch?«, blaffte ich ihn an. »Und jetzt hau ab. Sonst fehlen dir wieder ...« Ich biss mir auf die Zunge. Beinahe hätte ich Rudi verraten.

»Was fehlt mir? Ein paar Reifen etwa?«, sagte er nur und packte seine Kamera ein. »Es ist wie immer spannend zu hören, was du nicht sagst.« Zu Karin sagte er: »Ich darf doch. Ich glaube, wir haben noch ein paar Sachen zu klären. Maggie und ich sind alte Freunde.« Er machte doch tatsächlich Anstalten, sich neben mich zu setzten.

»Sind wir nicht«, sagte ich.

»Erzähl doch mal.«

»Es gibt nix zu erzählen, und selbst, wenn – du wärst der Letzte, der es erfahren würde ...« Und dann wusste ich, kaum dass ich die Worte ausgesprochen hatte, dass ich mal wieder zu viel gesagt hatte.

»Ich bin mir sicher, wir sprechen uns noch, Maggie«, sagte er, drehte sich auf dem Absatz um und verschwand in der Menge.

Mein Magen krampfte sich zusammen, und ich würgte die

allerletzten Reste meines Frühstücksbrötchens auf das Stroh. Karin klopfte mir sanft auf den Rücken.

Die Schnabelschuhe des gelben Zwerges schoben sich in mein Blickfeld. Ich schaute auf und er reichte mir eine neue Packung *Gauloises* und sagte: »Soll ich dir bringen. Vom roten Phoenix.«

»Danke«, sagte ich und hustete. »Kannst du mir einen Gefallen tun?«

»Natürlich. Für ein edles Fräulein, das des roten Phoenix Herz erwärmet, bin ich stets zu Diensten.«

»Bring den Fotografen um, der mich hier grad in meinem desolaten Zustand abgeschossen hat. Und hau die Kamera kaputt, wenn's geht.«

»Ist er zu Pferde?«

»Er ist zu Volvo. Mitternachtsblau mit Kölner Kennzeichen.«

»Wird erledigt, edles Fräulein.« Der Zwerg verbeugte sich und rannte los.

Karin sagte: »Ich hoffe, ich kann mich gleich nicht mehr daran erinnern, was ich hier grad gehört habe.«

»Lass uns bitte woanders hingehen. Präsentierteller ist nicht mein Ding. Außerdem ist mir arschkalt in den nassen Klamotten. Ich glaub, in der Sparkasse sind wir besser aufgehoben.«

»Wer war denn der Typ, den der Zwerg umbringen sollte?«

»Mein Exexex, der Knipser.«

»Was macht der hier, wenn er aus Köln ist?«

»Is mir, ehrlich gesagt, schnurz. Ich werde es sowieso irgendwann erfahren. Und dann isses immer noch zu früh.«

Kapitel 6

Vier Stunden später saß ich frisch geduscht, in eine Wolldecke gewickelt und mit reichlich Kaffee und Zigaretten versorgt in Oma Bertis Wohnzimmer. Da alles, was ich getragen hatte, auf der Leine zum Trocknen hing, wartete ich darauf, dass Richie, Oma Bertis Resozialisierungsprojekt, ein paar trockene Sachen aus Wilmas Wohnung für mich brachte. Sie hatte ihn schon vor einer knappen Stunde losgeschickt, während sie mir Suppe einflößte – garantiert ohne Fleischeinlage. Zwischen »Mund auf, Augen zu« und »einen Löffel für Winnie und einen für Oma«, verkaufte sie vorne im Kiosk Lollis und Eistüten und hatte ein Auge darauf, dass ich nicht ohnmächtig wurde, denn alle paar Minuten packte mich die Erinnerung an die Leiche auf dem Grill, und es schüttelte mich so sehr, dass mir die Zähne aufeinanderschlugen.

Zur Ablenkung hatte Berti für mich einen Stapel Zeitschriften aufs Sofa gelegt. Aber ich konnte mich weder auf die Schwangerschaft von Verona Feldbusch noch auf Effes Autobiographie konzentrieren. Mein Unterkiefer zitterte schon, wenn in der Nähe jemand das Wort ›Mittelaltermarkt‹ auch nur dachte. Als im Radio die Nachricht über das Unglück verbreitet wurde, stürzte ich ins Bad und sagte Oma Bertis Notsuppe adieu. Kaum war ich zurück, stand Berti im Wohnzimmer und hielt mir eine kleine Tropfflasche hin. »Nimm dat. Dat sind so Blütentropfen, für'n Notfall. Hat die Carmen Sawatzki mir damals gegeben, als der Herrmanns gestorben is'. Ich weiß zwar nich', wat dat is', aber et hilft. Musse nur dran glauben. Mund auf. Oder ich ruf'n Arzt.«

»Und wann wirkt das?«, fragte ich.

»Fast sofort«, sagte Berti. Ich machte den Mund auf, und Berti tröpfelte mir das Zeug auf die Zunge.

»Willze noch'ma Suppe?«

»Nein, danke. Es geht schon.« Ich zündete mir eine Zigarette an, wickelte die Wolldecke fest um mich und setzte mich aufs Sofa.

»Wenn ich dein Magen wär', würd' ich bei so vielen Zichten au' rebellieren. Kannz ma glauben. Wär' besser, du würdst dat ma sein lassen.«

»Danke Berti, aber ich kann mir immer nur eine Sache nach der anderen abgewöhnen. Nach der Sangria-Orgie im Café Madrid gestern habe ich mir vorgenommen, die nächsten Monate keinen Alkohol mehr zu trinken.«

Oma Berti gab mir keine Antwort, sondern eilte durch die Diele, öffnete die Tür und sagte: »Gut, dass Sie kommen konnten, Herr Matti. Tach Rudi. Nett, euch zu sehen. Kommt rein.«

Ich hatte es gar nicht klopfen hören. Und ehrlich gesagt, wäre mir ein Arzt mit einer Spritze jetzt doch lieber gewesen. Matti, der sich neben mich setzte und einfach meine Hand nahm, war zu viel der Fürsorge. Was den Effekt hatte, dass ich mich am liebsten sofort an seine Schulter geworfen und losgeheult hätte. Das verbot sich von selbst, weil ich mich danach bestimmt besser gefühlt hätte.

Rudi, ungebremst von jedem Gedanken an pietätvolle Zurückhaltung, plapperte drauflos: »Boah ... Wahnsinn, Maggie, der totale Wahnsinn. Sag mal, ist der Mann auf dem Spieß wirklich gar wie'n Schnitzel? Ich will alles wissen, bevor wir dahin fahren. Winnie ruft uns an, wenn die so weit sind und die Leiche in die Rechtsmedizin gefahren werden kann. Noch stochert ja der Brandsachverständige in der Asche rum, und der Rechtsmediziner überlegt, wie man das Opfer zu bergen hat – mit oder ohne Spieß. Am besten mit Spieß, hat der gesagt, äh ... hat Winnie gesagt ... Wir haben auch schon zwei Body-Bags präpariert, und hoffentlich passt das alles in unseren Leichenwagen ... Du hast nicht zufällig die Maße von dem Grill? Nich', dass wir am Ende die Heckklappe offen lassen müssen und'ne rote Fahne raushängen ...«

»Rudi! Is gut gezz. Ich mach mal Kaffee, und du kommst am besten sofort mit«, befahl Berti, warf mir die Flasche mit den Notfalltropfen zu und ging in die Küche. Rudi klappte seinen Mund zu und folgte ihr.

»Das tut mir sehr leid für Sie, Frau Margret. Rudi redet manchmal drauflos ... Ich hoffe, Sie erholen sich bald wieder von dem Schock«, sagte Matti und drückte dabei meine Hand.

»Schock! Matti, das nennst du einen Schock?!«, mischte Rudi sich aus der Küche ein. »Das ist der Hammerschocker! Der Oberburner. So was erlebt man ja wohl nicht alle Tage, oder? Im Radio haben sie gesagt, dass da sogar noch'ne Gasflasche hochgegangen ist. Das ist ja wie im Film!«

»Rudi, hör sofort auf damit!«, rief ich. Matti ließ meine Hand los und ging mit Riesenschritten in die Küche. Wenn Matti nicht Matti wäre, hätte ich gewettet, dass er Rudi eine Kopfnuss verpasst. Er kam nach ein paar Minuten zurück und setzte sich neben mich. Damit er nicht wieder meine Hand nehmen konnte, schraubte ich umständlich das Fläschchen mit den Notfalltropfen auf, las auf dem Etikett *in alkoholischer Lösung*, befand, dass mir eine alkoholische Lösung trotz der eben erst gelobten Abstinenz sehr entgegenkam, und schüttete mir alles auf einmal in den Mund. Matti nestelte eine Tüte Gummibärchen aus der Jackentasche und bot mir welche an.

Im selben Moment flog die Tür auf. Richie polterte mit meiner großen Reisetasche und meinem Schminkkoffer ins Wohnzimmer und ließ die Sachen fallen, wo er stand. Dann griff er sich aus Mattis Gummibärchentüte eine ganze handvoll und flätzte sich in einen Sessel. »Die Frau Korff hat gesacht, ich soll am Besten mal allet gleich mitnehmen.«

»Was?«, sagte ich.

»Bisse schwer von Kapee? Die hat dich voll abgedissed. Menno! Kann ich ma'ne Zichte von dir?«, nuschelte er mit vollem Mund.

»Nicht in diesem Ton, Richie!«, rief Berti aus der Küche. »Stell die Sachen ordentlich ab, und dann geh nach vorne, und bedien' die Kundschaft.«

»Ja, ja ... ich mach ja schon, Frau Blaschke«, rief er, guckte mich auffordernd an und sagte: »Haste jetzt ma'ne Zichte oder nich'?«

»Hab ich nicht, Richie, vorne gibt es genug Zigaretten. Du musst dir nur welche kaufen.«

Murrend quälte er sich aus dem Sessel, kontrollierte den Sitz seiner Jeans (weit unter dem Äquator) und latschte in Richtung Kiosk. »Lass deine Fottfinger von den Nappos«, hörte ich ihn schimpfen. Dann wurde das Kioskfenster aufgerissen und Richie bellte: »Ich hau dir wat auffe Murmel, Simone, wenn ich dich noch einma' beim Klauen erwisch'.« Dann wurde das Fenster wieder zugeknallt. »Scheiß Blagen!«

Matti stand auf, zog die Schiebetür zum Kiosk zu und sagte: »Was soll das bedeuten? Was ist denn mit Frau Wilma?«

Ich stand auf und kippte die Reisetasche auf dem Teppich aus. »Das bedeutet, dass meine liebe Freundin Wilma mich rausgeworfen hat. Sie möchte, dass Acki auf der Stelle Tisch und Bett mit ihr teilt.«

Ich fand in dem Haufen eine saubere Jeans, meine Jeansjacke, Socken und frische Unterwäsche. »Na, super. Keine T-Shirts.« Ich raffte die Decke um mich und lief ins Bad, wo Berti mein Mittelalterkostüm gewaschen und auf die Leine gehängt hatte. Es war alles noch feucht. Ich stolperte zurück. »Keine T-Shirts. Ich ruf Wilma an, die soll mir welche von ihren bringen!«

»Moment«, sagte Matti und ging hinaus. Erst jetzt bemerkte ich, dass die Decke verrutscht war und mein blankes Hinterteil an der frischen Luft hing. Hatte er es jetzt gesehen oder nicht?

Matti kam, kaum dass ich wieder auf dem Sofa saß, mit einem Stapel dunkelgrauer T-Shirts zurück.

»Was ist das?«, fragte ich.

»Rudis Idee.« Matti hielt mir eines in Größe M hin. Auf der Brust prangte sehr dezent das Logo von Mattis Bestattungsunternehmen in Form einer Sonne und eines Mondes und darunter stand: *Bestattungen Abendroth - Immer für Sie da*, und eine Telefonnummer. Ich hätte wissen müssen, dass mir meine schwachsinnig-romantische Sekunde vor ein paar Monaten, die dazu geführt hatte, dass ich Matti gestattet hatte, statt seines hochkomplizierten finnischen Nachnamens meinen Namen für das Beerdigungsunternehmen zu benutzen, langfristig zweifelhafte Freude bereiten würde.

»Und damit soll ich jetzt Reklame laufen?«

»Bevor Sie gar nichts anhaben. Ich hab auch noch eins in L.«

Ich suchte in seiner Miene nach Anzeichen für Ironie, aber da war nichts, nur die beiden klaren finnischen Seen, aus denen er mich anguckte.

Rudi brachte ein Tablett mit Kaffeetassen aus der Küche. »Zieh mal an, zieh mal an. Die sind doch todschick, oder?«

»Wird mir wohl nix anderes übrig bleiben«, murmelte ich und zog die Tür zum Kiosk auf. »Richie, kannste noch mal zu

Wilma gehen und die T-Shirts aus dem Trockner holen?«, rief ich.

»Nee, kann ich nich«, kam es aus dem Kiosk. »T-Shirts gibt's im Laden, Maggie. Kannst dir ja welche kaufen.«

Berti schob die Tür zum Kiosk ganz auf und sagte: »Und du sei nich so frech, Richie, sonz krisse wat hinter die Löffel! Und hör da drin auf zu rauchen oder ich vergess' mich!«

Rudi stand stramm, obwohl er gar nicht gemeint gewesen war.

»Dat kann der Bengel morgen machen. Ich glaub, du hast grad andere Sorgen als deine nassen T-Shirts. Oder hab ich dat gezz falsch verstanden mit deine Klamotten?«

»Nee, ich glaub nicht. Wie es aussieht, hat Wilma mir grad fristlos das Gästezimmer gekündigt«, sagte ich.

»Na, also, sach ich doch. Wir müssen gezz erssma'ne Bleibe für dich finden, oder?«

Rudi wartete ergeben mit dem Tablett in der Hand, bis Berti den Kaffee eingeschenkt und die Tassen auf dem Wohnzimmertisch verteilt hatte. Dann setzte er es ab und hob die Hand, wie ein Schuljunge, und erst als Berti ihn auffordernd anschaute, sagte er: »Elli hat doch gestern so was gesagt, dass sie eventuell was hätte. Frag die doch noch mal.«

»Die meinte doch nicht ab sofort«, sagte ich. »Irgendwann, vielleicht in den nächsten Wochen. Die muss erst mal ihren Pudelsalon eröffnen. Ich geh einfach wieder zurück zu Wilma. So geht das ja auch nicht. Ein paar Tage wird sie mich noch ertragen müssen. Die weiß bestimmt noch gar nicht, was passiert ist.«

»Jasija weiß die dat. Glaubse wohl, dat ich der dat erzählt hab«, krähte Richie aus dem Kiosk.

»Tja, na dann«, sagte ich und versuchte zu lächeln.

»Sie können gerne in meiner Wohnung bleiben, bis Sie was gefunden haben, Frau Margret. Ich schlafe solange in Rudis Wohnung auf dem Gästebett.«

»Superidee, Matti. Ich bin sowieso in der nächsten Zeit nicht so viel zu Hause, ich meine nachts ...« Rudis Gesicht lief rot an. Berti lachte und sagte: »Oh, oh ... da läuft doch was, Herr Rolinski.«

»Äh, ja ... nein ... ich, ich wollte bloß der Elli helfen, beim Renovieren, und das kann ich ja nur abends, wenn ich Feierabend hab, oder Matti? Aber wenn du mich brauchst, dann bin ich sofort parat.«

»Übertreib es nicht, Rudi«, gab ich zu bedenken. »Man kann nicht allzu lange auf zwei Hochzeiten tanzen. Außerdem willst du die Bestatterprüfung bald machen.«

»Alles kein Problem. Die Elli kann mich abhören, während ich den Pinsel schwinge ... äh anstreiche, meine ich ... nich', was ihr immer denkt.«, sagte Rudi. »Maggie zieht bei Matti ein, und fertig is' der Fisch.«

»Ich ruf die Elli an. Vielleicht hat sie doch ›Jetzt‹ gemeint«, sagte ich schnell und ging in die Diele, um meine Idee sofort in die Tat umzusetzen, bevor Matti sich ernstlich Hoffnungen machen würde.

Als ich zehn Minuten später auflegte, hörte ich Rudi flüstern: »Im Ansatz nich' schlecht, Matti. Und ich hab's auch versucht... Tut mir leid für dich.«

»Was tut dir leid?«, fragte ich, als ich ins Wohnzimmer zurückkam.

Rudi stotterte: »Dass, dass die T-Shirts ... dass ich die T-Shirts nicht in Extralang für Matti gekriegt habe ... äh ... Jetzt muss er beim Arbeiten im Thanatopraxieraum eben XXL tragen ... so ... obwohl das viel zu weit für den ist ...«

Ich guckte in Mattis Gesicht, aber das war so ausdruckslos wie ein Eisberg in der Arktis.

»Wat kosten noch mal die Colalutscher«, krähte Richie aus der Bude.

»Herrgottnoeins, wie oft soll ich dat noch sagen? Zehn Cent, Richie, Zehn Cent ... immer noch!«, rief Berti.

»Und wat kosten dann drei?«

Berti schoss vom Sofa hoch, marschierte in Richtung Kiosk und fluchte: »Dat hälze doch im Kopp nich aus! Der darf wählen gehen, aber weiß nich, wie viel drei mal zehn is!«

»Weiß ich wohl. Drei mit'ne Null«, gab er zur Antwort. »Aber is dat dann bei den Lutschern genau datselbe wie mit die Negerküsse?«

Rudi gackerte. Matti zog die Augenbrauen hoch, und Rudi verstummte auf der Stelle.

»Ich geh mich anziehen und dann lauf ich zu Elli rüber und guck mir den Schuppen an, den sie zu vermieten hat.«

»Frau Margret, wenn Sie was brauchen, fragen Sie nur. Vielleicht benötigen Sie Möbel ... oder andere Gegenstände, vielleicht für die Küche? Ich könnte Ihnen auch beim Renovieren helfen ... also, wenn meine Zeit es zulässt.«

»Danke, Herr Matti«, rief ich und schloss die Badezimmertür hinter mir ab. »Ich melde mich, wenn ich was brauche. Versprochen.«

Ich drehte das T-Shirt auf links und wunderte mich, wie leicht mir die Lügen über die Lippen kamen, solange ich Matti dabei nicht ins Gesicht sehen musste.

Als ich fertig angezogen ins Wohnzimmer zurückkam, waren Matti und Rudi verschwunden.

Berti rief aus der Küche: »Die mussten los. Winnie hat angerufen, der Grill wird grad abgebaut.«

»Ey, hör ich da Grill? Bring mir auch wat mit. Currywurst

mit Pommes Schranke. Doppelt Mayo«, rief Richie aus dem Kiosk.

Berti guckte mich mit großen Augen an und sagte: »Is der so bescheuert, oder tut der nur so?«

»Du hast es so gewollt. Du wolltest den resozialisieren.«

»Ich bereu' dat langsam jeden Tag ... Has' du gezz überhaupt noch'n Job?«, fragte sie mit Hoffnung in der Stimme.

»Berti, das weiß ich nicht. Und selbst wenn ich keinen hätte – ich werde dich nicht von Richie erlösen. Vor ein paar Monaten hätte ich den Job gerne gemacht. Aber du wolltest mich ja nicht. Bis später also. Soll ich Elli was von dir ausrichten?«

»Nee. Ich geh da nachher selber hin. Wir haben noch wat wegen der Werbung für dat Schickobello zu besprechen.«

Ich zog meine immer noch feuchten Stiefel an, steckte die Zigaretten ein und sagte beim Rausgehen: »Sei vorsichtig, Berti, und mach Richie die letzte Gehirnzelle nicht auch noch kaputt. Dann setzt nämlich die Photosynthese ein, und du musst den jeden Tag gießen, und in zwei Wochen hat der Blattläuse und geht ein.«

»Mach bloss, datte wegkomms ... und zieh ma gefälligst dat T-Shirt richtich rum an«, rief sie mir hinterher.

»Wusste ich gestern auch noch nicht, dass das so schnell frei ist«, sagte Elli und wedelte mit einem Schlüsselbund vor meiner Nase herum.

»Und warum ist das jetzt so plötzlich frei?«

»Weil die Fiona zurück nach Polen is'. Aus persönlichen Gründen«, murmelte Elli und öffnete die Tür. »Und das musste schnell gehen. Ende. Die Möbel bleiben drin, die hat'se mir als Sicherheit hiergelassen, weil sie nich' weiß, ob'se noch mal zurückkommt. Also gehören die Brocken jetzt mir. Schluss.«

Sie schob mich in eine Diele, die so schmal war, dass sich

Elli, als sie ihre Hände in ihre nicht vorhandene Taille stemmte, in die Diagonale stellen musste, damit ihre Ellenbogen nicht zu beiden Seiten die Wände touchierten. Während sie in der Diele wartete, schaute ich mich in der Wohnung um. Die Küche war in Softeisfarben gestrichen: Himmelblau, Babyrosa und Mintgrün. Sie war zweckmäßig mit zwei Hängeschränken, einer einfachen Küchenzeile und einem kleinen weißen Tisch und zwei Stühlen eingerichtet. Die Farben der Wände wiederholten sich in den gestreiften Vorhängen vor dem kleinen Küchenfenster, das zur Johanniterstraße hinausging.

Das klitzekleine Wohnzimmer sah aus, als hätte es ein Inneneinrichter im Millefleurs-Vollrausch ausstaffiert. Wie viele verschiedene Blumenmuster konnte ein zehn Quadratmeter-Zimmer ertragen, ohne zu explodieren? Die einzigen Einrichtungsgegenstände ohne Blumenmuster waren ein großer Fernseher in der rechten Ecke und ein Kaminofen mit großem Sichtfenster, der auf der gegenüberliegenden Seite die ganze Wandbreite einnahm, weil er unter einer gefakten weißen Kaminumrandung stand. Auf dem Kaminsims standen, in Armeestärke, Rokkoko-Schäferinnen und -Schäfer aus Porzellan; daneben eine ganze Batterie zierlicher Zuckerdosen in verschiedenen Blumenmustern, und darüber hing ein Trockenblumenstrauß, der einen unangenehm künstlichen Rosenduft verbreitete.

»Womit heizt man den Kamin?«, frage ich.

»Mit Kohlen, Prinzesschen, und mit Holz oder Briketts«, sagte Elli.

»Und wo sind die?«

»Im Keller. Wo denn sonst!? Der Ofen heizt hervorragend. Viel bessere Wärme als wie mit Zentralheizung. Und wenn'e keine Kohle für Kohle has', dann musste dir eben warme Gedanken machen. Aber verheiz bloß nich' die Möbel.«

»Dafür müsste ich den erst mal ankriegen.«

»Sach bloß, du weißt nicht, wie das geht. Ich denk, du bist von hier. Im Kohlenpott geboren, und weiß nicht, wie man einen Ofen anmacht?!«

»Wie gut, dass wir grad Hochsommer haben. Da bleibt mir ja noch Zeit zum Üben.«

Ich stand vor dem großen Wohnzimmerfenster, durch das man in einen handtuchgroßen Garten blickte, der am anderen Ende von einer wild wuchernden Hecke begrenzt wurde. Über die Hecke hinweg war der Blick über den Bahndamm auf die Gußstahlstraße frei, von wo aus mir die Neonreklame des *Dollarhaus* entgegenblinkte. Elli hatte von hier aus ihren Kiez immer noch im Blick. Man konnte sogar die rückwärtigen Fenster der Häuser aus der eigentlichen Puffstraße, genannt *Im Winkel*, sehen. Ich konnte mich also auf reges Nachtleben freuen, wenn im Fernsehen mal nichts lief.

»Der Fernseher ist kaputt«, sagte Elli, als hätte sie meine Gedanken gelesen.

Müsste ich mich eben an der schönen Aussicht erfreuen, die der Garten bot. In der Mitte stand ein einzelner Baum mit verkrüppelten Ästen, der nur an der linken Seite grünes Laub aufwies. Die andere Hälfte schien abgestorben zu sein. Unter dem Baum stand ein Pudel aus Stein, ungefähr dreißig Zentimeter hoch. Er trug ein Halsband in Pink, das mit großen Strasssteinen besetzt war.

»Ist das nicht schön?«, sagte Elli und seufzte: »Mit echten Swarovski-Steinen.«

»Da liegt doch nicht etwa dein Schätzken begraben?«

»Aber sicher doch. Den Stein hab ich extra anfertigen lassen. Beim Steinmetz vonne Friedhofsgärtnerei. Das war mal was anderes für den. Ich find', der is' meiner Knutschkugel wie aus'sem Gesicht geschnitten.«

»Kann man so sehen«, sagte ich und dachte: Pudel sehen doch eh alle gleich aus. Und bloß nicht ›am Krönchen packen‹, sonst flippen die Besitzer aus.

Jedenfalls wäre der Garten gut für Doktor Thoma, wenn er sich mit dem örtlichen Nahverkehrsmittel arrangieren könnte, das soeben seine Ankunft ankündigte. Ein immer lauter werdendes Sirren erfüllte die Luft, und plötzlich schob sich der Nokia-Express, der Bochum mit Wanne-Eickel verband, in voller Länge keine zehn Meter vom Fenster entfernt am Garten vorbei. Die Schäferinnen auf dem Kaminsims klirrten leise und ein paar Blätter aus dem Trockenblumenstrauß rieselten zu Boden, was nicht weiter auffiel, denn sie fügten sich nahtlos in den Millefleurs-gemusterten Teppichboden ein.

»Wie oft kommt der am Tag?«, fragte ich.

»Alle zwanzig Minuten. Man gewöhnt sich dran. Das Fenster hat ein Rollo, damit dir die Leute abends nich' aufs Sofa glotzen. Hier is für alles gesorgt.« Elli ließ mit einem Ruck das Rollo herunterrasseln. Wir standen im Dunkeln.

»Okay, und was kostet der ganze Spaß?«, fragte ich.

»Klo is auffem Flur ... das Bad hat einen Elektroboiler«, sagte Elli und zog das Rollo wieder hoch. »Und sogar eine Badewanne.«

»War das jetzt die Antwort auf meine Frage?«

»Jetzt warte doch mal«, sagte sie gedehnt. »Das sind achtundvierzig Quadratmeter, ohne Heizung, und Klo is auffem Flur ...«

»Wo sind denn hier achtundvierzig Quadratmeter? Die Küche hat höchsten vier und das kleine Wohnzimmerchen zehn, wovon drei Meter für das Fenster draufgehen und zwei für den Kaminofen und das Minibad hat zweieinhalb. Macht nach Adam Riese sechzehn, wenn's hochkommt zwanzig. Und wo ist der Rest?«

Elli kratzte sich am Kopf und sagte: »Im Schlafzimmer. Ich hab Hunger.«

Es klang wie eine Drohung. Ungefähr wie: Jetzt hab ich aber genug von dem Mist!

»Okay, okay ... Kann ich das Schlafzimmer bitte noch sehen?«

»Wenn es sein muss.«

»Was ist denn damit? Du bist doch sonst nicht so zimperlich, wenn es um ›nackte Wahrheiten, gelassen ausgesprochen‹ geht.«

Elli setzte ihre zweihundertzwanzig Kilo in Bewegung, die an diesem Tag statt in einem wallenden Chiffonensemble in einer mauvefarbenen Latzhose steckten. An den Füßen trug sie passend dazu goldene Turnschuhe, die mit mauvefarbenen Schnürsenkeln versehen waren. Sie stellte sich neben den Kamin und wies auf eine tapezierte Tür, die mir in dem Blumentohuwabohu noch gar nicht aufgefallen war.

»Also, ich muss dir was sagen, also, das Schlafzimmer, das is ... also, könnte vielleicht nicht so dein Geschmack sein. Die Fiona, die war ...« Elli seufzte. Ich fürchtete, dass die Metallknöpfe, die die Träger ihrer Arbeitshose mit dem Latz zusammenhielten, in der nächsten Sekunde mit einem lauten *Ploink* vom Stoff abspringen würden.

»Und? Was könnte denn noch schlimmer sein als dieses Softeis- und Laura-Ashley-Armageddon? Kommt jetzt noch'ne karibische Wandtapete mit Sonnenuntergang?« Ich stieß die Tür auf und sah gar nichts. Der Raum war schwarz wie die Nacht.

»Ist das der Kohlenkeller, Elli?«

Ihr Arm schob sich an meiner Schulter vorbei. Plötzlich

war es hell in dem Raum – und ich hatte das Gefühl, als würden bei mir auf der Stelle alle Lichter ausgehen. Gummimasken hingen sorgfältig aufgereiht an der einen Wand. Eine Auswahl Ketten und Handschellen komplettierten das Sortiment. In einer Ecke standen die hochhackigsten Lackstiefel, die ich je in meinem Leben gesehen hatte. Daneben eine Vitrine mit Gegenständen, über deren Gebrauch ich lieber nichts wissen wollte. Ich schluckte und sagte: »Können wir wenigstens den Gynäkologiestuhl hier rauswerfen?«

Elli sagte: »Aber das Bett is doch super ... mit integrierten Handschellen und Streckbank. Wenn ich das alles verkauft kriege, dann kommt das hier raus, aber bis dahin muss es eben irgendwo bleiben, und ich hab keine andere Lagermöglichkeit, weil ab morgen die Ware für den Salon ankommt. Den Wandschrank lässte bitte zu – Latex und Einläufe brauch'sste wohl in nächster Zeit nicht. Also, was is gezz? Ich krieg Hungerödem.«

»Wie viel?«

»Is okay, wenn du den Strom bezahlst und noch'n Hunni drauf.«

»Und wie viel hast du gekriegt, als das noch benutzt wurde, ich meine als Sado-Maso-Studio?«

»Noch'ne Null dran und zweitausend schwarz. Aber damit ist Schluss, Ende, aus die Maus.«

Elli drückte mir den Wohnungsschlüssel in die Hand und sagte: »Dat Schloss is' kaputt. Is aber nicht so schlimm, wer hier rein will, muss ja erst mal bei mir vorbei. Ich lass dat irgendwann mal reparieren. Hol deine Sachen und stell keine dummen Fragen. Ich muss vorne anstreichen. Kannst ja mal helfen kommen, wenn du Zeit hast.«

Ohne eine Antwort abzuwarten, walzte sie hinaus. Ich beeilte mich, ihr zu folgen, und knallte die Schlafzimmertür hinter mir zu. Elli rief aus dem Flur: »Toilette putzen einmal in der Woche, bitte.«

Wie sich herausstellte, war das Sofa im Wohnzimmer eines zum ausklappen. Zur Not könnte ich auch hier schlafen, wenn mir die Domina-Kollektion Alpträume bereiten würde.

Bei meinem zweiten Rundgang entdeckte ich neben der Küchentür noch eine schmale tapezierte Tür, die zu einem Einbauschrank gehörte. Dort fand ich hervorragend sortierte Bettwäsche und Handtücher von guter Qualität – Blumenmuster, versteht sich.

Hinter der nächsten Schranktür war nichts außer ein paar leeren Kleiderbügeln. Ich wanderte in die Küche zurück und öffnete die Schränke. Millefleurs wohin das Auge reichte. Sollte ich in der nächsten Zeit etwas essen wollen, käme ich mir vor wie eine Kuh auf einer Blumenwiese. Sogar die Griffe des Bestecks waren passend gemustert. Der Kühlschrank war leer und picobello sauber. In einem Hängeschrank fand ich zu meinem großen Erstaunen einen weißen Aschenbecher ohne jedes Dekor und stellte ihn auf den kleinen Küchentisch. Daneben schüttete ich mein Portemonnaie aus und fand achtundneunzig Euro.

Wie heißt es in Mafiafilmen so schön? Ein Angebot, das man nicht ablehnen kann. Tausche feindselige Wilma gegen Blumenmuster-Terror. Vielleicht wäre es doch nicht so verkehrt, ab und zu zwecks kleiner Augenentspannung ins schwarze Zimmer zu gehen.

Eins jedenfalls musste man der Wohnung lassen: Wilma hatte nur einen Elektrokamin – ich hätte ab jetzt ein echtes Feuer mit englischer Kaminumrandung. Eigentlich schade, dass grad Sommer war.

Kapitel 7

Was blieb mir also anderes übrig, als Ellis Angebot anzunehmen - die Vorteile lagen klar auf der Hand. Fehlte nur noch ein Masterplan für die Finanzierung dieser ungewöhnlichen Bleibe.

Jetzt zu Petra Heibuch zu gehen, um den Lohn für Ladislaus' Trauerfeier und den heutigen Tag einzufordern, wäre wohl mehr als pietätlos gewesen. Dann würde Wilma eben bluten müssen – die wollte ja unbedingt, dass ich ausziehe. Dann könnte sie auch ein kleines Darlehen springen lassen. Wie würde denn das aussehen, wenn ich Elli gleich die erste Miete schuldig bliebe?

Mitten in meine Gedanken ratterte der nächste Nokia-Express. Das Quietschen der Bremsen erstarb. Das Rollo rasselte von allein herunter und blieb schief auf der Hälfte der Fensterhöhe hängen. Ich zündete mir eine Zigarette an, ging ins Bad und drückte auf den ›Ein‹-Knopf für das warme Wasser am Elektroboiler. Dann war ich so unvorsichtig, einen Blick in den Spiegel überm Waschbecken zu werfen – was mir da entgegenblickte, sah bestenfalls so aus wie ein Modell für Vorher-Fotos. Ich schaltete die Lampe überm Spiegel aus – auch nicht besser – die Schatten unter meinen Augen waren einfach nur noch dunkler. Dafür strahlte mir vom Fußboden in zartgrün die Zahl: 81,23 Kilo entgegen. Das hatte ich nun davon, dass dank Heibuch-Catering immer was zu essen greifbar war. Und überhaupt: Fiona ich hasse dich, obwohl ich dich noch nie gesehen habe – wie kommt man auf die Idee, eine als harmlose Bodenfliese getarnte Personenwaage in den Fußboden einzulassen?! Tagtäglich würde ich auf dieser Fliese stehen müssen, wollte ich mir nicht im Seitspagat die Zähne vorm Waschbecken putzen. Ich holte ein Handtuch aus dem Wandschrank und breitete es vorm Waschbecken aus. Aus den Augen, aus dem Sinn. Probehalber stellte ich mich auf das Handtuch. Die Leuchtdioden schimmerten durch: 81,53 Kilo.

Nach den harten Tatsachen im Sanitärbereich beschloss ich, dem Schlafzimmer eine zweite Chance zu geben.

Das schwarze Metallbett war riesengroß – mindestens fünf Quadratmeter. Darüber hing ein ebenso großer Spiegel an der Decke. Über dem Kopfteil des Bettes entdeckte ich ein in die Wand eingelassenes Schaltmodul mit diversen Knöpfen. Ich drückte todesmutig auf den ersten von links. Das Bett fing an, sanft zu vibrieren. Ich streckte mich auf dem Bett aus, und bevor ich noch lange darüber nachdenken konnte, wie viele Rippen ich mir brechen lassen müsste, um in die Lederkorsage zu passen, die neben dem Bett hing, fielen mir die Augen zu. Ich hatte einen sehr schönen Traum – von einem weißen Fliesenboden, aus dem mir in zartgrün die wunderbare Zahl 47,20 Kilo entgegenstrahlte.

Das Klappern der Wohnungstür riss mich aus dem Schlaf. Ich tastete nach dem Lichtschalter. Der zweite Knopf von links war es bestimmt nicht, denn ich hörte plötzlich den Orignalsoundtrack eines Kerkers – mit steten Wassertropfen, Kettengerassel, Stöhnen und Wimmern. Ich drückte schnell den nächsten Knopf und war plötzlich auf einer Krankenstation, auf der eine weibliche Stimme befahl, sofort die Hosen auszuziehen und sich zu bücken. Plötzlich ging das Licht an, und Winnie stand in der Tür. »Na, schon alles ausprobiert?«, sagte er.

Ich setzte mich auf die Bettkante und rieb mir die Augen. »Nee, keine Zeit.«

»Kaffee ist fertig, und Oma hat deine Sachen mitgebracht. Mach doch mal den Sound aus.« Winnie lehnte im Türrahmen. Sein neuer Anzug sah nicht mehr ganz so tadellos aus wie noch am Morgen.

Ich drückte auf den nächsten Knopf und Handschellen rasselten von der Decke. Winnie kam ans Bett und stellte die Höllenmaschine mit einem Griff ab.

»Du scheinst dich ja auszukennen«, murrte ich.

»Das ist keine Zauberei, da wo ›off‹ draufsteht, ist Abschalten drin.«

»Ah, jetzt, wo du es sagst. Wie spät ist es denn?«

»Schon 21.30 Uhr. Wir sind vor einer Stunde vom Markt abgezogen. Ich mach jetzt ein bisschen Pause und dann geh ich wieder ins Büro. Oma wollte dir unbedingt deine Klamotten bringen und was zu essen. Sie hat Reibekuchen für alle gemacht.«

»Wenn du keine anderen Sorgen hast«, sagte ich.

Winnie packte meinen rechten Arm und zog mich aus dem Bett. »Also los jetzt, Maggie. Ich hab nicht viel Zeit, und wenn die Reibekuchen kalt werden, krieg ich Ärger mit Oma.«

Es fiel mir schwer, etwas zu essen, denn mit Winnie war die Erinnerung an den Vormittag zurückgekommen.

»Lecker«, sagte Winnie und schaufelte sich Apfelmus auf seinen Teller. Berti guckte mich an und sagte: »Und wat is mit dir? Schmeckts dir nich?«

»Doch, doch ... aber ... Winnie, du riechst nach Grill. Tut mir leid, Leute, ich kann nix essen.«

Ich stand auf, riss das Küchenfenster auf und suchte dann in meiner Reisetasche nach meinem Espressokocher und meiner Kaffeedose. Berti verschränkte die Arme vor der Brust und sah unzufrieden aus, vermutlich, weil ich ihren Filterkaffee verschmähte. »Weisse wat, ich geh ma zu Elli rüber. Quatscht ihr beide ma'n bissken.«

Die Tür klappte hinter ihr zu. Winnie nahm sich noch einen Reibekuchen und stopfte ihn sich ganz in den Mund.

»Keine Angst um dein Sixpack?«, fragte ich und stellte die Bialetti auf den Herd.

»Werweischwannichwiederwaskrich«, nuschelte er und nahm noch einen Löffel Apfelmus.

»Du bist doch nicht wegen Omas Reibekuchen hier. Also, ist der Tote Günter Heibuch?«

»Wissen wir nicht. Bis auf den Helm war in dem ganzen Zelt kein einziges Kleidungsstück zu finden. Nichts, gar nichts. Und zu identifizieren, also nach Augenschein, ist der Tote nicht mehr.«

»Kommt auf einen Versuch an«, antwortete ich und dachte dabei an phantasmillionen von Filmszenen, die alle in einem Rechtsmedizinischen Institut vor einer großen Schublade spielten.

»Du bist echt kaltherzig«, sagte Winnie. »Das werde ich der Familie nicht zumuten. Wir warten auf den DNA-Vergleich und das Zahngutachten. Aber das dauert. Das Einzige, was der Rechtsmediziner sagen kann, ist, dass es sich um eine männliche Leiche, Alter circa 35-55 Jahre handelt.«

»Warst du bei den Heibuchs?«

Winnie nickte.

»Schlimm?«

Winnie nickte wieder.

»Von den anderen Mitarbeitern fehlt aber keiner, oder?«

»Nein, die sind alle da, bis auf Günter Heibuch.«

»Scheiße«, sagte ich. »Weißt du, diese Familie, die sind echt nette Leute. Wer tut dem Günni so was an? Was hat der Mann verbrochen, dass ihn jemand auf einen Spieß steckt und grillt?«

»Vorausgesetzt, er ist es. Vielleicht hat *er* ja jemanden auf den Spieß gesteckt – Hm? – und ist jetzt flüchtig ...«

»Der Günni soll jemanden gegrillt haben? Also, weißt du ...«

»So eine Tatort-Inszenierung ... das macht mir Kopfzerbrechen ...«

»Meinst du, die Marktleute haben irgendwas damit zu tun? Der schwarze Ritter ist am Morgen, als ich kam, ums Zelt herumgeschlichen ... und, man darf nicht vergessen, dass Günni mit seinem Zelt keiner von denen ist ... war. Der gehört eigentlich gar nicht da hin«, sagte ich.

Winnie zog die Stirn kraus.

»Ja, was guckst du so? Man muss an alles denken. Die Marktleute sind so was wie eine Zirkusfamilie ... und die waren doch alle die ganze Nacht da zugange, mit Aufbauen und so ... Die müssen doch was gehört oder gesehen haben. Man bringt doch nicht einen Mann um und spießt ihn auf, ohne dass die das mitkriegen?«

Winnie seufzte. »Offensichtlich doch. Und wie du schon gesagt hast, die waren alle mit ihrem eigenen Kram beschäftigt. Da wurde gehämmert und gesägt und so weiter ... Da fällt ein Poltern oder Fluchen mehr oder weniger nicht auf. Ich meine, der Mann ist nicht bei lebendigem Leib aufgespießt worden. So viel steht schon fest. Der Schädel weist Spuren eines stumpfen Traumas auf, das durchaus zum Tod geführt haben könnte, was erklärt, dass er beim Aufspießen kaum geblutet hat ... Die Spurensicherung sortiert gerade die zertrümmerte Inneneinrichtung des Zeltes, ob ein Teil davon als Tatwaffe infrage kommt. So, und jetzt ist genug mit Spekulationen. Ich muss dir ja wohl nicht sagen, dass du dich da raushalten musst.«

»Hab ich mich je irgendwo freiwillig eingemischt?«, sagte ich und goss Kaffee in eine blumenverseuchte Tasse. »Prince

Charles liegt noch in Einzelteilen im Zelt«, sagte ich und hätte auf der Stelle losheulen können.

»Tut mir leid für dich«, sagte Winnie und nahm mir die volle Tasse aus der Hand und trank ein paar Schlucke.

»Tja, wie gewonnen, so zerronnen«, sagte ich. »Ich wollte dir eben einen aufsetzen.«

»Danke, keine Zeit.«

Ich zündete mir eine Zigarette an. »Was sagen der Rechtsmediziner und deine Spurensicherung denn sonst noch so?«

»Hallo, Maggie Abendroth, wir sind nicht bei Navy CIS. Ich hab noch gar keine Antworten. Ich weiß noch nicht mal, ob der Mann im Zelt umgebracht worden ist oder woanders. Das wird Tage dauern, bis sich da was Definitives aus dem Chaos herauskristallisiert.«

»Also, ich weiß, dass bei der Trauerfeier für den Ladislaus der Heibuch schon auf dem Marktplatz war und dass Dennis und Wolfi hinfahren wollten, um ihm zu helfen, den Ochsen auf den Grill zu hieven. Du hast Dennis doch gehört. Die sind weggefahren, da hat ihr Vater noch gelebt. Aber da war der Ochse noch nicht da. Vielleicht war der Lieferant der Mörder? Und ... und Dennis hab ich getroffen, als ich den Transporter zurückgebracht hab. Er hatte Stress mit Dimi und Stojko ... Aber egal, die beiden hatte der Günni gestern rausgeworfen.«

»Was wollten sie denn dann bei Heibuch?«, fragte Winnie und schien zum ersten Mal interessiert.

»Die haben Stress wegen ihrer Papiere gemacht. Das war ... warte mal ... vorletzte Bahn ... 23.42 Uhr ... hm... halb elf oder kurz nach halb elf, würde ich sagen.«

»Aha?«, und schon war Winnies Interesse wieder erlahmt.

»Hat dein Rechtsmediziner irgendwas über den Todeszeitpunkt gesagt?«

»So, ich muss jetzt mal wieder ins Büro. Schöne neue Wohnung übrigens. Glückwunsch. Und so floral und fröhlich.«

»Lenk nicht ab.«

»Muss ich ja wohl, die Drehbuchautorin in dir läuft grad Amok. Und übrigens, Todeszeitpunkt bei einer derart zugerichteten Leiche ...? Frag deine Fernsehkommissare.«

Im selben Moment rauschte wieder ein Zug durch den Garten und Winnie sagte: »Um halb zwei fährt die letzte Bahn. Du wirst dich dran gewöhnen ...« Er nahm seinen Mantel von der Stuhllehne.

»Ja, ja ... du musst ja hier auch nicht wohnen.«

»Ruh dich erst mal aus. Und spiel nicht mit den Knöpfen am Bett.« Er grinste breit, und im nächsten Moment klappte die Tür hinter ihm zu.

Die übrig gebliebenen Reibekuchen auf dem Teller waren kalt geworden und klebten ölig glänzend aneinander. Ich kippte den Rest vom Apfelmus auf die fettigen Dinger und fing an, mit den Fingern zu essen.

Willkommen im Reich der arbeitslosen Vegetarier, dachte ich, schob mir mechanisch Bissen für Bissen in den Mund und hörte nicht eher auf, bis der ganze Teller leer war. Danach fühlte ich mich auch nicht besser. Nur noch dicker. Mindestens 82,92 Kilo. Ohne Handtuch.

Kapitel 8

Zwei lange Tage blieb der smarte Herr Blaschke völlig von der Bildfläche verschwunden. Wenn er bei der Arbeit war, gab es für ihn nichts anderes mehr. Die gesamte Restwelt, bis auf seine Oma, wurde ausgeblendet. Man wurde regelrecht in eine Nebendatei in einen Ordner ›Sonstiges‹ verbannt und musste einfach warten, bis Winnie mit Leiche und Mörder fertig war. Da war es völlig egal, ob ich obdachlos durch Bochum wanderte und dringend einen Freund gebraucht hätte oder ob seinem Lover ein wichtiger Kunstpreis verliehen wurde. Es zählte nicht. Man hätte auch versuchen können, einen Terrier zu stören, der eben eine Blutspur verfolgte. Bestenfalls wurde man nur einmal gebissen.

Aus purer Langeweile hatte ich zwischenzeitlich so lange am Fernseher herumgeschraubt, bis ich wenigstens RTL empfangen konnte – sehr verwaschen, in allen Sendungen schneite es, aber auch nur, wenn kein Zug vorbeifuhr – dann war in allen Sendungen ›Nacht‹. Eine Alternative wäre gewesen, Matti zu bitten, mir den Fernseher aus seiner Küche zu leihen – aber das hätte unweigerlich dazu geführt, wieder mal eine Esseneinladung ausschlagen zu müssen.

Die Bochumer Tageszeitungen widmeten sich dem *Spießbratenmörder* ausgiebig. Das bedeutete, dass die Redakteure sehr viel Zeit damit verbrachten, viele Zeitungsspalten mit ihrem Nichtwissen zu füllen. Wobei sich die BILD-Zeitung damit hervortat, täglich grausigere Beschreibungen über den Zustand der Leiche abzuliefern, inklusive einer Zeichnung über eine halbe Seite. Die Spekulationen über Günni Heibuchs Verschwinden und die Frage, wer der Tote sein könnte, schossen ins Kraut. In den Artikeln wurde ein nicht namentlich genannter Augenzeuge zitiert, der den Zustand des Opfers en detail beschrieben haben soll. Ich konnte mich nicht erinnern, jemals zu der Sache von der Presse befragt worden zu sein. Es drängte sich die Frage auf, ob die Redakteure der BILD-Zeitung am Ende sogar selbst neben dem Grill gesessen haben könnten. Getreu dem Motto: ›BILD sprach zuerst mit der Leiche‹.

Den ersten Vormittag meiner cateringfreien Zeit hatte ich in Bertis Kiosk verbracht. Sie hatte mir einen Zeitungsausschnitt unter die Nase gehalten. Ein Foto, auf dem Dennis Heibuch seine Hand schützend vors Gesicht hält, während er in den Transporter einsteigt. Im Anschnitt war Winnie in seinem schwarzen Anzug zu sehen. Darunter stand: *Familie geschockt – wie wird es für sie weitergehen? – Bürger in Angst vor abscheulichem Verbrechen. Sonderkommission wurde eingerichtet.*

»Wie heißt die SoKo denn?«, fragte ich Oma Berti.

»Woher soll ich dat wissen? Hasse schon mit deiner Chefin telefoniert?«

Ich steckte meine Nase noch tiefer in die Zeitung - ich wusste eh nicht, was ich hätte sagen sollen.

»Wie man sein Mitgefühl ausdrückt, steht nich inne Zeitung, Maggie«, sagte Berti und hielt mir eine Grußkarte unter die Nase. Vorne war ein hinreichend neutrales Blumenbild von Macke aufgedruckt. Berti sagte in einem Ton, der keine Widerrede duldete: »Schreib wat Nettes. Dat gehört sich so.«

Ich nahm die Karte, schrieb meinen Namen hinein und steckte sie in den bereits frankierten Umschlag.

»Du has ja gar nix geschrieben«, stellte Berti fest, bevor ich den Umschlag zukleben konnte.

»Ja, was soll ich denn schreiben? Alles wird gut? Oder was?«

»Mit herzlichem Mitgefühl. Oder: Ich wünsche Ihnen und Ihrer Familie in dieser schweren Zeit Kraft und Stärke ... Wenn Sie Hilfe brauchen, rufen Sie mich bitte an ... Und setz' meine Nummer drunter. Is besser, die reden mit mir als mit Wilma. Wenn die'n patzigen Tach hat ... Und vergiss deine neue Adresse nich'.«

Also nahm ich die Karte wieder aus dem Unschlag und schrieb, wie mir befohlen.

»Briefkasten finds'te aber alleine, oder?«, sagte Berti.

»Ja«, sagte ich. »Danke für die Karte.«

»Aber spätestens morgen solltes'se da anrufen. Die brauchen bestimmt Hilfe. Denk ma an deine Chefin, die Petra. Die muss doch den ganzen Laden am Laufen halten. Nur vom Dumm-Rumstehen geht gar nix.«

Berti hatte mal wieder recht, aber ich konnte mir gar nicht vorstellen, dass bei Heibuchs überhaupt gearbeitet wurde. Bestimmt hatte Petra bis auf Weiteres alle Termine abgesagt, zumindest so lange, bis feststand, wer die Leiche im Ochsenzelt war. Und was wäre, wenn der Ermordete nicht Günter Heibuch war und er trotzdem nie wieder auftauchte? Egal, welche Ergebnisse die Rechtsmedizin in den nächsten Tagen oder Wochen liefern würde – ein Schock wäre es allemal. Wie sollten die Heibuchs und ihre Mitarbeiter mit verheulten Gesichtern die Partys fremder Leute ausrichten? Geschäft hin oder her – ich stellte mir sogar vor, dass die Kunden von sich aus ihre Aufträge stornierten, weil man ja bei derartigen familiären Katastrophen so viel Abstand wie möglich nahm, eben weil ja keiner wusste, wie man sich zu verhalten hatte. Ich hätte es so gemacht, wenn Berti mir nicht dazwischengekommen wäre.

Mit diesem seltsamen Gefühl, irgendwo zwischen Trauer und Scham überstand ich die zweite und auch die dritte

Nacht in meinem neuen Heim – zu meiner grenzenlosen Überraschung ohne Alpträume. Vermutlich, weil ich kein Auge zutat, denn nebenan entfalteten Rudi und Elli eine unglaubliche Energie beim Bohren und Anstreichen, Zusammenbauen und Möbelrücken. Als es dann gegen fünf Uhr morgens endlich ruhig wurde, fing ich an, mir Sorgen zu machen. Darüber, was die beiden jetzt wohl treiben mochten und im Fall der Fälle, ob Rudi den Liebesangriff von über 200 Kilo Lebendgewicht überstehen würde. Da mich diese Vorstellung sehr erschreckte, wechselte ich den Film in meinem inneren Kino und dachte darüber nach, wo der Ochse, der eigentlich auf den Spieß gehört hätte, hinverschwunden sein könnte. War die Tierleiche gegen die Menschenleiche ausgetauscht worden? Wie viele Leute braucht man, um einen Menschen aufzuspießen? ... Nein, die Frage musste anders gestellt werden: Wie krank muss ein Hirn sein, um auf so eine Idee zu kommen, und wie irre muss man sein, um die Idee dann auch in die Tat umzusetzen? Oder: Wie groß muss der Hass sein, um jemandem das anzutun? Und nicht zuletzt hätte ich gerne gewusst, warum sich in meinem Leben seit zwei Jahren die Leichen stapelten ... Tatsächlich wusste ich mit Sicherheit nur eins: Ich hatte die nicht bestellt.

Bevor mein Hirn heißlaufen konnte, zog Morpheus die Notbremse, und ich wachte erst gegen Mittag auf. Natürlich rief ich nicht bei den Heibuchs an.

Den nächsten Nachmittag verwendete ich darauf, Doktor Thoma vom Café Madrid abzuholen. Das Pelzmonster sah lange keine Veranlassung, vom Buffet herunterzukommen und freiwillig in den von Elli geliehenen Transportkorb zu springen. Dass Hasselbrink und Raoul immer noch nicht wieder miteinander sprachen, machte die Sache nicht einfacher. Anstatt mir zu helfen, waren sie damit beschäftigt, die Kneipe für den Abend vorzubereiten, sich dabei aber möglichst mit drei Meter Abstand aus dem Wege zu gehen.

Nach einer halben Stunde hatte ich es endlich geschafft, die Bestie in den Käfig zu sperren. Raoul hatte Tränen in den Augen, aber nicht, weil meine Hände und Arme aussahen, als hätte ich in einen Hecksler gegriffen, sondern weil er Angst hatte, der Kater könnte in meiner Obhut binnen Wochenfrist den Hungertod sterben. Ich war kurz davor, die renitente Pelzwurst im Café Madrid zurückzulassen – wenn Raoul den Kater auf gegrillten Lachs mit Zitronenmelisse eingetuned hatte, konnte er auch gerne weiter fürs Cat-Catering aufkommen. Bevor ich den Vorschlag aussprechen konnte, hatte Kai-Uwe die Tür aufgerissen und mich samt Käfig hinausgeschoben. Raoul winkte dem Kater aus dem Küchenfenster zum Abschied mit einem Geschirrtuch.

Obwohl Doktor Thoma in seinem Käfig herumtobte wie ein Derwisch, nahm ich doch einen kleinen Umweg über die Kortumstraße in Richtung Boulevard, um einen Blick auf das Ritterlager zu werfen. Wer gedacht hatte, dass aus Gründen der Pietät der Markt abgesagt worden wäre, wurde beim Anblick der Menschenmassen eines Besseren belehrt. Das Mittelalter war so lebendig wie eh und je. Vermutlich hatte sich die Besucherzahl noch verdoppelt, weil die meisten gekommen waren, um am Tatort vorbeizudefilieren. Nach der Gruseltour konnte ein bisschen Mittelalter dann ja auch noch drangehängt werden.

Ich kam gerade rechtzeitig, um das Finale zwischen dem schwarzen und dem weißen Ritter zu sehen. Jedenfalls glaubte ich, dass es darum ging. Das Publikum feuerte die beiden lautstark an. Drei Tamboure mit riesigen Trommeln vor den Bäuchen schlugen im Takt der donnernden Hufe. Noch konnte ich gar nichts sehen und schob mich durch die Menge. Das Hufgetrappel der Schlachtrösser wurde schneller. An einem Weinausschank stand ein großes Fass. Ich kletterte hinauf. Endlich konnte ich über die Köpfe der Menschenmenge hinweg überhaupt etwas sehen. Der schwarze Ritter galoppierte keine fünf Meter von mir entfernt vorbei. Ich winkte ihm zu. Im nächsten Augenblick traf ihn die Lanze des weißen Ritters, und er flog in hohem Bogen in den Staub. Zwei der Löschzwerge kamen auf den Turnierplatz gerannt und halfen dem Verlierer, auf die Füße zu kommen. Ein dritter Zwerg rannte hinter Rolands Schlachtross her und machte allerlei Faxen dabei. Unter dem Applaus der Zuschauer wankte Roland vom roten Phoenix zu seinem Pferd, das sich wie Fury auf die Hinterbeine setzte, damit der gebeutelte Rittersmann wieder aufsitzen konnte. Legolas erhielt aus den Händen der schönen Burgfräulein den goldenen Gral. Als er die Trophäe in die Höhe hob, konnte man deutlich erkennen, dass unter dem Pokal ein Preisschild klebte.

Ich stieg vom Fass herunter, nahm die Transportbox und ging weiter in Richtung Dr.-Ruer-Platz, um den Ort des Schreckens doch noch einmal in Augenschein zu nehmen. Schließlich war ich keine Tatorttouristin, also hatte ich mir nichts vorzuwerfen. Doktor Thoma hatte mittlerweile angefangen, zu spucken und Töne auszustoßen, die irgendwo zwischen sterbender Kreissäge und abstürzendem Flugzeug lagen. Die Leute lachten und einer fragte, was ich denn da im Käfig hätte.

»Babydrachen, eben geschlüpft«, antwortete ich und schob mich an der staunenden Familie vorbei.

Wo das Zelt von Heibuch gestanden hatte, war alles geräumt worden. In der Mitte des mit Flatterband abgegrenzten Areals standen hunderte von Grablichtern und ein paar Unentwegte hatten Blumen abgelegt.

Ich stellte die Transportkiste ab. Doktor Thoma war augenblicklich still. Auf der anderen Seite des Kreises stand ein Mann in weißer Schürze, der sich den Kopf kratzte, als wisse er nicht, wohin mit sich. Als er mich sah, kam er auf mich zu. Endlich konnte ich erkennen, was auf seiner Schürze geschrieben stand: *Landmetzgerei Freimersdorf*, und mir dämmerte, wen ich da womöglich vor mir hatte. »Hallo«, sagte ich. »Sind Sie etwa der Ochsenlieferant?«

»Der bin ich. Wo ist denn der Chef?« Er warf einen Blick auf seinen Lieferschein. »Äh ... Heibuch, Günter Heibuch.«

»Warum kommen Sie erst heute? Sie sollten vor drei Tagen den Ochsen anliefern. Der Markt ist morgen zu Ende.«

»Und wer sind Sie?«

»Maggie Abendroth. Ich bin eine Mitarbeiterin von Heibuch-Catering.«

»Auf Ihrem T-Shirt steht aber, Sie sind Bestatter.«

Ich versuchte, die Jeansjacke über Mattis T-Shirt, das ich ausnahmsweise richtig herum angezogen hatte, zuzuknöpfen. Aber da fehlten glatt drei Zentimeter Stoff. »Ach das ... ja, ja. Das tut hier nichts zur Sache ... Wo waren Sie denn die ganze Zeit?«

»Es gab ein Versehen ... also, es gab Probleme mit der Lieferung. Eine Autopanne ... Und ... wo ist denn nun das Zelt von Heibuch?«

»Es war hier. Jetzt ist es nicht mehr hier«, sagte ich. »Haben Sie denn nicht bei Heibuch angerufen?«

»Doch, aber da ist keiner ans Telefon gegangen. Da geht nie einer ans Telefon! Ich habe auf den Anrufbeantworter gesprochen. Mehrmals. Und auf den Rückruf gewartet. Und jetzt hab ich gedacht, egal, ich fahr da mal hin. Den Ochsen bezahlen muss der sowieso. Nicht ans Telefon gehen, geht gar nicht.«

»Jetzt kommen Sie mal runter«, sagte ich. »Es hat einen schrecklichen ... Unfall ... gegeben. Sie müssen sich auf der Stelle bei der Bochumer Polizei melden und nach Hauptkommissar Winfried Blaschke fragen.«

»Ich? Einen Teufel werd' ich«, schnaubte der Mann und machte Anstalten zu gehen. »Ich schick dem Heibuch eine Mahnung. Das ist alles, was ich tun werde.«

Wie gerufen lief der gelbe Zwerg an mir vorbei. Dem kleinen Mann wäre beinahe das Tablett mit Brot und Schinken entglitten, als er mich sah.

»Kannst du mal den Kerl da aufhalten?«, sagte ich. »Ja, den da, mit der Schürze.«

Er drückte mir das Tablett in die Hand und stellte sich Freimersdorf in den Weg.

»Und jetzt brauch ich dein Handy«, sagte ich zum gelben Zwerg.

»Ich hab doch gar kein ...«

»Natürlich hast du eins.«

Der Zwerg schüttelte den Kopf und sagte: »Vielleicht hat er ja eins«, und zeigte auf den Metzger.

»Und? Haben Sie eins?«, fragte ich Freimersdorf. Aber bevor der antworten konnte, hatte der Zwerg ihm schon in die Hosentasche gegriffen und hielt mir das Handy hin.

Ich gab dem Metzger das Tablett in die Hand. Während ich Winnies Nummer wählte, sah ich, wie der Mann sich vorbeugte und an dem Schinken roch. Dann verzog er das Gesicht und sagte: »Der riecht ja übel.« Er hielt dem Zwerg das Tablett hin, aber der verschränkte die Arme vor der Brust und tat beleidigt.

»Wie heißt du eigentlich?«, fragte ich ihn.

»Gregorius Bombastikus.«

»Geht auch dein richtiger Name?«

»Gregor.«

»Gregor, pass auf, dass er nicht wegläuft. Er ist ein wichtiger Zeuge.«

Ohne eine Miene zu verziehen, klammerte sich Gregor an das rechte Beine des Landmetzgers, der das Tablett hob und nach unten sah. »Was ist das denn hier für eine Posse? Warum rufen Sie die Polizei? ... Lassen Sie mein Bein los!«

Ich wartete darauf, dass Winnie endlich abnahm. Es klickte und ich hörte seine Stimme: »Blaschke, Kommissariat ...!«

»Winnie, ich bins, Maggie. Ich weiß, wo der Ochse ist.«

»Ich auch«, sagte Winnie knapp. »Auf der Autobahn liegengeblieben und deswegen nicht geliefert worden. Ich versuche grad den Lieferanten zu erreichen, aber bei dem ist besetzt.«

»Der Lieferant ist hier, und ich telefoniere mit seinem Handy. Wir stehen da, wo vorher Heibuchs Zelt gewesen ist. Was soll ich machen?«

»Halt ihn fest. Ich schicke dir jemanden. Augenblick ...« Ich hörte Papier rascheln und dann wieder Winnies Stimme: »Karin, wo ist Peter?« Ich konnte nicht verstehen, was sie antwortete, aber Winnie sagte: »Okay, soll sofort zur Absperrung. Maggie steht da mit dem Ochsenlieferanten ... So, da bin ich wieder. Was machst du da überhaupt?«

»Ich geh mit Doktor Thoma spazieren. Das ist ja wohl nicht verboten. Und woher weißt du jetzt von dem Ochsen?«

»Der Mann hat zigmal auf die Mailbox von Heibuchs Mobiltelefon gesprochen. Daher weiß ich das.«

»Wo habt ihr es gefunden?«

»In seinem Transporter. In der Tiefgarage. Ungefähr da, wo du jetzt stehst, nur zwei Etagen tiefer.«

»Oh«, war alles, was ich herausbrachte.

»Sag jetzt nur ja oder nein. Ist der Mann kooperativ?«

»Muss er wohl, Gregor Bombastikus hängt an seinem Bein. Ah, da kommt Peter mit einem Beamten in Uniform.«

Winnie hatte ohne Danke und Tschüss zu sagen aufgelegt. Da findet man einen ganzen Ochsen und einen wichtigen Zeugen – vielleicht sogar einen Verdächtigen, und dann ist es kaum von Interesse für den Herrn Kriminalkommissar?

Der Ochsenlieferant wurde von Peter freundlich in Obhut genommen und vom Platz geführt. Der Beamte in Uniform gab Gregor das Tablett zurück, bevor er den beiden im Laufschritt folgte.

»Und jetzt?«, fragte Gregor und roch an dem Schinken.

»Was ist damit?«

»Riecht wirklich nicht gut.«

»Dann schmeiß doch weg.«

»Der rote Phoenix hat aber Kohldampf.«

»Aber bestimmt nicht auf schlechten Schinken. Geh zum schwarzen Ritter und bestell ihm einen schönen Gruß. Im Café Madrid, was nicht weit von hier ist, gibt es jeden Abend sämtliche Köstlichkeiten Spaniens. Zubereitet von Raoul dem Unwiderstehlichen. Ich bin heute Abend da ... ich meine ... ich bin eigentlich jeden Abend da ... fast ...«

»Hey, Bombastikus, wo bleibt mein Mahl?«, hörten wir den schwarzen Ritter rufen. Wir drehten uns beide um. Roland hatte die schwere Rüstung abgelegt und trug so etwas Ähnliches wie einen Ritterfreizeitdress aus weichem Leder, der ihm außerordentlich gut stand. »Ach, die Pesthexe. Sieh mal an. Und vollständig von der üblen Geißel genesen, wie man sieht. Mein Auge ist hocherfreut über Ihren Anblick.«

Gregor trat einen Schritt beiseite, und Roland vom roten Phönix verbeugte sich vor mir. »Und den Beruf hat sie auch gewechselt«, feixte er mit Blick auf mein T-Shirt.

»Das sieht aber nicht gut aus da in deinem Gesicht«, sagte ich und zeigte auf sein blaues Auge. »Ich konnte mir die Pest wenigstens abwaschen.«

»Du solltest erst mal meinen Hintern sehen«, sagte er und grinste.

Und ob ich mir den angucken möchte, dachte ich und sagte: »Na ja, das Ritterleben ist hart und schwer. Augen auf, bei der Berufswahl.«

Roland verschränkte die Arme vor der Brust. Seine Muskeln spannten sich unter dem engen Lederhemd. »Verstimmt?«

»Nein, nein«, sagte ich und lächelte ihn an. Ich hätte meine linke Hand für einen kleinen Spiegel hergegeben, nur um sicherzugehen, dass meine Locken auch richtig lagen.

»Ach so ... Verstehe. In dieser Stadt flirtet man anders.«

»Erwischt«, sagte ich.

»Und was war das für eine Einladung? Es war doch eine Einladung, oder hab ich mich verhört?«

»Vermutlich habe ich es für einen guten Witz gehalten, einen gelb gewandeten Zwerg mit einer Botschaft an einen schwarzen Ritter loszuschicken. Wann hat man schon mal die Gelegenheit?«, sagte ich.

Gregor trat von einem Fuß auf den anderen. »Ich bin kein Zwerg, ich bin kleinwüchsig.«

»Was ungefähr aufsselbe rauskommt. Aber bitte. Wie wäre es mit vertikal herausgefordert? Ich meine, gibt's dafür eine mittelhochdeutsche Vokabel? Anderswüchsig?«

»Is alles diskriminierend, wenn du mich fragst«, sagte Gregor zu mir, und wandte sich Roland zu: »Wir müssen gehen.«

»Mein Boss sagt, wir müssen gehen, holdes Fräulein. War schön, mit Ihnen geplaudert zu haben.«

»Und was ist jetzt mit dem Café Madrid? Kommst du? Ich

wollte nur nett sein. Und ich schulde dir noch zwei Schachteln Zigaretten.«

»Hm ... was für eine seltsame Begründung«, sagte Roland und fing an zu lachen.

»Was gibt's denn da zu lachen?«

»Ich habe schon davon gehört ... von modernen Frauen.«

»Du hast doch nicht etwa Schiss, mal für einen Abend ins einundzwanzigste Jahrhundert zu wechseln?«

Roland schaute Gregor auffordernd an. Der rollte die Augen und sagte: »Wenn sie aufhört, mich einen Zwerg zu nennen ...« Dann verbeugte er sich und spielte seine Mittelalterrolle weiter: »Wir werden da sein, verehrtes Fräulein. Um die siebte Stunde. Im einundzwanzigsten Jahrhundert.«

»Na, dann. Bis heute Abend.«

Rendezvous mit einem Ritter und einem beleidigten laufenden Meter. Wer hätte das gedacht? Hauptsache, der Zwerg muss seinem Herrn nicht überall aufs Pferd helfen.

Kapitel 9

Wenig später kam ich mit ausnehmend guter Laune vor meiner Wohnungstür an. Dort versperrte mir ein blauer Müllsack den Weg, auf dem ein Zettel klebte: *Deine nassen T-Shirts. Du hast mir drei gute Blusen versaut. Die setz ich Dir auf die Rechnung. Fünf Monate WG und sechs Blusen waren entschieden zu viel für unsere Freundschaft. Wilma*

Ich ließ den Müllsack, wo er war, und zeigte Doktor Thoma erst mal sein neues Heim. Kaum hatte ich die Transportbox geöffnet, schoss er mit gesträubtem Fell davon und flitzte unters Folterbett.

Ich rappelte mit dem Futterkarton, vergeblich. Einem Kater, dem in den letzten Wochen und Monaten mit Lammkoteletts und gebratenen Sardinchen der Hof gemacht worden war, brauchte ich mit so was gar nicht zu kommen. Ich warf mich aufs Bett und wippte ein bisschen auf der Matratze, was bei Doktor Thoma keine Wirkung zeigte.

»Du könntest mitwippen ... ist gut für die Figur«, sagte ich und guckte unter das Bett. Der Kater fauchte und drehte mir den Rücken zu.

Ich ging in die Küche, setzte einen Kaffee auf und holte den Müllsack rein. Muffig-feuchter Geruch schlug mir aus dem Wäschehaufen aus Kochschürzen und Küchen-T-Shirts entgegen, die allesamt blassrosa eingefärbt waren. Der Übeltäter, eine rote Papierserviette, die bei Heibuchs für die Buffets mitgeliefert wurden, steckte noch in einer Schürzentasche und war in der Wäsche zu einem fast farblosen Klumpen zusammengeschnurrt.

Ich spülte alle Sachen in der Badewanne durch und hängte sie ins Schlafzimmer an die Folterwand. Die Schürzen drapierte ich auf dem Gynäkologenstuhl. Bis das alles trocken war, musste ich eben Mattis graues T-Shirt noch mal wenden, was, wenn ich heute Abend nicht verabredet wäre, gar kein Problem darstellen würde. Aber so? Ich öffnete den Schrank in der Diele, in dem ich meine spärliche Garderobe untergebracht hatte. Ich konnte es drehen und wenden wie ich wollte. Die Ersatzjeans sah genauso aus wie die, die ich zurzeit anhatte, und das graue T-Shirt blieb das graue T-Shirt. Ich ging ins Schlafzimmer und betrachtete die Korsage, die an der Wand hing. Ob ich es wagen konnte, die mal anzuprobieren? Ein Griff an meine Taille hielt mich davon ab, die Idee weiter auszuspinnen. Stattdessen probierte ich die Lackstiefel an und stakste ein paar Schritte durch die Wohnung. Wie sollte ich damit unfallfrei bis zum Café Madrid kommen? Ich betrachtete mich im Spiegel und fand, dass mir zu Pretty Woman ungefähr zwanzig Zentimeter Länge an jedem Bein fehlten, und beendete das Experiment. Ich hatte Roland vom roten Phoenix schließlich auch als Pesthexe mit Filzkappe und dreckigem Gesicht gefallen, was sollte da noch schiefgehen? Schließlich plante ich nicht den Beginn einer neuen Beziehung. Spätestens morgen oder übermorgen wäre er schon auf dem nächsten Mittelaltermarkt und würde sich die nächste Tusse in Filz anlachen. Wenn überhaupt irgendwas laufen würde, dann *Kick and Run* und nicht *For Ever Yours*. Da brauchte ich mir über indiskutable Sockenfarben, Labelmix und Übergewicht gar keine Gedanken zu machen.

Doktor Thoma sprang aufs Bett und maunzte.

»Was ist? Stimmt was nicht mit dem Zimmerservice?«, fragte ich.

»Maaooooooh!«, kam aus es den Tiefen der übergewichtigen Pelzkugel.

»Tut mir leid, gegrillte Babytintenfischchen in Knoblauchöl sind grad aus, mon capitaine. Ich hätte da aber noch den Trockenfuttermix anzubieten. Huhn, Lamm, Fisch.«

Der Kater sprang vom Bett und stolzierte davon, um es sich auf der Fensterbank im Wohnzimmer bequem zu machen. Ich hatte ihm extra eines der zahllosen geblümten Zierkissen hingelegt, das er sofort mit seinen ausgefahrenen Krallen bearbeitete.

»Ja, ja, ich weiß. Es ist nicht leicht, sich von Raouls Sterneküche zu verabschieden. Aber es ist besser für deine Figur.«

Ich öffnete ihm das Fenster und zeigte hinaus: »Wenn du dich nicht benimmst, endest du neben Schätzken. Das ist ein Pudel. Ich glaube, ihr werdet euch nicht verstehen. Und bilde dir bloß nicht ein, dass ich Geld für Swarovski-Steine ausgeben werde, um dir einen Grabstein schnitzen zu lassen.«

Im selben Augenblick kam die Bahn aus Wanne-Eickel vorbeigerauscht und der Kater fiel beinahe ohnmächtig vom Fensterbrett. Er flitzte spuckend ins Bad.

»Je eher du dich dran gewöhnst wieder am Ende der Karriereleiter angekommen zu sein, desto besser. Und komm bloß nicht auf die Idee, Raoul anzurufen und dich übers Essen zu beschweren«, rief ich und stellte Futter und Wasser in der Küche für ihn bereit. Aber Doktor Thoma bequemte sich immer noch nicht. Ich schaute im Badezimmer nach. Der Kater hockte auf der bösen Fliese und tätzelte nach den grünen Zahlen. 8,2 Kilo. An seiner Stelle hätte ich die auch plattmachen wollen.

»Sieh es mal so – die überflüssigen Pfunde bist du bald wieder los, mein Lieber. Wasser und Brot, so werden sich unsere nächsten Wochen und Monate gestalten. Vielleicht passe ich dann in einem Monat in die Korsage und mache einen auf Dita von Teese, und du wirst der drahtigste Bolzen vom ganzen Kiez.«

Doktor Thoma schaute mich mit einem vernichtenden Blick an, marschierte steifbeinig an mir vorbei in die Küche und stürzte sich auf seinen Fressnapf.

Nachdem die Verhältnisse im Hause Abendroth/Thoma fürs Erste geklärt waren, hatte ich mich auf eine 1-Euro-Shoppingtour begeben und bog eine Stunde später, bepackt mit Lebensmitteln und einer kleinen Tüte vom Textilmarkt wieder in die Johanniterstraße ein. Elli stand in ihrer mauvefarbenen Latzhose vor der Tür und hatte die Arme vor ihrer ausladenden Oberweite verschränkt. Irgendwie kam es mir so vor, als würde sie auf jemanden warten. Ihre roten Haare standen ihr unordentlich vom Kopf ab, und die paar Haarnadeln, die ihre Bienenkorbfrisur hätten halten sollen, standen spitz aus dem Wust heraus. Ich konnte mich des Eindrucks nicht erwehren, dass Elli sauer auf mich war, obwohl ich keine Idee hatte, wieso. Es sei denn, Doktor Thoma hatte sich aus der Wohnung geschlichen, war in den neuen Hundesalon eingebrochen und hatte sein Geschäft auf dem pinkfarbenen, mit eingewebten weißen Pudeln gemusterten Teppichboden verrichtet.

Ich sah, wie Elli in ihre Hosentasche griff, ein großes Taschentuch hervorholte und sich die Augen abwischte. Dann winkte sie mir mit dem Taschentuch zu.

»Was ist denn?«, rief ich.

»Wo warst du?«, sagte Sie.

»Was ist denn um Himmels willen?«

»Katastrophe.«

Ich packte meine Plastiktüten fester und folgte ihr ins Haus.

Wie es aussah, stand der Pudelsalon kurz vor seiner Vollendung. Alles war rosa und weiß angestrichen, die Regale standen an der Wand. Ein paar Kartons mit Hundespielzeug und Pudelbekleidung waren auch schon geliefert worden. Das Firmenschild, das eindeutig die Handschrift von Rudi erkennen ließ, lag im Schaufenster. Elli hatte wirklich keine Zeit verloren, um ihr neues Leben zu beginnen. Noch ein paar Handgriffe, und der Pudelsalon *Schickobello* konnte eröffnet werden.

Ich stand mit meinen Tüten unschlüssig im Pudelparadies und wartete darauf, dass Elli mir erklärte, um was für eine Katastrophe es sich handelte.

»Das sieht doch alles hervorragend aus«, sagte ich, als sie endlich damit fertig war, sich die Nase zu schnäuzen. »Also? Ich hoffe nicht, dass die Bundesregierung die Haltung von Pudeln verboten hat.«

Elli wirbelte zu mir herum und guckte mich mit zusammengekniffenen Augen an. »Matti hat mich eben angerufen. Die sind bei dem angerückt, und dann haben die den Rudi einfach mitgenommen. Wegen Diebstahl, und dem Matti haben'se die Reifen vom Beerdigungswagen abmontiert, sonst wär' der längst hier.«

»Wie ist der Knipser dahinter gekommen?«, sagte ich spontan.

»Aha! Du weißt also, worum es geht!«, wurde ich von Elli unterbrochen.

»Ja«, sagte ich gedehnt und stellte die Einkaufstüten ab. Es schepperte. »Oh nein, mein Wodka«, rief ich und hob die leckende Tüte hoch.

»Nich' auf den neuen Fußboden, verdammich!« Sie riss mir die Einkäufe aus der Hand und verschwand im Hinterzimmer des Salons, wo sie die Tüten in ein großes metallenes Waschbecken stellte. Ich folgte ihr und stand im Luxus-

Pudel-Badezimmer mit Föhn, jeder Menge Bürsten und Kämmen und einer Auswahl von Trimmscheren, die sogar Wilma die Tränen in die Augen getrieben hätten.

»Sag mal, das ist doch eigentlich deine Wohnung, Elli. Wo wohnst du denn jetzt?«

»Eins höher. Das hier war nie meine Wohnung. Das war sozusagen meine Filiale. Blaskonzert für die Stammkundschaft, verstehsste? Aber jetzt lenk nich' ab. Was weißt du über die Reifen?«

»Fast alles, befürchte ich.«

Elli ließ sich auf einen Drehstuhl fallen, der bedenklich unter ihrem Gewicht schwankte. »Dann is das also wahr, was der Seidel sagt?«

»Wieso überhaupt der Seidel? Ich denk, der ist bei der Mordkommission?«

»Nicht mehr. Wie ich das verstanden hab, haben'se den nach der letzten Pleite, du weisst schon, mit der Geschichte mit dem Van der Baak, wo der ja nix auf die Reihe gekriegt hat, in eine andere Abteilung versetzt. Und die Berti hat gesagt, dass der stinksauer is', weil der jetzt bei der SoKo nicht dabei sein darf.«

Ich hatte wegen Kommissar Seidel seinerzeit bis zum Hals in Schwierigkeiten gesteckt und war einer Mordanklage nur knapp entgangen. Seidel, in Abwesenheit von Winnie, hatte sich ein abstruses Szenario ausgedacht, in dem Matti, Rudi und ich eine kriminelle Vereinigung bildeten, deren Opfer ein Bochumer Millionär gewesen war.[1]

»Ja, und jetzt? Der Rudi hat die Reifen geklaut, daran besteht kein Zweifel«, sagte ich.

»Und warum hat der die geklaut?«, wollte Elli wissen. »Der klaut doch nicht einfach was. Ohne Grund. Ich kenn doch meinen Rudi.«

[1] Siehe *umgenietet* - Maggie Abendroth und der alten Narren tödliches Geschwätz

»Elli, ich weiß nicht, was du glaubst, wie gut du nach drei oder fünf Tagen deinen Rudi kennst. Der hat vor ein paar Jahren seine Mutter umgebracht. Wusstest du das?«

»Ja, eine Jugendsünde ... im Affekt. Und dafür hat der auch gesessen. Lange genug.« Elli weinte und schnäuzte in ihr Taschentuch. »Was hier keiner versteht, is', dass der Rudi'ne grundehrliche Haut ist. Der klaut nix. Das mit seiner Mutter war ... halt so ... Und du, du glaubst, ich würd den nicht kennen! Ich hab ja wohl mehr Menschenkenntnis als wie du.«

»Ich wollte dir nur reinen Wein einschenken. Ich finde, man sollte ein bisschen Bescheid wissen, bevor man sich über beide Ohren in einen Muttermörder verknallt.«

Elli hob ihren Kopf und drehte ihn ein wenig zur Seite. Sie maß mich mit einem tödlichen Blick von oben bis unten und sagte nur: »Prinzesschen. Worüber reden wir hier eigentlich? Ob ich mich verknall und in wen, das kann dir doch egal sein. Ich will bloß wissen, warum der im Knast is' und was du damit zu tun has'. Dass der die Reifen nich' für sich geklaut hat, kann ich mir selber denken!«

Draußen fuhr die Nokia-Bahn vorbei, und die Regale zitterten leise, genauso wie die sieben Kinne von Elli, was aber womöglich mehr damit zu tun hatte, dass sie wieder anfing zu weinen.

»Okay, Elli. Der hat die geklaut, weil der Knipser mich mal wieder voll verladen hatte ... äh, die Einzelheiten kann ich dir später mal erzählen ... Nur so viel: Das hat sich alles am Düsseldorfer Flughafen abgespielt.«

»Und weiter? Red endlich mal Klartext.«

»Na gut: Knipser lädt mich zu einem Flug in die Karibik ein. Fotoshooting er – bisschen in der Sonne liegen ich. Ich denk also, alles wieder okay mit meinem Ex, steh' mit dem Ticket in der Abflughalle und sehe, wie der schon wieder eins von seinen Models knutscht ... Ich bin also nirgendwohin geflogen. Dazwischen jede Menge Drama, ich obdachlos, von der Polizei verfolgt, du erinnerst dich. Und als alles vorbei ist, will der Rudi dem Knipser eins auswischen. Und was macht der Rudi? Fährt noch mal zum Flughafen, weil er weiß, dass der Angebervolvo vom Knipser da steht, und montiert dem die Reifen ab. Mehr so aus Spaß, dass wenn der Knipser mit seinem Model aus der Karibik zurückkommt, er ein bisschen blöd aus der Wäsche guckt.«

Elli machte große Augen.

»Kannst du mir noch folgen?«

»Ja, ja«, schniefte sie. »Und weiter?« Sie klaubte die kaputte Wodkaflasche, deren Hals abgebrochen war, aus dem Waschbecken und füllte zwei Plastikbecher.

Ich winkte ab. »Der war nur für den absoluten Notfall. Ich wollte nix mehr trinken. Und schon gar nicht vorm Abendessen.«

»Ich kauf dir'ne neue. Also weiter.« Elli kippte die beiden Becherinhalte zusammen und gönnte sich einen großen Schluck.

»Na ja. Hat funktioniert«, fuhr ich fort. »Mein Ex kommt aus der Karibik wieder zurück. Und sieht, wen wunderts? – ganz schön blöd aus, weil der Wagen keine Reifen mehr hat. Der hat mich damals angerufen und krauses Zeug durchs Telefon geplärrt. Aber später hab ich dann die Reifen auf Mattis Volvo gesehen. Der wusste ja nicht, woher die waren. Also hab ich nix gesagt. Ich hab mich sogar ein bisschen gefreut, dass der Rudi das gemacht hatte. Der Knipser hatte es verdient.«

»Und wie hast du die Reifen erkannt, wenn ich ma' fragen darf? Bist du Reifenexpertin?«

»Nein. Auf den Felgen sind seine Initialen, R. R. Das ist

aber auch schon die einzige Gemeinsamkeit zwischen Rudi Rolinski und dem Knipser.«

Elli schenkte sich noch mal nach. »Aha.«

»Wie ist der Seidel denn jetzt auf den Rudi gekommen? Ich meine, der hat den seit der Geschichte mit der Mutter eh auf dem Kieker, aber ... woher ... Moment mal! Nee, Elli, komm, das glaub ich jetzt nicht.«

»Doch'n Schluck?«, fragte sie und hielt mir ihren Becher hin. Ich nickte und sie fuhr fort: »Der Matti hat gesagt, dass der Seidel gesagt hat, er hätte eindeutige, unzweifelhafte Beweise dafür, dass der Rudi die Reifen geklaut hat. Vorgelegt vom Diebstahlsopfer.«

»Scheiße.«

»Mein Reden.«

Ich trank den Becher auf ex und sagte: »Da hat der Knipser alles drangesetzt, um rauszufinden, wer ihm die Reifen geklaut hat. Aber wirklich alles. Der ist doch total bescheuert! Was hat der denn für Beweise in der Hand?«

Elli schlug sich mit den Händen auf die Schenkel und sprang vom Hocker auf. »Ruf den doch an und frag ihn, wass'er für Beweise hat. Dem Rudi seine Zukunft steht auffem Spiel!«

Rudis Zukunft gegen mein Seelenheil. Nachdem ich in den letzten Monaten fast überhaupt nicht mehr an meinen Ex gedacht hatte, war er mir für meinen Geschmack in den letzten 72 Stunden geradezu überpräsent. Und jetzt sollte ich auch noch mit ihm reden?

Schade, Rudi, du wirst bei der Entscheidung immer den Kürzeren ziehen, dachte ich. Aber ein Blick in Ellis Augen ließ mich eine Meinungskehrtwende um 180 Grad machen. Ich konnte die Reifen an meinem schlechten Gewissen geradezu quietschen hören und sagte: »Weißt du was, Elli? Mir fällt nur einer ein, der Rudi helfen kann: Doktor Doktor Herzig.«

Huh! Gerade noch rechtzeitig war mir der beste Strafverteidiger, den Bochum zu bieten hatte, eingefallen. Herzig gehörte sozusagen zur Familie, vor allem seit er mit Oma Bertis Freundin, Carmen Sawatzki, zusammen war.

Elli winkte ab und sagte: »Ja, toll. Die Idee hatte Matti auch schon. Glaub'ste, der ist dämlich?«

»Ja, und? Dann ist doch alles bestens. Der Herzig ist das Tollste, was die Bochumer Anwaltschaft zu bieten hat. Der holt den Rudi da wieder raus.«

»Der ist aber nicht da«, sagte Elli. »Der ist mit Carmen Sawatzki auf Weltreise, im Augenblick irgendwo zwischen Australien und Hasse-nich-gesehen, auf so'nem Luxusliner.«

»Mist«, sagte ich.

»Eben«, sagte Elli. »Und jetzt erst mal'ne Wurst. Ich kann nich' mehr denken.«

»Wie spät ist es, Elli?«

Sie holte ihr Handy aus der Hosentasche und sagte: »Gleich halb sieben.«

»Okay, ich hab's eilig.« Ich nahm die Plastiktüten aus dem Waschbecken und ging zur Tür.

»Wo willst du denn hin?«

»Verabredung mit einem Ritter und einem Zwerg.«

»Und was ist mit Rudi? Lässt du mich jetzt im Stich? Ich weiß doch gar nicht, wie ich hier ohne den weitermachen soll. Is ja sonst keiner da ...«

Ich blieb stehen, atmete tief durch und drehte mich noch mal um. »Ich lass dir den Wodka hier. Was ist denn eigentlich mit Jaqueline? Du hast doch gesagt, die will hier anfangen. Da kann sie doch auch beim Renovieren helfen.«

»Die kommt nich'. Jetzt, wo ich nich' mehr aktiv bin, kriegt die den Mund nicht mehr zu. Warum sollte sie da aufhören?«

»Oh, das tut mir leid«, sagte ich. »Du wirst jemand anderen finden. Bestimmt.«

»Kannst du denn nicht ...?«

»Elli. Eins nach dem anderen. Und im Renovieren bin ich die totale Niete, glaub mir.«

»Und wodrin bist du gut?«

»Das hab ich jetzt nicht gehört. Tschüss.«

Ich bin in ganz vielen Dingen gut, Elli, hätte ich sagen können, aber mir war auf die Schnelle nichts Passendes eingefallen.

Kapitel 10

Ich lief auf dem Weg zum Café Madrid an der Litfaßsäule am Imbuschplatz vorbei, als mich der Anblick eines Plakates wie ein Fausthieb in den Magen traf. Auf dem Plakat war Dolores La Rose, genannt ›Die Bochumer Nachtigall‹ zu sehen. Eine Sängerin, die Ende der 80er mit zwei Diskohits die Hitparaden aufgemischt hatte, und dann, nach einigen Flops, als Mireille-Matthieu-Klon in den Strudel der Schlagerparade eingetaucht und abgesoffen war. Zurecht, wie mir schien: Selbst der deutsche Schlager hält Liedzeilen wie: *Komm, wir teilen uns die Sterne – die so heiß glühn über Herne ...* oder *Baby, Baby, wenn ich dich tanzen seh ... mit einer andern, tut das weh ...* auf Dauer nicht aus.

Das Plakat wirkte auf mich bedrohlich: A-tens erinnerte es mich daran, dass nach dem Konzert ein Job drohte, der bis dato noch nicht abgesagt war. B-tens meinte ich, die fotografische Handschrift des Knipsers zu erkennen. Ich inspizierte das Plakat, konnte aber nicht viel erkennen, denn es war mittlerweile zu dunkel geworden. Ich holte mein Feuerzeug aus der Tasche und leuchtete das Bild ab – und richtig: In der linken unteren Ecke fand ich, wonach ich suchte - R.R. Also war er vor drei Tagen auf der Pressekonferenz zu diesem Event gewesen und dann, als die Nachricht von der Explosion die Runde machte, war er den Reportern einfach hinterhergerannt – immer bereit für das Foto seines Lebens.

Wie es aussah, hatte er bei dem Nachtigall-Projekt noch mehr zu tun, als ein Foto auf einer Pressekonferenz zu schießen. Das Plakat war von ihm und vermutlich sowieso alle offiziellen Pressefotos und wahrscheinlich auch das Cover der CD. Eigentlich nicht seine Kragenweite, dachte ich. Einer alternden Schlagerdiva wieder aufs Pferd zu helfen, ist im Prinzip unter seiner Würde, und seine Preise bewegten sich weit über dem Budget, mit dem solche Vorhaben für gewöhnlich ausgestattet sind. Der Gedanke daran, dass er, aus welchen Gründen auch immer, von seinem Hochglanzross hatte heruntersteigen müssen, erheiterte mich. Im nächsten Augenblick fiel mein Blick wieder auf das Datum für das Konzert. In vier Tagen, in der Kongresshalle. Dafür war bei Heibuch das Catering für den Backstage-Bereich bestellt und für die anschließende After-Show-Party auf dem Ausflugsbötchen auf dem Kemndader Stausee, das passenderweise nach der ältesten Zeche im Ruhrtal ›MS Nachtigall‹ getauft worden war. Dreimal Knipser in vier Tagen, und ein Ende war nicht abzusehen. Selbst wenn die Heibuchs den Auftrag für das Catering abgesagt und ich meinen Job verloren hatte, blieb immer noch das Rudi-Reifen-Problem.

Ich holte einen Kugelschreiber aus der Tasche, malte der Nachtigall einen Schnurrbart und beschleunigte meine Schritte in Richtung Nordring. Schon kurz nach sieben. Wie ritterlich war ein Ritter, wenn er auf eine Dame warten musste? Gab es schon damals die akademische Viertelstunde?

Vor der Tür zupfte ich mein neues T-Shirt zurecht, knöpfte mit Gewalt die unteren drei Knöpfe meiner Jeansjacke zu, damit man den pinkfarbenen Aufdruck *Hell-Belly* nicht sehen konnte, und fuhr mir durch die frisch gewaschenen Haare. Dann riss ich die Tür auf und prallte mit Raoul zusammen, der zwei Teller mit Gemüsereis, gekrönt von gegrillten Lammkoteletts jonglierte.

»Atenció!!«

Weil ich es für unpassend hielt, das Date gleich dadurch zu sprengen, dass ich schnurstracks die Toiletten aufsuchte, schluckte ich jede Menge Spucke und versuchte den Duft, der mir von den Tellern in die Nase stieg, zu ignorieren.

Raoul stolperte weiter und stellte das Essen direkt vor Roland vom roten Phoenix ab, der mich gesehen hatte und winkte. »Ich musste schon mal bestellen«, rief er.

»Hast du es so eilig?«

»Ja, leider. Ich muss um halb elf wieder in der Rüstung stehen. Großes Finale. Das Feuerrad wird über den Markt gerollt. Da müssen alle dabei sein.«

»Sagt wer?«, fragte ich. So kurz hatte ich mir das Rendezvous nicht vorgestellt. Nur knapp zweieinhalb Stunden Zeit und die Aussicht, jetzt tapfer Lammkoteletts essen zu müssen, weil der Ritter einfach irgendwas für mich bestellt hatte, verdarben mir die Laune, wenn ich ehrlich war.

»Ich sage das«, sagte Gregor, den ich noch gar nicht bemerkt hatte, weil er mit seiner Nase kaum über die Tischkante gucken konnte.

»Guten Abend, ich hab dich in deinem Nadelstreifenanzug gar nicht erkannt«, sagte ich.

»Na toll, und ich dachte schon, es liegt daran, dass ich so klein bin. Ein Scheißservice ist das hier«, maulte er und zog den zweiten Teller zu sich heran.

»Frag doch nach einem Kissen«, sagte Roland und grinste Raoul an. »Er will nur auf den Schoß der Dame. Das macht er immer so.«

Raoul wippte ungeduldig auf den Fußballen. »Was du willste esse ... Maggie?«, fragte er mich.

»Gemüse und Reis.«

Er rümpfte die Nase, als hätte ich ihm aufgetragen, Gulaschsuppe aus der Dose zu servieren.

»Ich kann grad kein Fleisch«, flüsterte ich. »Schon der Geruch.«

»Aber dasseisse von die Lamm ... nicht von eine Mann.«

»Raoul, bitte!«

»Ts! Joder!«, murmelte er und stolzierte davon.

Gregor war eben dabei, sich auf seinem Stuhl hinzuknien. An einigen Tischen wurde schon über meine seltsame Gesellschaft getuschelt.

Ich schaute mich nach Kai-Uwe um und entdeckte ihn in der hintersten Ecke des Raumes am Stammtisch. Er spielte mit seinen Kumpels Doppelkopf. Ich winkte ihm zu und er winkte zurück.

Dann kam Raoul wieder angerannt, knallte eine Flasche Rioja und drei Gläser auf den Tisch. »De Hassebinke machte mir wahnsinnig. Aber iss gebe niss auf. Niemals.«

»Was läuft denn hier?«, fragte Roland.

»Das ist eine lange Geschichte«, sagte ich. »Einen Augenblick, bin gleich wieder da.«

Ich ging zum Stammtisch und baute mich neben Kai-Uwe auf. »Was läuft hier, Herr Hasselbrink? Willst du deinen Laden pleitegehen lassen, oder willst du, dass sich dein Koch zu Tode schuftet ... was ungefähr auf dasselbe rauskommt?«

Er legte die Spielkarten beiseite und guckte mich von oben bis unten an. Dann sagte er: »Nur, weil du mal ein paar Tage im Catering gearbeitet hast, musst du dich nicht aufführen wie der Koch aus der Muppet Show.«

Die Skatrunde sang: »Smörre bröd, smörre bröd, röm, pöm, pöm pöm.«

Ich lächelte und sagte: »Sehr schön, Jungs.«

Kai Uwe wippelte mit seinem Stuhl herum, nahm die Karten wieder auf und murmelte: »Ist noch irgendwas?«

»Ich brauche etwas, worauf sich ein kleinwüchsiger Mensch setzen kann, um über die Tischkante gucken zu können und in menschenwürdiger Haltung sein Abendessen zu verzehren. Irgendeine Idee? Vielleicht ein Kissen aus deiner Wohnung?«

Irgendjemand am Tisch murmelte: »Keine Arme, keine Kekse.«

Leider ließ Kai-Uwe sich dazu hinreissen mitzulachen. Ich drehte mich auf dem Absatz um, ging zum Buffet, nahm einen Stapel Schallplatten und trug sie am Stammtisch vorbei zu unserem Platz.

»Moment«, rief Kai-Uwe. »Das da oben ist das weiße Beatles-Album. Da quetscht keiner seinen Arsch drauf ... Maggie, bist du wahnsinnig?«

Gregor rutschte vom Stuhl, und ich legte die Schallplatten auf die Sitzfläche. »Weißt du was? Ich finde, es sitzt sich noch besser auf dem signierten Cover von Bruce Springsteen. Meinst du nicht auch?«, schlug ich vor und platzierte *Born in the U.S.A.* obenauf.

Roland packte Gregor unter den Achseln, hievte ihn auf den Stuhl, und so landete sein Hintern auf dem Boss. »Springsteen ist voll okay«, sagte er, sortierte seinen dunkelbraunen Nadelstreifenanzug, und stopfte sich die Serviette in den Hemdkragen.

Raoul warf mir ein Kusshändchen zu und rief: »Geht auf Haus, Maggie.«

»Danke. Hast du gehört, Hasselbrink? So macht man seine Gäste glücklich.« Dann wandte ich mich Roland und Gregor zu. »So, wo waren wir stehengeblieben? Gregor sagt also, ihr müsst um halb elf Feuerräder drehen?«

»Ihm gehört die Rittertruppe. Eigentlich gehört ihm der ganze Markt. Wir sind seine Sklaven.«

»Und was ist mit dem Typ, diesem Grimberg in seiner Mönchskutte? Ich dachte, der wäre der Marktleiter? Oder spielt der den nur?«

Gregor nickte zustimmend, knabberte ein Lammkotelett ab, klatschte in seine kleinen Hände und sagte: »Göttlich. Einfach göttlich. So was fehlt auf meinem Markt! Warum hat sich der Maitre von dieser Kneipe eigentlich nicht beworben? Das hätte man super integrieren können.«

»Sag das bloß nicht dem Koch. Dann gibt es hier Tote. Der Wirt hat es nämlich vermasselt.«

»Ach? Der alte Hippie?! Es sind schon Leute für weniger gevierteilt worden.«

»Ich wollte eigentlich noch was anderes fragen«, lenkte ich vom Thema ab.

»Aber bitte«, sagte er. »Wenn es mich nicht zu sehr vom Essen abhält.«

»Hast du diesen Fotografen eigentlich noch erwischt? Du weißt schon ... an dem Tag ...«

»Nein. Der war weg. Wer war das überhaupt?«

»Ach, niemand.« Ich prostete Roland zu. Der kippte das volle Glas auf ex. Das Fett tropfte von seinem Kinn.

Ich schaute weg und sagte: »Und wer von euch plaudert eigentlich die Klatschspalten der Zeitung voll?«

Beide hielten mitten in der Bewegung inne. »Wir nicht!«, kam die Antwort unisono.

»Aber es muss doch einer sein, der dabei war. Wenn ihr es nicht wart, dann sind es die Löschzwerge ...«

»Es heißt nicht Löschzwerge. Es heißt Markt-Feuerwehr ...«, wurde ich von Gregor unterbrochen.

»Liliputaner, Zwerge ... Es ist mir egal, wie du die nennst. Auf jeden Fall quatschen die zu viel.«

»Aber die Zeitungen wollen das drucken. Die sind eben sensationsgeil«, sagte er. »Und die zahlen gut – das beflügelt die Fantasie von so manchem.« Er lachte meckernd und nahm das nächste Lammkotelett in Angriff.

»Aber die Heibuchs wollen es womöglich nicht lesen – und zwar metergroß an jedem Kiosk, an dem sie vorbeikommen«, sagte ich. »Wie viel hast du für deine Märchenstunde kassiert, Judas?«

Gregor zuckte die Schultern. »Muss jeder sehen, wo er bleibt.«

»Das findet die Polizei bestimmt auch. Die sind sehr daran interessiert rauszufinden, wer da plaudert.«

»Du meinst doch nicht etwa diesen schnieken Kommissar? Ha! Das Einzige, was den interessiert, ist, ob sein Knackarsch auch gut in der Hose sitzt ...«, sagte Gregor.

»Da wäre ich mir mal nicht so sicher, mein Lieber.«

»Die Pesthexe hat recht«, sagte Roland mit vollem Mund. »Der Typ ist mir voll auf die Nerven gegangen mit seiner Fragerei. Über jede Sekunde wollte der Bescheid wissen ...«

»Das muss er ja wohl auch. Euch scheint es ja nicht sehr zu stören, dass da jemand umgebracht worden ist. Kommt bei euch wahrscheinlich jeden Tag vor – Tote auf dem Grill.«

»Können wir uns nicht mal über was anderes unterhalten? Jetzt so, beim Essen?«, maulte Roland.

»Meinetwegen«, antwortete ich und dachte: über Tischmanieren zum Beispiel?

»Hast du uns nur eingeladen, um uns zu beleidigen?«, sagte Gregor.

»Nein, eigentlich nicht«, gab ich zurück. »Aber ich hatte mich gefragt, woher die Presse all diese Details wusste.«

»Ehrenwort! Von uns nicht. Das war'n Witz vorhin«, sagte Gregor. »Ich hab einen Ruf zu verlieren. Und wenn ich rausfinde, wer das war, dann fliegt er eben raus.«

»Seid ihr deshalb nur sechs Zwerge?«

»Wir sind sieben. Aber meine Frau hat Urlaub, die brauchen wir erst wieder in der Märchensaison«, erklärte Gregor.

»Aha, verstehe. Okay, Themenwechsel. Wo fahrt ihr hin, wenn der Markt vorbei ist?«

»Nach Hause«, sagte Gregor.

»Und wo ist das?«

»Sauerland.«

Roland wischte sich mit dem Ärmel seines karierten Baumwollhemdes den Mund ab und nuschelte: »Jetzt sei mal nicht so einsilbig, Gregor.«

»Ich könnte die Plattensammlung auch wieder unter deinem Hintern wegziehen«, sagte ich und fühlte mich auf der Stelle nicht mehr wohl. Der Ritter hatte keine Manieren, jedenfalls nicht, solange er nicht in seiner Rüstung steckte, und der andere war garstig, wo er konnte. So hatte ich mir den Abend nicht vorgestellt.

Raoul brachte noch eine Flasche Wein und verschwand wieder.

»Wir fahren auf unseren Hof. Die ganze Truppe wohnt da«, erklärte Roland. »Wir haben Pferde und Ziegen und Schafe, und wir haben sogar einen uralten Löwen im Gnadenbrot. Den nehmen wir aber nur mit, wenn wir als Gladiatoren auftreten.«

»Wir machen in Gladiatoren, Rittern, Cowboys und Indianern«, sagte Gregor stolz und schob mir eine kleine, bunte Broschüre über den Tisch. »Führend in ganz Europa. Wir arbeiten auch für große Filme.«

Ich blätterte darin.

»Aha? Filme ... Kann man davon leben?«

»Ganz große Filme«, sagte Gregor in beleidigtem Ton. »Du glaubst mir wohl nicht.«

»Wir waren in *Gladiator* dabei«, sagte Roland voller Stolz.

»Hab ich nicht gesehen«, sagte ich.

»Mit Russel Crowe!«

»Tut mir leid, ich steh nicht so auf Sandalenfilme.«

Die beiden guckten sich an und blieben die nächsten Minuten stumm. Ich hatte immer noch kein Essen auf dem Tisch und goss mir Wein nach. Gregor hielt mir auffordernd sein Glas hin. Als ich ihm nachgeschenkt hatte, sagte er: »Mein Vater war in *Time Bandits* dabei. Den Streifen kennst du ja wohl.«

»Ja. Toller Film. Komisch, jeder Zwerg, der irgendwo auftaucht, behauptet, dass sein Vater in *Time Bandits* dabei war ... aber egal. Dann war dein Vater auch schon klein?«

Gregor verdrehte die Augen. »Meine ganze Familie ist klein. Kannst du mal aufhören, darauf herumzureiten? Meine Fresse ...«

»Ist ja schon gut«, sagte Roland.

»Ja, ja, ja ... weißt du, mir reicht's halt auch manchmal.«

»Versteh ich«, sagte ich. »Man hat es nicht leicht, wenn man ...«

Bevor ich wieder irgendetwas Dämliches sagen konnte, traf mich ein Fußtritt von Roland und ich hielt den Mund.

Die Minuten vergingen. Ich hatte Hunger und drehte mir eine Zigarette in der Hoffnung, dass der Trick ›Dreh dir eine Zigarette, und dann kommt garantiert der Bus‹ auch hier funktionieren würde. Tat er nicht. Also trank ich noch mehr Wein und malte mit meinem Besteck Kreise aufs Tischtuch. Schließlich fragte ich: »Wie ist Heibuch eigentlich an seinen Standplatz für das Zelt gekommen?«

»Hast du kein anderes Thema? Irgendwas? Die politische Lage in Grönland, meinetwegen. Oder red' über, über, irgendwas ...«, platzte es aus Gregor heraus.

»Meine Güte, vermutlich ist es mein Chef, der da ermordet wurde. Da wird man doch mal fragen dürfen? Das geht auch nicht spurlos an mir vorbei. An euch offensichtlich schon.«

»Er hat mich geschmiert, ganz einfach. Das solltest du doch am besten wissen, wenn du für ihn arbeitest«, sagte Gregor mit jeder Menge Desinteresse in der Stimme.

»Wenn ich es wüsste, hätte ich nicht gefragt. Hat ihn auf dem Markt jemand so gehasst, dass er ihn aufgespiesst hat?«

»Natürlich, das mache ich immer so mit meinen Geschäftspartnern. Ich fand es nur schade, dass er noch nicht richtig gar war«, sagte Gregor und blätterte in der Speisekarte. »Ich brauch' was Süßes.«

Plötzlich spürte ich Rolands Hand auf meinem Oberschenkel. Vor einer halben Stunde hätte ich das noch ganz angenehm gefunden, aber jetzt fühlte es sich eher so an, als würde er meine Jeans dazu benutzten, seine fettigen Finger abzuwischen.

»Jetzt entspann dich mal. Nach dem Feuerrad hab ich frei. Die Einladung in mein Zelt steht«, säuselte er und ließ seine schwarzen Haare fliegen.

»Und nicht nur das«, sagte Gregor und grinste. »Ich nehm diese flambierten Dings ...«

Macht der das extra?, dachte ich. Grill hier, flambiert da. Mir vergeht allmählich alles. Ich wünschte, irgendjemand, den ich kannte, wäre hereingekommen, und hätte mich von den Aussichten, die dieser Abend noch bot, erlöst. Ich hätte sogar nichts dagegen gehabt, mal wieder eine Runde mit Wilma zu streiten.

Selten, aber manchmal funktioniert es doch – das stille Gebet. Denn die Tür ging auf und Winnie Blaschke, gefolgt von Karin und Peter, betrat die Kneipe. Ich winkte ihm zu und rief: »Winnie, Winnie, hier bin ich.«

Er bedachte mich mit seinem Rasiermesserblick, verschränkte die Arme vor der Brust und deutete mit einem kurzen Kopfnicken in Richtung Buffet. Ich wusste nicht, was das bedeuten sollte, und zuckte die Schultern.

»Was will der denn schon wieder hier?«, sagte Roland.

»Und schon wieder rausgeputzt wie Mamis Liebling, der Kerl ... ts!«, sagte Gregor, beugte sich zu mir herüber und flüsterte: »An deiner Stelle würde ich nicht zu viel Energie auf den schönen Kommissar verwenden – der ist unter Garantie schwul.« Er warf seine Serviette auf den Haufen abgenagter Knochen auf seinem Teller und wollte sich ausschütten vor Lachen.

»Ach, ist mir noch gar nicht aufgefallen«, sagte ich.

»Dachte ich mir. Also hör auf meinen Rat: Besser, du nimmst das halbe Hirn in Ritterrüstung, wenn aus deinem Abend noch was werden soll.« Gregor wieherte und Roland wurde rot. »Gregor, das find ich jetzt nicht mehr so richtig witzig«, sagte er. In der nächsten Sekunde knipste er seinen Charme wieder an, denn Karin kam an unseren Tisch. Sie beugte sich zu mir herunter und sagte: »Maggie, kann ich dich mal kurz sprechen? Nicht hier.«

»Na, klar. Was ist los?« Ich stand auf und folgte ihr zum Buffet. Winnie machte keinerlei Anstalten, mich zu begrüßen. Stattdessen ging er stracks auf unseren Tisch zu. Peter folgte ihm und stellte sich hinter Roland. Winnie setzte sich auf meinen Stuhl.

»Was macht er da, Karin?«, fragte ich.

»Er verhaftet den Ritter«, sagte sie.

Ein paar Minuten später waren Karin und Peter mit Roland vom roten Phoenix bereits auf dem Weg ins Präsidium. Roland hatte sich, ohne Widerstand zu leisten, mitnehmen lassen.

Gregor machte sich nicht mal mehr die Mühe, den Wein in ein Glas zu schütten – er trank gleich aus der Flasche.

Winnie nahm von Raoul einen Teller voll Gemüsereis in Empfang. Meine Portion Gemüsereis, wenn ich es recht betrachtete. »Winnie? Kann ich dich was fragen?«

»Nur zu, Maggie. Ich hab fünf Minuten. Dann muss ich zurück ins Präsidium.«

Raoul kam mit dem brennenden Dessert und stellte es wortlos vor Gregor ab, der endlich seine Sprache wiederfand. »Warum nehmen Sie mir meinen Ritter weg? Was hat er denn getan?«, fragte er.

»Das weiß ich noch nicht genau«, sagte Winnie zwischen zwei Happen Reis.

»Aber du hast ihn schon mal mitgenommen? Ja?«, sagte ich. »Und du isst meinen Reis.«

»Ich hätte ihn nicht mitgenommen, wenn ich nichts vorliegen hätte. Und mehr kann ich dir nicht sagen. Du hast nicht zufällig noch ein paar Lammkoteletts bestellt?«

Ich zog ihm den Teller weg, und ging durch die Feuerschutztür in den Hausflur und von dort aus in die Küche. Keine Sekunde später hörte ich Winnies Schritte hinter mir.

»Gib mir mein Essen wieder zurück, Frau Abendroth.«

»Das ist mein Essen. Erst sagst du mir, warum du den schwarzen Ritter verhaftet hast.«

Raoul verließ fluchend die Küche.

»Hab ich dir dein Schäferstündchen verdorben?«, sagte Winnie und grinste mich an.

Ich gab ihm die Gabel zurück und holte für mich einen Löffel aus einer der Schubladen. »Um ehrlich zu sein, Winnie – wenn du es nicht beendet hättest ... Der Typ ist'ne Doppel-Null. Und der Zwerg ist ein *pain in the ass*. Eigentlich bin ich ganz froh, dass du da bist.«

»Ach, das hätte ich jetzt nicht gedacht.«

»Sagst du mir jetzt wenigstens, was der Ritter verbrochen hat? Oder brauchtest du nur einen Vorwand, um mal eben schnell was zu essen?«

»Okay, nur zwei Sätze: Das stumpfe Trauma war die

Todesursache. Aber das Opfer ist vor dem Aufspießen geköpft worden – mit einem Schwert! Dieses Schwert gehört Roland Wohlfahrt, dem schwarzen Ritter.«

Ich warf meinen Löffel in die Spüle. »Winnie, mir wird schlecht.«

»Du wolltest es wissen.«

»Ja, ja ... Ich gewöhne mich langsam dran. Aber ein Veto habe ich trotzdem: Die Ritter kämpfen doch nicht mit scharfen Schwertern?«

»Das nicht. Aber das Schwert, das wir unter den Trümmern des Ochsenzeltes gefunden haben, ist aus Rolands Zelt. Es ist definitiv seines – sein Name steht drauf.«

»Aha. Und dann denkst du gleich, er hat den Mann umgebracht und hinterlässt seine Adresse am Tatort?«

»Ich denke gar nichts, ich kläre ab.«

»Er hat doch gar kein Motiv.«

»Schlaumichel hier nicht rum. Ich sagte doch – ich kläre den Sachverhalt ab. Das ist alles. Und wenn du ein Wort darüber verlierst, was ich dir grad gesagt habe, dann landest du auch auf dem Grill.«

»Mein Name ist Hase. Und der Abend war sowieso hinüber.«

»Vielleicht hast du ihn in ein paar Stunden ja wieder«, sagte Winnie in versöhnlichem Tonfall.

»Dann fährt er sofort nach Hause. Ins Sauerland. Gott sei Dank.«

»Dann gönn dir doch heute Abend den Zwerg, wenn es gar zu dringend ist.«

»Du bist fies, Blaschke. Ich kann nix dafür, dass ich dir dein Wochenende mit Nikolaj verdorben habe.«

Winnie stellte den leeren Teller in die Spüle. »Quitt, Frau Abendroth?«

»Noch nicht ganz, Sherlock Holmes. Wo du schon mal da bist: Verrat mir mal, was dein Kollege Seidel gegen Rudi in der Hand hat.«

»Weiß ich nicht«, sagte er. »Aber wenn der sich so aufbläst, bestimmt jede Menge.«

»Katastrophe«, sagte ich.

»Genau«, sagte Winnie.

»Was mach ich denn jetzt?«

»Wieso du?«

»Weil ich schuld bin. Einzelheiten später, aber Elli läuft Amok, weil Rudi verhaftet wurde. Das zarte Pflänzchen einer jungen Liebe ... und so weiter und so fort ... Und was soll jetzt Matti ohne Rudi machen?«

»Schlimmstenfalls fragt er dich, ob du mit ihm arbeitest«, sagte Winnie. »Oder arbeitest du weiter bei Heibuch?«

Soweit hatte ich das Problem noch gar nicht durchdacht. Ja, es wäre die naheliegendste Lösung – und vor allem hätte ich diese Lösung als wahre Freundin sofort in Betracht ziehen müssen. Matti brauchte Hilfe – und ich konnte den Job ganz ordentlich machen. Was lag also näher, als ihm meine Hilfe anzubieten – und zwar freiwillig? Bestimmt wartete er schon auf meinen Anruf. Ich konnte ihn mir lebhaft vorstellen, wie er da vor dem Telefon saß, geduldig, ruhig, abwartend, einen finnischen Tango summend und dabei pfundweise Süßigkeiten verputzend, wie beim Eisfischen. Er würde dort bis morgen früh warten oder bis in alle Ewigkeit. Ich schob den Gedanken beiseite und sagte: »Besorg mir diese sogenannten Beweise!«

»Geh doch ins Präsidium und rede mit Seidel. Er hat heute Abend Dienst. Ich kann mich da nicht auch noch einmischen.«

»Du musst doch nur sagen, dass es für deinen Fall wichtig ist.«

»Hat Rudi denn die Reifen geklaut?«

»Ja. Aber ...«

»Was?!«

»Das hat er für mich getan ... um dem Knipser eins auszuwischen. Bitte Winnie, besorg mir die Beweise.«

»Bin ich meschugge?«

»Winnie.«

»Nein.«

»Winnie.«

»Nei-en.«

»Bitte. Ich muss irgendwas tun. Ich kann nicht mit Matti im Bestattungsinstitut arbeiten. Tu doch was. Du bist doch die Polizei.«

»Maggie Abendroth, noch mal zum Mitschreiben: Seidel ist nicht mehr in meiner Abteilung ... Wir reden später darüber. Aber am besten, du kümmerst dich selbst drum – um alles. In beliebiger Reihenfolge. Ich muss los.«

»Du bist immer so verdammt hetero, wenn du arbeitest. Voll unsympathisch.«

Winnie schloss mich in die Arme und drückte mich so fest, dass mir die Luft wegblieb. »Das stimmt. Ist mir vorher noch nie aufgefallen«, sagte er, küsste mich auf die Stirn und ging.

Raoul guckte von der Thekenseite durch die Luke und sagte: »Isse dachte, du bisse ssarf auf diesse Pigmeo? Der Mann hatte Gessmack.«

»Harch! Kann ich mal einen Abend verbringen, ohne dumme Kommentare über mich zu hören?«

Raouls Kopf verschwand aus der Luke, ich hörte die Türen auf- und zuklappen. Dann stand er vor mir und sagte: »Rausse ausse meine Kuche. De pressa!«

Gregor schaute noch nicht einmal auf, als ich mich wieder an den Tisch setzte. Ich guckte ihm dabei zu, wie er mit dem

Löffel auch noch das allerletzte Fitzelchen aus der Schüssel kratzte. Als er fertig war, stieß er einen zufriedenen Seufzer aus, rülpste und streckte sich.

»So, danke für die Einladung. Ich muss zurück zum Markt, das Feuerrad und so weiter. Eine Katastrophe pro Tag reicht mir.«

»Gehst du nicht ins Präsidium und hilfst deinem Ritter? Oder besorgst ihm einen Anwalt?«

Er beugte sich über den Tisch und sagte: »Rechne es selber aus: Meine Truppe hat sechsundreißig Gaukler. Wie viel sind sechsundreissig mal sechsundreissig mal sechsunddreissig? Häh? Siehst du. So viele Probleme kannst du jeden Tag haben, wenn du dich in dem Business tummelst, so wie ich.«

»Und was machst du, wenn Roland nicht wiederkommt ... ich meine ...?«

»Was schert es mich, was der angestellt hat. Ich bin ja nicht seine Mama. Und: Abgehalfterte Stuntmänner gibt's an jeder Straßenecke. Also, wenn du jetzt mitkommen willst? Das mit dem Feuerrad ist'ne Supershow – und danach hab ich frei. Und eins noch Mädel«, säuselte er plötzlich, »An mir ist nicht alles so klein, wie es aussieht.« Er fuhr sich mit der Zunge über die Lippen. »*Love the one you're with* ... Mein Angebot steht – und wie das steht.« Er nahm einen Zahnstocher aus der Menage und schob ihn sich zwischen die Zähne. Ich fragte mich, ob es wohl politisch korrekt sei, einem kleinwüchsigen Mann mitzuteilen, dass man ihn ziemlich unsympathisch findet und dass das mit seiner Größe gar nichts zu tun hat. Bevor ich mich wirklich entschieden hatte, hörte ich mich sagen: »Halt einfach die Klappe, du geiler Gnom.« Dann winkte ich Hasselbrink zu und rief: »Ey! Kai-Uwe, schnapp dir Shorty, er hat den Boss angepupst.«

Gregors Lachen erstarb, und er beeilte sich, vom Stuhl herunterzuklettern. Dabei fielen ein paar Schallplatten krachend auf den Boden.

»Ich darf doch behilflich sein, Alberich«, sagte Kai-Uwe, packte den kleinen Mann und schleppte ihn nach draußen.

Ich ging zur Espressomaschine, stellte eine Tasse hinein und drückte auf ›go‹.

Als Hasselbrink zurückkam, nahm er die volle Tasse aus dem Automaten und sagte: »Die kannst du auch auf dem Weg trinken. Gute Nacht, Maggie! Und wenn eine von den Schallplatten auch nur einen Kratzer hat ...«

»Ich geh ja schon«, sagte ich und stolperte hinaus. Der heiße Espresso schwappte aus der Tasse und lief über meine Hand.

Neben meinem Kopf ging das Küchenfenster auf und Raouls Gesicht erschien im Fensterrahmen. Er reichte mir ein Käsesandwich durchs Fenster und sagte: »Geh und helfe Rudi. Isse habe das gehörte vorhin, was du gessagt Winnie. Wenn de Rudi hatte Reife geklaut für diss, du musst dasse regele. Oder hasse du keine Collons in die Pantalons?«

Hatte ich Collons in die Pantalons? Es kam auf einen Versuch an.

Kapitel 11

Seidel thronte in seinem Büro hinter dem Schreibtisch. Ich wartete ein paar Minuten, aber Monsieur wollte noch immer nicht guten Abend sagen, geschweige denn mir einen Stuhl anbieten.

»Herr Seidel, guten Abend. Ich störe nur ungern, aber ich möchte eine Aussage wegen des Reifendiebstahls machen, der Rudi Rolinski zur Last gelegt wird«, eröffnete ich die Partie.

»Ja, und?«, sagte er und lehnte sich in seinem Stuhl zurück.

»Ich habe die gestohlen. Das war nicht Herr Rolinski. So! Jetzt ist es raus. Kann Rudi jetzt wieder nach Hause gehen?«

Seidel ließ sich alle Zeit der Welt dabei, mir keine Antwort zu geben.

»Was wollen Sie denn noch hören, Herr Kommissar? Ich gebe meinem Ex die Reifen zurück und damit hat sich die Sache. Der soll sich nicht so aufspielen und aus einem kleinen Beziehungsstress einen Fall für den Staatsanwalt machen.«

Seidel lehnte sich in seinem Schreibtischstuhl zurück und blätterte intensiv in den Akten. Dabei polkte er sich mit dem kleinen Finger zwischen den Zähnen herum.

»Okay, ich hole Winnie Blaschke oder Karin oder Peter, die können mein Geständnis zu Protokoll nehmen; Sie haben offensichtlich keine Zeit dazu.«

Ich drehte mich um und ging zur Tür. Plötzlich wurde Seidel lebendig und sagte: »Moment, Moment. Ich würde Ihnen ja sehr gerne Glauben schenken. Nichts habe ich lieber als das Geständnis eines reuigen Sünders, der auf den Pfad von Recht und Gesetz zurückkehren will ... und so weiter und so weiter ... Das Problem ist nur, jetzt habe ich gleich zwei davon. Wollen Sie mit Ihrem Geständnis also sagen, dass Sie die Reifen mit Herrn Rolinski gemeinsam gestohlen haben?«

»Nein, will ich nicht. Ich habe die alleine gestohlen. Herr Rolinski hat damit nichts zu tun.«

Ich ging zum Schreibtisch zurück und baute mich davor auf. »Alleine, Herr Seidel. Ich alleine. Wollen Sie nicht mal langsam das Protokoll aufnehmen? Herr Rolinski lügt, weil er mich schützen will.«

Seidel wuchtete sich aus seinem Stuhl, ging ein paar Schritte durch das Büro und öffnete die Schiebetür eines Schranks. Dahinter verbarg sich ein Fernseher und ein Videoplayer. »So«, sagte er. »Und jetzt mal aufgepasst, mitgedacht, Frau Abendroth. So heißen Sie doch? Richtig? Sie nehmen besser mal Platz.«

Ich ließ mich auf den Hocker fallen, der vor Seidels Schreibtisch stand, und befürchtete das Schlimmste. Und bekam es auch gleich darauf zu sehen. Die Schwarz-Weiß-Bilder einer Überwachungskamera aus einem Parkhaus.

»Ein sehr schöner Film aus der Sicherheitszone des Parkhauses 2, Ebene 22, um genau zu sein«, erklärte Seidel und lehnte sich auf seinem Stuhl zurück.

SILENT MOVIE: TEIL 1
THE THIEF

Der Volvo von Mattis Bestattungsinstitut fährt in die Garage, für mich deutlich an der seinerzeit noch unvollständigen Beschriftung, samt Mattis Logo an den Türen.

Der Wagen parkt zwei Stellplätze neben dem Volvo des Knipsers. Eine Person holt das Radkreuz aus dem Kofferraum und Ziegelsteine. Das alles wird zum übernächsten Stellplatz geschleppt und neben dem Volvo des Knipsers abgelegt. Die

Person trägt eine Mütze. Das Gesicht ist nicht zu sehen.

Geschult durch mehrere tausend Folgen amerikanischer Krimiserien, fühlte ich mich bemüßigt zu sagen: »Ja, und? Das kann doch jeder sein unter der Mütze. Glauben Sie, ich könnte keinen Volvo fahren oder Reifen abmontieren?«

»Sie sollten sich doch mit Filmen und deren Dramaturgie bestens auskennen, Frau Abendroth ... bei Ihrer Vergangenheit. Warten Sie nur ab.« Seidel puzzelte ein Bonbon aus einem Papier und schob es sich in den Mund. »Ich würde Ihnen gerne eins abgeben, aber es war das letzte, das ich hatte«, nuschelte er.

»Wenn der Film Überlänge hat, hätte ich lieber Popcorn.«

»Ja, ja ... Das Spannendste kommt immer zum Schluss.«

SILENT MOVIE: TEIL 2
THE RETURN OF THE THIEF

Die Person auf dem Video verstaut alle vier Reifen im Kofferraum des Bestattungswagens, macht den Kofferraumdeckel zu und geht wieder zum Volvo des Knipsers und dann ... nimmt sich der Dieb alle Zeit der Welt, um sein Werk eingehend zu betrachten. Er rüttelt am Auto, um zu überprüfen, ob die Ziegelsteine das aufgebockte Auto auch wirklich halten.

Geh, geh ins Auto und fahr weg, dachte ich. Geh, und mach keine Mätzchen, Rudi. Hau da endlich ab.

SILENT MOVIE: TEIL 3
THE THIEF GOES DOWN THE DRAIN

Rudi betrachtet sein Werk, nimmt die Mütze ab und kratzt sich die blitzblanke Murmel. Dann geht er in aller Seelenruhe zurück zum Leichenwagen und dreht beim Einsteigen auch noch das Gesicht in Richtung Kamera.

Klappe, gestorben, das war's für heute und vermutlich für immer.

»Und? Was sagen Sie dazu?« Seidel drehte sich auf seinem Stuhl wieder zu mir. »Hatten Sie eine Glatze an dem Tag? Oder haben Sie sich mittels schwarzer Magie für ein paar Stunden in Rudi Rolinski verwandelt?«

»Nein«, sagte ich.

»Sehen Sie, ich hatte doch recht. Und ein Diebstahl bleibt ein Diebstahl, und Rolinski ist auf Bewährung ... war auf Bewährung, sollte ich wohl sagen.«

»Die dämlichen Reifen hat die Versicherung längst ersetzt. Ich bitte Sie, Herr Seidel. Lassen Sie mich die Reifen zurückbringen. Ich erkläre meinem Ex, warum Rudi das gemacht hat, und er zieht seine Anzeige zurück. Bestimmt. Aber bitte, lassen Sie Rudi jetzt gehen. Es besteht doch keine Fluchtgefahr. Oder so was.«

Es klopfte an Seidels Bürotür. »Ja, bitte!«, rief er.

Die Tür ging auf.

BONUS EPISODE: RUDI'S ELEVEN

»Guten Abend, Herr Seidel. Bietiniemolainnen, mein Name. Ich möchte eine Aussage machen«, sagte Matti.

So viel zum Thema: Wartet bis in alle Ewigkeit ...

»Ja, wir machen alle eine Aussage«, sagten Elli, Mia und Berti. Dabei machten sie sehr entschlossene Gesichter.

»Tut mir leid, Freunde, ich war zuerst da«, sagte ich.

Seidel sprang auf und stützte sich an seinem Schreibtisch ab.

»Sie verlassen mein Büro auf der Stelle! Alle!«

Kaum hatte ich die Tür hinter uns geschlossen, kam aus dem Büro ein seltsames Geräusch: »Chrääääää.«

»Wat is dat?«, fragte Berti.

»Chrääääää«, tönte es noch einmal, dann hörten wir Seidel husten.

»Bonbon im Hals«, sagte ich.

»Ach, so«, sagte Berti. »Kann uns nich' interessieren.«

Elli nickte zustimmend, nur Matti guckte etwas unbehaglich. Hinter Seidels Tür war es für eine paar Sekunden totenstill. Matti wollte wieder hineingehen, da hörten wir Seidel brüllen: »Sie stehen immer noch vor meiner Tür!«

»Kniegas«, befahl Berti und wir traten die Flucht an.

»Oma?!«

»Ach, hallo, Lieblingsenkel«, säuselte Berti und versuchte, an Winnie vorbeizukommen.

»Hat Karin ja doch recht gehabt. Sie hat deine Stimme erkannt und sich gewundert, warum du nicht in mein Büro gegangen bist.«

»Ich kann ja wohl machen, wat ich will«, sagte sie.

»Wo wart ihr?«

»Bei Seidel«, antwortete Elli.

»Der hat den Rudi verhaftet. Wir ...«

»Ich weiß«, fiel Winnie seiner Oma ins Wort. »Ich war dabei, als Maggies Ex die Reifen an Mattis Bestattervolvo umkreist hat, wie ein Geier. Und jede Menge Fotos von Rudi und dem Auto hat er auch gemacht.«

»Wann hast du das gesehen?«, fragte ich.

»Als die beiden die Leiche vom Marktplatz abgeholt haben. Leider wusste ich nicht warum dein Ex das macht, sonst hätte ich ihn in putativer Notwehr bestimmt erschossen. Ich helfe schließlich, wo ich kann.«

»Du bist ein Ekel«, sagte ich, »Berti, Matti, Elli, Mia – es tut mir leid, aber ihr könnt nichts ausrichten. Der Seidel hat ein Video aus der Überwachungskamera, und Rudi hat die Tat zudem gestanden.«

»Dann ist ja alles klar«, sagte Winnie. »Was lässt er sich auch auf so einen dummen Jungenstreich ein.«

Matti starrte auf den Fußboden und summte einen finnischen Tango. Elli fuhr sich nervös durch ihren Haarturm, und Mia nahm Mattis Hand.

»Dat war gezz nich nötich, Winnie«, sagte Berti. »Kommt, wir gehen.«

Wir setzten uns in Bewegung.

»Ach, Maggie ... einen Moment noch«, sagte Winnie. Ich blieb stehen.

»Falls es dich interessiert. Roland ist auf dem Weg nach Hause. Er hat ein Alibi für die Nacht. Die ganze Nacht. Schätze, er wird seiner Frau eine Menge zu beichten haben.«

»Seiner Frau. Aha.«

»Ja, seiner Frau. Seine drei Kinder sind noch zu klein für Erklärungen, in denen Sexspielchen mit einem Burgfräulein vorkommen ... Ich dachte, du wolltest das wissen. Gute Nacht.«

Ich lief den anderen hinterher. Als wir die Tür am Ende des Gangs erreicht hatten, drehte sich Berti noch mal um, drohte mit dem Zeigefinger und sagte zu Winnie: »Komm du mir bloß nach Hause.«

Winnie winkte. Keiner von uns winkte zurück.

Da nur Oma Bertis alter grüner Benz zur Verfügung stand, quetschten wir uns alle in den Wagen. Und dann ging die Diskussion darüber los, wo wir das Pow Wow abhalten sollten. Wir einigten uns bereits nach einer halben Stunde auf die

Johanniterstraße, weil naheliegend. Hätte man auch eher drauf kommen können.

Ich saß eingeklemmt zwischen Matti und Elli auf der Rückbank. Matti summte und schien nur körperlich anwesend zu sein. Vermutlich hielt er sich eben geistig in Lappland auf. Mia zählte die roten Ampeln, die Berti ignorierte. Elli redete die ganze Zeit über meinen Kopf hinweg auf Matti ein. Sie bedauerte es sehr, dass Seidel nicht an seinem Bonbon erstickt war.

Und schon wieder sah ich eine Ampel von Gelb auf Rot wechseln. Wir schossen über die Kreuzung Westring Ecke Dorstener Straße und nahmen die Ampel am Imbuschplatz auch bei Rot. Mia rief: »Hier rechts, wenn wir zu Elli wollen.«

»Nee, ich nehm die übernächste«, sagte Berti.

»Wenn wir die noch erleben«, wagte ich einzuwenden.

»Ich dachte, wir holen uns anne Ecke vonne Gussi noch'ne Wurst. Is doch in deinem Sinne, oder, Elli?«, sagte Berti und guckte dabei nach hinten.

»Aber selbstredend«, antwortete Elli. »Aber warum rast du so? Der hat doch bis drei Uhr auf.«

»Die Maggie muss bei Heibuchs anrufen. Die Petra hat bei Wilma angerufen, und die hat bei mir angerufen, wat mir verrät, dat Maggie die Grußkarte nich' abgeschickt hat!«

»Welche Grußkarte?!«, echote der Chor, und ich sank noch tiefer ins Polster der Rückbank.

»Ich hab die abgeschickt!«

»Egal gezz ... ich hab versprochen, dat ich dir dat ausrichte«, redete Berti weiter.

»Guck gefälligst auf die Straße!«, rief Mia. »Jessas! Wo hast du fahren gelernt?«

»Bei'de Pollzei, wo denn sonz?«

Matti war aus Lappland zurück und drückte mir sein Mobiltelefon in die Hand.

»Danke«, sagte ich. »Aber ich muss erst mal festen Boden unter den Füßen haben, bevor ich mit meiner Chefin sprechen kann. Ich fürchte, es gibt keine guten Neuigkeiten, wenn sie versucht, mich zu erreichen.«

»Ja dann, ma wacker«, sagte Berti und bremste mit quietschenden Reifen vor der Wurstbude. Elli ließ das Fenster herunter und bestellte.

»Für mich nicht«, sagte ich. »Ich kann im Augenblick kein totes Tier ...«

»Wer hat dich denn gefragt?«, sagte sie und rief: »Eine doppelte Pommes obendrauf ... Ketchup und Mayo für dat Prinzesschen. Die macht hier grad einen auf Dalai Lama.«

»Danke, Elli, Pommes rot-weiß hätte völlig gereicht.«

Nachdem die Bestellung aufgegeben war, drehten sich alle Köpfe in meine Richtung.

»Was ist denn? Ich hab die Karte abgeschickt! Was weiß ich denn, warum die Petra ...«

»Jetzt ruf doch bitte endlich an«, sagte Mia. »Die wartet seit über zwei Stunden.«

»Was wisst ihr, was ich nicht weiß?«, fragte ich. Die Damen schauten Matti auffordernd an. Also, wenn er es erklären musste, konnte es sich nur um den Super-GAU handeln.

»Es ist so, Frau Margret. Es hat sich herausgestellt, dass das Opfer, also, der Tote, Günter Heibuch ist«, erklärte er.

»Und dat is noch nich' allet«, sagte Berti, die Mattis Kunstpause, in der er mir die Gelegenheit geben wollte, die Kröte erst mal zu schlucken, bevor er mir den nächsten Löffel Gallebitter 2000 hinhielt, torpedierte.

»Mach es doch nicht so spannend«, fiel Mia ihr ins Wort. »Der Dennis, der ist mit Verdacht auf Herzinfarkt in die Klinik gebracht worden, und die Petra braucht jetzt jede Hand, die sie kriegen kann.«

Das hätte Winnie mir eben im Präsidium auch schon sagen können.

»Woher wisst ihr das alles?«

»Ich weissset vonne Petra Heibuch, die hat mir dat erzählt, als ich die angerufen hab und gesagt hab, dat du dich melden wirss, und die weisset von Winnie und der weisset vom Rechtsmediziner ... Zufrieden gezz?«, sagte Berti.

Der Mann aus der Wurstbude kam mit unserer Bestellung angerannt und reichte das Paket durchs Fenster. Elli nahm es entgegen und zahlte. Im Auto verbreitete sich der Geruch von Grillwurst und Pommes.

»Lass bitte das Fenster auf, Elli. Mir ist schlecht.« Ich schluckte, aber mein Magen war sich nicht sicher, ob er das Käsesandwich von Raoul vor den Pommes noch zurückschicken sollte. Matti öffnete die Tür und stieg aus. Ich flog regelrecht hinterher und holte Luft. »Fahrt schon mal. Ich glaube, ich lauf die paar Meter«, sagte ich.

»Ich begleite Sie«, sagte Matti und schlug die Tür zu. Berti legte krachend den Rückwärtsgang ein, um zu wenden.

Als der Wagen in die Johanniterstraße schoss, rief Elli: »Bis gleich. Und mach hinne, sonst werden die Pommes kalt.«

Matti bot mir seinen Arm an, und diesmal hakte ich mich dankbar ein.

Die Vorstellung, am nächsten Tag bei Petra auf der Matte stehen zu müssen, raubte mir den Atem ebenso wie die Vorstellung, dass die Leiche auf dem Grill tatsächlich Günni Heibuch gewesen war. Und Dennis im Krankenhaus. Was machte Petra denn jetzt mit Wolfi? Wer sollte den denn beaufsichtigen? Vermutlich trommelte sie alle Mitarbeiter zusammen, um das Ende von *Heibuch Catering & Partyservice* bekanntzugeben. Wer konnte es ihr verdenken?

»Geht es wieder?«, fragte Matti, als wir nach ein paar Minuten vor Ellis Haus angekommen waren.

Ich konnte keinen Schritt mehr vor den anderen setzten und ließ mich auf der Bordsteinkante nieder. »Nein, Herr Matti, irgendwie geht es grad gar nicht. Aber das ist auch egal. Gehen Sie zu den anderen, sonst planen die noch den dritten Weltkrieg gegen Seidel.«

Ich versuchte mit zitternden Fingern, eine Zigarette zu drehen, aber es gelang mir nicht. Matti nahm mir den Tabak aus der Hand, setzte sich neben mich und sagte: »Darf ich?«

»Sie rauchen?«

»Gelegentlich. Aber nicht oft.«

»Hab ich noch nie gesehen.«

»Wenn, dann aus therapeutischen Gründen«, sagte er und reichte mir eine perfekt gedrehte Zigarette. »Ich beobachte den Qualm dabei, wie er sich auflöst. Das ist sehr beruhigend.« Er drehte noch eine Zigarette und gab mir Feuer.

»Eine finnische Meditation über Vergänglichkeit? Interessant«, sagte ich und blies den Rauch aus.

»So kann man es nennen.«

»Sie sind echt komisch«, sagte ich. »Aber Ihre Therapie schlägt an.«

Er nickte und schnippte die Asche weg. Dann hielt er mir wieder das Handy hin und sagte: »Rufen Sie Frau Heibuch an.«

Das Gespräch war gar nicht so schlimm, wie ich befürchtet hatte. Petra wirkte recht gefasst und bat mich, am nächsten Vormittag um elf Uhr in der Cateringküche zu erscheinen. Sie sagte, dass alle da sein würden. Ich wollte noch fragen, wie es Dennis ging und Wolfi und wie es mit dem Betrieb weitergehen würde, aber da hatte sie schon aufgelegt. Ich gab Matti das Handy zurück, und er reichte mir die nächste Zigarette. »Sie gehen also morgen zu Heibuch?«

»Ja. Und was machen Sie morgen – ohne Rudi?«

»Ich komme zurecht. Das meiste kann ich allein.«

»Und wenn Sie ... ich meine ... wenn jemand abgeholt werden muss und ... Sie können doch einen Sarg samt Leiche nicht aus dem fünften Stock tragen, oder?«

»Wir werden sehen«, sagte er. »Ich habe zwei Träger auf Abruf. Machen Sie sich also keine Sorgen.«

»Und die Reifen für Ihr Auto?«

»Kein Problem. Das Auto ist morgen wieder fahrbereit.«

Ich trat meine Zigarette im Rinnstein aus. »Ich mache mir Sorgen um Rudi. Aber ich fand es auch irgendwie witzig. Aber jetzt ist es gar nicht mehr witzig, weil der blöde Knipser die Bilder aus der Überwachungskamera beschafft hat. Und dann muss der ausgerechnet das Auto auf dem Mittelaltermarkt sehen. So viele Zufälle kann es doch gar nicht geben. Mistkerl!«

Matti stand auf, trat seine Zigarette aus und steckte die Hände in die Hosentaschen.

»Ich hätte Ihnen das damals sagen sollen ... ich meine, dass der Rudi ... also.«

»Haben Sie aber nicht, Frau Margret. Aber es ist jetzt auch nicht mehr wichtig. Rudi hat eben ein anderes Verständnis von Gerechtigkeit – oder vielleicht könnte ich sagen, von den Mitteln, mit denen man sie erreichen kann.«

»Herr Matti, das waren jetzt aber viele Sätze hintereinander«, rutschte es mir heraus.

Er lächelte mich an und strich sich die Haare aus der Stirn. »Ich lerne von Ihnen.«

»Was? Sprechen etwa?«

»Ja. Ich habe lesen gelernt, und jetzt lerne ich sprechen.«

»Aha.«

»Eins nach dem anderen. Wie mit allem im Leben. Wir werden eine Lösung finden. Ich kann ja mal mit Ihrem Exfreund telefonieren.«

»Das werden Sie mal schön bleiben lassen! Die Einzige, die hier mit dem Knipser redet, bin ich. Ich muss den nur irgendwo auftreiben.«

»Wenn Sie meinen. Aber Sie müssen das nicht tun, wenn Ihnen das unangenehm ist.«

Ich schluckte und sagte tapfer: »Ist es. Verdammt unangenehm. Aber je unangenehmer es mir ist, desto unangenehmer wird es auch für ihn.«

Matti hielt mir wieder das Handy hin. Bevor mich der Mut verlassen konnte, wählte ich schnell. Die Mailbox sprang an. Als ich meine Telefonnummer durchgeben wollte, fiel mir ein, dass ich ja gar kein Telefon hatte. Mein Blick fiel auf das Firmenschild, das im Schaufenster des *Schickobello* lag, und ich gab ihm die Nummer vom Pudelsalon durch.

»Ich danke Ihnen, Frau Margret«, sagte Matti, reichte mir eine Hand und zog mich vom Bordstein hoch.

»Noch hat sich die Knalltüte nicht zurückgemeldet«, sagte ich. »Der kann sonstwo sein. Bedanken Sie sich erst, wenn die Anzeige vom Tisch ist.«

»Wir gehen jetzt besser rein.« Matti ging voraus, schob die Haustür auf und ließ mir den Vortritt. »Und Sie wohnen also jetzt auch hier. Rudi hat erzählt, Sie hätten ein etwas ungewöhnliches ... Schlafzimmer.«

»Wir sind hier, bei dir«, hörte ich Elli rufen. »Ich mach grad'ne Führung für die Damen.«

»Ich hoffe, du nimmst Einritt«, rief ich zurück.

Während ich ins Schlafzimmer ging, bog Matti in die Küche ab.

Mia kniete auf dem Folterbett und probierte die Knöpfe aus. Berti hielt eines meiner verfärbten T-Shirts hoch und sagte: »Gehört dat auch zu Sadomaso?« Dann bestaunte sie die Lackstiefel und die Peitschen. Elli gab ihr eine und sagte: »Probier mal aus, das knallt ganz schön. Wenn ich dir jetzt erzähle, wessen Lieblingsstück das ist, legst du dich lang.«

»Lieblingsstück?«, fragte Berti ungläubig. »Dat is' eine Privatknute?«

»Ja, Sado is nich gleich Maso, ne?«, erklärte Elli. »Das ist alles ganz speziell, und die Fiona war für alle Eventualitäten gerüstet. Ein paar Stammkunden haben eben ihre eigene Knute und ihre eigenen Latexmasken und Klistiere und ...«

»Schon gut«, sagte Berti. »Mehr muss ich gar nich' wissen.«

»Die würden dir bei der Erziehung von Richie helfen«, sagte ich, sammelte meine verfärbte Wäsche ein und stopfte sie in den Wandschrank.

»Ich überleg grad, ob ich dem Winnie eins damit überziehe«, sagte Berti und holte aus. Ich ging in Deckung. »Berti, nimm sie meinetwegen mit und probier's aus. Und jetzt lass uns endlich in die Küche gehen.«

Vom Bett kam ein leises Schnarchen. Mia hatte offensichtlich die Massage-Funktion gefunden.

Elli kicherte. »Dann wollen wir das Schneewittchen mal nicht stören.«

Wir zogen die Tür hinter uns zu und gingen in die Küche. Matti hatte sein Jackett ausgezogen, die Ärmel hochgekrempelt und unser Essen mittlerweile auf Tellern angerichtet. Wir trugen alles ins Wohnzimmer. Elli pflanzte sich mit Berti auf die Couch, ich machte das Fenster auf und setzte mich auf die Fensterbank. Matti nahm auf dem Fußboden Platz.

Doktor Thoma kam ins Zimmer, schaute sich jeden einzelnen genau an und schnurrte. Dann ging er auf Matti zu und machte sein Puppengesicht. Matti redete auf Finnisch auf ihn ein, und der Kater bekam von ihm ein Stückchen Wurst, verschlang es gierig, ließ sich auf den Teppich fallen und reckte alle Viere in die Luft. Matti kraulte ihm den Bauch und murmelte: »Kissa, Kissa ...

Ich wollte ihn warnen, dass die Schnurrkatzen-Show nur eine Finte von Doktor Thoma sei und er für gewöhnlich im nächsten Augenblick gnadenlos zuschlagen würde, aber zu meinem großen Erstaunen rollte sich der Kater neben Matti zusammen und ließ die Krallen drin. »Sehr intelligentes Tier«, sagte Matti, und der Kater schnurrte noch lauter.

»So!«, sagte Berti. »Wenn dat mitte Intellligenz gezz geklärt wär', sollten wir mal zum Thema kommen. Wat machen wir mit all unseren Baustellen? Ich schätze ma', du gehss morgen zu Petra und krichs deine Kündigung«, sagte sie und zeigte mit ihrer Wurst auf mich. »Wat nich weiter tragisch is, denn Matti braucht ja wohl Hilfe im Beerdigungsinstitut. Und du kannz den Job. Der Herzig weiß Bescheid und is' auffem Weg.«

Ich staunte nicht schlecht – Bochums bester Strafverteidiger kam wegen Rudi vom anderen Ende der Welt? »Haben Sie den angerufen?«, fragte ich Matti. Er nickte.

»Der is da, wenn er da is, und in der Zwischenzeit siehsse zu, Maggie, datte deinen dämlichen Knipser anne Strippe krichs und dem ma ordentlich die Ohr'n langziehss. Die Elli hat hier noch alle Hände voll zu tun, bis dat Schickobello fertich is. Dat heißt: Wir treffen uns alle morgen Abend widder hier, Punkt neunzehn Uhr, und dann räumen wir den Laden ein. Noch Fragen?«

»Und was machst du in der Zwischenzeit?«, fragte Elli.

»Ich sitz inne Kommanodzentrale«, sagte Berti und grinste. »Wenn irgendwat is, irgendwat Neues passiert, ruft ihr mich an.«

Alle nickten.

»Warum hat dich eigentlich keiner angerufen, um die Aktion ›Desert Storm‹ zu planen? Bagdad wäre in null Komma nix befreit gewesen«, sagte ich.

»Wer sacht denn, dat die nich angerufen haben«, feixte Berti. Elli lachte. »Und was haste denen gesagt? Ich kann nicht so lange weg aus meinem Kiosk, weil die Klümmkes sauer werden?«

»Nee, ich hab dem Schorsch Dabbelju erklärt, dat mein Enkel grad sein Coming-Out durchmacht. Da könnt ich nich wech. Hat der voll verstanden.«

Berti schob sich den Rest ihrer Wurst in den Mund. Die Bahn rauschte vorbei, und ich fragte mich, was die Leute, die uns da im Wohnzimmer sitzen sahen, wohl denken mochten.

Die Tür vom Schlafzimmer ging auf, und Mia steckte ihren Kopf heraus. »Hab ich irgendwas verpasst? Ich muss wohl eingeschlafen sein ... Also dieses Bett ist spitze. Tolle Massage.«

»Kannste kaufen«, sagte Elli. »Die Maggie weiß eh nix damit anzufangen.«

»Was?« fragte ich.

»Du bis doch heute anscheinend einen Ritter und einen Zwerg losgeworden ... oder kommen die noch zur Mitternachtssuppe?«

»Nee.«

»Tut mir leid für dich ... ehrlich ... Also, von zweien keinen behalten, is ja wohl fahrlässig.«

»Wo ist eigentlich meine Wurst?«, fragte Mia gähnend und stopfte sich eine handvoll Pommes frites in den Mund.

Elli schluckte geräuschvoll die letzten Bissen herunter. »Ich kann noch mal was bestellen. Tut mir leid ...«

»Wir fahren gezz lieber. Ich halt für dich nochmal anne

Wurstbude an«, sagte Berti zu Mia. »Morgen wird'n langer Tach. Für alle.«

»Ich muss mir eben noch die Hände waschen«, sagte Mia und verschwand im Bad.

»Ich bleibe noch und helfe Frau Margret beim Aufräumen. Ich kann mir später ein Taxi nehmen«, sagte Matti.

»Nicht nötig. Ich mach das schon allein. Fahren Sie lieber mit Berti«, sagte ich schnell, denn ich hatte plötzlich die allergrößten Befürchtungen, dass er mich auf Finnisch anschnurren könnte, um mich zum Essen einzuladen. Was, wenn ich dann nicht in der Lage wäre, nein zu sagen?

»Zweiundsechzig Komma vier!? Hab ich doch glatt zwei Kilo runter«, rief Mia, als sie aus dem Bad kam. »Du hast ja einen Luxus hier.«

»Kannste kaufen, Mia«, sagte ich, froh über die Unterbrechung meiner schwer wiegenden Gedanken. »Mit der blöden Waage weiß ich wirklich nix anzufangen.«

»Soll ich nicht doch lieber bleiben, Frau Margret?«, sagte Matti.

»Nein, nein, alles bestens ... Tschüss, gute Nacht. Und vergessen Sie Ihr Jackett nicht.« Ich drückte es ihm die Hand und schob die Bagage aus der Tür.

»Hyvää yötä«, sagte Matti und lächelte.

Als die Haustür hinter den dreien zugefallen war, drehte sich Elli zu mir um und sagte: »Schade, dass ich eigentlich nur auf so kleine Meister Proper stehe, wie der Rudi einer is'. Wenn der Matti in mein Beuteschema passen würde ...«

»Was dann, Elli?«, fragte ich ungeduldig und unterdrückte einen Rülpser.

»Heidewitzka – würd' ich mit dem inne Sauna gehen. Wann triffste schon mal'n Mann, der immer im richtigen Moment die Klappe hält? Also eigentlich immer? Wär' der nix für dich? Du redest doch eh für zwei.«

»Danke für den Tipp. Gute Nacht.« Ich schlug die Tür zu – aber im Bett war ich deswegen noch lange nicht. Mein Magen und die Portion Pommes frites hatten ein ganz anderes Freizeitprogramm für mich parat. Und so verbrachte ich einen nicht unerheblichen Teil der Nacht auf dem Transitweg zur Toilette auf dem Flur und zurück ins Bad, um mir das Gesicht zu waschen und war sehr froh, dass niemand – kein Ritter, kein Zwerg und auch kein Matti, mir dabei Gesellschaft leistete. Das, was meine innere Stimme zu sagen hatte, ging gnädigerweise im Rauschen der Klospülung unter. Ich verpasste lediglich den aktuellen Highscore auf meiner Aschenputtelskala. Als ich das letzte Mal in der Nacht auf allen vieren aus dem Bad kroch, riefen mir die Leuchtdioden zu: 80,98 Kilo. Mit Handtuch.

Kapitel 12

Am nächsten Tag saß ich um 10.55 Uhr inmitten des kleinen Häufleins stummer Heibuch-Mitarbeiter, die sich in der Cateringküche versammelt hatten. Da alle etwas blass um die Nase waren, fiel mein desolater Zustand nicht weiter auf. Die Crew vom *Pommes King*, bestehend aus Trudi, Gustav und Jorgo, saß eng aneinandergedrängt auf ihren Stühlen; Fanny und Doris von der Metzgerei hielten sich an den Händen, und Gudrun, die das Büro organisierte, starrte mit leerem Blick auf den Fußboden.

Auf einer Anrichte standen Kaffee und Schnittchen bereit, aber niemand hatte etwas davon angerührt. Alle warteten auf die Chefin und das, was sie uns mitzuteilen hatte.

Kaum war der Zeiger der großen Küchenuhr auf die volle Stunde gerückt, ging die Tür auf und Petra kam herein. Als Zeichen der Trauer trug sie eine schwarze Binde über dem rechten Ärmel ihres Metzgerkittels.

»Guten Morgen, alle miteinander«, sagte sie. »Warum nehmt ihr nicht von den Schnittchen, und schenkt euch doch bitte Kaffee ein. Hat alles Wolfi hergerichtet.«

Keiner rührte sich vom Fleck. Petra nahm das große Tablett und schritt unsere Reihe ab. Jeder nahm anstandshalber ein Brötchen, aber keiner biss hinein.

Sie stellte das Tablett zurück, strich den Kittel glatt und sagte: »Nun, ich hätte mir gewünscht, der Anlass unseres Treffens wäre ein anderer.«

Fanny und Doris fingen prompt an zu schluchzen. Gudrun nestelte ein zerknülltes Taschentuch aus dem Ärmel ihrer schwarzen Bluse. Jorgo holte unter seinem Stuhl eine große Küchenrolle hervor, riss einzelne Blätter ab und reichte sie herum. Petra wartete, bis sich alle wieder beruhigt hatten.

»Bitte«, sagte sie. »Ich weiß, dass alle traurig sind. Der schreckliche Tod meines Mannes nimmt uns alle mit. Besonders Dennis. Er ist noch im Krankenhaus. Aber es geht ihm schon besser. Die Ärzte hoffen, dass er in ein paar Tagen wieder entlassen werden kann.«

»Er ist doch noch keine dreißig!«, quiekte Gudrun.

»Wir sprechen später darüber. Bitte beruhige dich ... Ja, ähm. Das ist vor allem für Wolfi sehr wichtig. Ich bitte euch alle, dafür zu sorgen, dass sein Leben so normal wie möglich weitergeht.«

Einige nickten und die beiden Damen aus der Metzgerei seufzten: »Der arme Junge ...«

»Und um allen Spekulationen entgegenzutreten«, fuhr Petra fort, »die Firma Heibuch wird weiter existieren. Wir werden weitermachen, so gut es eben geht. Dennis wird wieder gesund, und es wird weitergehen. Das verspreche ich. Die Metzgerei macht heute Nachmittag wieder auf und der Pommes King auch.«

Ein Raunen ging durch den Raum.

Petra schaute jeden einzelnen an, und alle verstummten wieder. »Ich bin mir der Verantwortung für euch bewusst. Und ich habe es so entschieden. Und jetzt zu dir, Maggie«, sprach sie mich plötzlich direkt an. Ich zuckte zusammen.

»Da Dimi und Stojko nicht mehr da sind, macht Jorgo ja schon seit ein paar Tagen den Pommes King, und er wird dort bleiben, weil ich so schnell keine neuen Leute bekomme. Also bist du die Einzige, die vom Cateringteam noch übrig ist, wenn man von Wolfi absieht. Wir müssen also die Last auf alle verteilen. Wie ihr wisst, findet in knapp drei Tagen das Comeback-Konzert der Bochumer Nachtigall statt. Wir machen das Catering für den Backstage-Bereich und die anschließende

Feier auf dem Stausee. Wir werden den Auftrag erfüllen. Jorgo übernimmt Backstage, da geht es um die Crew, die Stagehands, Tänzer und den Rest der Produktion. Und Maggie, du wirst das Party-Catering machen. Du hast heute Nachmittag einen Termin beim Management von La Rose. Sprich mit Falko Racic. Er wird mit dir die Einzelheiten für's Buffet besprechen.« Sie reichte Jorgo einen Zettel. Er überflog ihn und nickte nur gelassen: »Schnitzel, Pommes, Schnittchen für achtzig Leute ... und ein bisschen Tralafitti für die Diva. Kein Problem. Ich nehm den Gustav mit, und die Trudi wuppt an dem Abend solange alleine den Pommes King.«

»Kein Thema«, bestätigte Trudi.

»Sehr gut. Danke«, sagte Petra. Dann guckte sie wieder mich an. »Also, du redest mit Racic, und später kannst du zum Stausee fahren und dir die MS Nachtigall anschauen. Ich weiß, dass das alles sehr, sehr knapp ist. Die Party auf dem Boot wird ungefähr siebzig Gäste haben. Das Motto ist ›Heimat‹, genauso wie der Titel ihrer neuen CD – also gibt es Hausmannskost.«

Trudi lachte plötzlich über den unfreiwilligen Scherz, den Petra gemacht hatte. Petra guckte fragend, dann sagte Gustav: »Hausmannskost – du verstehst?«

»Ach so ... ja. Das wollte ich so ... ist ja egal. Für dich Maggie gilt beim Termin von Racic – du bist ein Fan von La Rose. Wir sind alle Fans von La Rose.«

»Schon klar«, murmelte ich. »Wes Brot ich ess, des Lied ich sing.«

»Genau«, sagte Petra. »Ich glaube, die Vorbereitung kriegst du mit Wolfi hin. Ihr müsst vor Ort nichts anrichten oder kochen. Ihr macht alles hier fertig und baut es später auf dem Boot auf. Jorgo und Gustav kommen nach dem Konzert dazu und helfen dir beim Aufbau und während der Party. Die

Getränke kommen vom Boot, und die stellen auch die Kellner. Da habt ihr nichts mit zu tun. Ich habe jetzt einen Termin bei der Polizei und danach schaue ich bei Dennis im Krankenhaus vorbei. Esst euer Frühstück. Ich bin in zwei Stunden wieder da.«

»Äh, Petra, hast du auch einen Zettel für mich? Wo das Buffet draufsteht, das ich vorbereiten soll?«, fragte ich.

»Nein. Racic hat bestimmt eine Kopie. Frag ihn ... Es geht nicht anders. Geld für den Einkauf bekommst du jederzeit von Gudrun. Ich danke euch allen.«

Ich fuhr vom Stuhl hoch und sagte: »Aber Petra, ich kann doch gar nicht kochen.«

Alle lachten.

»Dass du das auch schon merkst«, sagte Gustav.

Petra schüttelte den Kopf. »Du musst das schaffen. Das sind wir Günter schuldig. Ich bitte euch alle, gebt euer Bestes. Helft einander. Ich kann jetzt nicht in jeder Sekunde für euch da sein.«

Ich ließ mich auf den Stuhl fallen und war für ein paar Minuten wie betäubt. Dann sprang ich auf, rannte Petra hinterher und erwischte sie auf dem Hof, als sie eben in ihr Auto steigen wollte.

»Petra, ich bitte dich. Das wird voll in die Hose gehen. Ich kann nicht kochen und schon gar nicht kann ich mit diesem Racic über ein After-Show-Party-Buffet für zig Leute reden. Wer hilft mir denn beim Einkauf und ... warum macht nicht Jorgo die Party und ich Backstage? Oder wir bereiten zusammen alles vor und ...?«

Petras Augen füllten sich mit Tränen. Sie stützte sich mit beiden Händen am Autodach ab. »Ich ... weiß ... doch ... auch ... nicht ... wie ... ich das alles ...« Der Rest ging in Schluchzern unter.

Ich fühlte mich plötzlich mies. Petra wischte sich mit dem

Handrücken die Tränen aus dem Gesicht und seufzte. »Entschuldigung, aber das geht alles über meine Kräfte.«

»Okay, Petra«, sagte ich. »Ich lass mir was einfallen.«

»Wir dürfen nur den Auftrag nicht verlieren. Wolfi hilft dir. Er kann das. Aber wenn ich zwei Tage den Pommes King zumachen muss, dann ... Und gib nicht so viel Geld aus für den Einkauf.«

»Schon klar ... Petra, ähm ... es ist besser, du ziehst den Kittel aus«, sagte ich. »Ich meine, wenn du zur Polizei willst.«

Sie knöpfte hastig den Kittel auf, zog ihn aus, warf ihn auf den Beifahrersitz und stieg ein. Als sie die Tür zuschlug, schaute sie mich mit ihren Rehaugen an und kurbelte die Scheibe herunter. »Ich muss zu diesem Kommissar Blaschke. Ich weiß gar nicht, was ...«

»Der ist in Ordnung«, sagte ich nur.

»Meinst du, der hat schon einen Verdächtigen?«, fragte sie.

»Petra, ich weiß es nicht. Vielleicht geht es auch nur um irgendwelche Formalitäten ... die Freigabe der Leiche ...« Ich konnte den Satz nicht zu Ende sprechen, denn Petra startete wie in Panik den Wagen und fuhr los.

Vielleicht würde mir Jorgo doch helfen. Oder Trudi. Mit Gustav war eh nie was anzufangen, der bewegte sich nur, wenn ihm jemand die Finger in die Steckdose hielt, was für gewöhnlich Trudis Aufgabe war. Aber in der Küche war niemand mehr. Von einer Sekunde auf die andere war ich zur Cateringchefin avanciert – ich, die ich von Tuten und Blasen auch nicht den Hauch einer Ahnung hatte. Die einzige, weil authentische Reaktion, die mir dazu einfiel war: Panik.

Mit weichen Knien überquerte ich den Hinterhof und ging ins Büro. Gudrun saß weinend hinter ihrem Schreibtisch. Ihre Lesebrille, die sie an einer goldenen Kette um den Hals trug, baumelte vor ihrer Brust. In den Brillengläsern standen bereits kleine Tränenpfützen.

»Gudrun, hier muss doch irgendwo der Schnellhefter rumliegen mit der Planung für dieses Catering. Günter hat doch immer einen angelegt.«

»Hier ist nichts«, schluchzte sie. »Deh...ehe...hr Gü...ünni hatte, hat ... Ich hab schon gesu...uhucht ... und die Petra auch.«

»Ist schon gut. Such ich eben noch mal. Der Schnellhefter müsste doch rot sein.«

Der Kunde bekam einen gelben oder grünen, und Günni hatte immer einen roten. Und wenn auch nur ein von Günni beschriebenes Blatt drin wäre – es würde mir heute Nachmittag den Hals retten. Ich schaute im Aktenschrank nach, in Heibuchs Schreibtisch, in der Zettelablage. Nichts. Gudrun verfolgte meine Suche mit Argusaugen. Als ich fertig war und sie wieder ratlos anschaute, hielt sie mir etwas hin.

»Hier«, sie drückte mir einen kleinen Zettel in die Hand. »Da steht der Name und die Uhrzeit drauf von dem, dem Racic. Die, die Chefin hat gesagt, du, du ... kannst ein Auto nehmen ...« Sie schob einen Schlüssel über den Schreibtisch.

»Danke. Ist das das Auto, das Günni gefahren hat? Ich meine .. harch, du weißt schon, welches ich meine.«

»Das ist noch bei der Polizei«, greinte sie und warf sich schluchzend über den Schreibtisch. Ich hörte die Brillengläser knacken und verließ fluchtartig das Büro, um meine Suche in der Cateringküche fortzusetzen.

Kochbücher, Rezepte, Bedienungsanleitungen, alte Wegbeschreibungen, alle noch aus der Zeit vor dem Navigationsgerät, fielen mir aus einem Hängeschrank entgegen. Aber kein roter Schnellhefter.

»Hausmannskost ist babyleicht«, sagte plötzlich jemand hinter mir.

»Wolfi, du hast mich zu Tode erschreckt.«

»Ja«, sagte er, drehte sich um und fing an, die Unterschränke auszuräumen. »Babyleicht.« Wolfi war guter Laune wie immer. Er folgte einfach seiner Routine und sortierte, wie jeden Tag, die Küche neu.

»Hast du den roten Schnellhefter gesehen? Irgendwo hingeräumt?«, fragte ich.

»Rot, Rot ... Ich habe Rot in der Vorratskammer. Rot, Rot war gestern. G. Gestern. G. Gestern. Gestorben. Gegrillt. Gekillt. Geköpft. Geschröpft ...«

Oh je, Wolfis Festplatte hatte sich verhakt und ich sagte schnell: »Ich geh nachsehen. Komm mit. Komm. Los komm!«

Manchmal half es, wenn man ihn mit einer anderen Aufgabe konfrontierte. Er folgte mir in die Vorratskammer und deklamierte weiter: »Gekotzt, gemotzt, gerotzt ...«

»Es reicht, Wolfi. Hilf mir, den Ordner suchen.«

Ich ging die Regale im mittleren Gang durch und entdeckte Wolfis Rot-Sortiment. Plastiksiebe, Rührlöffel, Schüsseln, allen möglichen Kram, der ihm zum Thema Rot eingefallen war – der Feuerlöscher lag dementsprechend neben den Gläsern mit eingelegter Paprika.

Mittlerweile war seine Psalmodiererei in ein hartes Stakkato übergegangen. Er stand direkt vor einem Stahlregal und tippte im Sekundentakt seine Nase an das kalte Metall. In solchen Situationen, wenn er kurz vorm Kolbenfresser war, wie Günter Heibuch diese Zustände treffend genannt hatte, die immer dann auftraten, wenn der Stress für Wolfi zu groß wurde, half nur noch Musik.

Das Nasestippen wurde heftiger. »Geratzt, geplatzt, gepatzt ...«

Das Regal wackelte und mit ihm eine ganze Ladung Mehl;

die Glässer klirrten, die Dosen schepperten ... »Gekratzt, geritzt, geschlitzt, geflitzt ...«

Himmel hilf ... wo krieg ich jetzt Musik her?

»Rot, rot, rot sind alle meine Kleider«, fing ich in meiner Verzweiflung an zu singen. »Rot, rot, rot, ist alles was ich hab ... darum lieb ich, alles was so rot ist ... weil mein Schatz ein Feuerweh...her...mann ist.«

Wolfi drehte sich um und summte eine halbe Strophe mit. Dann kam er auf mich zu, drückte mich fest an sich und sagte: »Maggie, du kannst nicht singen. Papa ist tot. Dennis ist bald tot. Wolfi ist müde. Wolfi geht schlafen.«

Er ließ mich los und schlurfte hinaus.

»Wolfi, Dennis ist nicht bald tot. Er wird wieder gesund«, rief ich ihm hinterher.

»Du kannst nicht singen und du weißt das nicht«, sagte er, dann fiel die Stahltür hinter ihm ins Schloss.

»Wo er recht hat, hat er recht«, sagte Jorgo.

»Ach, halt doch ... sag mal, seit wann stehst du hier rum?«

»Lange genug. Du kannst echt nicht singen.«

»Habs auch nie behauptet. Weißt du, wo der Ordner für das Catering ist?«

»Den hatte Günni in den letzten Tagen immer unterm Arm. Der is bestimmt nicht hier.«

»Hm«, sagte ich. »Kann sein. Vielleicht hat die Polizei den in Günnis Auto gefunden ... oder vielleicht ist er im Zelt verbrannt.«

Jorgo klappte eine Tiefkühltruhe nach der anderen auf und fluchte leise auf Kroatisch.

»Was suchst du? Deine beiden Freunde? Dimi und Stojko?«

»Dimi und Stojko sind nie meine Freunde gewesen. Kapiert? Die sind Serben und keine Kroaten. Ich bin Kroate. Merk dir das! Und ich suche Pommes frites. Wenn ich gleich die Pommesbude aufmachen will, brauch ich Pommes. Kapiert?«

»Ist ja schon gut.«

Ich warf einen Blick in die Tiefkühltruhen, die deutlich mit *POMMES* beschriftet waren. Sie waren voll mit Tiefkühl-Pommes frites.

»Jorgo, bist du blind? Die Truhen sind doch voll.«

»Das sind nicht die richtigen«, sagte er, knallte den Deckel zu und griff zum Handy. »Gudrun«, sagte er barsch. »Wo kommen diese Scheißpommes her? ... Wie, heute Morgen? ... Okay. Wer hat die bestellt? ... Nein, hat er bestimmt nicht ... Lass gut sein. Ich kümmer mich drum.«

Er wählte sofort eine andere Nummer. Ich hörte ihn in seiner Muttersprache ein paar laute Sätze von sich geben. Dann legte er auf und drehte sich wieder zu mir um. »Alles klar«, sagte er.

»Na, super. Kann ich mal dein Handy haben?«

Jorgo gab es mir widerwillig.

»Du telefonierst doch bestimmt auf'ner Kroatenmafiakarte, jetzt hab dich nicht so.«

Er wollte mir das Telefon wieder aus der Hand nehmen, aber ich ging ein paar Schritte zur Seite und wählte Winnies Nummer. Er ging ran, und ich legte sofort los: »Hallo Winnie. Maggie hier. Haben deine Leute eine rote Mappe oder Ordner oder Schnellhefter in Heibuchs Auto gefunden? Es geht um Leben und Tod.«

Jorgo schaute mich mit großen Augen an.

Ich hörte auf der anderen Seite der Leitung Papier rascheln und wartete. Dann sagte Winnie: »Nein. Steht nicht auf der Liste der sichergestellten Gegenstände aus dem Wagen. Der kann übrigens morgen abgeholt werden. Was ist denn so dringend?«

»Ich bin jetzt Catering-Chef.«

»Das ist in der Tat eine Angelegenheit auf Leben und Tod.«

»Sag ich doch, Winnie. Das ist eine Katastrophe. In der Mappe sind die Notizen von Heibuch fürs Catering ... für die After-Show-Party der Bochumer Nachtigall.«

Winnie pfiff den Hit von La Rose, der den ganzen Tag im Lokalradio lief. Ich hielt das Handy von meinem Ohr weg und rief: »Hör auf zu pfeifen. Winnie, mir geht der Arsch auf Grundeis.«

»Glaube ich gern. Mach doch Carbonara für alle.«

»Herr Kommissar, das ist nicht lustig. Wenn ich das nicht hinkriege, dann ...«

»Jeder sollte mal eine Firma pleitegehen lassen«, sagte er leichthin.

»Ja sicher, du verbeamteter Witzbold.«

»Frag Raoul, ob er dir hilft. Der wird doch alles tun, um Hasselbrink eins auszuwischen. Tut ihm auch bestimmt gut, sich mal drei Tage Frischluft um die Nase wehen zu lassen.«

Ich wollte eben etwas Unflätiges zu Winnie sagen, biss mir aber auf die Zunge.

»Was ist, Maggie – ohnmächtig geworden?«

»Genial ... Super, Winnie.«

»Die Polizei, dein Freund und Helfer«, sagte Winnie. »Immer für Sie da.«

Ich legte auf. Ich hatte zwei Stunden, um den irren Katalanen zu rekrutieren.

»Du scheisst dir in die Hose, hä?«, sagte Jorgo und grinste.

»Nicht mehr als du auch«, sagte ich und gab ihm das Handy zurück. »Und weißt du was – im Gegensatz zu dir hab ich nie behauptet, ein Koch zu sein.«

»Ich bin Koch!«

»Und warum hilfst du mir dann nicht?«

»Weil ich die Pommesbude mache *und* die Backstage-Verpflegung. Der Pommes King hat von zehn Uhr morgens bis Mitternacht geöffnet. Und wir sind nur zu dritt! Und weil ich Koch bin, arbeite ich jeden Tag sowieso schon länger als geplant. Die Chefin muss entlastet werden. Und anstatt hier rumzukrähen, solltest du mal was Sinnvolles machen. Wie wäre es mit einem Kochkurs?! Du hast ja noch zwei Tage. Hah?!«

Es klopfte an der Tür zur Anlieferung.

Jorgo öffnete. Auf der Anlieferungsrampe standen zwei Männer mit einer großen Palette neben sich. »Die Biopommes.«

»Immer rein damit«, sagte Jorgo, öffnete die Tiefkühltruhen und warf die Säcke mit den falschen Pommes auf den Küchenboden. »Die könnt ihr gern entsorgen«, erklärte er. »Am besten gleich auf die Müllkippe.«

Einer der beiden hob einen Sack hoch und inspizierte den Aufdruck. »So einen Dreck verkaufen nur die Serben. Scheißhauspommes. Das ist Müll aus dem Ostblock! Würd ich nicht mal an die Schweine verfüttern.«

»Sag ich doch.« Jorgo gab dem Mann einen Klaps auf den Hinterkopf und lachte. »Dobro, Dragan. Geht schon mal ins Büro. Ich komme gleich nach«, sagte er.

Die beiden Lieferanten kickten beim Hinausgehen die ›falschen‹ Pommes über den Kachelfußboden.

»Und was ist jetzt anders? Die sehen doch aus wie normale Pommes«, fragte ich.

»Die hier«, sagte Jorgo und zeigte auf ein grünes Etikett, das auf den richtigen Pommes klebte, »sind vom Biobauern aus Erkelenz. Und die beiden, die da ins Büro gegangen sind, sind die einzigen Lieferanten dafür. Und Günni Heibuch hat immer bei denen bestellt. Und deswegen ist Günni Heibuch der Pommeskönig von Wattenscheid ... gewesen. Mit minderwertiger Ware hätte der sich nie abgegeben. Kapiert?« Jorgo warf, während er redete, die aussortierten Tüten auf die Laderampe, »Diese sind wahrscheinlich aus Tschernobyl und radioaktiv verseucht. So was kostet nur ein Viertel dessen, was diese hier kosten, aber zwei Portionen davon und du kannst abends beim Duschen das Licht auslassen. Kapiert?«

»Kapiert. Aber woher kamen diese denn jetzt?«

»Ich kann es mir denken, woher die kommen! Nein, ich weiß es ... diese Idioten!«

»Meinst du, deine Kumpel Dimi und Stojko?«

»Die sind nicht meine Kumpel, verflucht noch mal!«, sagte Jorgo.

»Is' ja gut ... Also die haben den Schrott hier angeliefert und was mit den Biopommes gemacht?«

»Woanders verkauft. Was denn sonst?« Er tippte mit dem Zeigefinger an seine Stirn.

»Hat Heibuch die beiden etwa angezeigt?«, fragte ich, ungerührt über Jorgos Wutausbruch.

»Nein, nicht, dass ich wüsste. Die beiden haben das monatelang so gemacht. Ich hab es entdeckt und dem Günni erzählt. Da hat er sie rausgeworfen.«

»Und dann sind sie wiedergekommen? Ziemlich dreist, findest du nicht?«

»Dimi und Stojko sind Arschlöcher, Oberarschlöcher!« Jorgo schob noch ein paar kroatische Flüche hinterher und knallte die Deckel der Tiefkühltruhen zu.

In einem meiner Drehbücher, die zu schreiben ich ja nicht mehr in der Lage war, wäre das schon Motiv genug, um jemanden umzubringen – der Chef erwischt seine Mitarbeiter bei krummen Geschäften – und peng, spießen sie ihn auf.

»Sag mal ... könnte es nicht sein, dass die beiden ...«

»Wenn die einen hätten grillen müssen, dann mich!«

»Tja, schade. Dann ist die serbische Pommesmafia wohl nicht mehr das, was sie mal war«, sagte ich.

»Du hast echt keine Ahnung von gar nix«, sagte Jorgo. »Was faselst du hier rum? Dimi und Stojko sollen Günni Heibuch gegrillt haben? Bist du noch bei Trost?«

»Ja, warum denn nicht? Die beiden sind genauso cholerisch wie du. Und wenn Günni ihnen die Tour vermasselt hat, dann ...«

»Halt die Klappe! Was bildest du dir eigentlich ein, Frau Ex-Fernsehtante? Du hast doch dein Lebtag noch nicht wirklich gearbeitet und machst hier immer einen auf etepetete und Fräulein Oberschlau. Du weißt doch noch nicht mal, wie man eine Schnitte schmiert – und hör auf, hier Leute zu beschuldigen! Überlass das mal lieber deinem komischen schwuchteligen Kommissar ... *Winnie ... ich such den roten Ordner ...*«, äffte er mich plötzlich nach. »*Oh, Dennis, beim Deutschen Fernsehpreis hatten wir mal ein reines Flußkrebse-Buffet* ... Bla, bla, bla ... Ich arbeite seit acht Jahren für Günni Heibuch! Und nenn mich nicht cholerisch!«

»Bist du jetzt fertig, du homophober Schwachkopf!? Weißt du, ich hab in meinem Leben schon sehr, sehr viel und hart gearbeitet. Erstens: Ich habe vor ein paar Monaten einen Mörder gestellt und wäre dabei fast draufgegangen. Nein, um genau zu sein, habe ich schon drei Mörder entlarvt. Und ... und ... und zweitens und drittens: Ich habe bei internationalen Spitzenköchen gegessen, da würdest du noch nicht mal die Gläser spülen dürfen! Auf meiner Tanzkarte hab ich so Leute wie Vincent Klink und Ducasse stehen. Und ich hatte auch schon einen Lunch bei Gordon Ramsay in London – falls dir die Namen überhaupt irgendetwas sagen ... Auch wenn ich nicht so aussehe und mein Leben grad auch nicht –

aber ich hatte ein Leben vor diesem hier. Und eines Tages, Jorgo, eines Tages, werde ich nicht mehr bis zu den Knien im Fett stehen. Da werde ich wieder Drehbücher schreiben. Für viel Geld. Und du wirst immer noch im Pommes King mit Fritten jonglieren und dich von schmerbäuchigen Teenies anhimmeln lassen, die gerne vor ihrer Konfirmation schon Mutter werden wollen. Von einem Yugo mit Dreitagebart! Wer ist hier jetzt peinlich?!«

Jorgo hatte sich an eine Tiefkühltruhe gelehnt, drehte sich seelenruhig eine Zigarette, steckte sie an und sagte: »Tja, das wird dir bei der After-Show-Party alles gar nix nützen, Maggie – da stehst du mit deinem jetzigen Leben eindeutig auf der falschen Seite der Warenausgabe.«

Kapitel 13

Das hatte gesessen. Was war mir anderes übrig geblieben, als zu gehen, bevor Jorgo sehen konnte, dass mein Kinn schon bedenklich zitterte. Ich saß im Transporter und blies Rauchkringel gegen die Windschutzscheibe. Nach der dritten Zigarette hatte ich mich so weit beruhigt, dass mir klar war, dass ich alles daran setzen musste, diesem aufgeblasenen Macho den Spaß nicht zu gönnen, mich mit dem Catering den Bach runtergehen zu sehen. Der wähnte sich doch jetzt schon als Retter der Witwen und Waisen und neuer Geschäftsführer auf dem Briefpapier von *Heibuch Catering*. Was Besseres als Dennis im Krankenhaus konnte ihm doch gar nicht passieren. Endlich hatte er freie Bahn. Im Geschäft und bei den Frauen. Dennis und Jorgo waren sich nie richtig grün gewesen, weil Jorgo eigentlich alles flach legte, was nicht bei drei auf dem Baum war – was dazu führte, dass für Dennis keine übrig blieb.

Kein Wunder, dass Jorgo mich piesackte, wo er nur konnte. Ich war eben kein Fan von ihm und würde es auch nie werden.

Nur noch anderthalb Stunden bis zum Treffen mit Falko Racic. Ich startete den Wagen und fuhr direkt zum Café Madrid.

Die Tür war nur angelehnt, und von irgendwoher war Gehämmer zu hören. Ich betrat die Kneipe. Sie war leer. Das Geräusch wurde lauter. Ich versuchte zu lokalisieren, woher es kam, öffnete die Feuerschutztür und stellte fest: Die Lärmquelle befand sich im ersten Stock. Ich stieg die Treppen hinauf und sah Kai-Uwe, der mit dem Hammer auf dem Treppenabsatz vor seiner Wohnungstür stand und sich mit dem Hemdsärmel den Schweiß aus der Stirn wischte.

»Was machst du da?«, fragte ich.

»Ich warte auf Raoul«, presste er zwischen den Zähnen hervor. »Damit ich ihm zeigen kann, was ich von seiner Anwesenheit halte. Nämlich nichts! Ich habe schon die Türschlösser ausgewechselt, damit er nicht mehr ins kleine Büro kann. Und gleich gehe ich runter und nagele die Küche zu. Total zu! Dann kann er mal sehen, wo er bleibt, der schlaue Spanacke.«

»Und wo ist der jetzt?«

»Hoffentlich beim Scheißen vom Blitz erschlagen worden.« Kai-Uwe ging in seine Wohnung und schlug mir die Tür vor der Nase zu.

So viel Initiative hätte ich dem Althippie niemals zugetraut. Aber der Streit der beiden bewegte sich sowieso schon jenseits der Realität. Da kam es auf eine irrationale Aktion mehr oder weniger gar nicht mehr an. Ich klopfte an Kai-Uwes Wohnungstür und rief: »Gib mir wenigstens seine Handynummer.«

Ich bekam keine Antwort.

Wenn ich Raoul nicht erreichen konnte, müsste ich das Gespräch mit Racic eben alleine abwickeln. Schließlich macht es keinen großen Unterschied, ob man einen Fernsehproduzenten vor sich hat, dem man ein noch nicht geschriebenes Filmskript verhökert, oder einen Musikmanager, dem man ein noch nicht gekochtes Galabuffet schmackhaft macht. Wenn in den nächsten Minuten kein Wunder geschah, würde ich mein letztes Geld für ein Kochbuch ausgeben müssen.

Raoul lehnte an der Theke, als ich in die Kneipe zurückkam. Neben sich einen kleinen Koffer und einen Seesack über der

Schulter. Er sah mich, knallte einen dicken Schlüsselbund auf die Theke und sagte: »De Hassebinke kann sehe, wo'sse bleibt. *Em toca els collons!*«

Ich schickte einen Gruß an alle guten Geister im Universum und sagte so unbeteiligt wie möglich: »Wo willst du denn hin?«

»Hab ich Job in El Bulli, bei Ferràn Adria. Dasse isse die Orte, wo ssollte iss sein. Bei die beste Koche der Welt. Nisse hier bei diesse Hippie.«

»Aha, super, Raoul«, sagte ich und dachte: Mein Reden – beide befinden sich jenseits jeglicher Realität. Der eine nagelt Türen zu und der andere behauptet, einen Job bei einem unerreichbaren Sternekoch zu haben. Mit anderen Worten: Raoul war verzweifelt genug, mir so einen ausgemachten Blödsinn aufzutischen. Ich glaubte keine Sekunde daran, dass er einen Job im *El Bulli* antreten würde.

Ich ging hinter die Theke und stellte zwei Kaffeetassen in die Espressomaschine. Das kleine Wunder war geschehen – Raoul war aufgetaucht. Jetzt musste nur noch meine Taktik stimmen.

Von oben setzte das Gehämmer wieder ein und erinnerte mich daran, dass die Gefahr keine 13 Stufen weit weg lauerte. Entweder endete das hier in den nächsten Minuten in einem blutigen Finale zwischen Hasselbrink und Raoul oder einer tränenreichen Versöhnung. Beides hätte mir einen Strich durch die Rechnung gemacht.

Raoul ließ den Seesack fallen und starrte an die Decke. Ich stellte ihm den Espresso auf die Theke, nahm den teuersten *Carlos Imperial* Brandy aus dem Regal und goss ihn auf seinen Kaffee.

»So«, sagte ich. »Wo willst du noch mal hin? Ich kann es nicht glauben, wenn ich es nicht noch mal höre.«

Raoul kippte den Espresso runter, nahm mir die Flasche aus der Hand und trank daraus. »Imperial ssoll man nisse verdunne mit Kaffee«, sprachs und nahm noch einen großen Schluck.

Noch fünfundvierzig Minuten bis zum Meeting mit Racic und noch höchstens vier Schlucke, und mein Starkoch würde vor der Theke einschlafen.

»Hör mal zu. Ich habe einen Superjob für dich.«

Er guckte mich an, setzte die Flasche aber nicht ab. Ich hielt seinen Arm fest. »Hör mir mal zu. Einen Job. Nur für drei Tage. Danach kannst du zum El Bulli fahren, wenn du willst. Ich meine, auf so einen wie dich warten sie doch bestimmt. Oder?«

Seine schwarzen Murmelaugen blitzten. »Wie viel?«

»Ein Catering für eine After-Show-Party. Der Event des Jahres in der Kongresshalle. Du hast doch die Plakate gesehen. Die Bochumer Nachtigall, Madame La Rose, ist wieder da und feiert ihr Comeback. Alles total exklusiv. Die Party ist auf dem Kemnader Stausee auf dem Ausflugsboot. Siebzig handverlesene Leute aus Wirtschaft, Politik und Medien. Verstehst du? Da kommen Produzenten und Stars – und wer weiß? RTL-Aktuell vielleicht ... und ...«

»Wie viel?«, fragte Raoul wieder und stellte die Flasche ab. Was sollte ich denn jetzt sagen? Mit so einem spontanen Entgegenkommen hatte ich nicht gerechnet. Ich nahm selbst einen Schluck aus der Brandyflasche und überlegte. Der Einzige, der mir eine Antwort darauf geben konnte, war Kai-Uwe. Was wusste ich denn, was Köche so verdienen? Bestimmt nicht 6,50 Euro pro Stunde, so wie ich.

»Warte mal eben. Nicht weglaufen.« Ich spurtete nach oben, nahm Hasselbrink den Hammer aus der Hand und zischte: »Was bekommt Raoul am Abend?«

»Häh?«

»Was zahlst du dem Irren?«

»Der kriegt dreitausend Brutto im Monat.«

»Was gibst du mir, wenn ich ihn dir auf der Stelle vom Hals schaffe?«

»Bist du wahnsinnig? Leg dich bloß nicht mit dem an. Der will meinen Laden übernehmen. Der ist größenwahnsinnig«, flüsterte er mir zu und schob hinter vorgehaltener Hand hinterher: »Wusstest du, dass der eine Schalker Ratte ist? Ich habe einen Verräter an meinem Busen genährt, jahrelang.«

»Wie kommst du denn da drauf?«

»Mir ist klar geworden, was die blau-weiß-karierten Spültücher in der Küche wirklich bedeuten.«

»Was? Der VfL ist doch auch blau-weiß ...?«

»Aber anders blau-weiß ...« Hasselbrink kniff die Augen zusammen und schob den Unterkiefer vor. »Schalker Blau ist anders, fieser.«

Normalerweise hätte ich geantwortet: ›Hasselbrink, geh mal zum Arzt, du schiebst Paranoia.‹ Aber ich ergriff die Gelegenheit beim Schopfe und flüsterte zurück: »Das ist ja ein Ding, Hasselbrink. Wie gut, dass du das noch gemerkt hast.«

»Genau ...«

»Du hast mein Wort drauf, dass die Schalker Ratte von deinem Schiff verschwindet. Wie viel?«

»Tausend«, sagte Kai-Uwe, wie aus der Pistole geschossen. Er ging auf Zehenspitzen drei Stufen die Treppe hinunter und beugte sich übers Treppengeländer, kam wieder zurück und packte mich an den Schultern. »Tausend, wenn ich ihn nie wieder sehen muss.«

Solange ich ihm für den Tausender nicht Raouls rechten Fuß bringen musste, den er im VfL-Stadion in der gegnerischen Kurve auf einen Spieß stecken wollte, sollte es mir recht sein.

»Gebongt. Und kein Wort darüber, Hasselbrink, oder ich bringe dich um.«

»Kein Wort, Maggie. Ich danke dir. Ist der etwa da unten? In der Küche?«

»Nicht mehr lange. Ich mach das schon.«

»Wann kann ich wieder zurück?«

»In einer halben Stunde. Und jetzt her mit dem Geld.«

»Jetzt?«

»Ja, wann denn sonst? Leute verschwinden lassen geht nur auf Vorkasse.«

Er griff in seine Hosentasche und holte eine Rolle Geldscheine hervor. Dann zählte er tausend Euro ab. »Ich kann mich doch auf dich verlassen?«

Ich nahm ihm das Geld aus der Hand und sagte: »Natürlich. Hast du vergessen, mit wem du redest?«

Seine Gesichtszüge entspannten sich. »Aber vergiss nicht, die Spuren zu verwischen. Der muss rückstandslos entsorgt werden.«

»Rückstandslos«, wiederholte ich und nickte. »Verlass dich drauf.«

»Rückstandslos«, echote Kai-Uwe verzückt.

Ich drückte ihm den Hammer wieder in die Hand und ging schnell nach unten, bevor er es sich anders überlegen konnte.

Obwohl ich den Eindruck hatte, dass Raoul nicht mehr ganz so sicher auf den Beinen stand, hatte ich allen Grund, ihn anzulächeln.

»Los, komm mit raus. Der Hasselbrink spinnt total. Wusstest du, dass er unter Verfolgungswahn leidet? Er glaubt tatsächlich, dass du den Laden übernehmen willst.«

»Hatte versstande endlich, wasse isse das Beste für diese Lade ...«

»Äh ... ich dachte ... Los, komm. Ich erklär dir alles im Auto.«

Raouls Augen schwammen in Cognac. Die Flasche war leer. Aber er konnte noch stehen, und er konnte noch sprechen, und das war alles, was ich vom Schicksal verlangen durfte.

Als ich vor der Kongresshalle anhielt, hatte ich mich von ihm zähneknirschend auf neunhundert Euro für die drei Tage hochhandeln lassen. Meiner Meinung nach hätten es fünfhundert Euro auch getan. Aber der Not der Stunde gehorchend, willigte ich ein. Adieu, ihr kleinen, petrolfarbenen Stiefelchen von Fly London ... Bleiben immer noch einhundert für die erste Miete, sagte meine innere Stimme zufrieden. Aber was ist schon interessant an der ersten Miete? Kann man die anziehen? Herumzeigen? Damit herumstolzieren? Hallo, guck mal! Meine erste Miete?

Raoul grinste zufrieden und sagte: »Hah! Der Hassebinke wirde Auge mache, wenn erfährt, wasse iss kriege für drei Tage ... Hah! Sso viele wie ... ähm ... okay. Okay, iss spresse am beste nicht daruber. Und du Maggie auch nisse.«

»Großes Indianerehrenwort«, sagte ich und stieg aus. »Musst du nicht im El Bulli anrufen und Ferràn sagen, dass du später kommst?«

»Er weiss dassisse komme erss in eine Woche. Du hasse Gluck.«

»Super, Raoul. Lass deine Sachen im Auto, und jetzt sei bitte wieder nüchtern. Wir sprechen mit dem Management von dieser Schlagertusse. Und wenn dich einer fragt: La Rose ist deine Lieblingssängerin. Okay? Ihr derzeitiger Comeback-Hit ist: ...«

»*Taussend goldne Ssterne, alle warten nur auf diss ... taussend bange Sstunden, doch die ssählen nisst für miss ...*«, sang Raoul.

»Tatsächlich. Woher weißt du?«

»Iss hore Radio in die Kuche ... Hah?!«

»Na dann. Auf in den Kampf Torero. Wir müssen den Typ einseifen. Gib dein Bestes.«

Raoul rollte mit den Augen. »Wer issse denn die Seffe von die Caterink? De alte Gunni isse gegrillte ...«

»Ich.«

»Okay, iss fahr nach Hause.«

»Nein, nein. Ich meine, ich bin nur ... kommissarisch, verstehst du ... also, ich hatte die Aufgabe, einen Spitzenkoch zu finden ... und dann ... na, du eben, und jetzt komm. Petra Heibuch, also die Witwe, weiß nicht mehr ein noch aus. Und wie du weißt, kann ich nicht kochen. Also bist du jetzt Cateringchef. Alles klar?«

Raoul nickte, warf sich in die Brust und stolzierte voraus. »Du ssreibsse alles auffe, was iss sage.«

Ich rannte zurück und holte ein Klemmbrett aus dem Wagen und fand auch noch einen fettverschmierten Werbe-Kugelschreiber, den ich mir in die Brusttasche meiner Jeansjacke steckte. »Fertig, wir können. Rechts, Raoul, wir müssen rechts rum.«

Die Tür von Racic' Büro stand offen. Der Manager saß auf seinem Schreibtisch, hatte die Füße auf einem Drehstuhl abgestellt und redete im Stakkato auf jemanden ein, der in demselben Stakkato aus dem Telefonhörer zurückbrüllte. Mit einem kurzen Kopfnicken deutete er uns an, hereinzukommen. Er wies mit seiner Linken auf zwei Sessel, auf denen sich Papiere und Aktenordner stapelten. Wir guckten wohl etwas ratlos, denn er wedelte mit der Hand in der Luft herum, was wohl so viel heißen sollte, dass wir das Zeug selbst abräumen sollten.

Endlich saßen wir, und endlich schoss er eine letzte Salve in den Telefonhörer und legte auf.

»Die Gitarristen! Leute! Die Probe hat vor einer halben Stunde schon angefangen.«

»Entschuldigung, Herr Racic«, ergriff ich das Wort, »wir sind das Catering für die After-Show-Party. Heibuch Catering. Petra Heibuch hat gesagt, dass ... also: Das hier ist unser Chefkoch, extra aus Madrid ...«

»Barcelona«, zischte Raoul.«

»Barcelona, äh, El Bulli eingeflogen. Für La Rose. Äh ... Für das Fest, meine ich.«

»Dasse El Bulli isse nisse in Barcelona«, flüsterte Raoul.

Racic runzelte die Stirn und sagte: »Egal, woher Sie kommen. Madame La Rose wünscht sich Bergmannsküche, echtes Ruhrgebietsessen - keinen Molekularschnickschnack. Wir wollen keinen Blutwurstschaum. Wir wollen Panhas und dicke Bohnen, und Schmalzstullen und Milchreis mit Zucker und Zimt, und ...«

»Versstehe«, sagte Raoul enttäuscht. »Dann kann isse wieder gehe. Sso eine erbärmliche fettiche Frasse machte meine Asisstentin mitte linksse.« Dabei schaute er mich zufrieden an und nickte.

»Äh, was? Du kannst jetzt nicht gehen«, murmelte ich und hielt seinen Arm fest. Zu Racic gewandt sagte ich: »Er meint das nicht so. Ganz bestimmt nicht. Köche ... also, Sie verstehen, Herr Racic ... alle ein bisschen ... na ja ... Also, ich notiere dann, was Madame La Rose möchte, und unser Chefkoch Señor Raoul Masdéu-Canals Sáez de Astorga wird es zur vollsten Zufriedenheit aller frisch auf den Tisch bringen.«

»Aber das ist doch alles schon mit Günter Heibuch besprochen worden. Warum, um alles in der Welt, muss ich das jetzt mit Ihnen noch mal besprechen? Sie stehlen mir meine ...«

»So leid es mir tut«, unterbrach ich das Geschimpfe von Racic. »Herr Heibuch ist tot.«

Wenn mir ein Vorteil vor die Füße fällt, dann hebe ich ihn auch auf.

Racic fiel beinahe vom Schreibtisch. »Das ... das ...«

»Lesen Sie denn keine Zeitungen?«, preschte ich vor. Wohl wissend, dass die Presse noch keine Nachricht über die Identität der Leiche gebracht hatte. »Die Leiche auf dem Mittelaltermarkt ... auf dem Grill ... war Günter Heibuch. Gott hab ihn selig.«

»Äh ... was?«, stammelte er und stützte seinen Kopf in die Hände.

Raoul guckte demonstrativ an die Decke und summte La Roses Hit. Dann sagte er: »Na gut, dann isse werde mache de beste Pannehasse, die isse ssu kriege für Geld. Iss liebe La Rose.«

Falko Racic guckte Raoul an, als hielte er ihn spontan für einen Vollirren, was meiner Meinung nach genau ins Schwarze traf.

Ich legte mir das Klemmbrett auf den Knien zurecht und wartete. Der Manager war plötzlich unter den Schreibtisch abgetaucht und kramte in den Papierbergen.

Raoul beugte sich vor und inspizierte seinerseits einen Papierhaufen, der direkt vor seinen Füßen lag, und förderte einen roten Schnellhefter mit dem Aufkleber von *Heibuch Catering* zutage. Ich riss ihm das Fundstück aus der Hand und schob es unter das Klemmbrett. Racic musste ja jetzt nicht posthum den Beweis der Schludrigkeit von Günter Heibuch präsentiert bekommen.

Der Manager tauchte plötzlich wieder über der Schreibtischplatte auf und keuchte: »Hier.« Er knallte eine gelbe Mappe auf den Tisch. »Das hier, also ... So. Äh ... Wir sind nach dem Konzert um 21.30 Uhr da. Sie natürlich entsprechend eher ...«

»Wann fängt das Konzert denn an?«, fragte ich.

»Um 18.30 Uhr. Eben damit wir diese Bootsrunde noch machen können. Der fährt ja nur bis Sonnenuntergang. Danach machen wir fest und feiern am Anleger. Um 23.30 Uhr ist die Party zu Ende. Madame La Rose muss am nächsten Mittag bereits in Duisburg sein ... Pressekonferenz. Tja, es geht Schlag auf Schlag mit den Terminen.« Racic nahm ein Blatt Papier aus der gelben Mappe, ließ es durchs Fax laufen und gab mir die Kopie. »Das hier ... also, hier steht genau drin, was ich mit Günter Heibuch besprochen hatte ... Bitte richten Sie sich danach. Wir wollen es genauso haben, wie es da drinsteht.«

Ich warf einen Blick auf die Speisenauswahl und wollte eben sagen, dass das alles kein Problem sei, als ich von Raoul ausgebremst wurde.

»Kann isse eine Freikarte ... für dasse Konzert? Isse binne grosse Faaan von Señora La Rose«, sagte er.

Racic kratzte sich kurz den Kopf. »Das ist ... schön. Aber ... Ich dachte, Sie sind der Koch? Wie wollen Sie denn ...?«

»Äh ... ja«, sagte ich. »Ja. Aber wie schon gesagt ... er ist ein großer Fan von La Rose. Er betet sie an, sozusagen. Es muss ja nicht dieses Konzert sein.«

Racic lächelte Raoul an und öffnete einen Schrank zu seiner Rechten. »Na dann. Hier ist die aktuelle CD. Und ... ich sehe mal zu, was ich für Sie tun kann. Ist ja alles ausverkauft. Vielleicht kann ich für Oer-Erkenschwick in zwei Wochen ... könnte ich ... eventuell ...«

Raoul nahm die CD entgegen, drückte sie an seine Brust und seufzte aus tiefstem Herzen. Dank des Cognacs strahlten seine Augen wie die Sonne an der Costa Brava, und Racic war zufrieden.

»Sie auch eine?«, sagte er zu mir.

»Äh ... ja. Gerne. Ich hätte mich jetzt gar nicht getraut zu fragen. Also ... vielen Dank.«

Kaum ausgesprochen, war auch ich stolze Besitzerin einer CD, dessen Coverfoto die Initialen des Knipsers trug. Das Telefon klingelte, und Racic winkte uns hinaus.

Vor der Kongresshalle atmete ich erst mal durch, zündete mir eine Zigarette an und sagte: »Bist du meschugge? Wie kannst du nach einer Freikarte fragen? Du bist der Cateringchef! Wie willst du da in ein Konzert?«

»Ja, eben. Seffe musse nix mache ... Assistente mache.«

»Pass mal schön auf! Ich bin deine einzige Assistentin. Und ich kann nicht kochen. Wir müssen das irgendwie zusammen durchziehen, verstehst du? Einkaufen, kochen, dekorieren etc. pp. Der Einzige, der uns noch helfen wird, ist der schwachsinnige Sohn vom Chef, für den ich dir noch beizeiten eine Gebrauchsanweisung geben werde. Okay? Capito!?«

»Warum du klausse die Mappe?«

»Lenk nicht ab. Ich hab die mitgenommen, weil ich die schon den ganzen Tag gesucht habe. Das ist die Mappe von Günni. Ich wollte nicht, dass Racic mitkriegt, dass Günni die hat liegenlassen. Das wäre echt peinlich. Stell dir mal vor, der kommt auf die Idee und gibt den Auftrag jemand anderem, weil er uns nicht zutraut, den Job zu stemmen ... Außerdem ist da alles drin, was wir brauchen – Einkaufsliste, Kalkulation und so weiter ... Spart uns eine Menge Arbeit, wenn du verstehst. Das gucken wir uns gleich mal an.«

Raoul hörte mir gar nicht mehr zu, er war in die Betrachtung des vier mal sechs Meter Prospektes, der an der Frontseite der Kongresshalle hing, vertieft. La Rose winkte uns aus luftiger Höhe zu.

»Sie wird da sein«, flüsterte ich ihm ins Ohr. »Sie wird dir die Hand schütteln, und du wirst der Chef sein. Raoul, bitte. Mehr geht nicht.«

»Iss habe gleiss gewusste, dass isse faul was an die Job.«

»Da ist nichts faul an dem Job. Es ist ein reeller Job«, sagte ich.

»Wenn iss mache dasse niss, dann du biste ...«, er fuhr sich mit der Hand über die Kehle. »Dass isse der Wahrheit. Iss rette deine Arsch.«

»Hab ich je was anderes behauptet? Bitte! Ich leg auch noch'n Hunderter drauf. Aber das darf alles Petra Heibuch nicht erfahren. Versprich es.«

Ich holte das Geld aus der Hosentasche, zählte fünfhundert Euro ab und drückte sie ihm in die Hand. »So, jetzt zufrieden? Den Rest gibt es nach dem Job.«

Raoul wippte ein bisschen auf seinen Fersen herum, steckte das Geld ein und sagte: »Okay.« Plötzlich streckte er seinen Arm aus und rief. »Da! Da!«

Ich erkannte nur, dass da irgendjemand im ersten Stock hinter einem Fenster war.

»Ist sie das etwa?«, heuchelte ich Interesse.

»Nein, bissedublinde? Dasseisse die Knipser! Er gehte nach unten ...«

»Oh!« Ich drückte Raoul den Ordner in die Hand und rannte los. »Warte im Auto auf mich. Ich muss mit ihm reden.«

»Ssagidoch die gansse Zeit.«

Ich lief durch den Haupteingang und sah mich um. Aus der Halle war ein Klavier zu hören und die Stimme der Nachtigall, die sich mit seltsamen Melodiefolgen und befremdenden Texten einsang. »Lieber Biber, hast du lieber Fieber ...«, tönte es aus dem Konzertsaal. Und noch ein bisschen Höher: »Lieber Biber, hast du lieber Fieber ...« Dann fing die Tonfolge wieder bei den tiefen Tönen an und der Text änderte sich: »Hungerst du, du armer Mungo duuuuuuu ...«

Zwei Stagehands schoben eine riesengroße Lautsprecherbox an mir vorbei. »Bist du die Gitarre?«

»Äh ... nein.«

»Dann steh hier nich' im Weg rum.«

Jemand in der Halle rief: »Wo issender Neunhunderter? Scheiße, verdammte. Kann mal jemand dieses Scheißkabel ...«

Ich arbeitete mich bis zur Mitte des Zuschauerraums vor. Dolores La Rose stand in einem kaftanähnlichen Gewand auf der Bühne, hielt sich am Mikrofon fest und nickte ihrem Pianisten zu. Dabei gerieten ihre kunstvoll auf lässig gestylten langen blonden Haare in Unordnung. Plötzlich stieß sie Laute aus, die nach den Paarungsrufen längst ausgestorbener Dinosaurier klangen: »Nnnnnnnnnngüüüüüüüüüüüüü.«

Ich fragte mich, ob ich es heute endlich mal erleben würde, wie jemand Scheinwerferglas zersingt.

Nach dem letzten *Nnnnnnnnnnnngüüüüüüüüüüü*, bei dem die Hallendecke einzustürzen drohte, hob sie beide Hände gen Himmel. Jemand aus dem hinteren Bereich der Bühne applaudierte und rief: »Fanstastisch! Wenn du statt Madonna die Evita gespielt hättest, wäre der Film ein Erfolg geworden!«

Eine andere Stimme rief: »Ruhe!«

Aus der zweiten Reihe flammte Blitzlicht auf. Die Diva hielt sich schützend eine Hand vor die Augen.

»Nein, Liebes ... Das war so ein wunderbares Bild. Bitte ...«, hörte ich die Stimme des Knipsers. Ich arbeitete mich durch die leeren Stuhlreihen nach vorne.

Und dann traf mich ihr Blick. »Wer sind Sie?!«, schrillte ihre Stimme. Ich blieb auf der Stelle stehen. Der Knipser drehte sich um. Racic kam quer durch die Halle gerannt, als hätte man mich soeben als Attentäterin entlarvt. Bevor er sich auf mich werfen konnte, sagte ich: »Ich bin's nur, Frau Abendroth vom Catering, und ich ...«

»Maggie«, rief der Knipser. La Rose wandte sich schnaubend ab. Racic sagte: »Ach, Sie sind's.« Dann drehte er sich zur Diva um und sagte: »Kein Problem, Liebling. Das ist die Assistentin vom Chefkoch. Sei doch so gut, und gib ihr ein Autogramm.«

»Günni? Seit wann hat der eine Assistentin?«

Und bevor ich überhaupt ›Papp‹ sagen konnte, hatte ich eine unterschriebene Karte mit dem Konterfei der Schlagerdiva in der Hand.

»Das erkläre ich dir gleich. Jetzt ist es Zeit für deine Pause. Schone deine Stimme.«

»Ist denn was mit Günni Heibuch?«, sagte sie.

Racic klatschte in die Hände und rief. »Pause. Eine Viertelstunde. Und bis dahin ist der Gitarrist auch da. Versprochen.«

Die Diva kam an den Bühnenrand. »Falko! Ich habe dich nicht nach dem Gitarristen gefragt!«

Im Hintergrund stoben alle auseinander wie Kakerlaken in der Küche, wenn das Licht angeht. Racic sprang auf die Bühne, nahm die Sängerin bei der Hand und führte sie auf dem schnellsten Weg hinaus.

Ich ließ mich auf einen Stuhl fallen und sagte: »Auf ein Wort, Herr Fotograf.«

»Ich kann mir schon denken, was du von mir willst«, sagte der Knipser und packte seine Kamera ein. »Meine Antwort ist NEIN.«

»Hör mir doch bitte mal zu. Ich bitte dich nur, die Anzeige zurückzunehmen. Bitte. Du bringst einen guten Freund von mir in Schwierigkeiten.«

»Das hätte er sich eher überlegen müssen. Ich war auch in Schwierigkeiten, weißt du. Erst erscheinst du nicht am Terminal – ohne eine Nachricht, ohne irgendwas, und ich kann sehen, wie ich dem Kunden erkläre, warum da ein Ticket gebucht wurde, Business Class, Nassau Bahamas! Und niemand ist damit geflogen. Und an dem Tag, als ich mit meinem Team wieder zurückkam ... Wer nicht da war, warst du. Und was auch nicht da war, waren meine Reifen. Und wer nicht nach Hause fahren konnte, war ich. Ich hatte einen Mordsstress, die ersten Bilder noch am Abend an den Kunden zu liefern. Verstehst du, was ich mit Schwierigkeiten meine?! Ich zahl dir ein Ticket in die Karibik, du verpisst dich, ohne ein Wort zu sagen, und am Ende ist der Dumme, wer? Wer noch mal? Ich!«

»Und Rudi sitzt in U-Haft und verliert seine Bewährung. Verstehst du jetzt, was ich mit Schwierigkeiten meine?«

»Was interessiert mich das denn? Häh?«

»Und warum kommst du erst jetzt damit um die Ecke?«

»Es hat mich richtig was gekostet, das Video zu bekommen. Und es war nicht eindeutig. Kein Nummernschild. Ich war sehr enttäuscht, das kannst du mir glauben. Aber als der Leichenwagen auf den Marktplatz gefahren ist – da war mir klar, dass es besser nicht mehr kommen könnte. Und der Typ, dieser Rudi, trägt auch noch dieselbe Mütze wie im Parkhaus ...«

»Na, toll, Herr Fotograf. Du bist ja mächtig stolz auf deine Aktion. Jetzt hast du deine Rache. Ich hoffe, wir sind dann fertig.«

»Nein, sind wir nicht! Wo bist du gewesen, als ich auf dich am Flughafen gewartete habe?«

»Am Terminal, im verabredeten Café. Pünktlich. Und du warst mit deiner Zunge in Gracia. Jetzt fertig?!«

»Ich war was?!«

»Mit deiner Zunge oder was auch immer ... du weißt schon. In flagranti!«

»Ich hab sie mit Pommes gefüttert!«

»Das ist dasselbe. Ihr habt Pommes geschnäbelt!«

Ich gebe zu, dass ich mich, dank eines kompletten Blackouts, nicht en detail an die Situation, die sich vor meinen Augen in einer der zahlreichen Snackbuden am Flughafen abgespielt hatte, erinnern konnte, aber dass es in flagranti war, wusste ich genau.

»Mein Gott, ich hab sie ein bisschen angeflirtet, weil ich sie für den Job brauchte. Du kennst mich doch. Der Kunde stand auf die, und fertig. Ich hatte ihm fünf andere Models vorgeschlagen.«

»Und du konntest mich nicht darauf vorbereiten, dass Gracia mir mit ihrer Anwesenheit meine karibischen Sonnenuntergänge verfinstern würde?«

»Wann denn das noch? Ich dachte, du bist ein Profi. Und ... und ... was soll der ganze Mist überhaupt? Ich habe dich eingeladen mitzukommen. Reicht das nicht? Ich habe gedacht, es wird alles so wie früher ...«

»Das war es ja dann auch. Du machst mit Gracia rum. Alles so wie immer. Hatte ich ganz vergessen. Dann ist ja alles in Butter. Entschuldige bitte, dass ich voreilig war. Nimmst du jetzt die Anzeige gegen Rudi zurück?«

»Nein.« Er schulterte seinen Kamerakoffer und drehte sich um. Ich hielt den Kofferriemen fest, und der Knipser plumpste rückwärts auf den nächsten Stuhl.

»Stopp!«

»Was denn noch, Maggie? Ich glaube, wir beide sind fertig miteinander.«

»Nein. Sind wir nicht. Wenn du die Anzeige zurückziehst, dann sind wir fertig miteinander. Ich bitte dich auf Knien. Ich bezahl dir den Schaden, wenn es hilft. Bitte.«

»Pah, so viel Geld kannst du doch gar nicht haben. Und wer ist dieser Rudi überhaupt, dass du dich so für ihn ins Zeug legst? Dein neuer Bettgenosse?«

Ich schluckte die Kröte und sagte: »Er ist ein guter Freund. Kapier das doch. Und über das Geld mach dir mal keine Sorgen. Ich bin mittlerweile Cateringchefin. Ich mach die Party für deine Schlagerdiva. Die After-Show-Party, wohlgemerkt. Noch Fragen?«

Der Knipser lachte. »Cateringchefin ...? Du? Da ist die After-Show-Party ja schon erledigt. Klebrige Carbonara hat hier bestimmt keiner bestellt.« Er schlug sich auf die Schenkel und wäre vor Lachen beinahe vom Stuhl gefallen. Ich stand auf und ging in Richtung Ausgang, mit der vagen Hoffnung, er würde noch irgendetwas sagen, das nach Einsicht klang. Mein Adrenalinspiegel stieg, und ich beschleunigte meine Schritte. Ich sah vor meinem geistigen Auge, wie Rudi hinter Gittern bei Wasser und Brot dahinsiechen musste. Fast hätte er es geschafft, seinem Leben einen Schubs in die richtige Richtung zu geben ... aber nur fast. Ich drehte mich auf der Stelle um und stieß frontal mit dem Knipser zusammen, der doch hinter mir hergekommen war. »Was muss ich tun, damit du diese Scheißanzeige zurücknimmst?!« Ich boxte ihm mit meiner Rechten vor die Brust.

Er wich einen Schritt vor mir zurück und grinste breit: »Also, wenn du mich so fragst: Wasch mein Auto und komm heute Abend auf einen Quickie im Hotel vorbei. Auf die Reihenfolge kommt's mir nicht an.«

Kapitel 14

Rudi hatte das jetzt nicht im Mindesten weitergeholfen, aber ich hatte mein Bestes gegeben. Ja, das hatte ich. Der Knipser lag wahrscheinlich immer noch auf dem hochglanzpolierten Fußboden mitten in der Kongresshalle und schnappte nach Luft. Schade, dass er die Kamera schon im Koffer hatte, als mein rechter Fuß seine Kronjuwelen traf. Ich hätte gerne noch das Zersplittern eines Zeiss-Objektivs gehört. Aber man kann nicht alles haben.

Raoul sah den Glanz in meinen Augen und fragte, als ich in den Transporter einstieg: »Allessegute?«

»Nein. Er will nicht.«

»Fill de la grandissima puta!«

»Lass mal, ich hab ihn, glaub ich, ganz schön tief getroffen. Vielleicht überlegt er es sich noch mal.«

Raoul griff nach hinten und zerrte seinen kleinen Koffer hervor. Er ließ die Schlösser aufschnappen und öffnete den Deckel. Im Koffer lag fein säuberlich sortiert und hochglanzpoliert das persönliche Messerset des Katalanen.

»Wow!«, entfuhr es mir. »Die sehen super aus.«

Ich wollte in den Koffer greifen, um eines der Meisterwerke der Messerschmiedekunst näher in Augenschein zu nehmen, aber Raoul haute mir auf die Finger.

»Pfote weg.« Er legte seine Hände auf die Messer. »Er kann esse siche noch aussuche, womit ich ihm kasstriere, dieesse ... Kretin. Dasse isse japanisse Handarbeit... sssssssst! Collons adèu!«

»Vergiss es. Wir haben zu tun. Das Problem muss ich anders lösen.«

Er ließ den Deckel wieder zufallen. »Ssade. Alle friss gessliffen ...«

»Für den Knipser reicht auch ein schartiges Pittermesser. Tut auch viel mehr weh.«

Raoul lachte. »Und jetsse ssu die wirkliche Probleme diesse Welt. Wasse isse ...« Er faltete das Blatt Papier auseinander, das wir von Racic bekommen hatten, und las: »isse ... Pannhasse und Ssstielmusse?«

»Panhas und Stielmus. Panhas ist irgendwie ... Blutpudding mit Grieß, nee, Graupen, glaube ich ... Buchweizen?«

»Süsse Gessmack?«

»Nein. Herzhaft. Und Stielmus ist ... ist eben Stielmus. So'n Gemüse mit grünen Blättern und langen Stielen.«

»Molta merde... und wie machte man Sseisseerhaufen?« Raoul zeigte mit dem Finger auf ein Wort auf der Liste.

»Scheiterhaufen heißen das, oder auch Armer Ritter. Ist lecker, aber ich weiß nicht, wie man das alles macht. Ich dachte, du bist der Koch.«

Raoul grummelte: »Blutepuddink? Iss fahre ssuruck nach Hausse.«

»Nee, ich weiß, wohin wir fahren!«, rief ich aus, glücklich über die beste Eingebung, die ich vermutlich in den letzten zehn Jahren gehabt hatte. »Wenn hier einer helfen kann, dann Oma Berti. Warum bin ich nicht eher drauf gekommen? Wie spät ist es?«

»Halbe ssiebe. Gleiss de Hassebinke machte Kneipe auf und gibt nix ssu esse. Hah!« Er verschränkte die Arme vor seiner Brust.

»Vergiss jetzt mal das Café Madrid ... müsste es nicht eigentlich Café Barcelona heißen? Ich meine ... jetzt fällt es mir erst mal auf. Madrid liegt doch gar nicht in Katalonien.«

»Jaaaaaaa!«, rief Raoul aus. »Siiiiiiiiiiiiii. Endlich!« Er

nahm meine rechte Hand und küsste sie. »Gràcies!«

Ich zog sie schnell wieder weg. Würde ich die nächsten drei Tage mit dem durchgeknallten Katalanen ohne nennenswerte Schäden überstehen können? Bevor er mir auch noch um den Hals fallen konnte, sagte ich: »Wir fahren zu mir. Nee, zu Elli eigentlich. Berti wird auch gleich da sein, und Matti und Mia bestimmt auch. Und Berti und Mia können alles kochen, was es im Ruhrgebiet so gibt. Alles wird gut.«

Ich startete den Wagen und fuhr los.

»Dass iss glaube nicht«, sagte Raoul plötzlich.

Ich beobachtete den Verkehr auf dem Stadionring und wartete auf eine Lücke, in die ich mich einfädeln konnte.

»Hier hasse du deine Blutepuddink.« Raoul hatte den roten Ordner aufgeschlagen. Ein paar Blätter in der Mitte waren blutverschmiert und klebten zusammen.

»Und wenn das Blut isse von Gunni?«

»Was? Wieso von Günni?«

»Weil iss das sseine Mappe?«

»Ja, das ist seine Mappe. Das Blut ist bestimmt aus der Metzgerei. Was denkst du denn? Von Günter Heibuch, der aufgespießt durch Racic' Büro torkelt? Also ... Quark! Das ist von irgendeinem Schwein oder was auch immer. Der hat seine Zettel und Mappen überall hingelegt. Mal ist Leberwurst dran und mal ein Schnitzel.«

Raoul klappte die Mappe zusammen und warf sie in den Fußraum. Dann starrte er auf die Straße.

»Ich habe sie übrigens grad gesehen«, versuchte ich, seine Laune wieder aufzubessern.

»Hm.«

»Die Nachtigall.«

»Hm.«

»Es ist besser, du nimmst dir ein Plakat mit nach Hause. So

gut wie auf dem Plakat hat die nie ausgesehen und wird sie auch nie aussehen. Man kann ja über den Knipser sagen, was man will ... aber die Fotos ...?«

»Und wenn dasse Blut isse von die Günni?«

Ich hatte endlich eine Lücke gefunden und gab Gas. An der nächsten Ampel musste ich schon wieder bremsen.

»Deine Seffe is tot ... jemand hatte ermordet ... da isse Blut an seine Mappe ... und du? Denksse an Kalkulassion und Kochressepte«, maulte er. »Du ssoltesse nachdenke ... wer hatte de Gunni gegrillt.«

»Nein, danke. Das will ich nicht und das brauch ich nicht. Weil ... Winnie das macht. Und er bringt mich um, wenn ich mich noch mal irgendwo und irgendwie einmische. Und das ist auch nur vernünftig – weil der Winnie seinen Job nämlich ziemlich gut kann. Verstehst du? Und ich kann das eben nicht. Und deshalb halte ich mich da raus.«

»Ssoo? Und warum du halte dich nisse rausse aus de Kuche? Dasse du kannst auch nix!«

Ich gab Gas und bretterte über die nächste gelb-rote Ampel, um rechtzeitig um 19 Uhr bei Elli zu sein. Dann wäre ich endlich den garstigen Koch los, Oma wäre mit der Weitergabe streng geheimer Hausrezepte beschäftigt, anstatt schwere Kartons durch Ellis Laden zu schubsen, und ich würde mir eine halbe Stunde auf dem Vibrationsbett gönnen. Und danach ... wäre ich bereit, strassbesetzte Hundehalsbänder nach Zentimetern zu ordnen und bei jedem Strickpullöverchen für den gediegenen Rasseköter, auf dem *Wau-Wau, Zicke, Mamis Liebling, Grande Dame* oder *Reißwolf* eingestickt war, in Entzücken auszubrechen.

Die üblichen Verdächtigen waren schon vollzählig im Pudelsalon versammelt. Alle schäumten – buchstäblich. Denn die

Brausepudel, die Berti für die Eröffnung vom *Schickobello* hatte produzieren lassen, waren angekommen und erfreuten sich großer Beliebtheit. Bevor ich einen davon probieren konnte, wurde ich von Oma Berti zum Telefon gescheucht, weil Petra Heibuch auf meinen Anruf wartete, und das – wieder mal – schon seit ein paar Stunden. Ergeben absolvierte ich den Rapport, wobei ich unser Meeting mit Racic zu einem vollen Erfolg erklärte. Nicht zuletzt deswegen, weil es mir gelungen sei, aus dem Nichts einen Starkoch herbeizuzaubern. Petra sagte nur tonlos: »Ja. Das ist gut.« Sie sagte auch nichts anderes, als ich mich von den anderen wegdrehte und ins Telefon flüsterte: »Der Koch kostet dich gar nichts, Petra. Mach dir keine Sorgen.«

»Bis morgen, Maggie«, kam es durch den Hörer.

»Moment, wie geht es denn Dennis?«, rief ich. Aber sie hatte schon aufgelegt. Ich starrte den Hörer an – einen Koch für drei Tage und auch noch ganz umsonst?! – und Petra Heibuch weiß nichts anderes dazu zu sagen als *Bis morgen*?!

»Zufrieden jetzt?«, sagte ich und drehte mich um.

Aber da war niemand mehr. Berti und Mia hatten sich schon mit Raoul in meine Wohnung begeben, und Matti und Elli waren im Hinterzimmer des Pudelsalons dabei, die Kartons auszupacken. Ich legte das Telefon weg, schob mir einen Brausepudel in den Mund und steckte mir auch noch eine Zigarette an. Matti kam mit einem Schwung Hundepullover und Regenmäntel auf dem Arm in den Verkaufsraum und drapierte sie sorgfältig auf bunte Plastikbügel. Aus dem Hinterzimmer hörte ich Ellis Entzückensschreie. »Oh guck ma ... ganz rosa ... Frauchens Liebling ... mit einem Krönchen obendrauf!«

»Was erstaunt dich daran? Du hast die doch entworfen«, rief ich.

»Jaaaa«, kam es von nebenan, »aber die sehen noch viel besser aus als auf dem Papier. Das ist wie Weihnachten!«

»Sag mal, was ist das für ein Geschmack?«, rief ich und spuckte den Rest der Brause in einen Abfallkorb.

»Es gibt Banane, Erdbeer und Leberwurst. Leberwurst ist gewöhnungsbedürftig. Ich glaub, die lassen wir weg.«

»Das glaub ich auch.«

Ich nahm mir die bunten, strassbesetzten Hundeleinen vor und hängte sie auf die Wandhaken. »Achtundvierzig Euro für so dünnes Köter-Bling-Bling? Die Leute sind doch total verrückt. Wer zahlt denn so was?«

Matti öffnete den nächsten Karton, hielt ein Steppmäntelchen im Burberrymuster hoch und sagte: »Achtundneunzig Euro. Hm.«

»Wenn Winnie einen Hund hätte, könnte er mit ihm im Partnerlook gehen«, rief Elli aus dem Hinterzimmer.

»Pudel sind hervorragende Jagdhunde. Und sehr intelligent«, stellte Matti fest.

»Ich weiß nicht, wie sich so ein hochtoupierter Vierbeiner auf Verbrecherjagd machen würde. Den nimmt doch keiner ernst«, sagte ich.

»Maggie Abendroth, du hast doch von gar nix eine Ahnung«, kam es von Elli, die eben einen Stapel exklusiver Hundekörbe hereinschob. An diesem Abend trug sie zu ihrer Arbeitshose ein pinkfarbenes XXXXL-T-Shirt, auf dem in silberner Glitzerschrift das Wort: *Pudelpower* aufgedruckt war. Elli schnäuzte sich die Nase und wischte sich die Augen.

»Geht es Ihnen nicht gut?«, fragte Matti.

»Ach, nix«, sagte sie. »Ich hab nur, also die Dosen ... und der Rudi hatte so viele gute Ideen ... das T-Shirt, das ist auch von ihm ... und jetzt ...«

Ich hielt es für angebracht, die Geschichte mit dem Knipser

zum Besten zu geben. Die hatte schließlich eine sehr gute Schlusspointe, wie ich fand, und es war nichts dagegen einzuwenden, meinen Einsatz in der Sache hervorzuheben.

Anfangs machte Elli auch große Augen und nickte. Herr Matti sortierte währenddessen die Hundeausstattung weiter. Ich fand, er hätte der Story ein bisschen mehr Aufmerksamkeit schenken können. Als ich endlich zum Grand Finale kam, also an die Stelle, wo ich ohne Rücksicht auf mein Selbstwertgefühl gesagt hatte *Was soll ich denn noch tun ...* und so weiter, flocht ich eine Kunstpause ein.

»Was hat er geantwortet?«, fragte Elli.

»Tja, das, was Männer eigentlich nur in schlechten Filmen antworten: Er forderte mich zu einem Quickie auf. Und jetzt bist du dran, Frau Ruschkowsky.«

»Ja, und?«, fragte sie. »Hast du?«

»Nein! Natürlich nicht!«

»Warum denn nicht?«

Ich schnappte kurz nach Luft. »Ts! Also, weil ... Weil du das viel besser kannst. Man sollte diese Spezialaufträge den Profis überlassen. Und du predigst doch immer das Gesetz des liegenden Gewerbes: Ohne Schein kein' rein.«

Elli setzte ihre aktive Masse in Bewegung und kam auf mich zu. Sie verschränkte die Arme vor der Brust und sagte: »Willst du mich verarschen, Maggie Abendroth? Du hast die Lösung vor deiner Nase und zierst dich wie'ne Jungfrau? Hast du mir nie zugehört, wenn ich dir was erklärt hab? Für zwei Minuten Schnabel auf, kannste von einem Mann alles haben. Alles!«

»Komm mal wieder runter!«

»Ja, was hast du denn dann gemacht?«, fragte sie mit schriller Stimme.

»Ich hab ihm genau dahin getreten, wo er es gern hat. Seine

Kronjuwelen scheppern bestimmt immer noch.«

»Oh mein Gott ... Rudi is' verloren«, stöhnte Elli und schlug die Hände vors Gesicht. »Nur, weil du ...«

»Hallo-o! Ich weiß, dass du ein paar Dinge etwas lockerer angehst als ich, aber du glaubst doch nicht im Ernst, dass ich dem Knipser ein Schäferstündchen schenke, damit Rudi aus dem Knast kommt. Da heiligt der Zweck die Mittel noch lange nicht. Mach mir nie wieder solche Vorschläge. Okay? Ich geb' ja schon alles ... na ja, fast alles ... Es gibt Grenzen, kapiert?«

Ich hatte den Eindruck, dass Ellis Kopf im Begriff war, auf die doppelte Größe anzuschwellen, und hielt nach einer Möglichkeit Ausschau, vor ihrem Wutanfall in Deckung zu gehen.

»Vielleicht wäre es besser gewesen, wenn ich mit ihm gesprochen hätte«, meldete sich Matti zu Wort.

Natürlich! Alles wäre besser, schneller, höher, weiter, wenn nur ich meine Finger nicht in die Angelegenheiten anderer Leute stecken würde. Ich warf meine feinsäuberlich nach Zentimetern sortierten Hundeleinen achtlos in eine Kiste zurück und blaffte Matti an: »Also ich glaube, Sie haben da was falsch verstanden. Der Knipser steht auf Frauen.«

Mattis tiefblaue Augen blitzten auf. Dann brach er in wildes Gelächter aus, und ich wusste nicht, vor wem ich mehr Angst haben sollte: vor Ellis Wut oder Mattis spontanem Heiterkeitsausbruch. Er lachte und lachte und ihm liefen die Tränen die Wangen hinunter. Und schließlich lachte Elli mit.

Ich konnte die beiden immer noch gackern hören, als ich schon draußen stand und meine Zigarette auf dem Bordstein austrat. Ich lief ohne rechtes Ziel vor Augen die Straße entlang. Nur weg von der irren Bagage. Wenn hier einer über mich lacht, dann nur ich!

Wo war meine innere Stimme, wenn ich sie mal dringend brauchte? Ich notiere mal eben deinen neuen Aschenputtel-Highscore, kam es aus den tiefsten Tiefen meines Inneren.

Wo stehe ich?

Du bist kurz davor, die Fünfhundert voll zu machen. Superleistung!

Vor der Litfaßsäule am Imbuschplatz verlangsamte ich meine Schritte. Irgendjemand hatte der Nachtigall mit dickem Filzstift eine Brille ins Gesicht gemalt. Sie erinnerte mich an jemanden – mir fiel bloß nicht ein, an wen. Ich holte meinen Kugelschreiber aus der Tasche und malte ihr das Doppelkinn wieder dorthin, wo der Knipser es wegretuschiert hatte. Wem sah sie denn bloß ähnlich?

Ich trug sehr schwer an meinem Aschenputtelkonto, als ich eine Stunde später wieder nach Hause kam. Das Gewicht drückte mich geradezu mit der Nase auf den Asphalt. Das Schaufenster vom *Schickobello* dagegen sah schon recht ordentlich dekoriert und aufgeräumt aus. Das Firmenschild hing draußen über der Eingangstür, und sogar die Beleuchtung funktionierte. Im Ladenlokal war niemand mehr. Ich rief nach Elli, bekam aber keine Antwort und ging in meine Wohnung. Kaum hatte ich meine Küche betreten, wurde ich von finsteren Blicken aus vier Augenpaaren regelrecht an die Wand genagelt.

»Wo ist Matti?«, fragte ich das Erstbeste, das mir in den Sinn kam.

»Nich' mehr da«, sagte Oma Berti. »Und wo warss du?«

»Echt, wir ackern uns hier durch die Rezepte ... du könntest ruhig mal ein bisschen Einsatz zeigen. Es ist schließlich dein Job«, sagte Mia.

»Ja, was denn nun?«, gab ich nicht eben freundlich zurück.

»Hundeleinen auspacken, Hundemäntelchen sortieren, die zehnmal mehr kosten als mein T-Shirt, den Knipser bequatschen, und, und, und ... Wisst ihr, wenn ich vier Arme hätte, würde ich in Indien im Tempel stehen und man würde mir täglich Blumen opfern. Oder?«

Elli guckte Berti mit hochgezogenen Augenbrauen an und sagte: »Kann es sein, dat dem Prinzesschen der Heiligenschein zu eng wird?«

Mia kicherte.

»Wie ich sehe, ist eure Moral ungetrübt. Ich brauche eine Pause.«

Ich ging ins Schlafzimmer und warf mich aufs Massagebett. Vielleicht würde ich beim Aufwachen jemand anderer sein. In einer anderen Stadt, mit einem anderen Namen, mit einem anderen Job, meinetwegen Gehirnchirurgin fürs Erste. Alles hätte ich sein wollen nur nicht Maggie Abendroth, deren Freunde sich über sie lustig machten. Sie konnten doch nicht jetzt schon wissen, was Seidel vor einer halben Stunde zu mir gesagt hatte?

»Frau Abendroth, ich weiß nicht, warum Sie mir das alles erzählen, und was es mit Rudi Rolinski zu tun haben sollte. Das klingt alles nach einer sehr versponnen Folge irgendeiner amerikanischen Serie. Ich weiß sehr genau, dass ich noch bei Verstand bin, was ich von Ihrem Geisteszustand nicht glaubhaft versichern könnte. Und jetzt bitte ich Sie, zu gehen. Und ich vergesse das Ganze am besten auf der Stelle.« Das hatte er vorhin zu mir gesagt, als ich ihm Informationen über die Machenschaften von Dimi und Stojko im Austausch zu Rudi Rolinski in Aussicht gestellt hatte.

»Dat Essen is fertich ...«

Ich fuhr von der Matratze hoch. Oma Berti, einen Holzlöffel in der rechten Hand, stand neben dem Bett.

»Essen? Was gibt es denn?«, fragte ich.

»Saure Nierchen ... dat passte ja wie Arsch auf Eimer. Da konnte der Herr Chefkoch ma gleich gucken, wie dat geht. So, und gezz ma fix rüberkommen, sonz wird dat kalt. Und der Winnie is' auch gleich da. Der will wat mir dir besprechen. Dringend.«

Es hätte nur halb so bedrohlich geklungen, wenn sie mal für eine Sekunde den Holzlöffel ruhig gehalten hätte.

Saure Nierchen und Winnie Blaschke. Ich wusste grad nicht, was schlimmer war, und ließ mich wieder in die Kissen zurückfallen.

»Wat is? Bisse beleidigt, weil'e widda mal den Helden gespielt has und keiner applaudiert?«

»Nein, ich hasse saure Nierchen. Und ich hasse sowieso im Augenblick den Geruch und den Anblick von Fleisch in jeder Darreichungsform. Du verstehst? Sag Raoul, er soll die Einkaufsliste schreiben, und wir treffen uns morgen um sieben Uhr bei Heibuch. Die Adresse hat er ja. Er soll vorm Büro auf mich warten. Und mach bitte das Fenster auf, damit der Geruch von den Nierchen weggeht.«

»Sach'ma, geht et noch? Du schmeißt uns raus? Ich helf dir, und du willz weiter anne Matratze horchen?« Der Holzlöffel tanzte noch wilder in der Luft herum.

»Berti, bei allen Heiligen der Innereienküche dieser Welt: Warum dieses blöde Catering an mir hängen geblieben ist, weiß der Geier. Ich weiß es nämlich nicht. Und was meine Bemühungen für Rudi betrifft: Findest du es wirklich so zum Lachen, dass ich dem Knipser ... du weißt schon ...«

»Oh, dat Frollein Kräutchen-rühr-mich-nich-an. Wir haben darüber gelacht, dat du geglaubt has, der Matti hätte vorgehabt, dem einen ... du weiss'schon wat ...«

»Ich hab keine Ahnung von finnischem Humor. Ich hab

schon die Filme der Leningrad Cowboys nicht verstanden. Aber ist mir sowieso egal, Berti. Ich bin einfach fertig. Mir reicht's.«

»Du bis irgendwie komisch«, sagte sie.

»Ach, noch komischer als sonst? Könnte es daran liegen, dass ich vor ein paar Tagen eine gegrillte Leiche zum Frühstück hatte?«

Berti kniff die Augen zusammen und sagte: »Na gut. Die Nierchen musse ja nich' essen, wenn dir dat Probleme macht.«

Kapitel 15

Die Nierchen blieben mir erspart, aber ich musste mir anhören, was Winnie zu sagen hatte, egal, ob es mir Probleme machte. Er saß schon im Wohnzimmer auf der kleinen Couch. Berti machte die Küchentür hinter sich zu. Ich war alarmiert – Winnie wollte keine Zeugen.

Um das Unvermeidliche noch ein paar Minuten hinauszuzögern, ging ich zum Kaminsims und schaute in jede einzelne der zehn Porzellandosen, entschied mich für das Rosenmuster und deponierte die andere Hälfte von Kai-Uwes Blutgeld darin. Dann setzte ich mich auf die Fensterbank, zog die Knie bis ans Kinn und drehte mir eine Zigarette. Mein Blick fiel auf die rote Mappe von Heibuch, die in einem durchsichtigen Plastikbeutel steckte und neben Winnie auf dem Sofa lag.

»Wären wir dann so weit, Frau Abendroth?«, sagte Winnie.

»Hast du die etwa einkassiert?«, frage ich.

»Was denn? Ach, die Mappe. Ja, ja. Raoul war so klug, sie mir zu geben. Aber eins nach dem anderen.«

»Ja, dann fang endlich mit eins an.«

»Du hast also heute Nachmittag den Knipser tätlich angegriffen.«

»Nein«, sagte ich mit fester Stimme. »Das war Notwehr. Ich habe mich sexuell belästigt gefühlt.«

»Aha«, sagte Winnie.

»Sag bloß, der hat mich angezeigt?«

»Nicht direkt. Seidel hatte noch was mit ihm zu klären, da hat er es beiläufig erwähnt. Aber deswegen bin ich nicht hier. Ich wollte mit dir vor allem über Dimitrije Martinovic und Stojko Konstantinovic, die Ex-Mitarbeiter von Heibuch, sprechen. Du hast dem Seidel erzählt, dass die mit dem Mord an

Heibuch zu tun haben könnten – und zwar mit an Sicherheit grenzender Wahrscheinlichkeit? Das waren deine Worte.«

Ja, das waren meine Worte gewesen. Ich hatte mich da wohl ein wenig in Rage geredet in der Hoffnung Seidel, einen dicken Köder hinzuhalten.

Ich paffte noch zwei Züge und beobachtete Winnie aus den Augenwinkeln.

»So«, sagte er.

»Ja. Die beiden haben Pommes verschoben. Im großen Stil. Die haben Günni Heibuch betrogen, und er ist dahintergekommen. Punkt. Und dann hat er sie rausgeschmissen. Und jetzt lassen sie Petra nicht in Ruhe, sondern versuchen, in aller Seelenruhe ihre Deals weiter durchzuziehen. Und wenn man es genau betrachtet, haben die beiden ein Motiv, Günni umzubringen. Der Klassiker. Chef wirft Mitarbeiter raus und die rächen sich.«

»Ah, ja. Klassiker, verstehe. Und wie nennst du jetzt deinen Vorschlag, Rudi gegen die Überlassung deiner Ergebnisse aus dem Kantinentratsch, denn mehr ist es ja wohl nicht, aus der U-Haft zu entlassen?«

»Eine dumme Idee?«

Winnie schlug elegant die Beine übereinander und guckte aus dem Fenster. Dann rief er: »Oma, kann ich noch so eine Portion Nierchen haben, bitte?«

»Willst du mich foltern?«

»So was in der Art. Ich verstehe echt nur Bahnhof, aber wenn du so wichtige Erkenntnisse gesammelt hast, die zu einer Verhaftung der beiden Kroaten ...«

»Serben.«

»Meinetwegen auch Serben, führt. Warum bin ich nicht der Erste, der es erfährt?«

Berti kam mit einem dampfenden Teller herein, drückte

ihn Winnie in die Hand und verschwand wieder in die Küche. Sofort verbreitete sich der säuerliche Geruch im Raum. Ich riss ein Fenster auf. Doktor Thoma sprang ins Zimmer und setzte sich neben Winnie auf die Sofalehne. Er beobachtete, wie ein Bissen nach dem nächsten in Winnies Mund verschwand. Doktor Thomas Hals wurde lang und länger.

»Hm lecker ... Okay, ich kriege also keine Antwort. Dann mache ich mal weiter ... Und diese Mappe, die Raoul mir eben netterweise gegeben hat, Mappe mit Blutspuren, um genauer zu sein, hast du aus Racic' Büro mitgehen lassen. Vermutlich auch, um sie mir nicht zu geben.«

»Ich habe gar keine Veranlassung, dir die bewusst nicht zu geben. Du brauchst die einfach gar nicht. Da ist Schweineblut oder was drauf, weil der Günni immer alles in der Küche hat rumliegen lassen. Ich hab sogar mal einen ganzen Packen Menükarten aus der Mousse au Chocolat geholt. Frag mal die anderen Mitarbeiter.«

»Werde ich«, sagte Winnie und schob sich noch einen Happen in den Mund. Doktor Thomas Pfote näherte sich Millimeter für Millimeter dem Teller. Als der Kater zulangen wollte, zog Winnie den Teller weg. Doktor Thoma verlor das Gleichgewicht und schmierte ab. Er rappelte sich wieder auf und duckte sich knurrend hinter dem Sofa.

»Raoul hatte heute Nachmittag zu viel Cognac drin und ist wegen den Blutspritzern total ausgeflippt. Das ist alles«, erklärte ich. »Und überhaupt! Was soll denn Racic mit dem Tod von Heibuch zu tun haben?«

»Das werden wir ja sehen. Ich nehme die Mappe mit, um sie überprüfen zu lassen. Denn es hat sich mittlerweile herausgestellt, dass Günter Heibuch in seinem Grillzelt am Abend seines Todes von diversen Personen besucht worden ist.«

»Ach, und wer war da?«, fragte ich.

»Diverse Personen. Mehr kann ich nicht sagen.«

»Mein Gott, hört sich ja an, als wäre es im Zelt zugegangen wie auf dem Hauptbahnhof.«

»Was die Sache erschwert. Ich hab Karin und Peter zu Racic geschickt, um ihn zu befragen, ob er dort war. Und nicht zuletzt würde ich gerne wissen, wie Heibuchs Mappe, die du ja einwandfrei identifiziert hast, in Racic' Büro gelangt ist. Kann harmlos sein, muss aber nicht.«

»Vermutlich waren sämtliche Mitarbeiter von Heibuch im Zelt auf dem Mittelaltermarkt. Die waren alle ganz aufgeregt wegen der Aktion. Und Aufbauhelfer und, und, und ... ach, ja. Ich war nicht da. Weil ich beim Aufbau nicht geholfen habe.«

»Wie schön für dich«, sagte Winnie. »Sag mal, sprechen Dimi und Stojko eigentlich Deutsch mit Akzent?«

»Warum?«

»Weil zwei Männer beschrieben worden sind, die in der Tatnacht nach dem Heibuch-Zelt gefragt haben.«

»Ach, sieh mal an, Herr Kommissar.«

»Genug gefreut, Maggie. Krieg ich eine Antwort, oder muss ich dich vorladen?«

»Wenn sie richtig witzig sein wollen, reden die wie Erkan und Stefan, aber eigentlich sprechen sie ganz normal Ruhrpott, na ja, mit ein bisschen Akzent.«

Winnie guckte regelrecht durch mich hindurch.

»Hallo, Herr Kommissar? Was ist jetzt mit Dimi und Stojko?«

»Was? Nichts. Ich werde sie überprüfen wie die anderen auch, bevor mir Seidel die beiden vor der Nase wegschnappt. Ich frage mich nur, warum sich der Mörder so große Mühe macht, die Leiche zu grillen, und dann vergisst, die Tatwaffe ins Feuer zu werfen. Einer von den dreibeinigen Hockern. Er lag neben dem Feuerbecken.«

»Sind Fingerabdrücke dran?«

»Nein, nach dem Brand kann man kaum welche verwerten.«

»Schade«, sagte ich.«

Ich zündete mir noch eine Zigarette an. Winnie schüttelte missbilligend den Kopf.

»Ja, was denn, Herr Kommissar? Mit irgendwas muss ich gegen die sauren Nierchen doch anstinken.«

Doktor Thomas' Schwanzspitze tauchte neben dem Sofa auf. Winnie stellte den Teller auf dem Boden ab, und der Kater stürzte sich darauf, nur um festzustellen, dass er leer war. Er ließ ein langgezogenes *Maooooo* hören und sprang auf den Fernseher, wo er sitzen blieb, steif wie eine Buchstütze – ein Mahnmal der Missbilligung.

»Sag mal Winnie, du hast doch nicht etwa jemanden aus der Firma in Verdacht?«

»Bis jetzt bist sogar du verdächtig. Na ja, du weißt, was ich meine.«

»Nein, weiß ich nicht. Aber nur, um dich von mir abzulenken: Ich glaube, dass die Firma in finanziellen Schwierigkeiten steckt.«

»Tut sie das?«

»Nix Genaues weiß ich nicht. Aber Petra drückt auf die Tränendrüse, schwört das Team ein, appelliert an alle, wir müssten durchhalten und so weiter ... Dabei haben die drei Läden am Laufen. So übel kann es doch gar nicht aussehen. Und bestimmt hatte Günni eine Lebensversicherung.«

»Miss Marple, wir arbeiten dran. Was aber nicht ganz einfach ist. Die Buchhaltung ist ein einziges Chaos.«

»Wie jetzt? Gudrun müsste doch ... Die macht doch die

Bücher, und die ist doch immer so pingelig. Ich kann mir auch nicht vorstellen, dass Dennis als Juniorchef ... oder Petra ... also, dass die keine Ahnung von den Finanzen der Firma haben.«

»Es ist nicht immer das, was man sieht, das spannend ist. Mehr so das, was man nicht sieht. Jedenfalls gibt es jede Menge Fragen, was die Buchführung angeht. Unsere Finanzmänner kümmern sich drum. So – ich geh dann mal.«

»Moment, ich brauch die Mappe ... ohne die bin ich aufgeschmissen.«

Winnie zog ein paar Gummihandschuhe aus der Hosentasche und streifte sie über. Dann holte er die Mappe aus der Plastikhülle, schlug sie auf und hielt mir eine Seite hin: »Guck mal. Ich will ja nicht, dass ihr zuwenig berechnet. Aber nicht anfassen.«

»Ich such mal eben was zu schreiben ...«

»Nicht nötig, lies einfach.«

Beinahe wäre ich vor Staunen vom Fensterbrett gekippt – und es hätte bestimmt nicht so elegant ausgesehen wie Doktor Thomas Flugübungen.

Ein Sponsoringvertrag in Höhe von 12.000 Euro mit Racic-Entertainment, in dem Günni Heibuch unterschrieben hatte, die Kosten für die komplette Sause am Kemnader Stausee auf seine Kappe zu nehmen, also zu bezahlen, aus eigener Tasche – für Schiff, Catering, Personal, Limousine für die Diva etc. pp. Dafür würde die Fahne von Heibuch-Catering während der Fahrt gehisst, und es würde Erwähnungen inkl. Fotos in nicht näher benannten Medien geben.

»Das ist der übelste Sponsoring-Vertrag, den ich je gesehen habe.«

»Das dachte ich mir«, sagte Winnie.

»Bei den Geschäftspraktiken wäre es doch kein Wunder, wenn die Firma pleitegeht«, sagte ich. Das Image des geschäftstüchtigen Hans Dampf in allen Gassen, das Günni Heibuch vor sich her getragen hatte, bekam soeben noch ein paar Risse mehr.

»Ich muss das Petra sagen. Oder? Wir machen die ganze Arbeit für null Geld?«

»Sieht so aus.«

»Die Chefin fällt tot um, wenn sie das erfährt.«

»Von dir nicht!«, wurde ich von Winnie ermahnt. »Vergiss nicht, du weißt davon nichts. Du hast diese Mappe nie gesehen. Wenn einer mit ihr darüber spricht, dann ich.«

»Das ist doch alles mehr als seltsam, Winnie.«

»Na ja, am Anfang ist es das immer. Man muss das ganze Bild sehen.«

Was ich ja nicht kann, wie alle Welt mittlerweile weiß, dachte ich und blies ein paar Rauchkringel in die Luft.

»Ich muss noch mal auf deinen Ex zurückkommen«, sagte Winnie.

»Ich dachte, damit wären wir schon durch. Wolltest du nicht grad ganz dringend gehen?«

»Ein paar Minuten hab ich noch«, sagte er und lehnte sich auf dem Sofa zurück. »Erzähl mal.«

»Da gibt es nix zu erzählen. Es war peinlich, und das reicht.«

»Elli hat berichtet, du hättest nicht genug Einsatz gezeigt«, sagte Winnie und grinste.

»Was soll ich denn machen? Verflucht noch mal!«

»Den Dingen ihren Lauf lassen. Doktor Herzig wird bald da sein – dem fällt bestimmt was ein. Ich hab jedenfalls erst mal den Chip aus der Kamera einkassiert – also mit den Fotos, die der Knipser auf dem Markt gemacht hat. Freude sieht anders aus, kann ich dir sagen.«

»Und das, meinst du, hilft Rudi weiter?«

»Nicht direkt. Ich dachte, du freust dich, dass ich deinen Ex ein bisschen ärgere. Und was Rudi weiterhelfen würde, wäre eine Amnesie aller Beteiligten, wenn du mich fragst.«

»Wo kriegen wir die jetzt so schnell her?«

»Du bist hier die Drehbuchautorin und für hanebüchene Ideen zuständig. Ich werfe diese Mappe heute Abend noch im Labor ab. Du machst mit Raoul ein Supercatering. Oma hat dem Adepten die komplette Weihe auf die Ruhrgebietsküche gegeben. Ihr macht das schon.«

Winnie stand auf und streckte sich. Dabei rutschte sein Hemd aus der Hose und gab den Blick auf sein tadelloses Sixpack frei.

Ich starrte aus dem Fenster.

»Alles okay?«, fragte Winnie.

»Nee. Ich hab heute ein Händchen dafür, mich alle Nase lang komplett zum Affen zu machen. Das ist anstrengend.«

»Dann nimm dir morgen eine Auszeit und mach zur Abwechslung mal was Vernünftiges.« Winnie ging hinaus, und kaum war die Wohnungstür ins Schloss gefallen, kam Elli ins Wohnzimmer und setzte sich auf die Couch.

»Du musst das jetzt mal lassen«, sagte sie ohne Vorwarnung.

»Du machst alles nur noch schlimmer, wenn du dich immer einmischt.«

»Ach, plötzlich!?«

Wie auf Stichwort steckte Raoul den Kopf durch die Tür und winkte mit einem großen Packen beschriebener Zettel. »Adèu, bisse morgen um ssieben.«

»Okay, Raoul. Hast du schon die Einkaufszettel geschrieben?«

»Sicher hat er dat«, krähte Oma Berti dazwischen. »Wir gehn gezz. Komm, Mia.«

Die Wohnungstür fiel zu. Ein paar Minuten später hörte

man den Motor von Oma Bertis Mercedes aufheulen. Elli blieb auf dem Sofa sitzen.

»Kann ich noch was für dich tun?«, fragte ich und gähnte demonstrativ.

»Nee. Ich bleib hier einfach noch'n bisschen sitzen und guck in'n Garten, damit mein Schätzken nicht so alleine is'.«

»Bitte, wenn du willst.«

»Ich wollte eigentlich noch vor dem Wochenende den Laden aufmachen. Aber wo der Rudi nicht da is', komm ich nich' so schnell voran. Wird wohl Montag oder Mitte nächster Woche werden. Und ich brauch Ersatz für die Jaqueline. Die Doofnuss.« Elli seufzte, stand vom Sofa auf und stellte sich ans Fenster. Ein leises Klirren kündigte die Ankunft der nächsten Bahn an, die wenige Sekunden später vorbeirauschte.

»Warum kaufst du dir denn keinen neuen Hund?«, fragte ich.

»Weil das eben nich' das Schätzken wäre. Das wär' doch ungerecht dem neuen Hund gegenüber, oder? So lange man trauert, is' eben kein Platz für was Neues. Ein neuer Hund wäre jetzt nur Lückenbüßer. Müsstest du doch am besten verstehen.«

»Wieso? Ich hab doch gar keinen Hund.«

»Du bist doch mit deinem Ex noch lange nicht fertig, sonst würdest du doch Matti endlich mal eine Chance geben. Ich hab drüber nachgedacht. Ich finde dat ganz gut, dass du auf seine Avancen nich' drauf eingehst. Wäre ja auch ungerecht. Der Matti taugt nich' für'n Lückenbüßer. Der is'n Supertyp. Ich hoffe, du bis' dir dadrüber im Klaren.«

Elli guckte mich durchdringend an. »Ich sehe schon, du bis dir über gar nix im Klaren – und du kriegst es einfach nur nich' mit.«

Natürlich merkte ich, dass Matti mich mochte – ich hätte ja

tot und verwest sein müssen, um es nicht zu merken. Und ich mochte ihn sogar auch ... Aber das Problem, und seltsamerweise ging mir just in diesem Augenblick ein Licht auf, war nicht zwingend der Knipser, sondern viel eher mein Aschenputtelkonto.

»Hallo, Frau Abendroth ... ich geh jetzt und kümmer' mich selber ... Du kriegst ja wirklich nix mehr mit.«

»Ich krieg alles mit, Elli«, versicherte ich. »Wirklich.«

»Ja, dann komm. Worauf wartest du noch?«

»Was? Wohin mitkommen?«

Elli ging in den Pudelsalon, kramte in den Schubladen herum und kam sofort wieder zurück. Sie hatte sich eine pinkfarbene Tasche mit einem goldenen Pudelmotiv darauf unter den Arm geklemmt. »Und was hast du vor?«

»Herrschaften! Hab ich dir doch grad erklärt: Ich geh jetzt zu Seidel und tausche das Überwachungsvideo aus. Keine Beweise, keine Klage, oder?«, erklärte sie.

»Wie denn austauschen? Willst du ihm einen Porno ins Regal stellen?«

»Nee. Ich hab da ein Lehrvideo. Pudeltrimmen. Ich finde, das passt.«

Zugegeben, ich hatte in den letzten paar Minuten offensichtlich ein paar entscheidende Informationen doch nicht mitbekommen.

»Bist du meschugge? Außerdem nützt es gar nichts – Rudi hat doch gestanden!«

»Die Argumentation überlass ich mal dem Herzig – der biegt das schon wieder hin. Ich kümmere mich um die Hardware, verstehst du? Immer schön eins nach dem anderen.«

»Und wenn sie dich erwischen? Glaubst du, Doktor Herzig könnte dich dann da rausquatschen? Der kann ja viel, aber ...«

Elli ging nach draußen, überquerte die Straße und ging

schnellen Schrittes in Richtung Imbuschplatz. Sie nahm mächtig Fahrt auf – wie ein rollender Panzer in Pink strebte sie unaufhaltsam vorwärts. Ich ließ die Haustür zufallen und rannte hinter ihr her. Als sie den Westring überquerte, rief ich atemlos: »Und wie willst du ohne Anmeldung ins Präsidium reinkommen? Ich werde ja mittlerweile durchgewinkt. Aber du?«

»Deswegen nehme ich dich ja mit«, rief sie. Elli war schon auf der anderen Straßenseite. Die Fußgängerampel sprang auf Rot. Ich stand am Bordstein und wusste nicht, ob ich lachen sollte. »Elli, das ist eine ausgemacht dämliche Idee. So dämlich ...«, rief ich über die Straße.

Ein paar Autos sausten vorbei und hupten. Elli zeigte ihnen den Stinkefinger. »Dann schlag doch was anderes vor, Prinzesschen!« Die Fußgängerampel sprang auf Grün, aber ich ging nicht hinüber. »Das ist so dämlich ... ich fass es gar nicht.«

»Das sagtest du schon, Prinzesschen. Du hast nix erreicht. Also, mach' ich es jetzt auf meine Art. Und das Einzige, worum ich dich bitte, ist mitzukommen. Ein bisschen Schmiere stehen. Das ist alles. Den Rest erledige ich.«

»Wir könnten doch zusammen zum Knipser gehen. Ich schätze, der wohnt neben der Kongresshalle im Hotel. Und dann rede du doch mal mit ihm ... oder biete ihm was an. Ich meine ...«

Elli holte mit der Pudeltasche aus. Ich zog den Kopf ein, obwohl die Chance sehr gering war, dass sie mich auf die Entfernung treffen konnte. Anstatt die Tasche zu werfen, knallte sie sie wütend aufs Pflaster und schrie: »Soll ich deinem Ex einen Blowjob anbieten? Ist es das, was du sagen wolltest? Weil es mir nix ausmacht? Weil ich es jahrelang gemacht habe? Kommt auf einen mehr oder weniger nicht an, denkst du? Ja, denkst du das?! Häh?! Du laberst so eine Scheiße daher, dass ich mich wundere, warum dich noch keiner entsorgt hat. Was glaubst du eigentlich, wer du bist?!«

Na gut, Elli Ruschkowsky. Was glaubst du eigentlich, wer du bist?

Ich drehte mich um und schaffte exakt zwei Schritte in die entgegengesetzte Richtung. In einem beleuchteten Werbekasten zog ein neues Plakat auf. Die Nachtigall grinste mich an und irgendwie hatte ich das Gefühl, dass der Knipser mich noch bis ans Ende aller Tage verfolgen würde. Es reichte nicht, dass er in Köln wohnte und ich in Bochum, fast hundert Kilometer weit weg. Unsere Wege kreuzten sich immer wieder. Immer würde es etwas geben, das mich an ihn erinnerte: eine Modestrecke in einem Magazin oder eben, wie jetzt, ein dämliches Porträt, das er geschossen hatte und das mich von einer Hauswand herunter anstarrte. Das Schlimme daran war: Es machte mir etwas aus. Und warum tat es das? Liebte ich ihn denn immer noch? Das konnte nicht sein. Nach allem, was passiert war, durfte das einfach nicht der Grund sein. Und nach allen Regeln der Küchenpsychologie war es das auch nicht. Du kannst das Spiel nicht gewinnen. Also ist deine einzige Rettung: Spiel das Spiel nicht mehr mit.

Ich drehte mich um. Auf der anderen Straßenseite stand eine Frau, die sich vorgenommen hatte, ein neues Leben anzufangen und die sich dazu ausgerechnet in Rudi Rolinski verlieben musste.

»Elli!«, rief ich. »Elli, warte. Du darfst das nicht tun. Bitte, komm zurück.«

Die Ampel wurde grün. Elli stand da, ihre Pudeltasche unter dem Arm.

Das rote Männchen leuchtete auf. »Und warum nicht?«

»Weil es nicht funktioniert. Deine Aktion hat nicht mehr Hirn als Rudis Aktion, die Reifen zu klauen. Lass bitte den Unsinn.«

Das grüne Männchen leuchtete auf, aber Elli zögerte. Dann, als die Ampel wieder auf Rot sprang, marschierte sie hoch erhobenen Hauptes über die Straße. Ein Autofahrer hupte. Elli zeigte ihm ihr Hinterteil und wackelte aufreizend vor seinen Scheinwerfern damit herum. Mir kam es so vor, als bräuchte sie vierzig Ampelphasen, um endlich auf der anderen Straßenseite anzukommen.

»Willst du eine Wurst?«, sagte ich. »Ich geb' einen aus.«

»Nee«, antwortete Elli. »Mir is' der Appetit vergangen.«

Das war der Moment, wo ich wirklich anfing, mich zu fürchten. ›Elli hat keinen Appetit‹ ist ungefähr so gefährlich wie: ›Olaf hat Husten‹.

Kapitel 16

Pünktlich um 7 Uhr marschierten Raoul und ich in Gudruns Büro, um unsere Arbeit aufzunehmen. Ich fühlte mich matt und ausgelaugt. Bis drei Uhr in der Früh hatte ich Elli beim Einräumen im *Schickobello* geholfen, hatte gefühlte 180 Mal *Swordfish Trombones* von Tom Waits gehört und war schließlich halb taub ins Bett gefallen. Da half mir auch der Gedanke nicht, dass ich Elli vor einem großen Fehler bewahrt hatte. Nach allem, was man so hörte, sollen sich gute Werke nachhaltig positiv auswirken – merken konnte ich allerdings davon noch nichts.

Als Gudrun den Blick von ihrem Computerbildschirm hob und in die schwarzen Augen von Raoul blickte, fing ihr linkes Augenlid an zu zucken. Er begrüßte sie überschwänglich und stellte sich formvollendet auf Katalanisch vor, um dann nahtlos in sein putziges Deutsch zu verfallen. Gleich macht er noch einen Kniefall vor ihr, und Gudrun wird überzeugt sein, einen spanischen Grande vor sich zu haben, dachte ich. Den Kniefall brauchte es gar nicht, denn als sie endlich begriff, dass nicht ich, sondern der Aushilfs-Banderas das Regiment für die Schiffsparty übernehmen würde, fiel sie vor Begeisterung beinahe in Ohnmacht und hauchte: »Wenn Sie noch ein Kochbuch mit Ruhrgebietsrezepten brauchen, ich habe zwei zu Hause.«

Raoul lächelte sie an und sagte: »Iss habe alless, kein Problem.«

»Ja, dann«, sagte Gudrun mit einem Trällern in der Stimme, »kann ich Ihnen ja die Küche zeigen.«

»Um eure Flirterei mal kurz zu unterbrechen, Gudrun – ich brauche Geld für den Einkauf und den Ausweis für den

Großmarkt, und die Küche zeige ich ihm. Du hast bestimmt jede Menge anderen Kram zu tun«, sagte ich.

Der Knall, mit dem ihre rosa Seifenblase zerplatzte, war wahrscheinlich bis Dortmund zu hören.

»Wie viel Geld brauchst du denn?«, fragte sie mit genervtem Unterton.

»Siehst du, wenn ich die Kalkulation hätte, dann wüsste ich das. Lass mich mal im Computer gucken, vielleicht hat Günni da was abgespeichert.«

»Nein«, sagte sie bestimmt, und war kurz davor, sich schützend über ihren Rechner zu werfen. »Ich hab schon alles durchgeguckt, hab ich doch gesagt.« Sie setzte ihre Brille auf die Nase und schob ein paar Blätter auf ihrem Schreibtisch hin und her. Dann zog sie ein Blatt Papier unter der Schreibtischunterlage hervor. »Aber das hier ist heute morgen im Fax gewesen. Ich darf dir das eigentlich gar nicht zeigen ...«

»Und warum tust du es dann?«

»Ja, ich weiß nicht ... das ist der Vertrag mit Racic-Entertainment. Ist seltsamerweise heute erst bestätigt worden. Ich weiß es auch nicht. Ich dachte, das wäre schon längst passiert.«

Jetzt war ich an der Reihe, ziemlich sparsam dreinzuschauen. Sie schob mir das Blatt hin. Vor mir lag ein Cateringvertrag über die Summe von 11.250 Euro plus Mehrwertsteuer, zahlbar sofort und ohne Abzüge an *Heibuch Catering*.

Wie konnte das jetzt sein? Ich hatte doch mit eigenen Augen den Vertrag gesehen, den Günni Heibuch unterschrieben hatte.

»Tja, Gudrun, das ist nett, dass du mir das zeigst, aber eine Kalkulation ist das noch lange nicht ...«

Raoul trat vor und legte drei sauber ausgedruckte Seiten auf den Schreibtisch. »Ich habe mir erlaubt, eine Buffet ssusammenssustellen auf die Basis von die Wunsche von Herr

Racic und Madame La Rose. Bitte ssehr – und hier isse die Kalkulssion. Schreibefehler bitte ssu entschuldigen. Aber Zahle sstimme.«

Gudrun schob ihre Lesebrille auf ihre Nasenspitze und las. Nach ein paar Minuten nahm sie die Brille wieder ab und sagte in sehr geschäftsmäßigem Ton: »Das ist perfekt. Die Chefin ist nicht da, aber ich kann aus eigener Erfahrung sagen, dass das soweit in Ordnung ist. Nur eines: Die Wurst und Fleischwaren bekommen wir aus unserer eigenen Metzgerei. Die Summe nehme ich heraus. Das wird innerbetrieblich verrechnet. Ich gebe der Metzgerei gleich die Bestellung durch, dann ist alles in der Küche, wenn Sie vom Einkauf wieder da sind. Da haben Sie weniger Arbeit.«

Gudrun und Raoul strahlten sich an. Und sie strahlte immer noch, als sie ins Hinterzimmer ging, in dem der Tresor für das Bargeld stand. Sorgfältig schloss sie die Tür hinter sich. Die Buchhalterin duldete keine Zeugen, wenn sie den Safe öffnete. Wir warteten. Und warteten. Gudrun kam nicht zurück.

Raoul flüsterte: »Wasse machte ssie?«

»Ich weiß es nicht«, sagte ich und rief laut: »Gudrun? Kommst du noch mal zurück?«

Wir bekamen keine Antwort. Ich legte mein Ohr an die Tür – nichts. Ich klopfte und rief wieder nach ihr. Sie war doch wohl nicht durchs Hinterzimmer durch den Flur in die Metzgerei gerannt, um Fanny und Doro von dem neuen Wunderkoch zu erzählen? So viel Zeit hatten wir leider nicht. Ich drückte die Klinke herunter und ging hinein.

Gudrun kniete vor dem Tresor und zitterte am ganzen Körper. Ich hockte mich neben sie und rief nach Raoul. Er kam sofort herein, und wir packten das Bündel Elend und hoben es hoch. Gudrun schnappte nach Luft und kreischte plötzlich: »Das Geld ist weg!« Sie wies mit zitternder Hand auf den Tresor. »Weg, es ist weg!«

Ich ließ Gudrun los, die halb in Raouls Arme sank, und schaute selbst nach. Ein paar Papiere waren noch da, aber von Geld keine Spur.

»Da war eine rote Tasche von der Sparkasse! Die ist nicht mehr da«, erklärte sie mit erstickter Stimme.

»Wie viel war drin?«

»Fünfzehntausend Euro ... Oh mein Gott, was mach ich denn bloß?«

»Wir rufen erst mal Petra an. Vielleicht hat sie das Geld gebraucht und hat es rausgenommen. Und vielleicht hatte sie keine Zeit, dir das zu sagen«, sagte ich.

»Nein ... das kann nicht sein ...«, schluchzte sie.

»Und warum nicht? Gudrun, jetzt beruhige dich mal, bevor du komplett überschnappst.«

»Petra hat die Kombination gar nicht. Die haben nur der Dennis, der Günni und ich. Jemand hat das Geld gestohlen. Wir müssen die Polizei anrufen.«

»War der Tresor denn offen? Ich meine, als du ins Zimmer gekommen bist?«

»Nein, der war zu.«

»Dann hat es offensichtlich jemand geholt, der die Kombination kennt!«

»Äh ... Maggie«, flüsterte Raoul, »dasse Gunni isse tot und das Dennis in de Hospitale ...«

Gudrun guckte Raoul an und kniff die Augen zusammen. »Aber das ... das ... würde ja heißen, dass ich das Geld gestohlen habe.«

»Das würde es heißen«, sagte ich. »Wir rufen die Polizei.«

»Ich war in den letzten Tagen nicht am Safe!«, schrie sie mit sich überschlagender Stimme. Ihre Brillengläser beschlugen.

Raoul tätschelte ihr den Rücken. Ich ging zurück ins Büro und wählte Winnies Handynummer. Er nahm sofort ab. Ich kam eben noch dazu, meinen Namen zu sagen, da unterbrach er mich schon. »Wir sind sowieso auf dem Weg. Bin in fünf Minuten da.«

»Willst du gar nicht wissen, was passiert ist?«

»Äh, doch ... was ist passiert?«

»Der Safe ist leer geräumt worden.«

»Okay.«

»Das ist alles? Okay?«

»Ist Dennis Heibuch zufällig in der Nähe?«, fragte Winnie.

»Nein ... der ist doch im Krankenhaus ...«

Raoul schob Gudrun ins Büro.

»Gudrun! Ist Dennis hier? Oder hier gewesen?«, fragte ich.

Sie schüttelte den Kopf.

»Ist er nicht, Winnie, wieso?«

»Bis gleich. Wenn er auftauchen sollte, halt ihn fest.«

Er hatte aufgelegt. Also war Dennis nicht mehr im Krankenhaus? Sollte es das bedeuten?

»Die Polizei ist gleich hier. Kommissar Blaschke kommt selbst«, sagte ich. Gudrun sackte auf ihrem Stuhl zusammen.

»Was mache wir mit Einkauf?«, fragte Raoul. »Esse isse sspät.«

»Ich weiß es nicht«, sagte ich. »Auf Winnie warten ...«

Raoul schnaubte.

»Gudrun!«, sagte ich und rüttelte an ihrer Schulter. »Bitte! Ruf Petra an – du musst ihr sagen, was passiert ist ... und sie muss Geld besorgen. Oder haben wir eine Kreditkarte für die Metro, die wir mitnehmen können?«

»Die Petra ist nicht da ... und, und ... Die Kreditkarte ist gesperrt.«

»Können wir Geld bei der Bank holen? Ich meine, kannst *du* Geld bei der Bank abheben?«

»Nein. Es ist nichts mehr da ...«, sie schlug die Hände über dem Kopf zusammen und schluchzte.

Ratlosigkeit traf es nicht ganz, was mich überkam. Ich würde es eher schon als blankes Entsetzen beschreiben.

»Keine Geld?«, fragte Raoul.

Gudrun schüttelte den Kopf. »Aber ... aber ... ich habe eine Idee.« Sie nahm den Telefonhörer.

»Wen rufst du an?«

»Es muss von gestern Abend noch Wechselgeld in den Kassen von der Metzgerei und dem Pommes King sein. Vielleicht fünfhundert Euro zusammen. Da könntet ihr doch ...«

»Gute Idee ... Und was ist mit Petra? Die muss doch erfahren, was hier passiert ist.«

»Ich weiß nicht, wo sie ist. Ich wollte vorhin schon mit ihr sprechen, wegen Günnis Beerdigung, da war ein Anruf auf dem Anrufbeantworter von der Rechtsmedizin ... also ... sie ist nirgendwo aufzutreiben ...«

»Warst du oben in der Wohnung? Wo ist denn Wolfi? Die lässt den doch nicht alleine?«

»Wolfi ist da. Ich hab ihn geweckt ... vorhin. Er geht dann gleich erst mal in die Metzgerei.« Sie versuchte zu wählen, aber ihre Hände zitterten so sehr, dass ich für sie die Nummer vom Laden wählte, bevor ich mit Raoul in die Cateringküche ging, um ihm alles zu zeigen.

Die Küche war von Wolfi am Vortag nach dem Motto ›Rund und eckig‹ sortiert worden.

»Damit musst du dich abfinden«, erklärte ich. »Wolfi ist ein bisschen gaga, aber er darf das. Wenn du wissen willst, wo irgendwelche Sachen sind, frag ihn einfach. Er ist sehr auskunftsfreudig.«

Raoul guckte auf die große Küchenuhr. »Wir verliere Sseit.

Was isse dasse für ein Firma? Sssrecklich.«

»Ich kann es nicht ändern. Wenn du aussteigen willst, bitte sehr. Jetzt wäre der beste Zeitpunkt zu gehen«, schlug ich vor. Raoul baute sich vor mir auf und legte den Kopf schief.

»Was? Was soll ich dir noch sagen, Herr Superkoch?! Jemand hat den Tresor leer geräumt, und Dennis ist nicht mehr im Krankenhaus. Winnie sucht ihn. Geld weg. Dennis weg. Das kann ja nach allen Regeln der Logik nur bedeuten: Dennis ist mit dem Geld weg.«

Raoul nickte. »Sssso! Was du fassels von gehe? Iss gehe nisse weg. Iss bin de Kuchenscheffe! Wir musse das Boot angucken. Und wir musse ssu de Grossmarkte«, sagte er und marschierte ins Lebensmittellager. Dort inspizierte er die Vorräte und notierte sorgfältig, was alles vorhanden war und was noch eingekauft werden musste.

»Danke«, sagte ich.

»Du kannst bedanke morgen Nacht, wenn allesse isse vorbei. Und jetzt – wir arbeiten!«

Es klang einfach und vielleicht war es das auch, weil es das Vernünftigste von der Welt war. Wer auch immer das Geld gestohlen hatte und warum – Winnie würde sich darum kümmern müssen, weil es sein Job war. Und wir würden uns um das Catering kümmern, weil es unser Job war. Alles dazwischen passte nicht mehr in unseren Zeitplan.

Drei Stunden später hatten wir unsere Aussage gemacht, waren, ausgestattet mit 500 Euro Wechselgeld und 250 Euro aus Gudruns Portemonnaie, beim Großmarkt gewesen und hatten es sogar noch geschafft, die MS Nachtigall in Augenschein zu nehmen. Raoul war schnaubend wie ein wilder Stier durch den Großmarkt gehechtet; hatte alles effizient und ohne Zeitverzögerung eingekauft und in den Wagen geladen. Auf dem Schiff hatte er die Pantry inspiziert, die Lagermöglichkeiten, die Wasseranschlüsse und den Platz in den Kühlschränken. Er hatte kurz gegrunzt und sich mit Handschlag vom Kapitän verabschiedet. Keine zehn Minuten später waren wir dann wieder in Richtung *Heibuch-Catering* unterwegs gewesen. Dort hatte er die Küche in Beschlag genommen, ohne auch nur einen Blick nach links oder rechts zu werfen. In null Komma nichts war die Lieferung aus der Metzgerei begutachtet, sortiert und die Arbeit an Wolfi und mich verteilt worden. Zur Hebung der Kampfmoral lief die CD der Nachtigall. Wolfi gefiel der neue Kollege ausgesprochen gut, und er sang mit ihm um die Wette, während er die Blätterteigpastetchen vorbereitete, in die später winzig kleine Königsberger Klopse gefüllt werden sollten. Abgesehen davon, dass Wolfi den Vormittag damit verbracht hatte, seinen ›Plastiktag' auszuleben, machte er einen sehr aufgeräumten Eindruck.

Ich war zu niederen Arbeiten eingeteilt worden: schälen, putzen, pellen, schneiden. Wenn ich mit den gefühlten 8.000 Tonnen Schnibbelbohnen für den Eintopf fertig wäre, stand für mich der nächste Punkt auf dem Küchensklavenprogramm: Kartoffeln für die Reibekuchen schälen. Mein Hinweis, dass es im Großmarkt fertige Reibekuchenmasse in großen Plastiksäcken gab, war von Raoul konsequent überhört worden. Mein letzter Versuch: »Aber der Günni hat das immer damit gemacht, wenn die Zeit knapp war«, war von Raoul torpediert worden. »De Günni isse tot ...«, hatte er gesagt und noch einen Riesensack Kartoffeln auf den Einkaufswagen geworfen.

»Darf ich wenigstens das Schnitzelwerk zum Kleinmachen nehmen?«

»Besser. Hab isse keine Interesse auf Blut in de Reibkuche.«

Bis zum späten Mittag hatten wir den Zeitplan beinahe wieder im Griff und waren auf dem besten Weg, alles, was für diesen Tag auf dem Programm stand, auch zu schaffen.

Gudrun hatte sich nach ihrer Vernehmung im Büro verschanzt und wartete auf die Ankunft von Petra. Wie sagt man einer Frau, die eben erst auf so grausame Art und Weise ihren Mann verloren hatte, dass das letzte Firmengeld auch noch gestohlen worden war? Ich wollte nicht in Gudruns Haut stecken und war froh, dass wir uns hinter unseren Kochtöpfen verschanzen konnten. Zum ersten Mal in meinem Leben empfand ich eine Küche als Hort der Sicherheit – und nicht als Minenfeld hausfraulicher Verstrickungen, denen ich, wie ich genau wusste, nicht gewachsen war. Raoul zeigte, erklärte und machte nicht eine Sekunde lang den Eindruck, nicht zu wissen, was er tat.

Aber es kann der beste Mann nicht in Frieden leben, wenn der böse Nachbar es nicht will: Irgendwann stand der unvermeidliche Jorgo in der Küche.

Kaum hatten er und Raoul sich gegenseitig abgecheckt, konnte man den Anstieg von Testosteron in der Luft förmlich riechen.

Raoul ließ seine schwarzen Augen aufblitzen, als der Kroate sich betont lässig über die Buffetkarte beugte und sagte: »Oh, Panhas-Blinis, garniert mit Pfifferlingen, Schwarzwurzel-Forellen-Aspik, homemade Heringstopf, Schnibbelbohnen-Eintopf, Quer-durch-den-Garten und Linsensuppe. Meine Fresse! Blutwurst auf gebackenen Apfelringen und Armer Ritter, und für die Diva einen Milchreis ›Heimat‹ ...« Er hielt das Papier hoch und wedelte damit in der Luft herum. »Für'n Spanier nicht übel ... Färbst du den Milchreich mit Sepia-Tinte schwarz, damit er aussieht wie'ne Kohlenhalde?«

Raoul warf sein großes Kochmesser in die Luft und fing es hinter seinem Rücken wieder auf, um sofort und ohne auf sein Brett oder seine Hände zu schauen, in einem Höllentempo weiter auf die Zwiebeln einzuhacken. »Was«, sagte Raoul, »bisse du?«

»Kroate«, antwortete Jorgo, der sich den Fortgang des Duells wohl anders vorgestellt hatte.

»Iss meine von de Berufe«, sagte Raoul.

»Koch.«

»Iss auch«, sagte Raoul. »Worüber du willsse also reden?«

Jorgo machte ein Gesicht, als sei aus seiner Duellpistole lediglich ein Fähnchen, auf dem das Wort *Peng* stand, herausgeflogen. »Was?«, fragte er und kratzte sich den Kopf.

»Guten Tag, übrigens. Was können wir für dich tun, Jorgo?«, funkte ich dazwischen. Raouls Lunte brannte, und dass sie sehr kurz war, wusste ich auch.

»Äh, nix. Ich wollt nur mal gucken«, sagte Jorgo und schlenderte zum großen Herd, hob nacheinander die Deckel der Suppentöpfe an, in denen Raoul mit Schälrippchen und Schweineschwänzchen die Suppenbasis angesetzt hatte.

»Was zu meckern?«, sagte ich.

»Nee, riecht super ...«, antwortete er. Man konnte ihm die Enttäuschung darüber ansehen.

»Darf ich also vorstellen: Raoul, Jorgo ... Jorgo, Raoul.«

»Jorgo, Wolfi, Raoul – Raoul, Jorgo, Wofli – Wolfi, Jorgo ...«, meldete sich Wolfi zu Wort. Dabei hielt er seine Hände hoch und knickte für jede neue Reihenfolge einen seiner großen Finger ein.

»Schon gut, Wolfi«, sagte ich schnell. Er verstummte und wiegte den Kopf im Takt der Musik.

»Und keine Sorge, Raoul bleibt nur für das Catering«, sagte ich zu Jorgo. »Er wird keine Konkurrenz für dich. Er geht nämlich nach Spanien zurück und wird im El Bulli anfangen.«

»Was ist das?«, fragte Jorgo. »Touristenschuppen in El Urinal?«

Raoul verdrehte die Augen, sagte aber nichts, sondern nahm sich als Nächstes große Streifen geräucherten Bauchspeck vor, um ihn in kleine Würfel zu schneiden.

»Bestes Restaurant der Welt. Sterne, ganz viele Sterne«, sagte Wolfi plötzlich und ließ sein wieherndes Lachen hören, bevor er weiter sang und im Akkord die Deckelchen für die Pasteten aus dem Blätterteig ausstach.

»Siehst du Jorgo, sogar der Junior kennt es«, sagte ich.

Sein Gesicht lief rot an, und er beeilte sich zu versichern: »Ach, das El Bulli. Dachte, ich hätte mich verhört.«

»Ich fürchte, das hast du nicht. Bist du jetzt fertig mit Gucken?«

»Ich muss mit dir reden, Maggie.« Er nickte in Richtung Lebensmittellager.

»Jorgo, wir haben zu tun. Was gibt es ...«

»Nur zwei Minuten.«

Raoul runzelte die Stirn, nickte mir aber zu. Ich warf mein Messer in die Schüssel mit den Kartoffelschalen und ging mit Jorgo nach nebenan.

Kaum hatte er die Tür hinter uns geschlossen, verfinsterte sich sein Gesichtsausdruck und er sagte gar nicht mehr freundlich: »Übrigens, Dimi und Stojko waren heute in aller Herrgottsfrühe hier und haben mich angestänkert. Sie haben nach Dennis gefragt.«

»Wann war das? Wir waren doch schon um sieben Uhr hier?«

»Um fünf. Ich hab schließlich auch alle Hände voll zu tun. Ich bin gestern Nacht nicht nach Hause gegangen.«

»Haben die beiden die Kohle aus dem Tresor geklaut?«

»Woher soll ich das wissen? Die haben Dennis gesucht. Da werden sie wohl ins Krankenhaus gegangen sein.«

»Um fünf Uhr morgens?«

»Ja, was weiß ich denn?! Was ich nur sagen wollte: Sieh dich vor. Die beiden sind auf dem Kriegspfad. Die haben eine Vorladung von der Polizei und sind stinksauer. Irgendeiner hat den Bullen was über den Pommesdeal gesteckt. Ich war es nicht! Und Dennis war es bestimmt auch nicht. Hab ich denen auch gesagt. Also bleibst ja nur noch du!«

»Ich?!«

»Die sind nicht blöd.«

»Ach? Das ist mir neu. Hier weiß doch jeder, was die beiden angestellt haben. Ich war die Letzte, die es erfahren hat. Guck mich nicht so an.«

Ich wollte wieder zurück in die Küche gehen, aber Jorgo hielt mich fest.

»Lass das. Hab ich irgendwelche Verträge mit denen?«, zischte ich.

»Nee, aber was man so hört, hast du ja beste Beziehungen zur Polizei«, sagte er.

»Und wenn schon? Was geht es dich an, ob die beiden für ihre krummen Geschäfte endlich mal was auf die Nuss kriegen? Und wenn du mich nicht los lässt, dann verlass dich drauf, dass ich meine Beziehungen spielen lasse.«

Jorgo ließ meinen Arm los und lehnte sich an ein Regal. Er pfiff durch die Zähne. »Maggie Abendroth, ich wollte dich nur warnen. Die beiden sind nicht allein. Da, wo Dimi und Stojko herkommen, gibt es noch mehr davon. Und die sind nicht amüsiert, kann ich dir sagen. Hier sind sie rausgeflogen ohne großes Theater, weil Günni denen versprochen hat, die Polizei aus dem Spiel zu lassen.«

»Was bei ihnen mächtig Eindruck hinterlassen hat. Kommen gleich am nächsten Tag wieder und machen weiter«, blaffte ich.

»Ich hätte das schon hingekriegt. Auf meine Art.«

»Ah ja? Bandenkrieg zwischen der Günnigfelder und Höntroper Pommesmafia?«, sagte ich.

»Du kapierst doch gar nix.«

»Ich hoffe, du hast der Polizei vorhin gesagt, dass die beiden da waren und nach Dennis gefragt haben ... Hast du?! Oder verbietet das deine Yugo-Ehre?«

»Bevor die Bullen mich verdächtigen, dass ich in die Kasse gegriffen hab ... Ja, ich hab das der Polizei gesagt.«

»Na, dann ist ja gut.«

Plötzlich wechselte sein Gesichtsausdruck auf superfreundlich. »He, die Gudrun hat gesagt, du hättest den Antonio Banderas da angeschleppt. Für Nüsse. Wie geht das denn?«

»Das wüsstest du wohl gern. Ich hab eben gute Kontakte zur katalanischen Kochmafia. Hast du seine Messer gesehen? An deiner Stelle würde ich mich in Acht nehmen.« Ich ließ ihn stehen und schob die Tür auf. Dann drehte ich mich noch mal um und sagte: »Jorgo, jetzt mal ehrlich. Wie marode ist der Laden eigentlich?«

»Das willst du gar nicht wissen.«

»Warum frag ich dann?«

»Weil du neugierig bist. Und du kannst nix, außer doof rumquatschen. Du bist nur hier, weil Günni keinen anderen finden konnte, der für so einen Hungerlohn arbeitet. Soll ich dir mal was sagen?«

»Ich bitte darum«, sagte ich und schob die Tür wieder zu.

»Ich hab den Günter echt gern gehabt. Aber der hatte nicht mehr alle auf der Latte. Dass der tot ist, das ist schrecklich –

aber eigentlich ist es ein Segen, kann ich dir sagen, dass irgendjemand den aus dem Verkehr gezogen hat. Und jetzt geh arbeiten. Vielleicht ist es das letzte Mal. Der Laden steckt so tief in der Scheiße, dass wir uns vielleicht übermorgen alle beim Arbeitsamt wiedersehen.«

»Jorgo ...«

»Was denn noch?! Ich hab die Kohle nicht aus dem Tresor geklaut. Das hat mich dein Herr Kommissar auch schon gefragt. Und ich hab auch niemanden gesehen, der es getan hat. Ich war im Pommes King und hab im Akkord Schnitzel paniert.«

Er ließ mich stehen und ging in die Küche. »Todschicke Messer, Cheffe. Kann ich mir eins leihen?«, rief er im Hinausgehen Raoul zu.

Im nächsten Augenblick flog ein Messer an der Tür vom Lagerraum vorbei und blieb exakt auf dem aktuellen Datum des Tages im Wandkalender stecken, der auf der anderen Seite der Küche hing. Wolfi applaudierte.

»Nur wenn du kannsse mache das, Amigo«, erklärte Raoul.

»Du bist doch total irre«, sagte Jorgo und verließ Türen knallend die Küche.

Kapitel 17

Zwei Stunden später gab unser Küchenchef endlich das Zeichen für eine Pause. Ich setzte Kaffee auf, und Raoul zauberte aus dem Backofen drei duftende Omelettes hervor. Wolfi holte das Besteck, tänzelte in der Küche herum und hatte immer noch Luft, ein Liedchen zu trällern. Wir setzten uns an den kleinen Holztisch, der am Kopfende der Küche stand. Wolfi sagte: »Tortilla.«

»Korrekt!«, rief Raoul und die beiden klatschten ein High-Five ab. Wolfi machte sich über das Essen her und hielt endlich mal den Mund.

»Wasse wollte de Kroate?«, fragte Raoul.

»Ach nix. Es ging um Dimi und Stojko, die hier vor ein paar Tagen rausgeflogen sind. Jorgo sagt, die sind auf dem Kriegspfad, weil irgendjemand die bei der Polizei verpetzt hat.«

»Und, warsse du das?«

»Und wenn schon? Wenn die mir irgendwas wollen – ich muss nur Winnie anrufen ...«

Plötzlich flog die Küchentür auf und Petra Heibuch stand mit wirren Haaren und aufgerissenen Augen da. Sie hatte rote Hektikflecken im Gesicht, ihre Hände zitterten. Sie schrie Wolfi an: »Mach die Musik aus! Mach das auf der Stelle aus!«

Wolfi verschluckte sich an seinem Omelett, und ihm flog vor Schreck die Gabel aus der Hand. Ich ging zum CD-Spieler und schaltete ihn ab. Raoul erhob sich, um Petra zu begrüßen, aber sie beachtete seine Hand, die er ihr zum Gruß entgegenstreckte, nicht.

Wolfi stammelte: »Sterne ... Sterne ... Sterne ...« und tippte im Rhythmus mit der Nase auf die Tischplatte.

»Halt die Klappe!«, herrschte Petra ihren Sohn an. »Und wer sind Sie?«, fragte sie Raoul.

Er deutete eine kleine Verbeugung an. »Iss bin de Koch für das Catering. Raoul Masdéu-Canals Sáez de Astorga. Guten Tag, Frau Heibuch. Iss freue miss ...«

»Hast du den etwa angeschleppt?«, sagte sie und kam auf mich zu.

»Das habe ich dir doch gestern Abend am Telefon gesagt. Dass ich jemanden habe, der uns hilft ... du weißt doch ...«

Ihre Augen schossen von links nach rechts und wieder zurück. Plötzlich ging ein Ruck durch ihren Körper, und sie sagte freundlicher: »Ach, ja ... ja ...«

»Möchte Sssie die Buffetkarte ssehen?« Raoul hielt ihr den Zettel hin.

Sie starrte auf das Stück Papier und zog ihren Kittel glatt. »Ist schon in Ordnung, Herr ... Machen Sie weiter ... Ich muss mit Maggie sprechen. Sofort. Wir gehen ins Büro.«

Petra stürmte zur Tür hinaus. Ich ging ihr hinterher. Als ich die Tür zuschob, sah ich, wie Wolfi sich über den Tisch beugte und nach Raouls Hand griff wie ein Ertrinkender nach dem Rettungsring.

Im Büro angekommen, scheuchte Petra Gudrun vom Schreibtisch weg. »Ich muss mit Maggie sprechen, allein. Könntest du bitte ...?«

Gudrun drückte sich in eine Ecke.

»Bitte geh raus!«, befahl Petra. »Du hast heute schon genug angestellt ...«

»Ich habe gar nichts«, versuchte Gudrun sich zu verteidigen. »Ich hab gar nichts mit dem Tresor zu tun ... und ... und ... die Polizei hat die Computer mitgenommen ...«

Ein einziger Blick von Petra genügte, und sie flüchtete nach draußen. Für ein paar Sekunden stand sie unschlüssig auf dem Hof, dann ging sie mit gebeugten Schultern in die Küche. Als ich mich umdrehte, schlug Petra mit geballten Fäusten auf den Schreibtisch ein. »Ich schmeiß sie raus! Ich schmeiß euch alle raus!«

»Na dann: Nehme ich jetzt meinen Koch und geh!«, sagte ich.

Ihre Fäuste blieben auf dem Tisch liegen. »Nein, bitte. Bitte nicht. Ich hab das nicht so ...« Den Rest des Satzes konnte ich kaum verstehen.

»Petra, ich ruf jetzt einen Arzt für dich«, sagte ich und griff nach dem Telefonhörer. Ihre Hand schoss über den Schreibtisch und hielt meinen Arm fest. Allmählich bekam ich Angst. Wo war die Glucke geblieben, die immer und für alle ein gutes Wort hatte? Wo war die Frau, die den ganzen Laden im Griff hatte und immer noch einen Ausweg wusste, wenn alle anderen schon rettungslos verloren waren?

»Ich – brauche – keinen – Arzt!«

»Gut. Keinen Arzt. Aber bitte ...«

Ihr Gesicht war tränenüberströmt, als sie sagte: »Wir können Günter ... abholen ... und ... beerdigen.«

Ich lehnte mich an den Schreibtisch und wagte es nicht, Petra direkt anzuschauen. Sie wischte sich durchs Gesicht und murmelte: »Entschuldigung. Entschuldigung ... ich wollte nicht ...«

»Schon gut«, war alles, was mir einfiel.

»Du musst mir helfen. Wen soll ich denn jetzt anrufen? Ich meine, für die Beerdigung. Also ...«

»Äh ...? Du kennst doch jede Menge Bestatter. Wir haben doch dauernd irgendwelche Beerdigungen.«

»Damit hinterher alle Welt weiß, wie die Leiche meines Mannes ausgesehen hat? Das ist doch die Sensation – glaub bloß nicht, dass die Leute die Klappe halten. Das wird ein Gerede geben. Und … und dem Einzigen, dem ich vertrauen kann, will ich das nicht zumuten. Das war Günnis bester Kumpel. Der soll den Günni nicht so sehen. Und dann noch das Geld für die Beerdigung ... Oh Gott! ... Ich muss meinen Mann doch ordentlich unter die Erde bringen. Das erwarten die doch alle.«

»Petra ... wir verdienen doch Geld«, sagte ich leise. »Komm, das wird schon. Alles läuft – die Metzgerei, der Pommes King ... und für das Catering kommt doch auch Geld rein – und zwar ziemlich sofort.«

Der Vertrag von Racic, der am Morgen per Fax gekommen war, lag ganz oben auf einem Papierstapel. »Da, da liegt doch der Vertrag.«

Petra nahm das Papier und guckte es lange an. »Ach ja ... das hatte ich ...« Sie sprach den Satz nicht zu Ende, sondern guckte mich aus ihren braunen Rehaugen an.

»Petra?«

»Ja? Was ...?«

»Ich kann jemanden anrufen. Einen Bestatter. Er ist absolut vertrauenswürdig. Soll ich?«

»Wen denn?«

»Bestattungen Abendroth. Tja, das heißt leider wirklich so. Aber ich hab damit so gut wie nix zu tun, glaub mir. Also Herr Matti wird sich darum kümmern, wenn du willst. Er hat die Beerdigung für Ladislaus gemacht.«

»Ah ja«, sagte Petra. »Und du bist sicher, dass er ...«

»Ja. Er ist diskret und verschwiegen. Glaub mir.«

»Und er holt Günter ...«

»Aus der Rechtsmedizin? Ja. Das macht er. Er hat ihn auch hingefahren.«

Petra kam um den Schreibtisch herum und fiel mir um den Hals. »Danke, Maggie. Danke.«

Ich war so erschrocken, dass ich mich nicht wehren konnte, und tätschelte ihre Schulter. »Ich ruf ihn an. Sofort. Petra, setzt dich bitte wieder hin. Ich ruf ihn an.«

Endlich ließ sie mich los, und ich wählte. Mia nahm das Gespräch an und ich berichtete ihr, um was es ging. Sie versprach, dass Matti so schnell wie möglich kommen würde. Er sei noch unterwegs, aber sie würde ihn auf dem Handy anrufen.

»Wird es lange dauern?«, fragte ich und nickte Petra aufmunternd zu.

»Nein. Er ist beim Einwohnermeldeamt. Wir haben schließlich auch noch andere Tote zu versorgen. Aber es gibt gute Neuigkeiten: Doktor Herzig wird in ein paar Stunden landen. Carmen hat von Singapur aus angerufen. Und Rudi geht es gut. Ich hab gehört, du hast Elli gestern Nacht zurückgepfiffen?«

»Ja«, sagte ich.

»Ich bin stolz auf dich«, sagte Mia und legte auf.

Ich räusperte mich und sagte zu Petra: »Der Bestatter wird bald hier sein. Ich geh dann mal wieder in die Küche.«

»Ja«, sagte sie nur und ließ den Kopf hängen.

»Raoul soll dir was zu essen machen, okay? Ich bring es dir gleich rüber.«

»Nein. Ich will nichts essen. Ich, ich warte jetzt auf den Bestatter. Geh und sag Gudrun, dass ich es nicht so gemeint habe, ja? Schick sie wieder her.«

»Ich glaube, es wäre besser, wenn du es ihr selber sagst.«

Raoul saß allein am Tisch und trank Kaffee.

»Wo sind Wolfi und Gudrun?«

»Nach obe'... Wolfi hat genug gearbeit', und Gudrun isse au'fertich mit'de Nerve ... Aber dasse Junge isse arme dran.«

»Genau genommen sind wir alle arm dran«, sagte ich und schob mir ein Stück kalte Tortilla in den Mund. »Die sind alle kurz vorm Durchdrehen ... äh ... was mache ich jetzt?«

Raoul wies auf vier große Plastikeimer, die auf der Anrichte standen. »Kuhlhaus.«

»Du hast schon die Kartoffelmasse für die Reibekuchen fertig?«

Er nickte und tippte mit dem Finger auf den Zettel mit meiner Arbeitsanweisung.

»Blutwurst schneiden ... iiiih, kannst du nicht ...?«

Raoul schüttelte den Kopf.

»Musst du mich quälen?«

Raoul nickte und hielt mir Gummihandschuhe hin. Es blieb mir nichts anderes übrig, als die Eimer ins Kühllager zu schleppen und den großen Plastikcontainer mit den Blutwürsten wieder rauszutragen.

»Hasse du Deckel auf die Eimer?«

»Natürlich«, sagte ich und machte die Wurstschneidemaschine startklar.

»Nisse den Tisch. Das isse für Gemuse! Diesse Tisch da, isse für Fleisch ...« Raoul zeigte nacheinander auf die großen Arbeitstische: »Dasse Gemüse! Dasse Wurst! Dasse Rohfleisch! Dasse Geflügel! *No vals ni un pet de puta!*«

Ich verdrehte die Augen und schleppte Würste und Schneidemaschine zum nächsten Tisch.

»Und mache eine Ssentimeter. Exakt.«

»Ja-a. Das macht die Maschine. Du musst jetzt nicht mit dem Zentimetermaß kommen.«

»Wenn isse ssu dick, Garsseit stimmt nichte. Apfel isse verbrennt und Wurst isse nich knussprik. Wenn isse zu dünn ...«

»Ja ... ist der Apfel nicht durch und die Wurst verbrannt. Ich kann es mir lebhaft vorstellen.«

»Iss erkläre, wass du mache ... *Joder!* De Wolfi kann dasse besse, weil er hörte mir ssu ...«

Ich sah vor meinem geistigen Auge schon wieder die Messer fliegen – und zwar in meine Richtung, und sagte in versöhnlichem Ton: »Du kommst super mit Wolfi klar. Das kann nicht jeder.«

Ich stellte die Wurstmaschine auf exakt einen Zentimeter ein, zog die Gummihandschuhe an und drückte auf den Knopf. Das runde Messer sauste los. Die erste Wurstscheibe hielt ich Raoul entgegen, der beifällig nickte. »De Bruder von eine Freunde von mir isse au'so. Musik hilft, dass iss weiss.«

»Wir werden Wolfi mit aufs Schiff nehmen müssen. Ich hoffe, dass das gut geht.«

»Wird sson ...« Raoul öffnete die Küchentür, spähte hinaus und klappte sie wieder zu. Als er sicher war, dass niemand in der Nähe war, sagte er: »Dasse Günni hatte auch'ne Waffel.«

»Du meinst, einen *an* der Waffel. Ja, hast du den blöden Sponsoring-Vertrag gesehen?«

»Ja. Hab isse geblättert, bevor isse gab das Winnie. Dasse ssusspekt. Und jetzt de Racic schickte de neue Vertrag.«

»Und was soll das? Ich hab dafür keine Erklärung.«

»Irgendwasse laufte hier ...«

»Das glaube ich auch. Weißt du, was Jorgo mir gesteckt hat? Dass die hier froh sein sollen, dass Günni nicht mehr ist.«

Raoul zog das Messer aus dem Wandkalender, wischte es an einem Küchentuch ab und betrachtete die Klinge. »Diesse Jorgo isse ssusspekt. Die weisse viel und ssagte nix.« Raoul runzelte die Stirn und guckte mir dabei zu, wie ich die Blutwurst im Akkord mit der Maschine schnitt. »Passe auffe Finger ...«

»Ja, ja ...«, sagte ich und schon schrappte ich knapp an einer Katastrophe vorbei. Das Messer hatte nur Fitzelchen vom

Gummihandschuh und die Spitze meines Fingernagels erwischt. »Oh ... Das war ...«

»Ssseisse, Maggie.«

Ich stoppte die Maschine und sagte kleinlaut: »Ja, Chef.« Das hatte ich in einer Dokumentation über berühmte Küchenchefs gesehen. Egal, wie es in deren Küchen grad zuging und wie der Chefkoch sich aufführte, antworteten alle Mitarbeiter immer brav mit *Ja, Chef!*, auch wenn ihnen Gemeinheiten an den Kopf geworfen wurden. Eigentlich wollte ich Raoul damit ein bisschen aufziehen, aber er grinste mich an und sagte sehr zufrieden: »Du lernsste dasse noch.«

»Ja, Chef«, sagte ich wieder. Da hatte ich endlich mal, wenn auch aus Versehen, was richtig gemacht, und sei es auch nur, dass ich, dank meines Fernsehkonsums, die richtige Anrede für das Küchenmonster gefunden hatte.

Er kam zu meinem Arbeitstisch, nahm eine der Blutwürste und schnitt sie mit dem Messer in einer Affengeschwindigkeit in exakt ein Zentimeter dicke Scheiben – ohne hinzugucken, denn er redete dabei einfach weiter. Ich starrte fasziniert auf seine Hände.

»He! Maggie. Was isse mit'de Petra los?«

»Äh ... ja. Günnis Leiche ist von der Rechtsmedizin freigegeben worden. Petra war total neben der Spur, weil sie nicht wusste, was sie tun sollte. Ich hab ihr Matti als Bestatter empfohlen.«

Raoul hielt inne, bekreuzigte sich und fuhr dann fort, die Wurst zu bearbeiten. »Da isse viele faul in de Ssweden ...«

»Dänemark, Raoul, es heißt, ›faul im Staate Dänemark'. Fragt sich nur, wer hier den Pommeskönig umgebracht hat. Ich meine, um mal bei Shakespeare zu bleiben ...«

Er war nach fünf Minuten mit der Wurst fertig und drückte mir das volle Tablett in die Hände: »Folie einpacke und weg in de Kuhlschrank«, befahl er. »Morgen: Dessert und mache fertig dasse Ssuppe ... dann einpacke und fahre ssu Boot.«

»Ja, und die ganzen anderen Sachen? Die Königsberger Klopse, der Hering, das Aspik?«, warf ich ein.

»Alles fertig. Guckssdu Kuhlraum.«

»Wann hast du das gemacht? Ich hab dich nur Zwiebeln hacken sehen.«

»Du ssiehsse nie die ganze Ssituacion ...« Raoul lachte. »In de Kuche und deine Leben du hasse eine Plan oder du hasse Sswierigkeiten. Dasse isse die gansse Hokuspokus. Und jetzt, du mache ssauber ... de ganze Kuche.«

»Jetzt noch?! Guck mal auf die Uhr.«

»Wie isse Antwort korrekte?« Raoul klopfte mit dem Messer auf den Arbeitstisch, und ich beeilte mich zu sagen: »Ja, Chef.«

Kapitel 18

Es war schon spät, als ich in die Johanniterstraße einbog. Raoul hatte mich tatsächlich dazu gebracht, den Fußboden in der Cateringküche auch noch zu schrubben. Wenn der Chef mitwienert, kann man nicht nein sagen. Meine Beine fühlten sich an, als wären sie mit Blei gefüllt, und meine Finger waren steif vom Pellen, Schälen, Piddeln, Reiben, Schrubben und Wringen. Ich war sehr froh, kein Licht im *Schickobello* zu sehen. Das konnte nur bedeuten, dass es mal eine ruhige Nacht ohne Gebohre, Gehämmer, Abenteuer jedweder Art oder Musik von Tom Waits geben würde.

Ich schob die Wohnungstür auf. Doktor Thoma flitzte mit gesträubtem Nackenfell an mir vorbei in den Hausflur. Ich ließ die Tür für ihn offen und ging ins Wohnzimmer. Draußen rauschte der Zug vorbei.

Dimi und Stojko saßen auf dem kleinen Sofa und starrten auf das Schneegestöber, das im Fernseher lief. Stojko hatte seine Füße, an denen er Stulpenstiefel trug, auf dem Gitterrost des Kamins abgelegt.

Die Bremsen des Zuges quietschten; Dimi richtete die Fernbedienung auf den Fernseher und erhöhte die Lautstärke des weißen Rauschens. Dabei rasselte das Kettenhemd. Die Frage nach dem Verbleib von Günni Heibuchs Kostüm war damit beantwortet.

Ich hielt den Atem an, machte auf Zehenspitzen einen Schritt rückwärts – und trat prompt Doktor Thoma auf den Schwanz. Der Kater quiekte, Stojko und Dimi drehten sich um. Die Krallen von Doktor Thoma in meiner rechten Wade, verlor ich das Gleichgewicht. Dimi war sofort aufgesprungen. Er packte mich, zerrte mich ins Wohnzimmer und schubste mich aufs Sofa.

»Raus aus meiner Wohnung!«, schrie ich und sprang wieder auf. Stojko drückte mich in die Kissen.

»Wir wollten uns nur verabschieden. Warum so hysterisch?«, sagte Dimi und spielte mit einem Klappmesser herum.

»Ja, verabschieden. Und uns bedanken für die fünfhundert Öcken, die du für uns in der Porzellandose versteckt hast.« Er holte die Geldrolle aus seiner Hosentasche und wedelte damit herum. »Echt nett von dir ... Aber das reicht eigentlich nicht ... Wir müssen wegen der Bullen verschwinden. Wir haben uns gefragt, wer uns da verpfiffen hat«, sagte Stojko und steckte das Geld wieder ein.

»Das war ich nicht«, log ich. »Hat Jorgo euch das etwa erzählt?«

»Natürlich. Jorgo erzählt uns alles. Manchmal freiwillig, manchmal auch nicht«, sagte Stojko.

»Der spinnt doch! Woher wisst ihr überhaupt, wo ich wohne?«

Die beiden schauten sich an. Dimi sagte: »Ooch, unsere Küchenschabe schreibt so zartfühlende Grußkarten an schicksalsgebeutelte Familien ... mit bunten Blumen drauf ... hast du für uns auch einen Kalenderspruch ...?«

»Lieber wär' uns aber noch ein bisschen mehr Geld.«

»Ich hab kein Geld.«

»Ach? Die neue Cateringchefin hat kein Geld ...«, sagte Dimi und versenkte sein Klappmesser im Sofapolster. »Ich guck hier mal ein bisschen ...« Er schlitzte das Polster auf und zerrte die Schaumstoffflocken hervor.

»Ey, bist du wahnsinnig? Die Sachen gehören mir nicht!«

»Ach, so! Dann mach ich vielleicht ein paar Löcher in deine Visage ... die gehört dir doch? Ach ... ich hab noch eine andere Idee ... Dimi, sollen wir sie erst ein bisschen durchrollen?«, sagte Stojko und ließ sein Klappmesser aufschnappen. »Mach schon mal die Hüfte locker ...«

»Ich dachte, wo wir den Fernseher repariert haben, können wir auch zu Ende gucken, erst mal. Bevor wir die Küchenschabe grillen«, sagte Dimi und drückte auf der Fernbedienung herum.

»He, he ... Superfilm, weissu ... Das weiße Rauschen ... Superfilm!«, alberten die beiden herum. Dann starrten sie wie hypnotisiert auf den Fernseher, als hätten sie augenblicklich vergessen, dass ich da war. Ich sah die kaputten Porzellanfigürchen und zerschlagenen Zuckerdosen auf dem Teppich. Die beiden hatten auch vor dem Inhalt des Kamins nicht Halt gemacht und die Asche überall im Zimmer verstreut.

Mein Gott, Abendroth, reiß dich zusammen, sagte meine innere Stimme. Quatsch mit denen. Halt sie hin, je länger desto besser ... Es wird dir doch irgendwas einfallen ...!

»Habt ihr etwa den Günni gegrillt?«, plapperte ich los. Toller Versuch, sagte meine innere Stimme. Ich hatte da eher an eine Actionszene gedacht, nicht daran, hochbrisante Themen aufzugreifen!

HELDIN SPRINGT MIT SALTO VOM SOFA, HÄLT IN JEDER HAND CHAKOS UND LÄSST SIE HERUMWIRBELN. ANGREIFER WEICHEN VOR IHR ZURÜCK. HELDIN FLIEGT MIT WEITEREM SALTO ÜBER DAS SOFA, ERWISCHT DABEI BEIDE ANGREIFER MIT DEN CHAKOS, DIE VERLETZT ZU BODEN GEHEN. DAS BLUT SPRITZT ... und das alles in Slowmotion. Was allein daran scheitern musste, weil ich keine Chakos zur Hand hatte ... und nicht zu den drei Engeln für Charly gehörte. Wenn ich es wenigstens ins Schlafzimmer schaffen würde ... eine Peitsche ist eine gute Waffe. Das wusste schon Indiana Jones.

Sie drehten ihre Köpfe vom Fernseher weg, als sie den Inhalt meiner Frage endlich verstanden hatten. Stojko schob sein Gesicht ganz nah an meines heran und zischte: »Ja sicher! Süperstiefel, ne?«

»Smiri se!«, sagte Dimi.

»Und ihr habt ihm den Kopf abgeschnitten?« Meine Stimme überschlug sich.

»Ja sicher ...«, sagte Stojko wieder. »Mit dem Schwert von diesem blöden Ritter.«

»Halt die Klappe!«, schrie Dimi, aber Stojko erzählte mit Stolz in der Stimme weiter: »Ich wollte den ja lieber im Ganzen auf dem Grill, aber Dimi ist immer so empfindlich. Der isst ja noch nicht mal einen Fisch, wenn da noch der Kopf dran ist.« Er warf seinen Oberkörper zurück und lachte. Dann schoss er wieder nach vorne und starrte mir in die Augen. Seine Pupillen waren klein wie Stecknadelköpfe. Dimi schrie seinen Freund auf Serbisch an: »Kako možete da budete glupi?!«

Stojko spuckte verächtlich auf den Teppich und trat den Fernseher aus. Plötzlich war es ganz still. Nur zwei Meter trennten mich von einem Gegenstand, mit dem ich mich hätte verteidigen können, aber ich wagte nicht, mich zu rühren.

Dimi feixte: »Ich schlitz zuerst die dämliche Katze auf. Vielleicht ist da ja noch Knete drin? Ist hier irgendwo was, was man als Spieß benutzen kann? Dann mach ich dir das vor, wie wir das mit dem Günni gemacht haben.«

Stojko schnappte sich den Schürhaken vom Ofen und skandierte: »Macka je mrtav ... macka je mrtav ...«

Mir brach der Schweiß aus, als Dimi Doktor Thoma am Nackenfell packte und hoch hob. Der Kater ließ sich hängen wie ein nasser Sack und guckte mich mit riesigen Augen an.

Noch nicht einmal seine Schwanzspitze zuckte. Dimi trug ihn zum Fenster und öffnete es. »Ich mach erst mal ein Loch in die Mieze rein. Keine Sorge, Maggie, ich halt ihn aus dem Fenster, damit es hier nicht so reinbluten tut ... Is dir doch recht, oder?« Er kitzelte den Kater mit der Messerspitze am Bauch.

»Lass das, du Arschloch!«, schrie ich und fuhr vom Sofa hoch. Stojko stellte mir ein Bein und schlug mir ins Gesicht. Ich flog zur Seite und knallte mit dem Rücken auf die Sofalehne. Im selben Augenblick schrie Dimi auf. Der Kater kreischte dazu in den höchsten Tönen. Ich trat um mich und traf Stojko in die Nieren. Er kippte von der Sofalehne, der Schürhaken flog ihm aus der Hand, streifte den Trockenblumenstrauß an der Wand und blieb knapp einen Meter von mir entfernt auf dem Boden liegen. Ich versuchte danach zu greifen, aber Stojko packte meinen Arm und stemmte seine Knie in meinen Magen. Ich konnte noch nicht einmal schreien, so schnell gingen bei mir die Lichter aus.

Ellis Stimme zu hören, war beinahe zu schön, um wahr zu sein. Und deswegen sortierte ich sie in die Schublade Halluzination. Allerdings war sie dafür auch wieder zu laut.

»Was ist hier los?!«, donnerte sie.

Stojko richtete sich auf. Ich bekam endlich wieder Luft und konnte den Kopf in Ellis Richtung drehen.

Sie stand in ihrer pinkfarbenen Arbeitshose, ein weiteres T-Shirt aus der Rudi-Rolinski-Kollektion über dem ausladenden Busen mit der Aufschrift *Poodle Police* mitten im Zimmer und schwenkte eine Bratpfanne in der rechten Hand. Sie guckte von Dimi zu Stojko und fing im nächsten Augenblick an zu brüllen wie eine ganze Horde Gorillas. Stojko ging in Angriffsstellung. Dimi stützte sich mit der Linken am Fensterbrett ab, mit der Rechten wischte er sich das Blut aus dem Gesicht.

Elli walzte mit hoch erhobener Bratpfanne auf Dimi zu. Stojko sprang auf das Sofa, um sich von dort auf sie zu stürzen, aber Elli packte mit der Linken die Sofalehne und kippte das Ding einfach um. Ich rollte auf den Boden, Stojko fiel rücklings auf den Fernseher. Das Tischchen brach unter ihm zusammen. Dann sauste die Bratpfanne auf Dimis Kopf nieder. Er sank auf die Knie, und bevor Elli noch einmal zuschlagen konnte, kippte er zur Seite und blieb liegen. Stojko stöhnte und kam wieder auf die Beine. Mit einem Satz sprang er aus dem Fenster in den Garten.

Elli schrie: »Bleib stehen! Bleib stehen, du Blödmann!«

Ein paar Scherben auf dem Kaminsims klirrten leise. Aus dem Trockenblumenstrauß rieselten die letzten Blätter zu Boden. Ich rollte mich auf dem Teppich zusammen und vergrub den Kopf in den Armen. Elli packte den Kragen meiner Jacke, riss mich auf die Füße und schleifte mich aus der Wohnung. Im Hausflur hörten wir das Kreischen der Zugbremsen. Ich wurde in das Ladenlokal geschubst, die Tür fiel krachend ins Schloss.

Zeitpunkt der Ohnmacht: 00.30 Uhr. Ich rutschte an der Wand entlang gen Fußboden. Das Letzte, was ich sah, war das Preisschild für das Hundekörbchen, das so einladend vor mir stand: 49,90. Mein Traumgewicht.

Kapitel 19

Die Sonne schien durch das große Fenster. Die mauvefarbenen Gardinen waren zurückgezogen. Die Äste des halb toten Baumes im Garten wogten sanft hin und her. Auf dem obersten und dünnsten Ast saß wippend eine dicke Ringeltaube, die wild mit den Flügeln schlug. Jeden Augenblick musste der Ast abbrechen ...

Ich schlug die Decke zurück, setzte die Füße auf den Boden und betrachtete das Farbenspiel zwischen den cyclamfarbenen Hosenbeinen des Seidenpyjamas, dem pinkfarbenen Teppichflor und den lavendelfarbenen Hauspuschen – ein deutlicher Hinweis darauf, dass ich mich im ersten Stock in Ellis Wohnung befinden musste.

Ich schob meine Füße in die Schlappen, nahm den kürzesten Weg zur nächsten Tür und landete im Badezimmer. Aus dem Spiegel über dem Waschbecken guckte mir eine Person entgegen, auf deren rechtem Auge ein Veilchen in allen Schattierungen von blau bis schwarz prangte. Es hatte die Form des indischen Subkontinentes. Kopfschmerzen. Ich taumelte aus dem Bad, Elli direkt in die Arme.

»Hoppala, Prinzesschen. Bisschen zu schnell unterwegs, was?«, sagte sie und schob mich in die Küche. Cyclamfarbene, auf Hochglanz polierte Oberflächen wohin das Auge blickte. Ich ließ mich auf einen der Freischwinger fallen. Mit jedem Wippen des Stuhls wurden meine Kopfschmerzen heftiger.

Elli stellte ein Glas Wasser auf den Küchentisch, ließ eine Aspirin hineinfallen und sagte: »Trink.«

»Danke«, brachte ich unter großen Mühen heraus und

nahm einen Schluck. Die Bläschen stiegen mir in die Nase. »Kann ich dich was fragen?«

»'türlich«, sagte Elli und setzte sich mir gegenüber hin. »Wenn du meinst, dass das auf leeren Magen eine gute Idee is'?«

Aspirin auf leeren Magen ist auch keine gute Idee. Ich nickte und schaute aus dem Fenster. Vor dem Haus stand ein Streifenwagen der Polizei.

»Ist Doktor Thoma okay?«

Elli nickte.

»Ist Stojko wirklich vor den Zug gelaufen?«

Elli nickte.

»Ich habe das nicht geträumt?«

Elli schüttelte den Kopf.

»Und er ist tot?«

»Ja«, sagte sie. »Die mussten den von den Schienen ...«

»Das reicht«, fiel ich ihr ins Wort. »Hat die Polizei irgendwelche Geldscheine sichergestellt ... äh ... gefunden?«

»Ich sagte doch: Die haben den mit'nem Feinspachtel von den Schienen gekratzt!«, sagte Elli. »Was denn überhaupt für Geld?«

»Is egal ... nur so. Und wo ist Doktor Thoma?«

»Unten. Er wollte nicht mit raufkommen. Er hat die Leute von der Spurensicherung genervt. Aber sie sind ihn nicht losgeworden. Es geht ihm gut.«

»Kann ich in die Wohnung?«

Elli schüttelte den Kopf. »Noch nicht aufgeräumt. Lass mal lieber.«

»Und Dimi?«

»Festgenommen. Der hat sich angestellt, als wär' er vom Tiger angefallen worden. Doktor Thoma hat dem mit ausgefahrenen Krallen durchs Gesicht gewischt ... Ach, Winnie kommt übrigens gleich vorbei.«

»Wann, gleich? Ich muss zur Arbeit.«

»In deinem Zustand? Spinnst du?!«

»Nein«, sagte ich und vermied es, meinen Kopf zu schütteln, weil ich befürchtete, mein Hirn könnte mit den Sprudelbläschen eins werden.

»Iss doch erst mal was«, schlug Elli vor und holte Teller aus einem Hängeschrank.

»Bei Raoul gibt es genug zu essen. Wo sind meine Klamotten?«

»Unten«, antwortete sie und stellte sich vor die Küchentür.

»Vielen Dank für alles, Elli. Für deinen Einsatz gestern und dass ich hier schlafen durfte. Du bist besser als Arnie. Wirklich, aber ich geh jetzt.«

»Mach, was du nich' lassen kannst. Aber red' erst mal mit Winnie, bevor du nach Wattenscheid fährst.«

Sie ging zur Seite, und ich wankte im Pyjama die Treppe hinunter, nur um direkt Winnie Blaschke in die Arme zu laufen, der eben durch die Haustür kam. Er sah müde aus. Seine Sommersprossen waren blasser als blass, seine rotblonden Haare standen in alle Richtungen und sein Hemd wies Spuren einer langen Nacht mit viel zu viel Kaffee und Pizza auf.

»Wo willst du hin?«, fragte er.

»Zur Arbeit, Winnie.«

»Aber nicht in dem Aufzug.«

»Ist von Elli«, sagte ich.

»Das kann ich nicht verantworten.«

»Und wenn schon.« Ich schob mich an ihm vorbei durch meine Wohnungstür, holte saubere Sachen aus dem Schrank, legte sie ins Badezimmer, schaltete den Boiler ein und stellte in der Küche die Bialetti auf den Herd. Dann schüttete ich Katzenfutter in den Napf und rief nach Doktor Thoma, der sofort aus dem Schlafzimmer gesaust kam. Die ganze Zeit folgte mir Winnie wie ein Schatten durch die Wohnung.

Die Leute von der Spurensicherung hatten gnädigerweise das Rollo im Wohnzimmer halb heruntergelassen. Ich musste mir weder die Verwüstung genauer anschauen, noch konnte ich den Bahndamm sehen.

»Ich geh jetzt duschen und zieh mich an, Winnie. Willst du bleiben?«

»Ja, sicher. Vielleicht kann man ja nach dem Duschen vernünftig mit dir reden.«

»Willst du zuerst duschen? Du siehst auch aus, als könntest du es gebrauchen«, sagte ich.

Er schüttelte den Kopf.

»Lass den Kaffee nicht anbrennen. Ich brauch' nicht lange.«

Wie wahr. Ich hatte ja noch nicht einmal Make-up, um das Veilchen zu übertünchen. Als ich angezogen und halbwegs wach aus dem Bad kam, saß Winnie am Küchentisch, sein Kopf lag auf der Tischplatte. Sein Handy wanderte surrend über den Tisch. Ich warf einen Blick auf das Display – sah, dass es Nikolaj war, und nahm das Gespräch an.

»Tortiki, wie geht's?«, säuselte es durch den Hörer.

»Nikolaj, bevor du weiter flirtest, hier ist Maggie. Der Herr Kommissar schläft … nein, nicht in meinem Bett. Herrgottnoch! Ja … Ja … Natürlich sag ich ihm, dass du angerufen hast … Was für eine Wohnung?«

Der Espressokocher spuckte kleine Kaffeepfützen auf den Herd, die zischend verdampften. »Nikolaj, ich weiß nicht, ob Winnie Wert auf getrennte Badezimmer legt. Frag ihn bei Gelegenheit selbst. Ich muss auflegen. Der Kaffee kocht über.« Ich beendete das Gespräch und nahm die Bialetti vom Herd. Winnie schreckte auf.

»Hallo und guten Morgen. Nikolaj hat angerufen. «

Er fuhr sich mit beiden Händen durch die Haare und schüttelte sich. »Hast du vergessen, wer das ist?«

»Was?«

»Dein Russe. Dein Lover. Dein …«

»Ist ja gut. Was hat er gewollt?«

»Mit dir eine Wohnung besichtigen, soweit ich das verstanden habe. Zieht ihr etwa zusammen?«

»Kann sein, kann nicht sein.« Er guckte auf seine Armbanduhr und sagte: »Das ist kein Thema für heute. So viel Zeit habe ich nicht. Also: Erstens wollte ich sehen, ob es dir gut geht. Zweitens wollte ich dich bitten, deine Aussage auf dem Präsidium zu machen, und drittens halte ich es für keine gute Idee, wenn du heute arbeiten gehst.«

»Ho, ho, ho Fury. Langsam. Ich komm nicht mehr mit.«

»Setz dich doch erst mal hin«, sagte Winnie. »Hast du hier irgendwas zu knabbern außer Kittekat?« Er guckte sich in der Küche um. Ich zuckte die Schultern und zeigte auf die Anrichte. »Da ist noch ein altes Brötchen drin ... oder ein halbes …«

Winnie griff sich die Papiertüte und klopfte damit auf den Tisch. »Na, ja, wenn ich es in den Kaffee stippe ...«

Schwere Schritte im Hausflur kündigten Elli an. Sie wuchtete ein volles Tablett in die Küche und stellte es auf den Tisch.

»Meine Gebete sind erhört worden«, sagte Winnie und sah in Gegenwart von Brot, Butter und Marmelade gleich viel besser aus. »Elli«, sagte er, »setz dich doch zu uns. Und danke für das Frühstück.«

Sie schüttelte den Kopf. »Hab gesehen, wie du angekommen bist. Du siehst aus wie schon mal gegessen. Da dachte ich, 'n bisschen was zu kauen wäre nicht schlecht. Und sieh zu, dass das Prinzesschen auch'ne Knifte isst.«

»Geht's dir gut?«, fragte Winnie.

»Ja, ja. Ich hab zu tun«, sagte sie und schloss die Küchentür hinter sich. Ich holte Besteck aus der Schublade.

»Nimm eine Schnitte«, sagte Winnie und legte eine auf meinen Teller.

»Ich hab keinen Hunger.«

»Ich muss dir was erzählen, und wenn ich es dir erzählt habe, dann hast du schon gar keinen Hunger mehr. Bitte.« Er hielt mir die Butter unter die Nase. Ich schob seine Hand weg. »Nee, jetzt lass doch mal.«

»Du gefällst mir gar nicht«, sagte Winnie. »Ich bin dafür, dass du ins Krankenhaus fährst und dich gründlich untersuchen lässt. Der Arzt, der gestern da war, hat zwar bis auf dein Veilchen und ein paar Prellungen nix festgestellt, aber ich glaube, du solltest mit einem Psychologen sprechen.«

Ich konnte mich nur noch verschwommen an den Arzt erinnern, der meinen Kopf abgetastet hatte, und daran, dass ich partout nicht ins Krankenhaus gewollt hatte. »Und was soll ich mit dem besprechen?«

»Ich bitte dich! Fang keine Diskussion an. Hier«, er schob mir einen Zettel mit einer Telefonnummer über den Tisch. »Der ist gut. Geh hin.«

Ich las den Namen. »Gerrit van Sandt?! Ist der echt?«

»Seine Freunde nennen ihn Gretchen .

»Ich nenne ihn jetzt schon Pimp van Grachten.«

»Das dürfte ihn amüsieren. Was ich eigentlich sagen wollte: Du kannst ihm vertrauen.«

»Weil du ihn Gretchen nennst?«

»Weil er mein Scheidungsgrund war.«

»Oh, mit anderen Worten, er hat auf dich gewirkt wie Köln. Beim Ankommen haben alle Jungs die Beckerfaust in der Tasche und wenn sie nach drei Tagen wieder wegfahren, geben sie die aufgeregte Amphore. Wird er jetzt auch dein Trauzeuge?«

Winnie grinste. »Kann sein, kann nicht sein.«

Ich steckte den Zettel ein und beugte mich über den Tisch. »Na gut, du willst nicht drüber reden. Also, Themenwechsel. Was gibt es noch Schlimmeres zu berichten, als dass Dimi und Stojko den Heibuch gegrillt haben?«

Winnie kaute an seinem Marmeladenbrot, legte noch einen Schluck Kaffee nach und guckte mich mit seinen grünen Augen an, dass ich auf der Stelle nervös wurde.

»Hm ... Die Aussage von Dimi. Bis dato habe ich keine Veranlassung, an seiner Darstellung der Ereignisse in der Tatnacht zu zweifeln. Nach Dennis Heibuch läuft eine Großfahndung.«

»Was hat Dennis damit zu tun?! Die beiden haben mir gestern doch stolz erzählt, sie hätten Günni gegrillt.«

»Das haben sie auch. Das hat Dimi alles zugegeben. Aber das war's auch schon. Günter Heibuch soll aber bereits tot gewesen sein, als die beiden ins Zelt kamen.«

Ich stellte unsanft meine Kaffeetasse auf dem Tisch ab. »Und Dennis soll seinen Vater ermordet haben? Hat Dimi das behauptet?«

»Ja. Dimi und Stojko sind auf den Mittelaltermarkt gegangen, weil sie mit Günter Heibuch noch mal über ihren Rausschmiss reden wollten, und ja, sie waren sauer und wollten ein bisschen Krawall schlagen, weil sie eine Abfindung haben wollten. Wie Dimi ausgesagt hat, hatten die beiden schon reichlich Naschwerk in der Birne – ungefähr das gesamte polytoxikomanische Arsenal einer Diskonacht. Und daher waren sie so richtig in Fahrt für ein klärendes Gespräch mit ihrem Ex-Chef. Als sie ins Zelt kommen, kniet Dennis Heibuch neben der Leiche seines Vaters. Und dann hat Dennis erklärt, er habe sich mit seinem Vater gestritten und es sei zu Handgreiflichkeiten gekommen. Das Übliche halt, irgendwie ein tragischer Unfall. Dennis soll wohl ziemlich durcheinander gewesen sein. Und die beiden, sehr geschäftstüchtig, haben ihm angeboten, die Leiche verschwinden zu lassen. Sozusagen als Angebot – unter Freunden und Geschäftspartnern.«

»Und darauf soll Dennis Heibuch eingegangen sein?«

»So hat Dimi es erzählt.«

»Und um was ging es bei dem Streit zwischen Vater und Sohn?«

»Es hatte auf jeden Fall mit Geld zu tun. So genau wusste Dimi das nicht.«

»Hm, dazu passt dieser blöde Sponsoringvertrag mit Racic. Könnte der damit zu tun haben? Günni hatte bestimmt noch mehr solcher Geschäftsideen ...«

»Racic sagt, er kennt diesen Sponsoring-Vertrag nicht. Er hat ihn nie gesehen.«

»Der lügt doch. Gestern hat er tatsächlich einen ordentlichen Vertrag gefaxt. Reichlich spät.«

»Wir haben alles bei ihm durchsucht und nichts gefunden. Kein Duplikat von der Sponsoring-Vereinbarung oder so was. Wer weiß, woher der kam. Racic kann ich nichts anhängen deswegen, solange ich denjenigen nicht kenne, der die Mappe da abgelegt hat. Es waren jede Menge Fingerabdrücke drauf, aber kein einziger von Racic. Die Geschichte bleibt erst mal in der Rätselkiste liegen.«

»Muss sie nicht. Was hältst du von dieser Version: Dennis war mit dem Ding bei Racic und haut es ihm um die Ohren, weil er weiß, dass sich Günni dieses Sponsoring gar nicht leisten kann. Racic wirft ihn raus – Vertrag ist Vertrag. Dann erfährt Racic, und zwar von mir, dass Günni tot ist, kriegt es mit der Angst und schickt per Fax eine ordentliche Vereinbarung, in der er bekundet, dass er das Geld bezahlen wird ...«

Winnie stand auf und füllte frisches Espressopulver und Wasser in die Bialetti. »Und warum, wenn ich fragen darf?«

»Weil er sich vielleicht denkt, dass Dennis seinen Vater umgebracht hat. Racic hat Angst vor Dennis und denkt sich: Ich zahl mal lieber, sonst bin ich der Nächste.«

»Wie soll er sich das denn zusammenreimen? Da kommt ein wütender junger Mann in sein Büro, schreit ein bisschen rum ... und dann kommt Racic gleich auf die Idee, dass der Mord was mit dem Geld zu tun hat? Fantastische Geschichte. Mach einen *Tatort* draus!«

Ich starrte auf meinen Teller und sagte: »Okay, dann eben nicht. Wie geht die Geschichte mit den Serben weiter? Die machen also ein Angebot, und dann?«

»Ist Dennis Heibuch gegangen, und dann sind die beiden ein bisschen durchgedreht – das waren die Worte von Dimi. Stojko hatte zuvor aus dem Ritterzelt dieses Schwert geklaut – mehr so aus Jux und Dollerei oder um Günter Heibuch zu beeindrucken ... und dann hat er, kaum dass Heibuch junior weg war, ein paar Lines Speed nachgelegt. Was das Labor gestern Nacht in der Leiche von Stojko nachgewiesen hat reicht, um damit ein ganzes Schullandheim auf den Trip zu bringen. Dass er überhaupt noch eine Nase hatte ... aber egal ... Die haben den Heibuch auf den Grill gesteckt, weil sie das für einen ›wahnsinnig tollen‹ Plan gehalten haben. Toller natürlich, als die Leiche einfach ins Parkhaus zu tragen und dort liegen zu lassen, toller als die Leiche in den nächsten Müllcontainer zu werfen ... Ja, guck nicht so, die beiden haben wirklich darüber nachgedacht, was sie mit dem Toten machen sollen. Wie diese verstrahlten Blitzbirnen halt so sind.« Winnie schraubte die Bialetti zu und stellte sie auf die Herdplatte. »Junkies eben. Jenseits von allem, wenn sie erst mal abgefüllt sind.«

»Das ist ja schlimmer als die Häckslerszene in *Fargo*«, murmelte ich.

»Was?«

»Nix. Ich meine, dann waren die gestern früh in der Firma, weil sie nicht wussten, dass Dennis im Krankenhaus ist. Und dieser dämliche Jorgo sagt den beiden auch noch, wo sie ihn finden können!«

»Ja, sie sind in der Klinik aufgekreuzt, und er ist mit ihnen ins Büro gefahren. Er hat den Tresor leergeräumt und hat ihnen das letzte Geld gegeben, damit sie verschwinden. Dimi hat ausgesagt, dass sie dann sofort gegangen sind. Wo Dennis hin ist, wusste er nicht. Wir haben den ganzen Laden auf den Kopf gestellt, aber vom Junior keine Spur. Die Firmenwagen sind alle da, wo sie hingehören ... Wer weiß ...? Die Fahndung läuft.«

»Das glaub ich alles nicht. Dennis weiß, dass die beiden seinen Vater gegrillt haben, und gibt denen auch noch Geld? Meinst du nicht, spätestens dann sollte bei dem der Verstand wieder eingesetzt haben?«

»Angst ist ein unglaublicher Motor, glaub mir. Wenn so ein Wahnsinn einmal ins Rollen gerät, dann bleibt der Verstand auf der Strecke. Wir hoffen, dass wir Dennis rechtzeitig finden, bevor er den nächsten Infarkt kriegt. Vielleicht war der Tod seines Vaters wirklich ein Unfall. Das wäre tragisch ...«

»Warum hat er denn keinen Arzt angerufen, als er gemerkt hat, dass sein Vater nicht mehr aufsteht?«

»Gute Frage«, sagte Winnie. »Du kennst ihn doch ein bisschen. Wie ist er drauf?«

»Immer unter Strom und leicht cholerisch. Aber ich kann mir nicht vorstellen, dass er gewalttätig ist. Und schon gar nicht, dass er für seinen Vater keinen Arzt gerufen hätte. Er wollte ihn doch gar nicht umbringen.«

Winnie löffelte Erdbeermarmelade aus dem Glas und guckte aus dem Fenster. »Hm ... wer weiß? Menschen tun seltsame Dinge, wenn der Druck groß genug ist.«

»Und was ist mit Petra und Wolfi? Wie soll die Frau das aushalten? Was macht sie denn jetzt bloß?«

»Ich hab den Eindruck, die zieht das durch, tapfer wie sie ist. Am Ende kann ich sie verstehen – was soll sie auch sonst tun? Sie versucht zu retten, was zu retten ist. Und Wolfi? Ich hab keine Ahnung, wie viel er von der ganzen Sache begreift. Als ich bei Heibuchs wegging, war er mit Raoul in der Cateringküche und hat in großen Töpfen gerührt und gesungen. Mir schien es so, als sei er bestens versorgt.«

»Ja dann ...«, sagte ich und trank meinen Kaffee aus.

»Was?«

»... folge ich Mattis Philosophie und tue das, was vor der Nase liegt. Und zwar sofort. Ich gehe arbeiten. Ich kann meine Aussage auch morgen machen. Oder? Heute Abend ist diese Party auf dem Boot, und wenn Petra jetzt wirklich etwas gebrauchen kann, dann doch wohl das Geld, das wir damit verdienen.«

»Dazu sage ich nein«, sagte Winnie.

»Du? Sagst nein – zu was? Dass ich arbeiten gehe und Petra helfe? Hast du sie noch alle?«

»Und wie.«

»Die anderen arbeiten doch auch!«

»Wir beide sind noch nicht fertig miteinander.«

»Aha?«

»Deine Aussage bei Seidel hat Dimi und Stojko aufgescheucht. Seidel hat die tatsächlich vorgeladen, leider bevor er mit mir darüber gesprochen hat.«

»Ach, jetzt bin ich wieder schuld?«

»Nicht ganz. Ich hätte die sowieso einvernommen. Die beiden

sind auf den Bildern, die der Knipser vom Markt gemacht hat.«

»War es also doch nicht ganz umsonst, dass du den Kamerachip einkassiert hast. Ich hoffe, du hast die Fotos, die er von mir gemacht hat, vernichtet.«

»Darum musst du ihn schon selber bitten.«

»Danke für deine Hilfe.«

Winnie griff in seine Hosentasche und zog ein Foto heraus. Da waren Dimi und Stojko deutlich in der Menge auszumachen.

»Du hättest nie gewusst, wer das ist, wenn ich nicht bei Seidel gewesen wäre. Und dass dein Kollege nicht mit dir spricht, ist ja wohl nicht mein Problem.«

»Stimmt mal wieder nicht ganz. Die beiden sind vorbestraft und erkennungsdienstlich erfasst. Und ich habe zudem einen guten Draht zur Presse – ich hatte eine sehr gute Beschreibung und sogar Stojkos Namen von dem BILD-Zeitungsredakteur, dem die beiden erzählt haben, wie die Leiche aussah. Er hat sie cash bezahlt, versteht sich. Ich hab ihm das Foto gezeigt, und er war sich sicher. Ich war nah dran, Maggie Abendroth ...«

»Oh, und jetzt hab ich dir die Tour vermasselt! Natürlich! Verflucht und zugenäht, Sherlock Holmes! Es tut mir leid.«

»Das hoffe ich«, sagte er, nahm meine Hand und zog mich halb über den Tisch. »Merk dir eins: Das Gegenteil von gut gelaufen ist gut gemeint. Sogar deine Idee, dass die beiden mit Günter Heibuchs tragischem Ende zu tun haben könnten, war richtig, aber getan hast du das Falsche. Tust du mir jetzt bitte einen Gefallen und hältst dich aus allem raus. Aus allem. Hast du verstanden? Du begibst dich nicht auf die Suche nach Dennis Heibuch. Du trittst bitte dem Knipser nicht mehr in die Kronjuwelen – und sollte dir noch irgendwas zum Thema ›Mord, Totschlag, Reifendiebstahl‹ einfallen, ein Verdacht, eine Beobachtung, egal was – du informierst mich auf der Stelle.«

Ich schlug mit der flachen Hand auf den Tisch, dass die Kaffeetassen wackelten. »Und jetzt, Herr Kommissar – fürs Protokoll! Ich hab mich nie irgendwie einmischen wollen. Nie ... ich steh nur plötzlich immer mitten drin. Du tust so, als würde ich mir wöchentlich bei Ebay drei Pfund Schlammassel ersteigern! Freiwillig!«

»Verstehe ich ja alles ... Aber du bist gestern knapp an der Katastrophe vorbeigeschrammt. Wieder mal! Kapier das endlich, Miss Marple. Das, was wie die Verkettung unglücklicher Umstände aussieht, hat irgendwo einen Anfang.«

»Und der bin ich?!«

»Das habe ich nicht gesagt. Setzt dich doch endlich mal wieder hin!«

»Nein! Tu ich nicht!«

»Na dann eben nicht! Was ich damit sagen will: Sollte je ein Gedanke in deinem Hirn auftauchen – besprich ihn zuerst mit mir! Ich frage mich sowieso, warum du nicht zu mir gekommen bist.«

»Weil du keine Zeit hattest! Und du hast mich kalt abfahren lassen, als ich mit dir über Rudi reden wollte. Du wolltest nicht helfen! Erinnere dich! Und jetzt geh mir nicht weiter auf die Nerven, Winnie Blaschke. Gib mir einen Zwanni, damit ich mir ein Taxi nehmen kann. Ich bin total blank ... und ich kann Raoul nicht bezahlen, weil Stojko meine Kohle in der Tasche hatte ... und ... und wenn du wieder mal irgendwelche guten Ratschläge für mich hast, dann ... dann ...«

»Was dann?«

Mir fiel nichts ein, was ich ihm hätte an den Kopf werfen können, und so verpuffte meine kleine Ansprache im Nichts. Aus rein dramaturgischen Gründen wiegt das Ende mehr als der Anfang und der Schluss zusammen – vor allem, wenn man einen hochdramatischen Abgang plant. Insofern hatte ich Winnies Rausschmiss grad gründlich vermasselt. Ich wusste das, und er wusste das auch.

»Wenn du jetzt anfängst zu grinsen, werd' ich handgreiflich, Blaschke. Und dann hast du einen Grund, mich einzusperren.«

»Die erste gute Idee, die ich heute von dir höre«, sagte er. »So, ich fahre jetzt zu Oma, die hat mich in den Kiosk zitiert, weil ich mir irgendwas Wichtiges angucken soll.«

»Nich nötich«, war Bertis Stimme aus dem Hausflur zu hören. Die Küchentür ging auf, und Berti schleppte einen Packen Zeitungen herein. Winnie nahm ihr das Paket ab. »Wie lange lauscht du schon?«

»Soll ich wörtlich zitieren, oder reicht dir'ne Zusammenfassung?«, antwortete sie.

»Was ist das?«, sagte Winnie, als er das Paket auf der Arbeitsplatte abstellte.

»Nach wat siehtet denn aus? Dat *Goldene Blatt* – natürlich nur die wichtigen Jahrgänge!«, sagte Berti, pflanzte sich auf einen Stuhl, guckte mich mit gerunzelter Stirn an und drückte mir ein Fläschchen ihrer Blütentropfen in die Hand. »Na? Wie geht et dir, Maggie?«

»Ich streite mich grad mit deinem Enkel, ansonsten geht es irgendwie«, sagte ich und nahm ein paar Tropfen. Berti guckte sich mein blaues Auge an und sagte: »Dat wird wieder. Die Murmel is ja noch ganz ... Ja, warum ich eigentlich hier bin ... Die Elli hat mich angerufen und gesacht, dat der Winnie hier ist, und da bin ich ma' wacker losgefahren, um die Sache abzukürzen.«

Sie bedachte ihren Enkel mit einem ernsten Blick und schüttelte den Kopf. »Wie du widder aussiehst.« Sie griff in ihre große Einkaufstasche, holte ein frisch gebügeltes Hemd heraus und ließ es über den Tisch segeln. Winnie fing es ungeschickt auf.

»Nich sofort wieder zerknüsseln! Herrgott.« Sie klopfte auf den Zeitungsstapel. »So! Guck dich dat an, bevor du dich umziehst.«

»Kann ich die Zusammenfassung haben, bitte. *Während* ich mich umziehe«, sagte er.

Berti schlug eine der Zeitungen an einer Stelle auf, die sie mit einem Klebestreifen markiert hatte, und las vor: *»Aus und Vorbei. Die La Rose-Singers getrennt ...«* Sie guckte uns triumphierend an. Winnie und ich zuckten die Schultern.

»Klingelt et nich' irgendwie? *Die* La-Rose-Singers? Häh?«

Wir schüttelten die Köpfe.

»Ihr seid echt zu jung dafür. Dat isset. Aber ich hatte so'n Ziehen im Hinterkopf, verstehsse? Dat da wat war ... und dann hab ich mir noch'ma dat Plakat von der Singdrossel angeguckt, und dat Ziehen wurde stärker ... und da bin ich in den Keller und hab ma die Archive durchgeguckt, und siehsse, wat ich gefunden hab.« Berti hielt die Zeitung hoch und zeigte auf ein Bild. »Aufgepasst: Dat sind zwei La-Rose-Singers. Bevor ihr euch gezz die Augen aus dem Kopp glotzt, dat da links is Petra Heibuch, geborene Pawlak und dat daneben is die Bochumer Nachtigall, Dolores La Rose, geborene Heibuch!«

»Und der Kerl auf dem Foto daneben?«, fragte ich.

»Günter Heibuch! Der Bruder vonne Nachtigall«, rief Oma Berti. »Da steht – wegen die Heirat vonne Petra, damals nannte die sich Chantalle La Rose, mit dem Bochumer Unternehmer und Diskothekenbesitzer Günter Heibuch haben die sich getrennt. Chantalle will nur noch für die Familie da sein ...«

Vor meinem geistigen Auge sah ich das Plakat an der Litfaßsäule ... Die Ähnlichkeit war wirklich da, nur hatte ich sie nicht zuordnen können. »Oh«, sagte ich. »Jetzt fällt mir was ein. Ich war doch in der Kongresshalle, und da gab es eine Diskussion zwischen Racic und La Rose. Und die Diva hat gesagt: ›Das Catering macht doch Günni‹ oder so ähnlich. Sie hat nicht Herr Heibuch oder Heibuch-Catering gesagt. Ist mir damals gar nicht aufgefallen.«

»Siehsse, so is dat mit den Details.« Berti holte eine weitere Zeitung aus dem Stapel und blätterte. »Und hier, die is von ein paar Monate vorher aus demselben Jahr ... Ich zitiere: *Gerüchte um eine Schwangerschaft von Dolores La Rose reißen nicht ab.* Und weiter: *Das Management von La Rose war zu einem Kommentar nicht bereit* ... und so weiter ... bla, bla ... Aber irgendwie is später nie die Rede von einem Kind. Na ja, wir schreiben dat Jahr neunzehnhundertdreiundziebzich ... da hätte sie dat nie zugegeben – zu der Zeit war dat unmöglich – ohne Mann. Dat wär' ein Skandal gewesen.«

Ich musste mich erst mal hinsetzen. »Die Petra hat das nie gesagt, dass die Nachtigall ihre Schwägerin ist ... Aber der Günni hat auch nichts darüber rausgelassen, dass wir das Catering für seine Schwester machen.«

Winnie hatte sich eine weitere Zeitung aus dem Stapel gefischt und an einer markierten Stelle aufgeschlagen. »Aha ... hör mal: *Chantalle La Rose leidet unter dem Geschwisterstreit,* wird sie hier zitiert. Aber da steht nichts Konkretes ... Warum und wieso jetzt plötzlich ein Streit?«

»'n paar Zeitungen hab ich nicht mehr«, sagte Berti. »Aber wat soll et schon gewesen sein? Wie dat so ist ... In die Jahrgänge vorher, als die La Roses grad ma' so hoch kamen mitte Karriere, da siehsse immer Bilder von alle drei, selig zusammen. Tja ... Und dann ... Peng! Hat die Petra den Bruder gekricht und'ne Pommesbude und Blagen, nix mehr Diskothekenbesitzer und inne Zeitung – und die Britta, so heißt die nämlich – die Nachtigall, die Karriere. Nur ist die nach ein paar Monaten den Bach runtergegangen. Kennt man ja auch.«

Mir brummte der Schädel – viel zu viele Namen auf einmal. Dolores La Rose ist also Britta Heibuch – die Nachtigall. Chantalle La Rose ist Petra Heibuch, geborene Petra Pawlak, memorierte ich.

»Und was hat das mit dem Fall zu tun?«, fragte ich, »außer, dass man die beiden wegen Pseudonymverschwendung anklagen sollte?«

»Weiß ich nich'«, sagte Berti. »Dat waren mir nur zu viele Zufälle und Zusammenhänge, die dat allet in einem anderen Licht erscheinen lassen.«

Winnie zog sich das frische Hemd über den Kopf und nuschelte: »... oder alles ins Dunkel der griechischen Tragödie tauchen ... Die Geschichte ist lange her, wo soll da der Zusammenhang sein?«

»Ich seh' schon. Interessiert hier wieder keinen«, sagte Berti und stand auf. »Manche Sachen brauchen Jahre, bisset kracht. Verstehsse?«

»Aber dann«, warf ich ein. »... wenn es um Eifersucht zwischen den beiden Damen ging oder geht, müsste eigentlich eine von den La Roses tot auf dem Grill gehangen haben. Oder?«

Berti bedachte mich mit einem finsteren Blick, und ich verschanzte mich hinter einer Zeitung. Die, die ich vom Stapel genommen hatte, war zwei Jahre nach der Trennung des Gesangsduos herausgekommen. Ich fand einen Artikel mit einem Foto von der Nachtigall, wie sie in einer Bar knutschend am Hals eines Mannes hing. *›Ist das der Neue?‹* fragte das *Goldene Blatt*, wusste aber auch keine Antwort, außer dass aus dem Umfeld der Sängerin kein Kommentar zu holen gewesen war. Stattdessen gab es ein paar Gerüchte über das Karriere-Aus der Nachtigall und ihre peinlichen Auftritte in fast leeren Veranstaltungshallen in der Provinz und noch peinlicheren Auftritten in Bars und Diskotheken. Seinerzeit nannte man das ›wenig damenhaftes Benehmen‹, heute hätte man ihr den Titel ›Partyluder mit Drogenproblem‹ verliehen und wäre damit im Dschungelcamp noch mal groß rausgekommen.

»Tja ... Ich werde Petra Heibuch nach den Zusammenhängen fragen.«

Winnie wirbelte zu mir herum und sagte: »Du wirst das nicht machen!«

Ich legte die Zeitung zusammen und warf sie auf den Stapel zurück. »Ja, ja ... Keine Sorge, ich geh jetzt Reibekuchen braten – mit Raoul und Wolfi. Da wär' nämlich noch'ne VIP-Party zu schmeißen, Herr Kommissar.«

Ich nahm meine Tasche, zog mir die Jeansjacke an, stopfte noch ein sauberes T-Shirt in den Beutel und hielt die Hand auf. Winnie zückte sein Portemonnaie und legte zwanzig Euro hinein.

»Aber ich kann dich doch fahren«, sagte Berti.

Winnie nahm mir den Geldschein wieder weg und grinste. »Oma hat recht. Das ist viel schneller.«

»Sach ich doch ...« Berti schob mich zur Tür hinaus, aber ich drehte mich noch mal um und sagte: »Eine Sache noch, Winnie ...«

Er runzelte die Stirn.

»Du hast gesagt, ich soll es zuerst dir sagen. Also, ich hatte eben eine Idee: Du musst rausfinden, was an der Geschichte mit der Schwangerschaft dran ist. Geburtenregister und so weiter ... Und was haben deine Finanzmänner rausgefunden

... Und du musst Dolores La Rose verhören ... und diesen Falco Racic!«

»Mach du deinen Job, ich mache meinen«, sagte Winnie, »und tschüss.«

Während der alte Benz die Alleestraße entlangschoss, redete Berti beinahe ununterbrochen. Ohne einmal Luft zu holen, diskutierte sie mit sich selbst verschiedene Theorien der Leidenschaften, mit denen man ganze Jahrgänge von Lore-Romanen hätte füllen können. Kurz vor Wattenscheid-Mitte ging ihr die Puste aus.

Als sie auf dem Hof der Heibuchs bremste und ich erfreut feststellte, dass ich noch am Leben war, sagte ich: »Du hast eins vergessen: Was, wenn nicht Britta, also Dolores die Nachtigall schwanger war, sondern Chantalle, also Petra? Vielleicht von einem Herren, der gar nicht auf ihrer Tanzkarte stand, sondern auf der von Dolores? Schon mal darüber nachgedacht?«

Berti zog die Handbremse an und starrte geradeaus.

»Nee«, sagte sie plötzlich, »nee, nee, nee ... wat viel schlimmer wär'... also die Nachtigall war schwanger ... aber sie hat es nicht behalten, weil ... weil ... irgendwas ... weil es ihre Karriere gebremst hätte oder so ...«

»Weil das Kind behindert war.«, vollendete ich spontan ihren Satz.

»Wie kommste gezz dadrauf?«

»Weil der Wolfi behindert ist, deswegen. Was, wenn er gar nicht Petras Sohn ist, sondern Brittas? Hm?! Und wenn wir Drama, Wahnsinn, Terror und Tumult auf die Spitze treiben wollen, dann fragen wir uns auch hier: Wer ist der Vater? Warum hat Petra ihn großgezogen? So, und jetzt ist Schluss mit dem Promiquiz. Ich geh dann mal. Danke für's Bringen.«

»Wie spät is dat eigentlich?«, sagte sie plötzlich.

»Weiß nicht, gleich halb eins.«

»Du liebe Zeit! Ich muss doch die Carmen und den Herzig vom Flugplatz abholen ... Heidewitzka!«

Berti legte den Rückwärtsgang ein und gab Gas. Während der Wagen an mir vorbeischlidderte, sah ich, wie sie ihr Mobiltelefon ans Ohr hielt. Es war zu hoffen, dass die Schutzengel auf der A 52 nach Düsseldorf noch nicht in die Mittagspause gegangen waren.

Vom Hof aus konnte ich Raoul und Wolfi in der Cateringküche beobachten. Sie waren emsig bei der Arbeit.

Ja, was, wenn Wolfi gar nicht Petras Sohn ist? Hatte Petra das behinderte Kind für ihre Schwägerin großgezogen? Und wie stand es um die Geschwister Heibuch? War Petra der Grund für das Zerwürfnis zwischen Bruder und Schwester? Hatte Petra dafür gesorgt, dass die Familie auseinanderbrach? Das wäre der Familienglucke durchaus zuzutrauen. Altruismus schien ja ihr zweiter Vorname zu sein ... dahinter steckte nicht selten ein ausgemacht manipulativer Charakter, der vorgibt, für alle immer nur das Beste zu wollen. Showbusiness und Familienkrach – altbewährtes Thema. Tausende von Wochenmagazinen auf der Welt verdienten sich damit ihr Geld.

Fragte sich nur, wie das mit dem seltsamen Cateringvertrag für die Nachtigall zusammenpasste? Warum hatte La Rose regelrecht darauf bestanden, dass das Catering von Günni kommen sollte. Weil es kostenlos gewesen wäre? Oder stand es für etwas anderes? Eine Versöhnung zwischen den Geschwistern?

Ich könnte Gudrun fragen, die wusste doch bestimmt ... Und da kam sie wie gerufen aus der Küche. Sie hastete an mir vorbei in Richtung Büro, sah mich und hob abwehrend die

Hände, als hätte ich versucht, sie zu schlagen. »Scheiße, Scheiße, Scheiße!«, wimmerte sie.

»Gudrun!«, rief ich.

Sie blieb stehen. Ihre Arme fielen kraftlos herunter und ihr Kinn bebte.

STOPP!, rief meine innere Stimme und drohte mit den Pfoten – DER WINNIE HATS VERBOTEN!

»Wie ... wie geht es Petra?«, fragte ich.

Gudruns Oberkörper zuckte nach vorn. »Beschissen, Mann! Wie denn sonst?!«, wurde ich angeschrien.

»Was ist denn mit dir? Kann ich ...?«

»Petra hat mich rausgworfen! Gekündigt! Fristlos! Nach zwölf Jahren! Das ist los! Ich hab doch nur gemacht, was Günni mir gesagt hat!«

Sie ging ins Büro und kam nach ein paar Sekunden mit ihrer Handtasche unter dem Arm wieder heraus, spurtete an mir vorbei, setzte sich in ihr Auto und fuhr davon.

Wie es aussah, würde hier gar nichts mehr gerettet werden können. Uns blieb heute nur noch, dafür zu sorgen, einen Abgang in Würde hinzulegen.

Raoul empfing mich in der Küche mit einem rohen Steak in der Hand, das er mir ungefragt aufs lädierte Auge drückte. Dann rückte er mir einen Stuhl zurecht, befahl mir, mich hinzusetzen, und sagte: »Iss freue miss, du bisse tapfer. Ssteak – fünfzehn Minüt. Dann du fangsse an die Auto ssu packe.«

Ich presste das Steak auf mein Auge und sagte: »Ja, Chef.«

Kapitel 20

Die MS-Nachtigall war aufs Glanzvollste herausgeputzt. *Willkommen Dolores La Rose* stand in goldenen Buchstaben auf einem schwarzen, drei Meter langen Transparent, das außen an der Reling angebracht war.

Jorgo und Gustav tauchten auf, als wir mit dem Ausladen des Transporters schon fertig waren. Jorgo trug eine finstere Miene zur Schau, und Gustav machte den Eindruck, als könne er sich nur noch mit letzter Kraft auf den Beinen halten. Als Jorgo mich sah, fuhr er zusammen. Er hatte offenbar nicht damit gerechnet, dass ich zum Job erscheinen würde. Er ging an mir vorbei und murmelte: »Ich hatte dich gewarnt.«

»Wir sprechen uns noch, Judas!«, zischte ich zurück.

Raoul klatschte in die Hände und forderte unsere Aufmerksamkeit. Gustav machte sich bei ihm sofort beliebt, indem er seinem Wunsch nach einem kühlen Bierchen Ausdruck verlieh. Als Begründung führte er seine schmerzenden Füße und den ›wahnsinnigen‹ Stress während der Truppenverpflegung im Kongresszentrum an. Ein Blick von Raoul genügte, um Gustav das Gequatsche auf der Stelle auszutreiben. Der Einzige, den das alles nicht im Mindesten interessierte, war Wolfi. Er durfte Fähnchen mit dem Bochumer Stadtwappen in kleine Frikadellen spießen, die später an die eintreffenden Gäste als Willkommensgruß gereicht werden sollten. Die drei Kellner trafen ein, grüßten kurz und inspizierten die Örtlichkeiten, schleppten Gläserkisten und Tischwäsche an Bord und machten sich daran, die Tische einzudecken. Es lief wie am Schnürchen. Wir hatten nichts vergessen, und die Lakaien waren vollzählig versammelt. Eine Stunde später war das

Boot bereit zum Ablegen. Fehlten nur noch die Gäste. Der Kapitän guckte immer wieder auf seine Armbanduhr. Die Sonne sank unaufhaltsam gen Westen ... die Zeit lief.

Mit einer Viertelstunde Verspätung rollte der doppelstöckige Reisebus mit den VIP-Gästen heran. Raoul und ich standen auf dem Aussichtsdeck der MS Nachtigall. Er hatte mir erlaubt, noch eine Zigarette zu rauchen und ihm auf dem Beobachtungsposten Gesellschaft zu leisten. Raoul kniff die Augen zusammen und blickte immer wieder in den Himmel, wo sich dicke Gewitterwolken auftürmten.

Die Türen des Busses öffneten sich, und die Partygäste strömten über den Parkplatz an die Anlegestelle am Seglerheim Heveney. Satin-Pellerinen und Samtcapes, ausladende lange Taftröcke und glitzerndes Geschmeide rauschten auf uns zu.

»Wo isse de Fernssehe?«, fragte Raoul.

»Wohl nicht da«, gab ich zurück. »Aber da, guck mal, da sind zwei Fußballer vom VfL.«

»Sseit wann iss habe Interesse an diesse blöde Ssport? Du hasse versprosse Fernsehen.«

»Beschwer dich bei Racic. Ich hab den Auftrieb nicht organisiert.«

Raoul war tatsächlich enttäuscht, dass keine Kamerateams in Sicht waren.

Und als hätte es an diesem Abend in der Kongresshalle nicht schon genug Nachtigall-Geschaller gegeben, startete der Kapitän die CD von La Rose. »*Heimat, deine rote Erde, in den Tiefen kocht der Stahl ... in meinem Herzen kocht die Liebe – Kohlenpott, du warst einmal ... Heute bist du hell und heiter, da wo Maloche war, wird jetzt getanzt. Das schwarze Gold bleibt in der Erde, mein Revier, mein Heimatland ...*«

Raoul schnaubte und nahm den Niedergang in den Salon mit zwei Sprüngen. Sekunden später erklang heitere, klassische Musik. Die Kellner atmeten auf.

Neben einigen Leuten, die zu den oberen Zehntausend von Bochum gehörten und deren Gesichter ich nur aus der Zeitung kannte, waren auch welche dabei, die ich zu allerletzt hier vermutet hätte. Allen voran schritt Oma Berti, angetan in einem langen, dunkelgrünen Seidenrock mit passendem Bolerojäckchen. Neben ihr, frisch vom anderen Ende der Welt eingeflogen, Carmen Sawatzki und ihr Lebensabschnittsgefährte Dr. Dr. Herzig, beide braungebrannt und bester Laune. Beim Anblick von Matti im schwarzen Abendanzug, der Wilma untergehakt hatte, blieb mir die Luft weg. Nicht nur, weil Wilma in ihrem goldenen Prêt-à-Porter-Kleid jeder Hollywoodschönheit Konkurrenz gemacht hätte, sondern weil sie überhaupt da war. Ich fand die Frage berechtigt, was sie auf dieser Veranstaltung eigentlich zu suchen hatte. Weder mochte sie Schlager, noch mochte sie Bootsfahrten. Entweder hatte sie Krach mit Acki oder sie wollte auf gar keinen Fall verpassen, wie ich mit dem Catering baden ging. Und wie, fragte ich mich, hatten es alle geschafft, ihren Plan, hier in geballter Macht aufzukreuzen, vor mir geheim zu halten?

Elli und Mia, herausgeputzt wie zum Opernball, versuchten mit Berti Schritt zu halten. Die gesamte Truppe wurde von Falko Racic überholt, der sich mit einem Strauß roter Rosen im Arm vor die Gangway postierte. »Liebe Gäste«, sagte er. »Bitte nehmen Sie Aufstellung für ein Empfangsspalier.«

Und schon ging, im übertragenen Sinne, das Stühlerücken los. Ein paar Minuten später hatten siebzig erwachsene Menschen es endlich geschafft, zwei Reihen zu bilden und in der

Mitte so viel Platz zu lassen, dass Dolores La Rose hindurchschreiten konnte. Während Racic jedem einzelnen eine Rose in die Hand drückte, bauschten die ersten Windböen Röcke und Umhänge. Die Damen quiekten in gespielter Hysterie und versuchten die Rocksäume unten zu halten und die Frisuren zu retten. Die Herren hatten weniger Probleme mit ihrer Kleidung und starrten in den Himmel, als könnten sie das herannahende Unwetter mit purer Willenskraft aufhalten. Racic hatte Mühe, die Aufmerksamkeit der Anwesenden wieder auf sich zu ziehen. Er erklärte, dass sie bitte die Rosen nicht auf die Diva werfen, sondern in die Höhe halten sollten.

Wenn meine innere Uhr nicht trog, dann waren wir mittlerweile eine halbe Stunde im Verzug. Nichts ist schlimmer als zu spät eintrudelnde Gäste und der Gedanke an Lebensmittel, die, auf den Punkt gegart, gebraten und gebacken, unaufhaltsam dahinsiechen.

Ein Mitternachtsblauer Volvo fuhr mit quietschenden Reifen auf den Parkplatz. Der Knipser sprang heraus, seine Fototasche bereits geschultert. Im Laufschritt holte er die Kamera heraus, rannte durch das Spalier der Gäste auf Racic zu und sagte: »Noch fünf Minuten. Sie ist in fünf Minuten da. Ich mach von oben noch ein paar Fotos von den Gästen ...«

Keine zwei Sekunden später stand er neben mir, ignorierte meine Anwesenheit so gut er konnte und beugte sich übers Geländer, um die VIP-Gäste nach Farben zu sortieren. Offensichtlich gefiel ihm das spontane Arrangement des Ehrenspaliers nicht.

Die Truppe um Oma Berti ließ ihn dabei keine Sekunde aus den Augen. Könnte es möglich sein, dass sie nicht unbedingt wegen der Nachtigall hier waren, sondern seinetwegen?

Herzig hatte mich entdeckt und winkte mir zu.

»Sie da!«, rief der Knipser. »Nicht jetzt winken. Herrgott noch ... und nicht in die Kamera gucken! Passen Sie doch auf die Rose auf. Oh, Wilma«, sagte er plötzlich wesentlich freundlicher. »Du siehst fantastisch aus. Dreh dich mal.«

Wilma warf sich in Pose, und er schoss ein paar Fotos. Einige der Herren applaudierten. Der Knipser fuhr zu mir herum und sagte: »Was will dieser irre Blonde mit den Eisaugen, dieser Totengräber, neben Wilma?«

»Der war von deinem Angebot, mich auf einen Quickie in dein Hotelzimmer mitzunehmen, nicht begeistert und wollte die Gelegenheit nutzen, mal ein ernstes Wörtchen mit dir zu reden.«

Der Knipser schnappte nach Luft und wich einen Schritt vor mir zurück.

»Was soll das denn heißen? Du bist doch nicht etwa …?«

»Es heißt, was es heißt. Und der Herr daneben ist der beste Strafverteidiger weit und breit. Er wird Rudi verteidigen. Du siehst, wir sind auf alles vorbereitet.«

Bevor er etwas entgegnen konnte, rief Herzig: »Frau Abendroth, ist das nicht toll, dass die Damen noch Karten bekommen haben?«

»Wie haben Sie das geschafft, Doktor Herzig?«, rief ich zurück.

»Man muss nur die richtigen Leute kennen, nicht wahr?«

Der Knipser knurrte mich an: »Musst du nicht in die Küche?«

»War ich da jemals, seit wir uns kennen?«, gab ich zurück. »Und nur zu deiner Information: Merk dir die Gesichter dieser kleinen Truppe da unten genau – am besten fotografierst du jeden einzelnen. Die werden dich später kielholen, glaub mir. Und diese füllige Dame da, ja, die in dem Chiffonensemble in Mauve, da wäre ich besonders vorsichtig. Sie ist die Freundin von Rudi. Für gewöhnlich setzt sie sich so lange auf ihre Gegner, bis sie nicht mehr atmen, und sie hat auch einen ganz ordentlichen Schwung an der Bratpfanne.«

Ich überließ den Knipser seinem Schicksal, ging zu meinem Arbeitsplatz in der Pantry und öffnete das kleine Bullauge. Ich winkte Doktor Herzig heran, der sich übers Geländer an der Anlegestelle beugte, und sagte: »Das da oben ist der Typ, dem Rudi die Reifen gestohlen hat.«

»Hat Matti mir schon gesagt«, antwortete er.

»Könnten jetzt bitte alle ihre Position wieder einnehmen?! Bitte!«, hörte ich den Knipser von oben rufen.

Raoul zupfte an meinem T-Shirt. Ich machte das Bullauge zu. Rauschender Beifall kündete von der Ankunft der Diva.

Die gesamte Service-Truppe, bestehend aus drei Kellnern, fünf Küchenschaben, also uns, einem Gläser-Spüler und dem Kapitän standen stramm, als die Nachtigall durch das Ehrenspalier geschritten war und als Erste den Salon betrat. Sie trug ein dunkelrotes Seidenkleid, das an der Hüfte gerafft war und ihre immer noch sehr schlanke Taille hervorhob. Sie schaute sich um und lächelte. Aber ihre Augen lächelten nicht mit. Das war etwas, das sie von ihrem Bruder unterschied. Wenn Grünni gelacht hatte, waren ihm alle Gesichtszüge entgleist und das ganze Haus hatte gebebt.

Falko Racic zappelte hinter ihrem Rücken herum und zeigte auf uns. Raoul verbeugte sich und wir anderen, vom Spüler bis zum Oberkellner, zogen nach, als hätten wir es geprobt. Die Diva lächelte milde und sagte. »Na, na ... das nenn ich eine Begrüßung.« Dann schritt sie zum Buffet und unterzog es einer eingehenden Begutachtung. Raoul trat vor und begrüßte La Rose mit einer weiteren knappen Verbeugung. »Benvingut. Gestatten: Raoul Masdéu-Canals Sáez de Astorga. Molte de gust.«

La Roses Blick flackerte, ihre Nasenflügel bebten, aber

bevor sie etwas sagen konnte, hielt ihr Raoul einen Teller hin, auf dem ein Pastetchen seiner Bestimmung harrte und unter ihrem Blick zu zerbröseln drohte.

»Was ist das?«, sagte sie und drehte sich zu ihrem Manager um.

Der eilte an ihre Seite, lächelte gequält und flüsterte: »Dolores, bitte keine Szene ... bitte ...«

Aus dem Augenwinkel konnte ich Wolfi sehen, der nervös von einem Bein aufs andere tippelte. Dann konnte er nicht mehr an sich halten und rief: »La Rose. Dolores La Rose! Da ist ein Königsberger Klöpschen drin. Königsberger Klopse, klitzeklein. Die haben wir für Sie gemacht. Nur für Sie ...! Soooooo klitzeklitzeklein ...«

La Roses Lächeln wurde zu Stein.

Mittlerweile drängelten sich die Gäste vor dem Eingang, denn die ersten dicken Regentropfen fielen vom Himmel. Die Diva nahm das Pastetchen mit zwei Fingern, kostete, wandte sich den Gästen zu und sagte: »Sie müssen leider wieder gehen. Es ist so köstlich, das möchte ich alles alleine essen.«

Racic lachte befreit auf. Der Kapitän gab die Tür frei, und die Gäste strömten herein. Das Gewusel im Salon nahm kurzfristig chaotische Züge an, aber nach ein paar Minuten hatten alle einen Platz an den Tischen gefunden, die Minifrikadellen machten die Runde, und die MS Nachtigall legte ab.

Der Kapitän sprach ein paar Worte zur Begrüßung, entschuldigte sich für den Regen und verkündete, dass aus diesem Grund die Gäste bitte nicht nach oben aufs Freideck gehen sollten, es bestünde Rutschgefahr. Dann war das Buffet eröffnet. Während das Schiff beidrehte und Fahrt aufnahm, schaute ich aus dem kleinen Bullauge in der Pantry und sah Matti neben Dr. Dr. Herzig am Ufer stehen. Ihre beiden Gestalten wurden immer kleiner. Ich winkte.

»Wem winkst du denn? Sieht doch eh keiner«, sagte Gustav, der mich anrempelte und den Suppentopf auf eine Warmhalteplatte wuchtete. Im letzten Augenblick sah ich, wie Matti zurückwinkte und seine Rose in den See warf.

Raoul hielt uns Kraft seiner Autorität und mithilfe unmissverständlicher Gesten auf Trab, ohne ein Wort sagen zu müssen. Dabei sah er aus, als dirgiere er ein stummes Küchenballett. Die Gäste kauten zufrieden. Ein paar sah ich, die sich schnell die Menükarte einsteckten. Carmen Sawatzki schwebte herbei und sagte: »Also Maggie, ich dachte immer, du kannst nicht kochen.«

»Kann ich auch nicht«, flüsterte ich. »Das ist alles von Raoul ... und warte erst mal ab, wenn du die Suppen probiert hast.«

»Für die nächste Party im Golfclub seid ihr sofort gebucht«, versicherte sie und ließ sich einen frisch gefüllten Teller von mir reichen.

»Warum sind Matti und Herzig an Land geblieben?«, fragte ich, beobachtete aber aus den Augenwinkeln genau, ob Raoul schon nervöse Zuckungen bekam, weil ich mit Carmen redete.

»Na, warum wohl? Die kümmern sich um Rudis Angelegenheiten.«

»Jetzt ...?«

»Ja, wann denn sonst?«

Kaum war Carmen in der Menge verschwunden, kam Wilma ans Buffet geschlendert. »Chapeau, Frau Abendroth«, sagte sie. »Ich hab gehört, was dir gestern Nacht passiert ist. Also, Berti hat es mir erzählt ... und ... und ... ich dachte...«, druckste sie herum.

»Nein«, sagte ich. »Gib dir keine Mühe. Ich bleibe in meiner Absteige. Nicht, dass du dein spontanes Samaritertum nach zwei Tagen wieder bereuen musst.«

»Sei doch nicht so kratzig. Ich hab doch gar kein Angebot gemacht«, sagte Wilma und schob sich eine Pastete in den Mund.

»Aber du wolltest eins machen«, antwortete ich und reichte ihr einen Teller mit Blutwurst-Apfelschnittchen. Wilma nickte und nuschelte mit vollem Mund: »Ja, ich wollte nett zu dir sein.«

»Nicht nötig. Tu mir einen Gefallen: Werd' fett«

Wilma drehte sich um und stolzierte davon. Vor ihr teilte sich die Menge wie das rote Meer vor Moses. Die Herren bekamen beim Anblick von Wilmas aufreizend spärlich bekleideter Rückfront einen glasigen Blick. Jorgo beugte sich zu mir herüber und flüsterte: »Ich zahle jeden Preis für ihre Telefonnummer.«

»Hör auf zu sabbern«, sagte ich und verpasste ihm eine Kopfnuss.

Raoul hatte es nicht gesehen, er stand neben Oma Bertis Tisch. Berti probierte sich durch einen Teller Buntes, und der Chefkoch nahm ihr Urteil mit gebeugtem Haupt entgegen. Sie klopfte ihm anerkennend auf die Schulter. Raoul lächelte, nahm ihre Hände und drückte ihr einen Kuss auf die Stirn. Dann kam er zurück zur Theke, gerade noch rechtzeitig, um Gustav die Flasche Bier, die er eben hinter einem großen Kochtopf verschwinden lassen wollte, aus der Hand zu nehmen.

Eine halbe Stunde später wurde die Musik ausgeblendet und Dolores La Rose erhob sich. Alle Augen waren auf sie gerichtet.

»Nu' bin ich abba ma gespannt, wat gezz kommt«, sagte Berti, die sich neben mich gestellt hatte. Ich lehnte am Getränkekühlschrank und kostete die kurze Pause aus. »Was soll denn jetzt kommen?«, fragte ich.

»Pass ma auf. Tränendrüse. Hatt'se schon im Konzert gemacht. Da hat'se ihrem toten Bruder dat Konzert gewidmet. Und die Presse war voll aussem Häuschen, kannze ja wohl denken.«

»Ja, da hat sie sich den großen Knall schön fürs Finale aufbewahrt«, gab ich zurück. »Wundert mich nur, dass die Presse nicht schon viel eher drauf gekommen ist ...«

»Die Journalisten sind heute auch nich' mehr dat, wat'se ma waren. Wat nich in Internetz steht, is au' nich passiert.«

Dolores La Roses Augenlider flatterten, als könne sie ihre Tränen kaum noch zurückhalten. Mit erstickter Stimme sagte sie: »Ich danke Ihnen allen von ganzem Herzen, dass Sie heute meine Gäste sind. Schwere Zeiten hatte ich, und ich war so voller Hoffnung, dass sie endlich vorüber seien. Aber die Ereignisse der letzten Tage haben mir gezeigt, dass dem nicht so ist. Es wird mir meinen geliebten Bruder nicht zurückbringen, wenn ich jetzt vor dem Schicksal in die Knie gehe. Er hatte sich so gefreut für mich, für mein gelungenes Comeback. Mein Bruder und ich waren nicht immer einer Meinung, aber wir haben uns endlich, nach Jahren, wieder versöhnt. Wir wollten endlich wieder eine Familie sein.«

Sie ließ ihren Blick über die Menge wandern und schob einen kleinen Seufzer ein. »Aber dieses Fest soll kein Trauerspiel sein. Feiern wir das Gute im Leben. Jetzt. Wer weiß, ob wir die Chance auf einen nächsten Tag bekommen. Günni Heibuch, mein einziger Bruder, ich werde dich nie vergessen.«

Racic hob sein Sektglas, die Gäste an den Tischen taten es ihm nach. Bevor er seinen Toast aussprechen konnte, funkte Wolfi dazwischen: »Lang singe die Nachtigall!«

»Ja«, stotterte Racic, »Lang singe die Nachtigall!«

Die MS Nachtigall glitt tuckernd durch den strömenden Regen. Die Gäste machten sich übers Dessert her und spülten mit reichlich Alkohol nach. Man unterhielt sich angeregt, und die Diva machte einen entspannten Eindruck, als sie auf Raoul zuging und ihm zu dem gelungenen Buffet gratulierte. »Meine Schwägerin kann sich glücklich schätzen, einen solchen Koch gefunden zu haben. Bravo. Aber ...«, sie beugte sich über die kleine Theke und flüsterte: »Ich hoffe doch, dass Sie nicht vorhaben, Ihr Talent weiterhin in Wattenscheid bei einem drittklassigen Cateringunternehmen zu verschwenden. Mit Ihrem Können steht Ihnen doch die ganze Welt offen. Ich kenne da ein paar sehr einflussreiche Leute ... Wenn Sie interessiert sind, rufen Sie einfach Falko Racic an.«

Bevor Raoul antworten konnte, war sie schon wieder in der Menge verschwunden.

»Die ssinde alle verruckt.«, murmelte er.

Nachdem das Geschirr abgeräumt war, legte der Kapitän Tanzmusik auf, und das Boot drehte bei, um den Rückweg zum Seglerheim anzutreten. Die Burg Blankenstein zog an uns vorbei und sah aus wie eine Kulisse aus einem Horrorfilm. Mittlerweile tobte ein heftiges Gewitter, was die Menge nicht davon abhielt, in letzter Minute noch das Tanzbein zu schwingen.

Ich sah Carmen, Wilma, Elli und Mia, die einen wilden Fruchtbarkeitstanz aufs Parkett legten. Dabei wurden sie von Berti klatschend angefeuert. Der Kapitän drehte die Musik noch lauter, und die Leute wogten ausgelassen hin und her.

Raoul zog eine kleine Armbanduhr aus der Hosentasche und krauste die Stirn.

»Was ist?«, fragte ich ihn.

»Wir musse längst ssuruck ssein. Und wo isse de Wolfi?«

»Bestimmt zur Toilette.«

»Hm«, machte Raoul.

»Was ist denn mit dir? Es läuft doch alles super.«

Raoul schnaubte, packte Gustav an den Schultern und schob ihn zur Seite. »Fang an mit Einpacke, aber dissekrete.«, befahl er ihm. Gustav warf sich ein Geschirrtuch über die Schulter und murmelte: »Ja, ja ... is ja gut Mann.«

Die Anlegestelle kam in Sicht. Erst wenn alle das Schiff verlassen hatten, durften wir mit der großen Aufräumaktion beginnen. Jorgo hatte sich tatsächlich bereit erklärt, mit Gustav bis zum Ende dazubleiben und den zweiten Wagen mit den Essensresten zu beladen, während Raoul, Wolfi und ich mit dem Equipment zurück nach Wattenscheid fahren und alles aufräumen und sauber machen wollten. Unsere Nacht würde noch lang werden. Raoul hatte darauf bestanden, dass wir den Job pikobello zu Ende bringen mussten.

Die ganze Zeit über hatte ich die Anwesenheit des Knipsers völlig ignorieren können. Nur hier und da leuchtete sein Blitzlicht auf und erinnerte mich daran, dass er noch da war. Jetzt saß er vorne beim Kapitän und schoss Bilder von der Anlegestelle. Dort wartete neben einigen Fotografen tatsächlich auch ein Fernsehteam auf Dolores La Rose.

Ich stieß Raoul in die Seite und sagte: »Da ist dein Fernsehteam.«

»Iss geh mir umssiehe frische Jacke«, sagte er und war in der nächsten Sekunde im Toilettenraum verschwunden.

Racic scharrte mit den Füßen und schaute sich um, als suche er etwas.

Ein kleiner Ruck und das Schiff hatte angelegt. Die Gangway wurde ausgefahren, die Musik brach ab. Der Kapitän bedankte sich bei allen und wünschte eine gute Nacht. Die Gäste strömten hinaus, empfangen vom Blitzlichtgewitter der Fotografen. Ein paar Damen hielten schützend ihre

Abendtäschchen über ihre Köpfe, rafften die Röcke und rannten in Richtung Parkplatz. Der Salon leerte sich zügig, zuletzt ging Bertis Truppe von Bord. Sie winkten uns zum Abschied zu.

»Bis nachher«, rief Elli.

Ich winkte zurück. »Das wird spät. Eher bis morgen.«

»Wenn noch welche von den Frikadellen übrig sind, kannste die ja mitbringen«, rief Elli.

»Ich mach dir welche, und gezz geh endlich«, sagte Berti und schob Elli von Bord.

Kapitel 21

Keine zehn Minuten später waren wir dabei, die Transportkisten auf die beiden Wagen zu verteilen, als Racic plötzlich vor uns stand und stammelte: »Wo ist sie denn?«

»Wer?«, fragte Jorgo gelangweilt.

»Dolores natürlich. Ich hab hier alles abgesucht. Ich kann sie nicht finden. Die Presseleute ...«

»Gehen auch grad«, sagte Gustav gedehnt. Raoul kam in derselben Sekunde geschniegelt und gebügelt aus dem Toilettenraum. Seine weiße Kochjacke strahlte, leider zu spät. Der große Pressespuk war vorbei, bevor er überhaupt richtig angefangen hatte. In den Regen mischten sich walnussgroße Hagelkörner, und die Reporter waren vor den Naturgewalten einfach ausgerückt.

Raoul verschwand im Gang vor dem Motorraum. Ich rief nach Wolfi. Er sollte mir beim Tragen der letzten Kiste helfen. Ich bekam keine Antwort. Gustav kümmerte sich um gar nichts, was so viel hieß, dass er in Zeitlupe die Vorlegeplatten in einen Plastikcontainer stapelte. Raoul fluchte auf Katalanisch und packte die letzte Kiste wieder aus.

»Was suchst du?«, fragte Jorgo.

»Meine Messer, verfluchte. Has du eingesteckt?«

»Nee. Wieso sollte ich?«, sagte Jorgo und rollte die Augen. »Der und seine Heiligtümer.«

»Raoul, wenn dein Messer da drin ist, finden wir es spätestens beim Spülen wieder«, sagte ich.

Er stemmte die Arme in die Taille und schnaubte. Ich machte den Deckel der Kiste zu. Mit finsterem Blick verfolgte Raoul, wie Jorgo und ich sie hinaustrugen.

Draußen schlug uns der Regen ins Gesicht. Das Schiff

schaukelte heftig, die Gangway hob und senkte sich, und das Wasser klatschte schmatzend an die Kaimauer. Meine Hose klebte an den Beinen.

»Stopp, Jorgo. Die ist so schwer. Und diese Griffe schneiden mir in die Handflächen.«

»Setz ab. Ich mach das alleine«, sagte er, packte die Kiste und ging zum Transporter. Ich stützte mich am Geländer der Gangway ab und beugte mich vor, um den schmerzenden Rücken zu entlasten. Am Anleger gingen die Laternen an, was der Gischt einen gelben Schimmer verlieh, der die Wellen noch gefährlicher aussehen ließ, als sie sowieso schon waren. Auf dem Wasser tanzte etwas Glitzerndes vorbei. Ich beugte mich weiter vor. Ein Schuh. Ich kniete mich hin, griff ins Wasser und fischte ihn heraus. Ein strassbesetzter Abendschuh, dunkelrot. Leider nicht meine Schuhgröße. Welches Aschenputtel den wohl verloren hat, dachte ich. Was mich sofort daran erinnerte, dass ich die Pantry noch putzen musste. Und zwar jetzt. Raoul würde das Schiff nicht eher verlassen, bis alles restlos sauber und aufgeräumt war. Ich ließ den Schuh ins Wasser fallen und richtete mich auf.

Racic versperrte mir im Eingang den Weg. »Scheiße. Dieses Sauwetter ... Hey!«, rief er dem Knipser zu. »Mach du wenigstens gleich noch ein paar Fotos, wenn La Rose von Bord geht.«

»Darf ich mal, Herr Racic?«, sagte ich und versuchte, mich an ihm vorbeizudrängeln. Er hatte beide Arme in den Türrahmen gestemmt und reagierte nicht.

Der Knipser tauchte hinter ihm auf. »Falko, ich ruinier doch nicht meine Kamera. Ich fahr jetzt nach Duisburg. Ich hab genug Material. Ob sie an Bord geht oder von Bord kommt, ist nur eine Sache der Bildunterschrift. Wir sehen uns morgen bei der PK.«

Racic gab die Tür nicht frei und sagte: »Guck gefälligst oben nach, ob sie da ist, und wenn sie da ist, dann mach Fotos! Herrgottnochmal. Wofür wirst du bezahlt?«

»Okay, okay ...«, sagte der Knipser und ging. Racic grinste mich an und ließ mich passieren. Ich grinste zurück. Endlich mal jemand, der den Knipser zum Arbeiten schickt.

Als ich in die Pantry ging, war er alles andere als auf dem Weg zum Oberdeck. Er saß auf der Treppe und fummelte an der Kamera herum.

»Na, keine Lust deinen Auftraggeber glücklich zu machen?«, fragte ich.

»Der kann mich mal«, antwortete er. »Ich find es viel interessanter, dir beim Putzen zuzugucken. Das ich das noch erleben darf.«

»Werde ich heute noch erleben, dass hier endlich mal jemand das tut, wofür er bezahlt wird?«, bellte Racic vom Eingang. Der Knipser hob die Kamera, machte ein Foto von ihm und ging dann in aller Ruhe die Treppe hinauf.

In der Pantry öffnete ich das Bullauge, um frische Luft hereinzulassen. Da, wo vor ein paar Minuten noch ein Mülleimer gestanden hatte, saß Raoul erschöpft auf einem Bierfass und beachtete mich nicht. Es machte ihm offenbar schwer zu schaffen, dass er die Fotografen und die Leute vom Fernsehen verpasst hatte. Ich nahm einen Lappen und schob die Brotkrümel von der Anrichte in meine hohle Hand. Dann wusste ich nicht, wohin damit.

»Wo ist der Müll?«

»Weisse nicht. Werfe Krümel aus die Fenster. Fische freut sich«, murmelte Raoul.

Ich zuckte die Schultern, hielt die Hand aus dem Bullauge und ließ die Krümel in den See fallen. Als ich meine Hand wieder zurückzog, war sie voller Blut. Ich wartete auf den Schmerz, aber er kam nicht. Ich wischte das Blut ab – meine Hand war nicht verletzt. Zaghaft streckte ich sie noch einmal nach draußen. Es tropfte warm auf meine Hand. Ich schob meinen Kopf nach draußen und schaute nach oben. Stoff wehte klatschend im Wind. Ich blinzelte, denn der Regen machte es nicht leichter, irgendetwas erkennen zu können. Dann hörte ich den Knipser schreien. Etwas auf dem Oberdeck fiel polternd zu Boden. Ein Blitz zuckte über den Himmel und ich sah, kaum einen Meter über mir, den Kopf der Nachtigall baumeln. Ihre toten Augen starrten mich an, und Blut tropfte aus ihren nassen blonden Haaren auf mein Gesicht. Ihre schlaffen Arme streckten sich mir entgegen und hätten mich beinahe berührt. Ich konnte die klaffende Wunde an ihrem Hals sehen und schrie auf. Rückwärts taumelnd fiel ich in Raouls Arme.

»Wasse du gemacht?«, sagte er und wischte hektisch mit einem Geschirrtuch in meinem Gesicht herum.

»Nix, das ist nicht mein Blut …« Ich hatte meine Stimme kaum unter Kontrolle.

Raoul schob mich weg und guckte selbst hinaus. »Was isse das?«, schrie er. »Was isse das!?«

»La Rose«, stammelte ich. »Das ist Dolores La Rose.«

Dann sah ich Jorgo, gefolgt von Racic, im Eingang des Salons stehen.

»Was'n hier los?«, fragte er.

In dem Moment kam der Knipser die Treppe herunter. In der Hand hielt er eines von Raouls japanischen Kochmessern. Blut tropfte von der Klinge auf die weiße Metalltreppe. Hinter ihm wankte Wolfi, seine weiße Kochmontur war blutbesudelt. Sein Gesicht war schmerzverzerrt und er hielt mit der Linken sein rechtes Handgelenk umklammert.

Jorgo drehte sich auf dem Absatz um und rannte vom Schiff.

Wolfi ließ den Kopf hängen, Speichelfäden liefen aus seinen Mundwinkeln und er wimmerte: »Mama, aua, aua, Mama ...«

Raoul nahm ihn bei der Hand und wischte ihm den Mund ab. Dann lotste er ihn zu einem Stuhl und untersuchte die Wunde an Wolfis Arm.

»Sie hängt da oben über der Reling«, sagte ich.

»Wer denn?«, fragte der Kapitän, der eben aus dem Maschinenraum kam und von alldem noch gar nichts mitbekommen hatte.

»Die Nachtigall. Rufen Sie die Polizei an. Sofort.«

»Was?!«, schrie der Kapitän.

»Madame La Rose isse tot. Ausgetrallert Nachtigall. Und eine von meine Messer isse Tatwaffe.«

Ich zeigte auf den Knipser, der das Messer auf der Stelle fallen ließ.

Wolfis Mund klappte auf und zu und sein Oberkörper fing an zu zucken. Raoul legte einen Arm um seinen Rücken und summte eine Melodie. Allmählich entkrampften sich Wolfis Hände, und nach ein paar Minuten sank sein Kopf auf Raouls Schulter.

Der Kapitän rannte mit dem Handy am Ohr nach oben. Ich konnte nicht verstehen, was er ins Telefon brüllte, aber nach ein paar Sekunden kam er schon wieder herunter, klappte das Handy zusammen und sagte: »Wir müssen die Leiche irgendwie da runterholen«, erklärte er, »sonst fällt sie noch über Bord.«

»Ich pack hier nix an«, kreischte Racic und fuchtelte mit den Armen in der Luft herum.

»Jetzt kommen Sie schon!«

»Nein!«

Der Kapitän rannte wieder aufs Oberdeck. Racic taumelte hinaus auf die Gangway. Ich sah ihn an der Anlegestelle hin und her laufen. Er raufte sich die Haare. Nach dem er ein paar Mal auf und ab gelaufen war, fiel er auf die Knie und trommelte mit den Fäusten auf den Beton.

Der Knipser ließ sich auf einen Stuhl fallen, starrte auf seine Hände und dann auf das am Boden liegende Messer.

Im Salon sprach keiner mehr. Draußen wurde das Gewitter allmählich schwächer. Als endlich die Polizeisirenen zu hören waren, atmete ich erleichtert auf.

Nachdem sich Winnie einen ersten Überblick über die Situation verschafft hatte, wurde Wolfi sofort in ein Krankenhaus gebracht und danach sollte er in die Psychiatrie überstellt werden. Der Knipser und Falko Racic wurden von Karin in einen Polizeiwagen verfrachtet und ins Präsidium gefahren. Jorgo war nicht zurückgekommen. Nach ihm wurde eine Fahndung eingeleitet. Winnie Blaschke hörte sich an, was Raoul und ich zu sagen hatten, dann durften wir die Fahrt zum Präsidium im Transporter von Heibuch-Catering machen. Winnie würde so schnell wie möglich nachkommen. Als wir abfuhren, kamen uns die Männer von der Spurensicherung in ihren weißen Overalls entgegen. Sie sahen aus wie Raumfahrer, die eben auf einem fremden Planeten gelandet waren.

Im Präsidium angekommen, mussten wir die Ereignisse immer und immer wieder erzählen. Jemand nahm unsere Fingerabdrücke, und unsere Personalien wurden überprüft. Dann war Winnie endlich da, und wir mussten alles noch mal erklären.

Raoul gab zu Protokoll, dass er, kurz bevor das Boot angelegt hatte, eines seiner japanischen Messer vermisst hatte. Er hatte es im Umfeld der Pantry gesucht, aber nicht wieder gefunden. Das konnte ich bestätigen. Für einen Moment starrten Karin und Winnie in Raouls Messerkoffer, den er zum Beweis geöffnet auf einen der Schreibtische stellte. Ein so genanntes Nakiri Bocho, wie er erklärte, fehlte. Ich ergänzte, dass der Knipser, kurz nachdem ich die Leiche entdeckt hatte, mit dem blutigen Messer in der Hand vom Aussichtsdeck heruntergekommen sei. Wobei wir schon bei zwei Verdächtigen waren. Einer war Jorgo, weil er flüchtig war, und einer war hier. Er hatte die offensichtliche Mordwaffe in der Hand gehabt.

Warum Wolfi auf dem Aussichtsdeck gewesen war, konnte nicht geklärt werden, auch nicht, wann er dorthin gegangen war. Über die Wunde an Wolfis Handgelenk gab der Knipser an, er sei nach oben aufs Aussichtsdeck gegangen, um die Nachtigall zu suchen. Dort hätte er eine leblose Person über der Reling hängen sehen, und Wolfi sei mit dem blutigen Messer in der Hand auf ihn zugekommen. Er, also der Knipser, habe geglaubt, dass Wolfi ihn habe attackieren wollen. »Was soll man denn denken, wenn ein Halbirrer mit so einem Zachel auf einen zukommt? Ich habe die Kamera hochgerissen und ihm direkt ins Gesicht geblitzt und dann das Messer weggenommen«, hatte er gesagt.

Da waren es also drei Verdächtige. Racic konnte zur Klärung gar nichts beitragen. Er saß, grau im Gesicht, auf einem Stuhl und hatte Mühe, sich aufrecht zu halten. Er sagte aus, dass er nicht wisse, wann und warum Dolores La Rose nach oben gegangen sei. Er wusste nur, dass er den Knipser nach oben geschickt hatte, um die Diva zu suchen und Fotos zu machen.

»Könnte doch auch ganz anders gewesen sein«, sagte ich.

»Was, wenn Wolfi lediglich versucht hat, den Knipser zu entwaffnen, nachdem er gesehen hatte, dass er der Nachtigall die Kehle durchgeschnitten hatte und sie über Bord werfen wollte?«

Winnie fasste sich an den Kopf. Aber meine Worte hatten gewirkt. Der Knipser verlor die Contenance und verlangte auf der Stelle einen Anwalt. Dann brüllte er mich an, ich solle gefälligst nicht so einen Unsinn reden. Ich würde doch wissen, wann er auf das Aussichtsdeck gegangen sei, und wie: nämlich ohne ein Messer in der Hand, dafür aber mit seiner Kamera.

Ich zuckte die Schultern und sagte zu Winnie: »Das weiß ich nicht mehr genau.«

Racic brach in Tränen aus und war einem Nervenzusammenbruch nahe. Raoul, der Knipser und ich wurden von Winnie auf den Flur geschickt. Zwei Beamte begleiteten uns. Winnie wollte vermutlich weitere Opfer unter den Anwesenden vermeiden.

»Gib mir die Nummer von diesem Anwalt, dem braungebrannten Typen, den du da heute begrüßt hast«, sagte der Knipser.

»Warum sollte ich?«

»Ich brauche ja wohl einen Anwalt! Ist das nicht offensichtlich? Ich bin hier plötzlich ein Verdächtiger in einem Mordfall! Und du leidest unter Gedächtnisverlust. Ich hab' den Eindruck, das macht dir sogar Spaß.«

Raoul verdrehte die Augen.

»Nee, nee«, sagte ich. »Pass mal auf! Jetzt sag ich dir was, Herr Fotograf: Der Staranwalt kann dich nicht vertreten, weil er Rudi Rolinski vertritt – gegen dich. Es handelt sich zwar um zwei verschiedene Fälle, aber ich glaube, dass das gegen die Standesehre geht. Verstehst du? Er kann dich nur vertreten, wenn Rudi nicht mehr sein Klient ist.«

Die beiden Polizeibeamten guckten interessiert. Der Knipser ballte die Fäuste.

»Hast du es kapiert?«

»Du erpresst mich, das ist alles, was ich hier kapiere«, sagte er. »Ich habe niemanden umgebracht. Ganz im Gegenteil, ich habe einen Irren davon abgehalten, noch mehr Unheil anzurichten. Vielleicht wollte er uns alle abmetzeln. Und ich bin dazwischen gegangen: Ganz ohne Rücksicht auf mein Leben.«

»Du hast ihn mit deinem Blitzlicht geblendet. Das war alles.« Ich setzte mich neben ihn, beugte mich zu ihm hinüber und flüsterte ihm ins Ohr: »Du könntest mich einmal im Leben glücklich machen: Vergiss doch endlich mal deine Scheißreifen, und du kriegst einen tauglichen Anwalt. Sonst kannst du dir wirklich morgen früh Sorgen machen, wenn im Männer-Duschraum der Justizvollzugsanstalt die Seife vom Boden aufgehoben werden muss.«

Raoul faltete die Hände und murmelte irgendwas auf Katalanisch.

Winnie steckte seinen Kopf durch die Tür und winkte mich herein.

»Überleg es dir«, sagte ich zum Knipser. »Ich werde gleich nach Hause gehen ... und dann kannst du sehen, wo du bleibst.«

Winnie zog mich von ihm weg und schob mich ins Büro.

»Bevor du irgendwas sagen kannst, Herr Kommissar. Ich habe nur eine Bitte: Sperr den Knipser in eine Zelle, nur für ein paar Minuten. Bitte!«

Winnie zog die rechte Augenbraue hoch und sagte: »Raoul und du, ihr seid entlassen. Und bevor es noch mehr dumme Ideen gibt: Bitte das Protokoll unterschreiben und dann raus hier, Frau Abendroth.«

»Eins noch, Winnie. Glaubst du, Wolfi hat das getan?«

»Nicht wirklich«, sagte er. »Genauso wenig wie der Knipser. Wahrscheinlich hat Wolfi das Messer nur aufgehoben. Das wäre durchaus vorstellbar.«

Ich atmete erleichtert auf. »Raoul findet zwar Jorgo äußerst verdächtig, aber ich kann mit an Sicherheit grenzender Wahrscheinlichkeit sagen, dass Jorgo die ganze Zeit im Salon war. Und später haben wir zusammen Kisten rausgetragen. Er war nie auf dem Oberdeck. Warum der jetzt abgehauen ist, weiß ich nicht«, sagte ich. »Vielleicht hat er den Mörder gesehen? Oder vielleicht kann er sich denken, wer es gewesen ist? Vielleicht hat auch Wolfi den Mörder gesehen? Vielleicht hat er Blut an den Händen, weil er das Opfer verteidigen wollte ...? Wolfi ist nicht gewalttätig. Und er ist der allergrößte Fan von La Rose. Warum sollte er ihr plötzlich die Kehle durchschneiden?«

»Fragen über Fragen«, sagte Winnie. »Wir werden es in Erfahrung bringen, irgendwie. Petra Heibuch ist auf dem Weg zu Wolfi. Peter hat ihn schon in die Psychiatrie verfrachtet. Die Schnittwunden waren nicht gefährlich. Ich fahre jetzt auch. Vielleicht kann ich mithilfe der Mutter etwas aus dem Jungen herausbekommen ... Ich wäre schon froh, wenn ich die Situation eingrenzen könnte. Wie und wann ist der Täter aufs Schiff gekommen? Und wie und wann hat er es wieder verlassen?«

»Als die Party losging, hat keiner auch nur eine Karte kontrolliert. Es wäre jederzeit möglich gewesen, sich unter die Gäste zu mischen und einfach reinzumarschieren. Alle sind da durcheinandergewuselt ... Racic hatte keinen Überblick mehr. Und als die Leute an Land gingen, sind sie nur noch zum Bus gerannt. Es war schon dunkel und es hat geregnet.«

Ich unterschrieb mein Protokoll und wandte mich noch

mal an Winnie: »Vermassele es nicht mit dem Knipser, Sherlock Holmes.«

Winnie schüttelte den Kopf und schob mich zur Tür hinaus.

»Du hast gesagt, ich kann auf dich zählen.«

»Sobald ich die beiden Mordfälle aufgeklärt habe«, sagte er. »Was macht ihr beiden jetzt? Du und Raoul, meine ich.«

»Wir fahren nach Wattenscheid. Wir müssen den Wagen ausladen. Unser Job ist auch noch nicht zu Ende. Hast du was dagegen?«

»Eigentlich ja. Wir haben Dennis noch nicht gefunden, und Jorgo ist verschwunden. Wer hier welchen Dreck am Stecken hat, wissen wir nicht. Ich will nicht, dass ihr irgendjemandem in die Quere kommt, der das übel nehmen könnte.«

»Werden wir nicht. Wir laden den Wagen aus, werfen alles in die Spülmaschine und das wars.«

Bevor Winnie noch etwas sagen konnte, war ich durch die Tür und hatte sie hinter mir zugemacht.

Der Knipser saß zusammengesunken auf einem Stuhl. Als er mich sah, sagte er: »Ich hab doch auch überhaupt gar kein Motiv. Maggie, sag das deinem Kommissar. Ich bin nicht mit einem Messer in der Hand die Treppe hochgegangen.«

»Weißt du, für Motive interessiert sich hier keiner. Hier zählen nur Fakten. Und Fakt ist: Du hattest die Tatwaffe in der Hand, als du die Treppe runterkamst. Du hättest das Messer auch vorher oben versteckt haben können. Ich hab der Polizei nur gesagt, was ich gesehen habe.«

»Das Messer kanne gesstohle ssein zu jede Uhrsszeit.«, mischte Raoul sich ein. »Iss habe bemerkte, dasse fehlte ssehr sspät. Alss Boot hatte wieder angelegte ... Von mir du kannsse keine Hilfe erwarte.«

Karin kam aus einem Büro und baute sich vor dem Knipser auf.

»Es gibt für alles eine Lösung. Ich hoffe, du entscheidest dich für die richtige«, sagte ich zum Abschied. »Nicht auszudenken, wenn du mit Rudi eine Zelle teilen musst. Der kann ganz schön austeilen und der kennt alle Tricks. Der hat mit solchen Situationen ungefähr zehn Jahre Erfahrungsvorsprung.«

Karin schob mich vom Knipser weg und zischte mir ins Ohr: »Jetzt trag mal nicht so dicke auf. Ich mach das schon. Mach winke, winke und schwing die Hufe.«

Als Raoul und ich das Ende des Gangs erreicht hatten, hörte ich Karin mit den Handschellen klappern. Wer trägt denn hier dicke auf?

Kapitel 22

Als wir bei *Heibuch Catering* ankamen, stand der zweite Transporter quer vor der Laderampe. Von Gustav keine Spur. Er war noch auf dem Schiff von den Beamten befragt und dann weggeschickt worden.

Ich stieg aus und warf einen Blick in das Auto. Der Schlüssel steckte, der Wagen war voll. Typisch Gustav. Alles stehen und liegen lassen, aber die Rampe zuparken.

»Weißt du was, Raoul? Wir fahren jetzt auch. Ich pack das Zeug nicht mehr aus. Winnie wollte sowieso nicht, dass wir hier noch rumspringen.«

»Dasse geht nicht ... Job wird ssuende gemacht.«

»Nein, Chef«, sagte ich. »Das machen wir morgen. Jetzt ist Schluss. Hast du mal auf die Uhr geguckt? Wir haben alles getan, was ging, und ich kann nicht mehr stehen. Und du auch nicht. Abflug.«

Raoul blieb im Wagen sitzen. Er verschränkte die Arme vor der Brust und sah nicht so aus, als würde er meinem Vorschlag viel Sympathie entgegenbringen.

»Was ist? Worauf wartest du?«

»Iss brauche noch das Geld von die Job. Meinst du, es isse in die Büro? Mir isse liebe, isse habe jetzt.«

Irgendwann kommt immer der Moment ... »Ich muss dir was sagen«, druckste ich herum.

»Du redesse wie de Kai-Uwe ... Sossialaarbeiterton ... Keine Geld«, stellte er resigniert fest.

»Nein. Ich kann dir das Restgeld nicht geben, weil Stojko mir die fünfhundert Euro gestohlen hat. Die hatte er in der Hosentasche, als er vom Zug überfahren wurde. Das Geld ist weg. Geschreddert, in kleinen Fitzeln über den Bahndamm verteilt ... Ich kann es nicht ändern.« Mir standen die Tränen in den Augen. »Und es war auch gar nicht von Petra Heibuch, sondern von Kai-Uwe. Er wollte dich loswerden, und ich hab ihm gesagt, für tausend Euro sorge ich dafür, dass du nie wieder kommst. So, und jetzt sag endlich was.«

Raoul war aus dem Wagen gestiegen und klammerte sich an seinen Messerkoffer, als wäre er das Letzte, was er besaß. Seine Augenbrauen wanderten bis hoch zum Haaransatz und wieder zurück. Dann stellte er den Koffer ab und kam auf mich zu. Aber anstatt mir eine Szene zu machen, lachte er und sagte: »Du blaue Auge, isse blaue Auge. Und diesse Hippie isse plemplem. Un' jetzt iss musse mir hinliege.«

»Ja, dann mach das doch«, sagte ich kleinlaut.

»Wo?! Iss habe keine Wohnung mehr. Heute isse de Erste. Mein Ssache ssind in meine Auto. Ich dachte, isse fahre heute nach Cala Montjoi. Hätte ich gesslafe irgendwo, auf eine Parkeplatze. Aber jetzt iss kann nich mehr Auge aufhalte.«

»Oh?«, sagte ich. »Doch nicht Barcelona?«

»Dasse Restaurante El Bulli isse in Cala Montjoi! Dass isse Costa Brava. Joder! Du hasse nich' geglaubt. Häh?«

»Danke für die Information. Und wenn ich ehrlich bin, ich glaub es immer noch nicht. Wo steht dein Wagen?«

»Um die Ecke.«

»Dann komm mit zu mir. Duschen, ein bisschen hinlegen, du kannst das Sofa haben. Und morgen früh fährst du nach Cala Dingsbums. Du musst nicht mithelfen beim Aufräumen. Du hast genug getan. Mehr als genug. Ich mach das hier schon fertig. Versprochen.«

»Okay«, sagte er, nahm seinen Koffer in die Rechte und legte seine Linke auf meine Schulter. So schoben wir geschlagen, aber noch lange nicht besiegt vom Hof. An der nächsten Straßenecke stand sein alter Lada-Kombi. Darin war alles untergebracht, was in Raouls Leben von Bedeutung war: ungefähr sechs Regalmeter Bücher übers Kochen, in allen möglichen Sprachen der Welt, und sein Seesack.

»Hast du keine Möbel?«, fragte ich, als ich ein paar Bücher vom Beifahrersitz nach hinten schaufelte.

»Möbel!«, er spuckte das Wort verächtlich aus. »Niemand wird'e glucklich mit Möbel! Wasse brauchte'de Menss? Nahrung! Was mache glucklich? Gute Essen! Und fur gute Essen du brauchsse Ideen. Isse ssammele Ideen. In jede Ssprache ...« Er griff hinter sich und zog einen schmalen Band hervor. Auf dem Cover waren Insekten in einer Papiertüte abgebildet und die Titelzeile bestand aus seltsamen Kringeln mit Pünktchen obendrauf. »Dasse Fastfood aus Thailand ... Gerostete Inssekte fur de kleine Hunger!«

»Aha? Hast du das schon mal ausprobiert?«

»Naturalment. Un de Hassebinke hatte dasse gegesse!« Raoul lachte und schlug mit der Hand aufs Lenkrad. »Er hatte dasse gegesse und hatte ihm gessmeckt!«

»Er hat nicht gemerkt, was er gegessen hat?«

»Nein«, jaulte Raoul vor Vergnügen. »Nixemerker diesse Kai-Uwe ... frittierte, wie ssagte ihr? Maden! Ssiehte aus wie kleine Pommes frites.«

»Und du hast wirklich einen Job in diesem Superrestaurant?«

»Ja siche ... iss mache keine Witz mit meine Berufe«, sagte er. »Mache isse nur mit diesse Hippie.«

Wir gackerten immer noch, als wir vor meiner Wohnungstür standen. Ich drückte die Klinke herunter. Nichts passierte.

Ich rappelte an der Klinke ... Hinter der Tür hörte ich Doktor Thoma maunzen.

Hatte Elli endlich das Schloss ausgewechselt? Die Gute – sie hätte es mir wenigstens sagen können. Ich ging durch den Flur nach vorn und klopfte an die Ladentür. Niemand antwortete. Es war abgeschlossen. Also rannte ich die Treppe hinauf und klingelte Sturm. Keine Geräusche, keine Musik, keine Elli.

Ich ging wieder hinunter und versuchte, einen der Schlüssel vom Schlüsselbund ins Schloss zu bugsieren. Nach ein paar Minuten gab ich es auf und trat vor Wut gegen die Tür.

Raoul saß auf der Treppe, hielt seinen Seesack und seinen Messerkoffer im Arm und guckte mich fragend an.

»Ich weiß überhaupt nicht, was hier los ist.« Ich setzte mich neben ihn und drehte mir eine Zigarette. »Vielleicht müssen wir die Tür eintreten?«

Plötzlich waren Schritte zu hören. Irgendjemand schlurfte durch meine Wohnung. Kettengerassel, ein Schlüssel wurde im Schloss gedreht und die Tür öffnete sich einen Spaltbreit. Eine Frau sagte: »Hallo? Ich kauf nix.«

Dann klappte die Tür wieder zu.

»Hey, Moment mal ...« Ich klopfte. »Fiona? Bist du das?«

»Ja«, kam es von drinnen.

»Mach auf, du kannst mich doch nicht einfach aussperren! Ich wohne hier.«

Wieder Kettengerassel. Die Tür wurde aufgerissen. Fiona, die angeblich auf Nimmerwiedersehen in Polen verschwunden war, wickelte ihren blumengemusterten Morgenmantel enger um sich und guckte uns aus verschlafenen Augen an. »Komm morgen wieder. Du kannst deine Sachen und deinen Kater abholen, wenn du den Schaden hier bezahlt hast. Und jetzt mach bloß keinen Stress! Sonst mach ich dir welchen!«

»Ich war das nicht. Und hey, wir müssen irgendwo schlafen. Wir können doch auf dem Sofa ...«

Hinter Fionas zierlicher Figur tauchte plötzlich ein Hühne auf, dessen Muskeln wie aufgepumpt wirkten. Ich hörte, wie

Raoul hinter mir die Kofferschließen aufschnappen ließ.

»Was'sn'los?«, fragte der behaarte Riese und kratzte sich unter den Achselhöhlen.

»Nix«, antwortete Fiona. »Die gehen schon. Haben sich in der Tür vertan.«

»Ich dachte, die wollten Stress machen!«

Fiona knallte die Tür zu.

Raoul klappte seinen Messerkoffer wieder zu. »Was wir mache jetzt? Esse isse halbe sswei.«

»Wir fahren bei Wilma vorbei, und wenn da keiner aufmacht, dann bei Oma Berti. Und wenn alle Stricke reißen, dann fahren wir zu Matti. Ich bin müde, ich muss schlafen. Zur Not lege ich mich bei ihm in einen Sarg.«

Raoul schulterte seinen Seesack.

»Bevor isse liege in eine Ssarg, isse sslafe in de Bett von de alte Hippie.«

»Hoffen wir mal nicht, dass es so weit kommen wird.«

Nach einer ergebnislosen Sightseeing-Runde durch Bochum, die uns vor verschlossene Türen geführt hatte, erwartete uns vor Mattis Bestattungsinstitut die nächste Überraschung. Dort standen der alte Benz von Oma Berti, Mias kleiner japanischer Reiskocher und Wilmas neuer Mini-Cooper. Auf der anderen Straßenseite, dort, wo Matti wohnte, war alles hell erleuchtet. Ich sah ihn in der Küche mit einer Pfanne hantieren. Ein Pfannkuchen flog nach oben, und Matti eilte mit der Pfanne hinterher, um ihn wieder aufzufangen. Raoul schaute sich das Schauspiel an und sagte: »Hier wir ssinde richtig.«

Matti öffnete uns die Tür mit der brutzelnden Pfanne in der Hand. Aus dem Wohnzimmer grüßten winkend Elli, Mia, Berti, Wilma und Carmen.

Bevor ich erklären konnte, warum wir da waren, schob Matti uns in die Küche und gab neuen Teig in die Pfanne. Dann eilte er hinaus, kam mit frischen Handtüchern wieder zurück und drückte uns jeweils einen kleinen Stapel davon in die Hand. »Ich habe die Sauna geheizt«, sagte er. »Wenn Sie wollen ...?«

»Nein, Herr Matti. Dusche reicht vollkommen ... oder willst du in die Sauna, Raoul?«

Der Chefkoch stand schon wieder am Herd, hatte sich die Pfanne genommen und wendete elegant den Pfannkuchen, ohne dass das Ding an der Decke kleben blieb. »Nein, nein.« Er ließ den fertigen Pfannkuchen auf einen Teller gleiten und sagte zu Matti: »Locker bleibe in de Handgelenke... keine Probleme.« Dann ging er mit seinen Handtüchern hinaus.

»Links«, riefen Matti und ich gleichzeitig.

Die Badezimmertür fiel zu. Matti schob mir den fertigen Pfannkuchen hin. »Ahornsirup?«

»Ja, Herr Matti. Ahornsirup, bitte. Und bevor ich einschlafe, was ist der Grund für Ihre Heiterkeit und die Versammlung der Damen nebenan?«

»Wir warten auf Rudi«, sagte er. »Kaffee?«

Ich nickte. Da war der Knipser aber schneller umgefallen, als ich gedacht hatte.

»Doktor Herzig hat uns angerufen und gesagt, dass Ihr Exfreund im Zuge einer Aussprache mit ihm die Anzeige gegen Rudi zurückgezogen hat. Damit war die Sache erledigt. Wir fragen uns nur, wie es Ihnen gelungen ist, ihn umzustimmen.«

»Ich hab ihm einen Mord angehängt«, sagte ich. »Die Nachtigall ist tot, und er hatte die Mordwaffe in der Hand. So kann's gehen.«

Matti setzte sich mir gegenüber an den Tisch. »Frau Berti hat das erzählt. Der Reisebus wurde vor der Kongresshalle von der Polizei erwartet. Alle sind dazu befragt worden. Eine schreckliche Geschichte.«

»Ja, und ich will jetzt nicht weiter drüber nachdenken. Was hat denn der Seidel dazu gesagt, dass der Knipser die Anzeige zurückgezogen hat?«

»Was soll er machen? Wie sagt man hier? Wo kein Kläger, da kein Richter. Herr Doktor Herzig ist noch beim Staatsanwalt.«

»Jetzt? Es ist schon nach drei Uhr nachts! So viel Golfrunden kann der Herzig den gar nicht gewinnen lassen, um das zu rechtfertigen.«

»Na ja. Es war dann wohl eher Frau Ruschkowsky, die den Termin möglich gemacht hat.«

Matti hielt inne.

»Und wie?«

Elli kam in die Küche und vollendete Mattis Bericht: »Ich hab zu dem gesagt, er soll sich beeilen, sonst schicke ich seine Lieblingsknute mit schönen Grüßen an seine Gattin.« Elli zwinkerte mir zu. »Ich hab da schließlich keine Verwendung für, wo die Fiona nicht mehr wiederkommt.«

»Tja, Elli, du irrst dich. Fiona ist wieder da. Sonst wäre ich mit Raoul nicht hier aufgekreuzt. Sie hat das Schloss ausgewechselt. Da staunst du, was? Und unverschämt war sie auch noch. Die will Geld von mir, für die kaputten Sachen.«

Elli zuckte zusammen. »War sie alleine?«

»Nein. Da war so ein Hulk bei ihr.«

»Oh, das wird schwierig. Tut mir leid für dich«, sagte Elli und ging hinaus.

»Wo soll ich denn jetzt wohnen?«, rief ich ihr hinterher.

Matti und ich guckten uns an. Er wagte ein kleines Lächeln.

»Nein, Herr Matti. Danke für Ihr Angebot. Aus verschiedenerlei Gründen kann ich es nicht annehmen. Es hat gar nichts mit Ihnen zu tun, so viel kann ich sagen. Es hat nur etwas mit mir zu tun.«

»Das verstehe ich«, sagte er.

»Ach ja? Das verstehen Sie?«

»Ja, warum denn auch nicht?« Er goss Kaffee in meine Tasse. Ich nahm einen Schluck und verbrannte mir die Zunge, bevor ich ihm von meinem Dilemma namens ›Aschenputtelkonto‹ erzählen konnte.

Einem plötzlichen Impuls folgend, beugte ich mich über den Tisch und küsste ihn auf die Stirn. »Danke, Matti. Für alles.«

Er berührte mit seiner Rechten die Stelle, auf die ich ihn geküsst hatte.

»Tut mir leid ... das wollte ich ...«

Ich konnte den Satz nicht zu Ende sprechen, weil die Tür aufging und Raoul hereinkam. Ich nahm meine Handtücher und sagte schnell: »Ich geh dann mal ins Bad ...«

»Ssuper das«, sagte Raoul. »Machte weg de ganze komische Gefuhle in de Sseele, die mache diesse verruckte Geschichten.«

Nach dem dritten Waschgang fühlte ich mich erheblich besser. Raoul hatte recht – manchmal muss man sich den Irrsinn einfach abschrubben und im Abfluss verschwinden lassen. Mit Nachdenken ist es nicht getan aus dem simplen Grund, weil man es sowieso nicht verstehen kann.

Plötzlich war Geklatsche aus dem Wohnzimmer zu hören. Dann ging die Badezimmertür auf und ich hörte Rudi krähen: »Hey, der Herzig ist super! Und du bis auch super, Maggie Abendroth. Du bis' wohl echt überzeugend gewesen. Der Knipser konnte das gar nicht fassen.«

»Was denn?«

»Du, kaum hatte der die Anzeige zurückgezogen, taucht

der Herzig auf, lässt sich engagieren, und schwupps, eine Stunde später steht der Knipser schon wieder vorm Präsidium. Als freier Mann. Ich glaub, der fühlt sich jetzt ein bisschen verarscht von dir, weil er echt geglaubt hat, er wird wegen Mord angeklagt.«

Ich drehte das Wasser ab, schlang das Badetuch um mich und schob die Tür der Duschkabine auf. »Was hätte ich denn machen sollen, Rudi? Bei so einer Steilvorlage muss der Ball doch ins Tor. Oder?«

Kapitel 23

Natürlich hatte für den Rest der Nacht niemand auch nur ein Auge zugetan, bis auf Raoul, der, kaum hatte er sich aufs Sofa gesetzt, eingeschlafen war. Er schnarchte leise vor sich hin, egal, wie hitzig die Diskussion wurde, die wir in Mattis Wohnzimmer führten. Bis es hell wurde, besprachen wir die Ereignisse der letzten Tage und ganz besonders die letzte Fahrt der Nachtigall. Da wir der Meinung waren, dass ihr Mörder die ganze Zeit mitten unter uns auf dem Schiff gewesen sein musste, bemühte sich jeder, die Menschen zu beschreiben, die er auf dem Boot wahrgenommen hatte und wie. Ein paar Gesichter waren ja jedem bekannt, wie etwa die Fußballspieler und ihre Frauen, ein paar Politiker und Geschäftsleute. Am Ende blieben auf Oma Bertis Liste nur noch drei Personen übrig, die wir nicht zuordnen konnten. Eine sehr füllige Dame in dunkeblauem Samt und zwei Herren. Wilma meinte, dass die beiden Männer seltsame Krawatten getragen hätten. Aber was daran jetzt merkwürdig gewesen sei, konnte sie nicht sagen. Berti waren sie gar nicht aufgefallen. Mia fand, dass die per se verdächtig ausgesehen hätten – wie Mafiosi.

»Waren die denn im Bus?«, fragte ich.

Elli schüttelte den Kopf. »Nicht, dass ich wüsste.« Sie nickte Wilma zu und sagte: »Du warst doch oben? Waren die da?«

Wilma schüttelte den Kopf. »Da war auch jeder Platz besetzt. Und die komischen Krawatten wären mir aufgefallen.«

»Und die dicke Frau in Blau? Wo war die?«, fragte ich.

»Bei uns. Die saß zwei Reihen vor uns«, sagte Berti. »Abber

wennze mich frachs ... die war viel zu umständlich, verstehsse, so unbeweglich. Die hätt' schon'ne Stunde gebraucht, um auf dat Aussichtsdeck zu kommen.«

»War sie denn auf der Rückfahrt noch dabei?«

Die Damen dachten angestrengt nach und schüttelten dann die Köpfe. »Weiß ich nicht«, sagte Wilma. »Ich glaube nicht.« Sie schaute Berti an. »Nee, hab ich nicht drauf geachtet.«

»Frauen schlitzen anderen Frauen nich' die Kehle auf«, sagte Elli. »Frauen morden mit Gift. Kehle durchschneiden is' Arbeit für einen echten Profikiller. Entschlossen, leise, unauffällig und sehr schnell.«

»Kaltblütig«, pflichtete Mia ihr bei.

Oma Berti nickte.

»Also waren die beiden Männer in den schwarzen Anzügen Profikiller? Wollt ihr das damit sagen? Und wer hatte die wohl geschickt? Irgendwelche Ideen?«

»Jemand, der eifersüchtig auf La Roses Erfolg war? Wie damals, als diese beiden Eislauftussis sich bekriegt haben und die eine der anderen das Schienbein hat zertrümmern lassen?«, sagte Carmen Sawatzki.

»Aha? Du meinst also Marianne Rosenberg lässt der Nachtigall die Kehle durchschneiden?«

Elli lachte. »Oder die Jacob-Sisters ...«

»Und wenn die Schulden gehabt hätte, dann schickt das Inkasso-Team-Moskau keine Killer. Die drohen nur«, sagte Mia. »Hab ich in einer Zeitschrift gelesen.«

»Hey«, rief Rudi. »Bleiben wir doch mal beim Showbusiness: Was, wenn die Dolores la Rose gar nicht singen kann? Weisste, wie damals, bei Milli Vanilli!«

»Doch, kann sie«, sagte ich. »Ich hab sie gehört, als ich mit Raoul bei Racic war. Ich war in der Halle, und sie hat geprobt. Die kann Glas zersingen, wie Oskar Matzerath.«

»Muss ich den kennen?«, fragte Rudi.

Matti schüttelte den Kopf, griff hinter sich ins Bücherregal, holte ein Buch heraus und drückte es Rudi in die Hand.

»Lies es, dann weißt du Bescheid«, sagte ich. »Und jetzt zurück zum Thema. Was denken Sie über den Mord, Herr Matti?«

»Zwei Morde«, sagte er.

Wir beugten uns alle vor. Aber Matti sagte nichts mehr. Berti klopfte ihm auf die Schulter. »Und weiter? Sie meinen also, die hängen zusammen?«

Er nickte. »Bruder und Schwester werden umgebracht. Das kann kein Zufall sein.«

»Hat irgendjemand eine Glaskugel dabei?«, fragte Wilma und zupfte an ihrem Abendkleid herum. »Die haben sich jahrelang nicht gesehen, dann versöhnen sie sich und werden ziemlich schnell hintereinander gekillt. Das muss in der Familie liegen. Es war bestimmt dieser Dennis. Wenn ich euch richtig verstanden habe, gibt es überhaupt keine Hinweise auf einen anderen Täter. Oder?«

Matti schüttelte den Kopf. »Wir wissen nicht genug über die Familie.«

»Aha? Was hat denn Petra eigentlich gesagt? Sie machen doch die Beerdigung von Günni Heibuch«, fragte ich ihn.

»Petra Heibuch hat nur vom Billigsten bestellt«, sagte Mia. Matti zog die Augenbrauen hoch.

»Kein Wunder. Die hat finanzielle Schwierigkeiten«, sagte ich. »Die kann sich das nicht leisten.«

»Denkst du«, sagte Mia und warf Matti einen fragenden Blick zu. Er nickte und Mia fuhr fort. »Wolfi ist der Alleinerbe. Und auf ihn läuft auch die Lebensversicherung von Günter Heibuch, eine große Lebensversicherung. Das hat Petra Heibuch mir erzählt. Die ist ja extra mit Matti mitgefahren, um sich die Särge anzugucken, und dann war die plötzlich ganz redselig. Sie hat gesagt, Wolfi würde eine große Beerdigung zu sehr aufregen. Deswegen nur allerkleinster Kreis und alles so schlicht wie möglich.«

»Tja, und wo ist da jetzt das Motiv?«, warf Carmen ein. »Das verstehe, wer will.«

»So kommen wir nich' weiter«, sagte Berti.

»Genau. Wir brauchen mehr Informationen. Und die hat nur Winnie«, schlug Wilma vor.

»Dat stimmt.« Berti zückte ihr Handy. Nach ein paar Sekunden legte sie wieder auf. »Nich' da. Mist!«

»Ich hab Hunger«, sagte Elli und drückte Rudi an sich.

»In de Kuche ssinde Pfannekuche«, murmelte Raoul im Schlaf.

Gegen halb acht machte ich mich auf den Weg nach Wattenscheid. Ich hatte letztendlich Wilmas Angebot angenommen, die nächsten Tage wieder in ihrer Wohnung zu verbringen. Elli war froh, dass Rudi wieder da war, und versprach, die Missverständnisse mit Fiona zu klären. Herr Matti freute sich auch irgendwie, aber es sah so aus, als würde für Rudi nach der Wiedersehensfeier auch noch ein Termin für ein ernstes Wörtchen im Raume stehen. Und Raoul? Der Meisterkoch schlief immer noch, auch als die große Diskussion darüber ausbrach, wer mit wem in welchem Auto wohin fährt. Alle boten mir an, mich nach Wattenscheid zu fahren, aber ich winkte ab. Ich war mir sicher, dass keiner mehr in der Lage war, nach den etlichen Flaschen Wein, die während der Nacht die Runde gemacht hatten, noch ein Auto sicher von A nach B zu steuern. Ich war die Einzige, die keinen Tropfen angerührt hatte. Matti bestellte uns ein Taxi.

Ich bat ihn, Raoul die besten Grüße auszurichten. Er solle

sich bei Gelegenheit mal melden. Das *El Bulli* stand ganz oben auf meiner Liste der sehenswerten Restaurants. Und sollte ich je in die Lage kommen, 49 Euro für einen Flug an die Costa Brava aufzubringen, könnte er mit meinem Besuch rechnen.

»Sag mal, hast du heute Morgen einen Samariter gefrühstückt, Maggie Abendroth?«, sagte Wilma, als wir vor Mattis Haustür standen.

Ich zuckte mit den Schultern. »Ich mach meinen Job. Du musst nicht gleich deswegen die Kirchenglocken läuten.«

Das Großraumtaxi kam. Elli, Mia, Wilma, Berti und ich stiegen ein. Carmen würde bald von ihrem Herzilein abgeholt werden, und auf Rudi wartete jetzt mit Sicherheit eine Mattitypische Standpauke. Er würde ihn lange angucken und gar nichts sagen. Diese finnische Schweige-Methode war unschlagbar, wie Matti mir mal erklärt hatte: Schweigen lockt die Fische ans Eisloch, den Elch aus dem Gebüsch und die Sterne vom Himmel.

Wenn er nicht so ein gutes Beispiel dafür wäre, wäre ich die Erste, die das anzweifeln würde. Aber leider behielt er fast immer recht.

Nachdem die Damen nacheinander vor ihren Haustüren abgeliefert worden waren, blieben nur noch Elli und ich übrig. An der Alleestraße wollte ich aussteigen und dann die Linie 302 nach Wattenscheid nehmen.

Elli war sehr schweigsam.

»Worüber denkst du nach?«, fragte ich. »Rudi ist doch wieder da.«

»Hm.«

»Macht dir Fiona Sorgen?«

»Jasija«, nuschelte sie. »Vor allem der Kerl macht mir Sorgen. Der is'ne abgerissene Handgranate. Der Ladislaus hatte dem auf dem Kiez Hausverbot erteilt, und jetzt, wo der Laddy nich' mehr is', kreuzt der wieder auf. Und die Fiona war doch auch wegen dem abgehauen.«

»Ruf doch einfach Winnie an, oder Karin und Peter. Der Kerl wird doch genug Dreck am Stecken haben, du weißt schon, was ich meine ... Bevor du dir dein neues Leben vermiesen lässt? Da kommt doch keine Kundschaft, wenn der immer vor deinem schicken, neuen Laden rumlungert. Und mal ehrlich, ich sage das jetzt nicht, weil ich die Wohnung wiederhaben möchte, aber wenn die Fiona wieder mit ihrem Business anfängt, dann kannst du deinen Laden vergessen. Meinst du nicht, dass die Gefahr besteht, dass die Damen, die ihre Hunde bei dir vorbeibringen, da zufällig ihrem Gatten begegnen könnten, wenn er nach der Mittagspause aus Fionas Etablissement gestolpert kommt? Ich denke da nur an den Herrn Staatsanwalt.«

»Worüber du dir Gedanken machst, Prinzesschen. Aber so ganz ohne ist dat nich'. Ich werd' mal drüber nachdenken.«

»Mach das. Ich komme später bei dir vorbei und hole meine Sachen. Kannst du die bis dahin bei dir aufbewahren? Ich hab keine Lust, mit Fiona noch über die kaputten Möbel zu diskutieren. Und diesem Hulk will ich erst recht nicht in die Arme laufen.«

Das Taxi hielt am Rathaus. Ich stieg aus. Bevor ich die Autotür zuschlug, sagte Elli: »Meinste, ich könnte wirklich den Winnie fragen? Ich mein' wegen dem Kerl und so ...?«

»Ja. Die Polizei, dein Freund und Helfer. Du kannst dir auch den Spaß machen und den Seidel anrufen. Der hat ja grad nichts zu tun.«

»Ich weiß nicht ...«

»Mensch, Elli, du bist doch sonst nicht so schlapp.«

»Wenn du wüsstest, wie anstrengend so'n anständiges Leben is'.«

Ich musste lachen. »Willkommen in Normaloland, Frau Ruschkowsky.«

Auf Heibuchs Hinterhof stand ein mitternachtsblauer Volvo mit Kölner Kennzeichen. Der Knipser lehnte an seinem Auto und rauchte.

»Ich hab schon gedacht, hier kommt überhaupt keiner mehr«, sagte er und schnippte seine Zigarette auf den Boden. »Ich hab überall geklopft und geschellt. Aber scheint keiner da zu sein.«

»Was willst du denn hier?«

»Mein Geld abholen, natürlich.«

»Was denn für Geld?«

»Für meinen Job. Günter Heibuch bezahlt mich.«

»Was?«

»Nix was. Wo ich meine Aufträge her habe, geht dich gar nichts an. Was ist? Machst du das Büro auf?«

»Jetzt mal langsam. Dir mache ich hier gar keine Türen auf. Am besten, du schreibst deine Rechnung und wartest ab, was passiert. Aber jetzt noch mal bitte zum Mitschreiben: Günni Heibuch hat dich für die ganze Aktion bestellt?«

Der Knipser zündete sich eine neue Zigarette an. »Ja, über Racic Entertainment. Falko hat bei mir angefragt. Ich hab meinen Preis genannt, und er hat akzeptiert. Die einzige Bedingung war, dass die Rechnung über den Bruder von dieser Dolores La Rose abgewickelt werden sollte. Er hat seine Schwester wohl unterstützt oder so was ... hieß es jedenfalls. Ich hab auch nicht so genau hingehört ... was interessiert mich Familienkram. Die erste Rechnung, bei Vertragsunterzeichnung, ist flott bezahlt worden. Und jetzt ist der Job erledigt, und ich will den Rest. Da dachte ich, wo ich schon mal hier bin ... Schließlich ist der Alte ja tot, und ich muss auch sehen, wo ich bleibe. Da wollte ich mal mit der Buchhaltung oder mit seiner Frau sprechen.«

Ich nickte, obwohl ich immer weniger verstand, was das alles zu bedeuten hatte. »Ich glaube nicht, dass du heute jemanden hier antriffst. Gib mir die Rechnung, ich leg sie ins Büro. Mehr kann ich nicht tun. Hast du bei Heibuchs privat angeschellt?«

»Da war niemand.«

Petra ist bestimmt immer noch bei Wolfi, dachte ich. Der Knipser zog einen Umschlag aus seiner Jackentasche und gab ihn mir. »Ich hoffe, wir sind jetzt quitt«, sagte er. »Du hast mich ja gestern ganz schön verladen, meine Liebe ... Ich weiß gar nicht, ob ich da schon drüber lachen kann.«

»Ganz, wie du willst. Interessiert mich nicht«, sagte ich und ging auf das Büro zu.

»Maggie, jetzt warte doch mal ... Maggie! Kann man mit dir überhaupt kein vernünftiges Wort mehr reden?«

Ich drehte mich um und rief: »Weißt du was? Diese Stadt ist zu klein für uns beide. Fahr endlich nach Hause. Besteig so viel Models, wie du willst, aber bleib mir vom Leib. Sonst war der Unfug mit deinen Reifen ein sehr kleines Übel. Wenn *ich* mich um deine Karre kümmere, kannst du die per Fax in die Werkstatt schicken! Ein Jack-Ass-Video über eine Kunst-Aktion zum Thema ›Dekonstruktivismus‹ inklusive. Mit Abspann!«

Der Knipser stieg in seinen Wagen, knallte die Tür zu und fuhr davon.

Ich hob die Klappe des Briefkastens, der an der Eingangstür des Büros hing, um den Umschlag einzuwerfen. Die Tür gab nach und schwang quietschend auf. Aktenordner und Berge von Papier waren über den Fußboden verteilt. Ein Aktenschrank lag, halb umgekippt, auf einem der Schreibtische. Ich trat ein, hob ein paar Blätter vom Boden auf. Dann suchte ich das Telefon. Ich wollte Winnie anrufen und ihm sagen, dass hier eingebrochen worden war. Neben dem Telefon, das unter einem umgestürzten Bürostuhl begraben war, fand ich einen Ordner, auf dessen Rücken *Britta* stand. Meine Neugier siegte. Ich klappte ihn auf. Verträge und Rechnungen für Studiomiete, Musiker, Techniker ... den Knipser, Limousinenservice, der Mietvertrag für die Kongresshalle. Als ich die Zahlen sah, wurde es mir schwarz vor Augen. Günni Heibuch hatte offensichtlich sein letztes Hemd dafür gegeben, seiner Schwester das Comeback zu finanzieren. Ich krabbelte auf allen vieren unter dem Schreibtisch hervor und schaute mir die Papiere auf dem Schreibtisch an, und mir fiel ein handgeschriebener Brief auf, der mit den Zeile *Lieber Günter* ... begann und mit *... werde ich also in der nächsten Woche meinen Sohn wieder zu mir nehmen. Wolfi gehört zu seiner Mutter und sonst nirgendwohin ...* abschloss. Im Mittelteil erklärte Britta ihrem Bruder, dass schließlich er schuld daran war, dass Petra aus dem Gesangsduo ausgestiegen war. Er war es doch gewesen, der auf sie eingeredet hatte, mit dem Showbusiness aufzuhören. Und ohne Petra war Dolores La Rose nur noch die Hälfte wert gewesen.

Hah!, dachte ich. Aber kein Wort darüber, dass ihr Bruder sich um ihren behinderten Sohn gekümmert hatte wie um sein eigenes Kind. Ganz im Gegenteil. Sie ließ durchblicken, dass Günter ihr das Kind regelrecht weggenommen hatte. Wen wundert's? Wenn man den Gazetten aus Oma Bertis Keller glauben wollte, hatte Dolores La Rose die meiste Zeit nach der Trennung damit verbracht, Deutschlands Amüsiertempel unsicher zu machen.

Ich schaute auf das Datum des Briefes: Mai 2002. Also vor rund einem Jahr geschrieben. Ich klappte den Ordner wieder auf. Die ersten Verträge datierten vom Juni 2002.

Kapitel 24

Gepolter, das von irgendwo aus dem Haus kam, ließ mich zusammenfahren. Plötzlich hörte ich Jorgo um Hilfe rufen. Ich ging durch's Hinterzimmer in den nächsten Hausflur und spurtete durch den Gang zum Personaleingang der Metzgerei. Da war niemand. Die Tür war abgeschlossen.

»Jorgo? Wo bist du?«, rief ich. Die Tür zur Kellertreppe, wo es zu den Tiefkühl-und Lagerräumen der Metzgerei ging, war nur angelehnt. »Jorgo? Hallo?«, rief ich und schob die Tür auf.

»Maggie, bist du das? Komm runter, hilf mir. Schnell«, kam es von unten. Ich rannte die Treppe hinunter. Weiße Schwaden eiskalter Luft quollen aus einem Tiefkühlraum in den Kellergang. Zuerst konnte ich kaum etwas erkennen außer Schweine-und Rinderhälften, die in Reih und Glied von der Decke hingen.

»Jetzt komm doch endlich, verflucht!«, schrie Jorgo. Ich tauchte in den Eisnebel ein und tastete mich vorwärts. Dabei stolperte ich über einen Stuhl und prallte im nächsten Augenblick mit Jorgo zusammen. Er hielt ein Paar Menschenbeine umklammert. Ich rappelte mich auf und schaute nach oben. Dennis hing zwischen zwei Rinderhälften von der Decke. Hervorquellende, milchig-trübe Augen glotzten mich an. Seine dunkelblaue Zunge klemmte zwischen seinen Zähnen. Das Gesicht war grau und von Eiskristallen übersät.

»Steig auf den Stuhl. Nimm das Messer aus meiner Tasche und schneid das Seil durch!«, herrschte Jorgo mich an. »Mach schon!«

Ich griff in seine Hosentasche, ließ das Messer aufschnappen und versuchte, auf dem Stuhl balancierend, den Strick durchzuschneiden. Im selben Augenblick fragte ich mich, was ich da eigentlich tat. Dennis Heibuch war schon lange tot. Wir sollten die Polizei rufen.

Jorgo schrie: »Weiter, mach weiter ... schneid das Ding durch!«

Es dauerte eine gefühlte Ewigkeit, bis ich den Strick durchtrennt hatte. Jorgo ächzte unter Dennis' Gewicht, verlor die Balance und fiel hin. Die Leiche schlug dumpf auf dem Fliesenboden auf. Jorgo packte den Kragen von Dennis' Jacke und zerrte ihn in den Kellergang. In Dennis Haaren schmolzen die Eiskristalle und hinterließen eine feuchte Spur auf den Bodenfliesen.

»Er ist nur kalt. Er ist nicht tot. Bestimmt nicht ...«, murmelte er. Dann beugte er sich über die Leiche und versuchte es mit Herzmassage, bis er erschöpft über dem starren Körper zusammenbrach.

»Jorgo, er ist tot«, sagte ich.

»Nein, ruf einen Krankenwagen.«

»Wann hast du ihn gefunden?«

»Ruf einen Krankenwagen!«

»Es ist zu spät. Er ist doch schon steif gefroren.« Ich zog Jorgo von der Leiche weg und sagte: »Setzt dich da hin. Du kannst nichts mehr für ihn tun.«

Er nestelte mit zitternden Händen eine Zigarettenschachtel aus seiner Jackentasche. Ich nahm sie ihm aus der Hand, zündete zwei an und gab ihm eine. Jorgo zog gierig an der Zigarette und sagte: »Er hat seinen Vater nicht umgebracht. Er war das nicht.«

»Woher willst du das wissen?«

»Weil er es mir gesagt hat.«

»Wann?«

»Vorgestern, Gestern ... Er hat es mir immer wieder gesagt.

Er hat sich vor Dimi und Stojko bei mir versteckt, nachdem er ihnen das letzte Geld aus dem Tresor gegeben hatte. Er wusste doch nicht wohin, und ich ... ich hatte was gutzumachen, also hab ich ihn bei mir untergebracht. Da hat doch keiner gesucht, weil wir uns doch nie verstanden haben ... Aber ich habe ihm geglaubt. Dennis war ehrlich.«

»Ich weiß nicht, Jorgo. Warum bringt er sich um, wenn er es nicht gewesen ist? Und warum bist du dann gestern Abend vom Schiff abgehauen? Weil du Dennis so sehr vertraut hast? Was wusstest du über die Familienverhältnisse? Dennis hat dir doch bestimmt alles erzählt ... über die Nachtigall, die Geld für ihr Comeback gebraucht hat und so schlau war, ihren Bruder mit Wolfi zu erpressen. Günter hätte ihn nie hergegeben. Er hat ihn geliebt.«

Jorgo nickte. »Ja, Günter hat Wolfi geliebt, und deswegen hat er die ganze Firma und die ganze Familie ruiniert. Dennis hat mir die Geschichte erzählt ... ja, Günter hat alles für seine Schwester bezahlt, das war ihre Bedingung dafür, dass er Wolfi behalten konnte. Dennis hat Britta gehasst. Und plötzlich liegt sie tot auf dem Ausflugsdampfer. Und da hatte ich Angst ...«

»Warst du oben im Büro?«

Jorgo nickte wieder. »Dennis war so verzweifelt ... und so wütend auf seinen Vater und diese Frau. Es ist mir egal, ob er die beiden gekillt hat oder nicht. Vielleicht war das mit Günni wirklich ein Unfall, und dann ... ist er einfach durchgedreht und hat der Schlampe die Kehle durchgeschnitten ... Alles, wofür die Familie gearbeitet hat, ist zum Teufel. Und jetzt hat er sich umgebracht.«

»Hast du ihn auf dem Boot gesehen? Du hättest ihn doch bestimmt erkannt, oder?«

Jorgo schüttelte den Kopf. »Ich habe ihn nicht gesehen.«

Ich trat meine Zigarette auf dem Boden aus und sagte: »Gib mir dein Handy, ich ruf die Polizei an.«

»Ich hab es gestern irgendwo verloren. Du musst ins Büro gehen ...«

»Okay, ich geh rauf.«

»Ja«, sagte Jorgo. »Ich bleibe hier.« Er zog seine Jacke aus und breitete sie über Dennis Heibuchs Gesicht.

Der Anschluss im Büro war tot. Die Tür der Cateringküche war abgeschlossen, also ging ich zurück zur Kellertür.

»Jorgo«, rief ich vom Treppenabsatz. »Jorgo, ich muss zur Telefonzelle laufen.«

Ich bekam keine Antwort.

»Jorgo?!«

Ich ging hinunter. Da, wo Dennis Leiche gelegen hatte, war nur noch ein feuchter Fleck auf dem Boden, und ein glimmender Zigarettenstummel lag da, wo Jorgo zuvor gesessen hatte.

»Jorgo?! Wo bist du?«, rief ich.

Vom Ende des Gangs hörte ich ein Surren, wie von einer ultraschnellen Nähmaschine. Dort befand sich die Metzgereiküche, in der die großen Kessel für die Wurstherstellung und die Bandsägen fürs Filetieren standen. Ich stieß die Schwingtür auf. Dennis' Leiche lag auf einem metallenen Arbeitstisch direkt neben der Bandsäge. Seine Kleidung war aufgeschnitten. Rechts neben der Bandsäge stand eine große Zinkwanne. Darin lag Jorgo ausgestreckt, als wolle er ein Bad nehmen. Sein Kopf mit den schwarzen Haaren lag auf dem Wannenrand. Seine Augen waren geschlossen. Ich hielt den Atem an und fühlte an seinem Hals nach einem Puls. »Jorgo, wach auf«, sagte ich. Er rührte sich nicht. Ich kniff in seine Wange. »Jorgo, was ist denn los?«

»Hallo Maggie. Kommst du, um mir zu helfen?«

Ich fuhr herum. Vor mir stand Petra Heibuch. Sie trug eine dicke, graue Gummischürze, die bis zum Boden reichte. Ihre linke Hand steckte in einem Kettenhandschuh und in der Rechten hielt sie ein großes Beil. Sie lächelte mich an, als sie sagte: »Der Jorgo wollte nicht helfen. Wie gut, dass du da bist.«

Sie holte ein schwarzes, längliches Gerät, das aussah wie ein großes Handy, aus der Schürzentasche und zeigte es mir. »Ein bisschen Elektrizität – haut den stärksten Ochsen um. Ich musste das tun, sonst hätte er mir nur im Weg rumgestanden.«

»Petra ...«, sagte ich und bewegte mich langsam rückwärts. »Petra, dass du schon so früh zu arbeiten anfängst. Ich geh wieder nach oben, ich muss die Transporter noch ausräumen.« Ich fühlte die Schwingtür im Rücken. Nur noch aufstoßen und wegrennen, dachte ich.

Petra wandte sich Dennis' Leiche zu. Sie strich ihm mit der linken Hand die nassen Haare aus dem Gesicht.

»Wenn ich mit ihm fertig bin, gehe ich auch.«

»Wohin?«, fragte ich mit bebender Stimme.

»Frag doch nicht so dumm.«

Sie schaute auf und nahm ein Beil vom Arbeitstisch. »Du willst mir also auch nicht helfen? Keiner will mir helfen. Keiner. Alles muss man alleine machen.« Ihre Stimme hatte plötzlich den Tonfall eines nörgeligen Teenagers angenommen.

»Wenn meine Schwägerin glaubt, sie kriegt Wolfi und die Million, die Günnis Lebensversicherung wert ist, dann hat sie sich getäuscht. Hast du gesehen, wie schnell die ausgeträllert hatte? Hm?«

Genau wie Elli gesagt hatte: Ein Profi am Werk ... Mit

einem Schnitt die Kehle durchgeschnitten. Petra war ein Profi, eine Metzgermeisterin.

»Das warst du?«, meine Stimme gehorchte mir kaum noch.

»Traust du mir das nicht zu? Glotz doch nicht so wie ein Schaf. Was hätte ich denn machen sollen? Ihr den Wolfi geben, und dann? Fang ich hier wieder von vorne an? Wie vor zwanzig Jahren schon?«

»Sie hätte sich auch bestimmt nicht so gut um ihn gekümmert wie du«, sagte ich, in der Hoffnung, es könnte sie beschwichtigen.

»Natürlich nicht. Die Britta hat den Günni bluten lassen. Das war der Dank dafür, dass wir ihr Kind großgezogen haben. Wir haben Wolfi beschützt, während sich meine feine Schwägerin um den Verstand gesoffen hat. Günni hat alles für sie getan, alles ...«

Sie ging um den Tisch herum und kam auf mich zu. »Ich hab den Ordner gefunden, und dann bin ich zu Racic und hab ihm gedroht! Dass ich alles auffliegen lasse ... dass ich der Presse erzähle, woher die Verkaufszahlen für die Nachtigall kommen ... aber er hat gesagt: Vertrag ist Vertrag. Solange der Günni der Chef ist, wird nix geändert. Und dann bin ich zu Günni und ich ... wir haben uns gestritten, und ich war so wütend ... und hab den Hocker genommen und nach ihm geworfen ... Da ist er umgefallen ... und dann ... ja, da war mein Leben irgendwie vorbei.«

Mir brach der Schweiß aus. Günni war also längst tot gewesen, als Dennis ins Zelt gekommen war.

Petra richtete sich auf, schob mit einem Ruck Dennis' Leiche unter die Bandsäge. Sein rechter Arm fiel polternd auf den Boden.

Ich drehte mich um, stieß die Tür auf und lief nach oben.

»Ich bringe das zu Ende«, rief Petra. »Ich bringe das zu Ende. Ein für alle Mal. Wenn hier erst mal alles sauber ist, dann kann ich auch gehen!«

»Hör auf damit. Petra. Hör auf«, schrie ich und blieb auf der Treppe stehen. Ich lauschte. Im nächsten Moment kreischte die Säge wieder auf. Ich rannte über den Hof. Aus dem Lieferanteneingang der Metzgerei kam Petra. Ich spurtete zur Hofeinfahrt. Aus den Augenwinkeln sah ich, dass sie mir nicht folgte, sondern in die Cateringküche ging. Was will sie da?, schoss es mir durch den Kopf. Ich wusste nicht, was ich zuerst tun sollte – auf die Straße rennen, nach der Polizei rufen oder hinter Petra hergehen, um sie davon abzuhalten, sich umzubringen. Ich sprang auf die Anlieferungsrampe und warf mich gegen die Tür. Sie schwang mit einem Mal auf. Ich verlor das Gleichgewicht und schlug der Länge nach hin. In der Küche war es heiß, es roch nach verbranntem Fett. Ich schaute mich um und sah, dass alle Gasbrenner und sämtliche Fritteusen liefen. Über Kurz oder Lang würde das Fett anfangen zu brennen, und dann würde binnen Minuten alles explodieren. Petra stand neben der größten Fritteuse, die wir hatten, und sagte: »Ich steck jetzt meinen Kopf da rein, was hältst du davon?«

»Gar nichts. Man tritt nicht mit einem schlechten Witz ab«, keuchte ich und kam wieder auf die Füße.

»Mein ganzes Leben ist ein schlechter Witz. Da kommt es auf einen mehr oder weniger nicht mehr an«, sagte Petra. »Ich könnte auch den Elektroschocker da reinhalten … oder diesen kleinen …?« Sie öffnete eine Schublade und holte einen der kleinen Bunsenbrenner heraus, die wir fürs Karamellisieren benutzten.

Es war höchste Zeit, etwas zu finden, womit ich sie k.o. schlagen konnte. Eine Pfanne, ein Topf, irgendetwas. Aber alles, was ich sah oder in Griffweite hatte, war aus Plastik. Wolfi hatte am Tag des Konzertes einen Plastiktag gehabt! Ich griff mir alles, was in meiner Nähe war, und warf es in Richtung Petra. Eimer, Schüsseln, Näpfe flogen durch die Küche. Petra wehrte sie mit einem Lachen ab. »Ich bin nicht beeindruckt, Maggie. Hau endlich ab und lass mich allein.«

»Nein. Erzähl mir, was passiert ist. Wir finden eine Lösung. Was soll denn Wolfi ohne dich machen. Hast du daran gedacht?«

»Der Wolfi ist versorgt. Er hat genug Geld. Man wird sich um ihn kümmern. Ich hab alles für ihn vorbereitet.« Sie drehte den Brenner auf und entzündete die Flamme.

»Das war klug von dir. Aber es hat keinen Sinn, sich umzubringen. Glaub mir. Und mach bitte den Brenner wieder aus.« Ich suchte in meinem Kopf verzweifelt nach Argumenten. Wie sagt man einer Frau, die alles verloren hat, dass das Leben weitergehen kann?

»Soll ich jemanden für dich anrufen?«, stotterte ich.

Petra schüttelte den Kopf. »Wen denn? Ich kann keinem mehr vertrauen. Stell dir nur vor – Gudrun wusste, dass der Günni alles seiner Schwester gegeben hatte. Glaubst du, die hat mir was gesagt? Nix. Die hat immer nur gemacht, was Günni wollte. Ich muss erst auf die Bank gehen, um zu erfahren, dass kein Geld mehr da ist. Frau Heibuch, sagt der Filialleiter zu mir, Frau Heibuch, es tut mir leid, aber ich kann Ihnen die tausend Euro leider nicht geben ... Vor allen Leuten!«

»Und du hast Gudrun entlassen«, sagte ich.

»Wenn ich erst mal alles aufgeräumt habe, dann ist endlich Ruhe, habe ich gedacht. Dann ist endlich Ruhe! Und jetzt hau endlich ab!«

Ich nickte. »Okay«, sagte ich, hechtete aber auf sie zu und

riss sie zu Boden. Der Brenner flog durch die Luft, verpasste knapp eine der Fritteusen und landete im großen Waschbecken. Petra schlug mit dem Kettenhandschuh nach mir, aber ihr Körper zitterte und ihre Fausthiebe gingen ins Leere. Plötzlich fing sie an zu schluchzen. »Was sollte ich denn machen? WAS SOLLTE ICH MACHEN?! Als der Günni tot war, kommt die Britta zu mir und will den Wolfi, weil der eine Million erbt aus Günnis Lebensversicherung.« Sie schüttelte sich und raufte sich die Haare. Dann schlug sie mit den Fäusten auf den Fußboden ein.

»Petra?« Ich wollte, dass sie weiterredete. Solange sie mit mir sprach, war sie jedenfalls nicht tot.

»Britta wusste von der Lebensversicherung ... Günni hat ihr alles erzählt ... dass er zu Wolfis Gunsten abgeschlossen hatte. Falls ihm was passiert, wäre Wolfi für immer abgesichert. Und da hat sie zu mir gesagt: Ich krieg den Wolfi wieder, und sein Geld ... und da hab ich ihr die Kehle aufgeschlitzt. Keiner hat auf sie aufgepasst. Es war so einfach.«

»Wie bist du auf das Boot gekommen?«, krächzte ich.

»Mit einer Eintrittskarte. Ganz einfach. Ihr habt mich nicht erkannt! Und sie mich auch nicht. Sie hat gedacht, die dicke, unansehnliche Frau im blauen Kostüm will ein Autogramm. Und dann hab ich ihr die Kehle aufgeschlitzt. Ausgeträllert! Der Günni ist doch wohl nicht gestorben, damit dieses Luder mir alles wegnimmt! Ich hab sie da hängen lassen und bin ins Wasser gesprungen und ein paar Meter weiter an Land gegangen. Keiner hat es gesehen. Ihr habt ja alle getanzt.«

»Doch, Petra. Ich fürchte, der Wolfi hat dich gesehen. Er hat das Messer aufgehoben, seine Fingerabdrücke sind dran, und jetzt denkt die Polizei, dass er das war.« Ich beglückwünschte mich selbst, dass mir dieses Argument eingefallen war. Petra würde doch wohl nicht wollen, dass Wolfi leiden musste.

Sie richete sich auf und holte den Elektroschocker aus der Kitteltasche. Ihre Augen waren aufgerissen, mit beiden Händen umklammerte sie das Gerät.

»Petra, lass das!«, sagte ich und versuchte, nach dem Ding zu greifen.

Im nächsten Moment kugelten wir über den Fußboden. Petra schrie: »Das ist alles Brittas Schuld. Wenn ich könnte, würde ich sie noch mal abstechen! Immer macht sie alles kaputt!«

Sie drückte mir mit der Rechten den Hals zu. »Und du hältst endlich deine Klappe. Dem Wolfi wird gar nichts geschehen, gar nichts!«

Ich fühlte das Gerät an meinem Hals und schlug um mich. Der Elektroschocker fiel ihr aus den Händen und schlidderte über den Fußboden. Petra sprang auf die Füße und nahm mich in den Schwitzkasten, und plötzlich hing mein Kopf über einer brodelnden Fritteuse.

»Findest du das immer noch witzig?!«, schrie sie. Meine Beine knickten ein. Petra schrie vor Schmerz auf und wir fielen beide rückwärts auf den Boden. Sie ließ mich los und griff sich an den Oberschenkel. Ich stieß sie zur Seite und krabbelte auf allen vieren in Richtung Ausgang. Dort wurde mir der Fluchtweg von einem Paar abgewetzter Arbeitsschuhe versperrt.

»Heilige Sseisse.« Raoul sprang über mich hinweg und war mit zwei Schritten neben Petra Heibuch. Blut spritzte aus der Wunde an ihrem Bein, in dem ein Nakiri Bocho steckte.

»Ach«, brachte sie noch hervor, dann wurde sie ohnmächtig.

»Wasse losse hier?«, brüllte Raoul, holte sein Handy aus der Hosentasche und warf es mir zu. Ich fing es ungeschickt auf und wählte mit zitternden Fingern den Notruf. Dann stolperte ich durch die Küche und drehte alle Geräte ab.

»Sseisse«, sagte Raoul. »Dasse Nakiri Bocho ware deine Gessenke, was isse wollte dir bringe, bevor isse fahre ...«

»Danke, Chef«, krächzte ich und ließ mich auf einen Stuhl in der Pausenecke fallen.

Er rannte zum Erste-Hilfe-Kasten, griff hinein und kniete in der nächsten Sekunde wieder neben Petra und versorgte ihr Bein.

»Hörsse mir ssu ...?«, sagte er.

»Ja. Ja ...«

»Ersse isse wolle bessorge sso eine Tasse mitte Ohre von den englisse Prinss ... aber dann ... isse dachte, besser für disse, du lernsste koche ... wer koche kann, beherrsste die Welt, ssagte meine ... Abuelita ... äh ... Oma. Und de beste Koch isse nix ohne gute Messer.«

Ich nickte, obwohl ich rein gar nichts mehr verstand. Raoul hatte die Blutung an Petras Bein gestillt, wischte das Blut vom Messer, legte es auf den Tisch und setzte sich neben mich. Dann zündete er eine Zigarette an und steckte sie mir zwischen die Lippen.

»Jorgo liegt unten im Keller. Ich weiß nicht, ob er tot ist.«

»Bleibsse ruhig hier ssitze. Isse gehe gucke.«

»Ist sie tot?«, fragte ich.

»Nein. Wenn iss werfe Messer, isse weiss, wohin!«

»Du hättest zum Zirkus gehen sollen«, schluchzte ich halb lachend und halb weinend.

Raoul legte einen Arm um meine Schultern und hielt mich fest. »Ha, Ssirkus! Du bisse längst de grosste Clown in deine Ssirkus. Und gucks du da.« Er zeigte nach draußen. »Jorgo isse lebendig.«

Na ja, so halb, hätte man behaupten können. Er torkelte auf dem Hof herum und wäre beinahe dem Rettungswagen, der durchs Tor gerauscht kam, vor die Stoßstange gelaufen.

Kapitel 25

Was kann ich euch bringen?«, fragte Kai-Uwe Hasselbrink.

»Paella für zwei, bitte. Ich hatte vorbestellt«, sagte Matti.

Kai-Uwe nickte und schlich in Richtung Küchenklappe.

Die Jungs am Stammtisch schüttelten die Köpfe.

»Ich glaub, das war keine gute Idee«, sagte ich zu Matti. »Gucken Sie sich mal um. Die lassen alle ihre Teller halbvoll abräumen.«

»Wir werden sehen«, sagte er voller Zuversicht. »Ich freue mich, dass Sie meine Einladung angenommen haben, Frau Margret.«

»Ja, das war eine wirklich gute Idee.«

Es war eigentlich gar keine gute Idee, aber ich war nicht mehr drumherum gekommen. Mein Aschenputtelkonto hing an mir wie ein Sack Steine. Wie hätte ich mir sonst erklären können, dass mich, sobald ich mit Matti zusammentraf, das Gefühl überkam, kleiner und kleiner zu werden. Und ich fragte mich, was er überhaupt für einen Narren an mir gefressen haben konnte.

»Na, den Narren natürlich, was denken Sie denn Frau Abendroth?«, hatte der Psychologe gesagt, den Winnie mir empfohlen hatte. Den Zettel mit seiner Telefonnummer hatte ich in meiner Jeansjacke gefunden, als ich die bei Wilma in die Waschmaschine stecken wollte, um die Metzgergerei *Heibuch Catering* und das ganze Desaster der letzten Tage aus meinen Klamotten zu waschen. Und nicht nur das. Nachdem mir der Zettel beinahe ein Loch in die Hand gebrannt hatte, war ich endlich zum Telefon gegangen und hatte die Nummer gewählt.

»Gerrit van Sandt«, hatte sich eine wohltönende Männerstimme gemeldet.

»Maggie Abendroth«, hatte ich gesagt. »Winnie Blaschke hat Sie empfohlen. Ich brauche einen Termin bei Ihnen.«

Und so war ich an diesem Vormittag, kaum drei Tage nach dem großen Heibuch'schen Showdown, zu ihm gegangen. Im Kopf alle Dinge, die ich in den letzten Jahren erlebt hatte. Alle großen und kleinen Traumata, Verfolgungsjagden, zersägte Leichen, Mörder, Kettensägen, Explosionen und Blutlachen. Als ich dann auf dem roten Sofa saß, Gerrit van Sandt in einem dezent teuer gemusterten Hemd mir gegenüber auf einem sehr bequem aussehenden Sessel, war sein erster Satz: »Meine Klienten nennen mich Gretchen. Sie tun es hinter meinem Rücken, aber ich sage es Ihnen lieber gleich. Also, was kann ich für Sie tun.«

Mein Hirn registrierte: Super Schuhe ...

Mein Mund plapperte: »Wissen Sie, Gerrit, es gibt da einen Mann, der mich sehr mag. Er ist Finne. Und er ist Bestatter.«

»Ach, wie interessant. Und Sie? Mögen Sie ihn denn auch?«

Ich nickte zustimmend und sagte: »Irgendwie ... nein ...«

»Aber Sie nicken.«

»Es ist kompliziert. Bevor ich hier lang drumherumrede ... ich bin sicher, dass Winnie Ihnen eh schon alles erzählt hat.«

»Nein, hat er nicht.« Gerrit runzelte die Stirn. »Ich glaube, bei diesem inneren Zwiespalt sollten Sie sich das Vergnügen gönnen, den Mann noch mal näher und in Ruhe anzugucken. Offensichtlich hat er eine Chance verdient. Gehen Sie mit ihm Essen. Da wäre doch nichts dabei, oder?«

Ich schüttelte den Kopf und sagte: »Doch.«

Dann schwiegen wir beide sehr lange.

»Ich komme aber eigentlich wegen was ganz anderem«, sagte ich nach geraumer Zeit, um überhaupt irgendwas zu sagen.

»Vermutlich«, antwortete van Sandt. »Aber darüber können wir auch beim nächsten Mal reden.«

Und so war ich von Gerrit van Sandt in die Welt entlassen worden und war soeben dabei, meine Hausaufgaben zu machen: Ich absolvierte meine Essensverabredung mit Matti.

Hasselbrink kam mit zwei Tellern angerauscht, auf denen sich bräunlich zermatschter Reis türmte. Das Ärmchen des einzigen Tintenfischchens, das obenauflag, reckte sich in die Höhe, als riefe es um Hilfe.

»Was ist das denn, bitte schön?!«

»Wenns dir nich' gefällt, nehme ich es wieder mit, Maggie! Du musst hier nicht essen, wenn du nicht willst.« Er nahm die beiden Teller, drehte sich um und stellte sie zwei Tische weiter ab. Die beiden ahnungslosen Gäste schüttelten die Köpfe. Das hatten sie offensichtlich nicht bestellt.

»Ich geb dir noch zwei Wochen, Hasselbrink, dann bist du pleite«, rief ich ihm hinterher.

Die Jungs vom Stammtisch riefen unisono: »Wenn überhaupt!«

Hasselbrink drehte sich zu mir um. Die schiere Mordlust in den Augen sagte er: »Du hast mir doch meinen Koch abspenstig gemacht. Was beklagst du dich?«

Vom Stammtisch kam es unisono: »Oh, oh!«

»Das glaub ich jetzt nicht!« Und damit es alle auch deutlich hören konnten, stand ich auf und rief: »Er, Kai-Uwe Hasselbrink, hat mir tausend Euro Judaslohn gegeben, damit ich seinen Koch verschwinden lasse. Jetzt hab ich den Job gemacht, und er ist immer noch nicht zufrieden.« Ich nahm meine Tasche. Matti stand ebenfalls auf und lächelte in die Runde. Wir gingen an Hasselbrink vorbei, der mit offenem Mund dastand. Als wir schon fast aus der Tür waren, stotterte er: »Ich soll dir tausend Euro gegeben haben? So bekloppt kann ich doch gar nicht sein.«

Die Fußballfreunde vom Stammtisch applaudierten und riefen: »Doch, doch!«

»Was hast du mit Raoul gemacht?! Maggie! Wo ist Raoul?!«

»Da, wo er hingehört. Im Küchenchef-Himmel.«

Dann fiel die Tür hinter uns zu.

»Was machen wir jetzt?«, fragte ich.

Mattis Handy klingelte. Er ging ran und sagte nur: »Natürlich. Wir sind in ein paar Minuten da.«

»Ein Auftrag?«, fragte ich.

Matti nickte.

»Ich kann auch zu Wilma laufen. Fahren Sie nur.«

»Eine etwas andere Art von Auftrag, Frau Margret. Steigen Sie bitte ein.«

Ein paar Minuten später parkte Matti den Wagen in der Johanniterstraße. Eine große Menschenmenge stand vorm neuen Pudelsalon *Schickobello*. Der halbe Kiez war auf den Beinen, um Elli zur Eröffnung zu gratulieren. Die Straße hallte wider vom Gekläff der kleinen und großen Begleiter, die Ellis ehemalige Kolleginnen mitgebracht hatten.

»Du machst heute schon auf? Das hab ich ja gar nicht gewusst«, rief ich und ging auf Elli zu, die zur Feier des Tages ein strassbesetztes T-Shirt mit der Aufschrift *Yankee-Poodle-Dandy* trug.

»Und du bist trotzdem hier. Herzlich Willkommen. Schön, dass ihr beide da seid.«

Sie umarmte Matti und schob ihn durch die Ladentür. »Rudi will dir unbedingt was zeigen«, sagte sie.

Während drinnen der Salon von potentiellen zwei- und vierbeinigen Kunden in Augenschein genommen wurde, heizte Raoul vor der Tür den Grill an. Nikolaj stand mit Winnie im Laden vor der Kollektion von Mäntelchen und Täschchen, Halsbändern und Leinen. Sie machten sich einen Spaß daraus, den Damen mit ihren Hunden bei der Anprobe zu helfen. Ich hörte Nikolaj ab und an laut »Aua« schreien, weil die Köter keinen Sinn dafür hatten, bei 35 Grad im Schatten einen Pullover oder ein Regenmäntelchen anzuprobieren und sich dementsprechend zur Wehr setzten.

Mia kam mit einer Schüssel in der Hand auf mich zu: »Auch einen Brausepudel? Hat Berti extra für Elli produzieren lassen.«

»Nee, danke. Ich hatte schon das Vergnügen. Die Geschmacksrichtungen sagen mir nicht so zu.«

Mia zog die Schüssel weg, steckte sich einen in den Mund und nuschelte: »Hm. Salami. Wenn ich mir das so angucke, da könnte ich mir glatt auch eine Töle anschaffen. Da wäre immer einer da, wenn ich nach Hause komme. Und der Matti hat bestimmt nix dagegen, wenn der halbtags mit zur Arbeit kommt.«

»Hast du ihn schon gefragt?«

»Ja, sicher. Ein kleiner darf mit, hat er gesagt. Aber er darf nicht nach unten.«

Winnie kam heraus und gesellte sich zu uns. Sein Zeigefinger blutete. »Oh, diese Viecher«, sagte er. »Ich brauche eine Wurst, um die zu bestechen. Ich geb nicht auf.«

»Planst du schon die Chihuaha-Bombensuchhundestaffel?«, fragte ich.

»Was machst du denn hier? Candle-Light-Dinner schon vorbei?«

»Tja, der beste Koch der Welt steht *hier* am Grill. Was soll ich da im Madrid? Wie spontan ist die Party eigentlich?«

»Sehr spontan«, sagte Winnie.

»Aha. Und wer hat Raoul überredet? Ich dachte, der wäre schon längst weg.«

»Berti natürlich. Wer denn sonst?«

»Wo ist sie überhaupt?«

»Drinnen. Nimmt Bestellungen auf und stopft die Leute mit Brausepudeln voll. Wie ich hörte, ist Currywurst-Pudel der totale Renner. Wie kommst du mit Gretchen van Sandt zurecht?«

»Gut«, sagte ich. »Besser als mit den Geschmacksverirrungen im Brause-Sektor. Seine Schuhe sind super. Ich hoffe, er kann den Standard halten.«

»Verlass dich drauf, er kann«, sagte Winnie und lachte.

»Oh Jessas, wer kommt denn da?«, rief Mia.

Carmen Sawatzki und Dr. Dr. Herzig liefen im Schweinsgalopp einem weißen Königspudel hinterher. Völlig außer Atem kamen sie vorm *Schickobello* an.

»Sitz«, sagte Herzig. Der Hund wedelte mit dem Schwanz und sprang an ihm hoch. Die Gäste strömten aus dem Laden auf die Straße.

Elli sagte: »Warum geht ihr denn alle plötzlich?«

»Wir gehen doch gar nicht«, kam es aus den Reihen.

»Ja, was denn dann?« Elli guckte ratlos.

Oma Berti schob Rudi nach vorne. Herzig gab ihm die Hundeleine. Rudi räusperte sich und sagte in feierlichem Ton: »Elli, der ist für dich. Du hast lange genug um dein Schätzken getrauert. Er heißt Davidoff und hat letzte Woche sein Frauchen verloren und braucht dringend ein neues Zuhause. Wir alle hier glauben, ihr werdet euch gut verstehen.«

Die Menge applaudierte. Elli guckte in die Runde und hatte Tränen in den Augen. Rudi nickte ihr aufmunternd zu und reichte ihr ein Papiertaschentuch. Sie trocknete ihre Augen und ging langsam auf das große Tier zu. Der Pudel machte Sitz, hob den Kopf und schaute sie aus schwarzen Knopfaugen an.

»Davidoff?«, sagte Elli leise.

Der Pudel beschnupperte ihre Hand, dann hob er die rechte Pfote. Elli schüttelte sie und sagte: »Elli Ruschkowsky, Schätzken. Komm mal mit rein, ich glaub, ich hab da was für dich.« Sie ließ seine Pfote los. Der Hund folgte ihr, als hätte er in seinem ganzen Leben nie etwas anderes getan. In der Tür drehte sich Elli um und rief: »Ran an die Wurst, Leute. Auf Davidoff! Und wie toll der is' – ganz weiß – da kann ich prima färben!«

»Auf Davidoff«, echote die Meute und stürmte den Grill.

Zwei Stunden später war der Laden so gut wie ausverkauft, und die Gäste hatten sich verabschiedet. Raoul und ich standen vorm *Schickobello*. Er stocherte in den Resten der Grillkohle herum.

»Esse isse Ssseit zu fahre ... bin ich sswei Woche ssu spät«, sagte er und kippte Wasser auf die Asche, das zischend verdampfte.

»Warum bleibst du nicht hier? Kai-Uwe heult sich die Augen aus nach dir, und der Fußballstammtisch erst ... Wir haben da heute versucht, was zu essen. Ich sage dir, Raoul, Katastrophe.«

Er schüttelte den Kopf. »No. Isse habe Entsseidung getroffe. Isse gehe.«

Er schüttelte mir die Hand und stieg in seinen voll gepackten Lada. Dann kurbelte er die Scheibe herunter und hielt eine Kladde aus dem offenen Fenster. »Für disse. Für die Kuche. Meine Ressepte. Exklusiv. Adéu, Maggie.«

Ich nahm das Geschenk in Empfang und sagte: »Danke, Chef. Adéu, Raoul. Fahr vorsichtig.«

Elli kam aus der Haustür und winkte ihm zu. »Wir kommen dich alle besuchen. Halt einen Tisch frei!« Hinter Elli tauchten die Köpfe von Mia und Berti auf. »Mach ma' wat Schicket für die Spanier, damit die ma wat auffe Rippen kriegen. Du weiss ja gezz, wie dat geht«, rief Berti.

Raoul hupte, und dann fuhr er wirklich davon.

Schade, dachte ich. Alle hatten in den letzten Tagen versucht, ihn zu überreden, seinen eigenen Laden in Bochum aufzumachen, aber er war bei seinem Vorhaben geblieben. Señor Raoul Masdéu-Canals Sáez de Astorga wollte ins beste Restaurant der Welt, zum besten Koch der Welt. Na ja, und die Costa Brava ist nicht nur im Sommer schön. Ich drückte die Kladde an meine Brust. Ob Wilma wohl in den nächsten Tagen ihre Küche freigeben würde, um mich experimentieren zu lassen?

Winnie und Nikolaj drängten sich an Elli vorbei aus der Tür.

»Was macht ihr beiden jetzt mit eurem angebrochenen Tag?«, fragte ich.

»Umziehen«, sagte Winnie und drückte mir ein Schlüsselbund in die Hand.

»Wir ziehen zusammen. Generalprobe«, sagte Nikolaj und lächelte selig.

»Wollt ihr, dass ich beim Packen helfe?«

»Maggie Abendroth! Wir sind schon umgezogen. Du ziehst um. Das ist der Schlüssel für meine Wohnung. Die Generalprobe dauert drei Monate«, erklärte Winnie. »So lange kannst du auf jeden Fall da bleiben. Versprochen.«

»Njet«, flüsterte Nikolaj mir ins Ohr. »Sie dauert so lange, wie ein ganzes Leben, Dewotschka. Aber er weiß das noch nicht.«

Der Schlüssel in meiner Hand wog plötzlich achtzig Kilo. Winnie legte einen Arm um meine Schultern und sagte: »Das Tollste ist, du wohnst direkt unter Gerrit-Gretchen van Sandt. Wenn das mal kein Zeichen ist.«

»Ich kann das nicht«, sagte ich. »Das geht nicht. Auf gar keinen Fall geht das ... das kann ich nicht ...« Ich drückte Winnie die Schlüssel in die Hand, drehte mich auf dem Absatz um und rannte.

Du bist in Panik, Maggie Abendroth. Vor ein paar Wochen hättest du noch alles darum gegeben, von ihm zu sich nach Hause eingeladen zu werden. Also bitte?! Deine Wünsche werden erfüllt. Was gibt es zu meckern?

Nichts – gar nichts – außer, dass Winnie da nicht mehr wohnt. Was würde Gerrit-Gretchen-Pimp-van-Grachten-van-Sandt dazu sagen?, fragte meine innere Stimme und zog eine Augenbraue hoch.

»Mach was draus«, antwortete Winnie auf die Frage, die er noch nicht einmal gehört haben konnte. Er überholte mich und wollte mir den Weg versperren. Ich lief einfach weiter. Er drehte sich um und joggte neben mir her.

»Wohnst du schon, oder heulst du noch?«, flüsterte er.

Ich blieb stehen. »Ich heul' noch.«

»Aber nicht mehr lange, bitte. Dein Umzugswagen wartet. Von Wilma eigenhändig gepackt.«

Ich drehte mich um. Matti und Rudi standen neben dem Bestattungswagen und winkten. Wilma beugte sich aus dem offenen Fenster und rief: »Nun mach schon, Maggie. Du hast dein erstes Kochbuch, und wir warten alle auf eine Einladung.«

Danksagung

Für ihre professionelle Unterstützung und nicht enden wollende Geduld, Rat und Tat, Essen und Trinken, Ohr und Geist in allen Lebenslagen. Ohne sie hätte dieses Buch nie entstehen können:

Das Team des KBV-Verlages, allen voran Ralf Kramp *(die Eifel ... unendliche Weiten ...)*, Dr. Meike Fritz *(... das ist aber blutig diesmal)*, Helge Jepsen *(Totenköpfe gehen nicht in Weiß)*, Alexander Unverzagt *(Hamburg Legal)*, Marcus Maul *(Dannenberg Legal)*, Franka Zastrow *(... kommt immer auf einen Versuch an)*, Eva Pfitzner *(Ja, Frau Minck liest wirklich überall)*, Stefan Matthäus *(Kampfflieger im WWW)*, MiKa-Kommunikation *(Lass Oma Berti sprechen)*, Anja Sportelli *(Stimmbandgymnastik)*, Joerg Maffei *(Bochum - die Frisur sitzt)*

Moni und Dante, Josef, Brigitte, Frau Muggel, Peykan, Uta, Tina, Jim, Andrasz T., Dirk, TCHO, Heike, Christian und Tanja, das Team von Bestattungen Fritz, Michael und Regina, Hagen und Bettina, Marion und Amelie, Beate, Sabine, Karin und Herr Schröder

Ich versichere, dass die Geschichte und die darin handelnden Personen frei erfunden sind.
Alle haben geholfen, Fehler zu vermeiden; wenn sich doch noch welche eingeschlichen haben, sind sie mir anzulasten.

Ich hatte Spaß beim Schreiben und Sie hoffentlich beim Lesen.

Edda Minck

KBV KRIMINALROMAN

F. G. Klimmek

MACH'S NOCH EINMAL AALBERT

Taschenbuch, 236 Seiten

ISBN 978-3-940077-65-3

9,50 EURO

Privatdetektiv Aalbert ermittelt wieder!

Es sieht nach einem jener Routinefälle aus, mit denen er sich normalerweise im Rhein-Herne-Kanal bequem unter Wasser hält.
Er soll die Schwester seines Klienten aufspüren, die mit einem Heiratsschwindler durchgebrannt ist. Doch mit der mühelosen Erledigung dieses simplen Auftrags gerät Aalbert in einen Schlamassel ungeahnten Ausmaßes. Er stört die Kreise eines Prostituiertenrings, wird in die Suche nach einer antiken Jadekette verwickelt, und bekommt es zu allem Überfluss wieder mit dem Dicken Fisch und seiner Bande zu tun.
Dass auch noch der Betreiber einer dubiosen Schönheitsfarm mitmischt, die sich auf Flossenstraffung und Schwimmblasenvergrößerungen spezialisiert hat, macht die Sache nicht einfacher. Als die Liste der Fische, die dabei tot auf der Strecke bleiben, immer länger wird, wird es auch für Aalbert richtig eng ...

»Auch mit seinem zweiten Aalbert-Krimi liefert F.G. Klimmek spannende und kurzweilige Unterhaltung frisch aus dem Rhein-Herne-Kanal. „Mach´s noch einmal, Aalbert" ist ein rasanter Unterwasser-Krimi, in dem es von schillernden Charakteren nur so wimmelt. Eine skurrile Story, elegant geschliffene Dialoge und zahlreiche Anspielungen auf cineastische und literarische Berühmtheiten machen das Buch nicht nur für Krimi-Fans zu einem echten Lesevergnügen!«
(Ruhr-Guide)

KBV KRIMINALROMAN

Markus Bötefür

FRONLEICHNAM

Taschenbuch, 211 Seiten

ISBN 978-3-940077-53-0

9,50 EURO

Die Sterkrader Fronleichnamskirmes steht unter keinem guten Stern. Am Eröffnungsabend wird ein junger Türke niedergestochen, und nur einen Tag später reißt ein Karussellunfall drei Obdachlose in den Tod. Als während der Kirmestage die Leichen der Verunfallten verschwinden, drohen die Nerven der leidgeprüften Stadt zu zerreißen.

Im dritten Fall der Oberhausener Ermittlerin Thi Fischer entführt Markus Bötefür seine Leser in die bunte Welt der Schausteller, auf deren Existenz jedoch bedrohliche Schatten lasten. Was Anfangs wie ein tragisches Unglück aussieht, verdichtet sich mehr und mehr zu einem finsteren Schauspiel von geradezu globalen Dimensionen.

Zwischen Riesenrad und Totenhalle begibt sich die deutsch-vietnamesische Kommissarin auf Verbrecherjagd. Dabei macht ihr nicht nur eine Sommergrippe sondern auch ihr frisch gebrochenes Herz zu schaffen. Trotz aller Gefahren und Unannehmlichkeiten kann sie aber auch diesmal auf die Unterstützung ihrer „Freunde" Dieter Brom und Doktor Molitor zählen.

»Mit trockenem Humor und interessanten Charakteren ist das Buch eine echte Empfehlung.« (Ruhr Guide)

»...bereitet immer Spaß und Spannung für Zwischendurch.« (rp-online.de)